CASTRO

カストロ

上

セルジュ・ラフィ
Serge Raffy

神田順子／鈴木知子 訳
Junko Kanda *Tomoko Suzuki*

原書房

© Coll. part.

フィデルの母リナ・ルス・カストロ（左から二人目）。旧オリエンテ州ビラーンの家の前で、娘アンヘラ、フアニータ、エマとともに。ピロティのあるガリシア風農家で、夜は牛や羊など動物も収容した。リナの左側にいるのはフィデル・カストロの代父でスペイン人のフィデル・ピノ・サントス。

D. R.

母リナ・ルス。ピナール・デル・リオ（キューバ）出身。

D. R.

父アンヘル・カストロ、1875年ルーゴ県ランカラ（スペイン）生まれ。

© Océan Press / Consejo de Estado.

3歳のフィデル・ルス、ビラーンにて。まだカストロの姓を名のっていなかった頃(1929年)。

© Coll. part.

フィデル少年の代父だったフィデル・ピノ・サントス。大地主の保守党議員でカナリア諸島出身。フィデルの父アンヘル・カストロと親しかった。

© Rue des Archives.

フィデル、ラウル、ラモン・カストロ。サンティアゴ、イエズス会ドロレス学院にて。フランコ支持者であるスペイン人神父らが中心となって運営するこの学校の制服を着ている。

© Océan Press / Consejo de Estado.

2列目にいるのがフィデル・カストロ。弟ラウルはその前に座っている。1936年、サンティアゴ、マリスト会ラサール学院にて。

© Océan Press / Consejo de Estado.

1943年、ハバナのベレン学院でバスケットボール部員だったフィデル。

© Océan Press / Consejo de Estado.

フィデル、1940年サンティアゴにて。

© Coll. part.

1948 年、フィデル・カストロ、ミルタ・ディアス・バラルトと結婚。

© O. Salas.

1955 年、ニューヨークのカストロ。

© Coll. part.

ナティ・レブエルタ、2002 年ハバナの自宅にて。

© Coll. part.

フィデル・カストロがこよなく愛したナティ・レブエルタの肖像画。1950 年代、ハバナ。

© Coll. part.

1952 年、「運動」の秘密細胞の仲間と食事をとるフィデル・カストロ（中央）。フィデルの後ろにいるマリオ・チャネス・デ・アルマスは数年後に 30 年の禁錮刑を宣告された。

© Lester Cole.

シエラ・クリスタルで M26 を率いたラウル・カストロ。腕に 7 月 26 日運動の腕章。

© Coll. part.

1955 年、出所したカストロときょうだいたち。左から、ラウル、エマ、フアニータ、リディア、アンヘラ。

© AKG, Paris.

1957 年、シエラ・マエストラのカストロ。

© OAH.

政権奪取前の 1958 年、シエラ・マエストラのフィデルとラウル・カストロ。

© Gamma / Dalmas.

1959 年 2 月 8 日、このとき伝説が始まった。鳩が空から舞いおりてフィデル・カストロの肩にとまった。

© Cosmos / Popperfoto.

1959 年 1 月 8 日、ウベル・マトス（右）とカミロ・シエンフエゴス（左）とともにハバナ入城。

© Collexion Viollet.

1959 年 2 月 8 日、ハバナでの集会。この広いショットはめったに使われないが、カストロのそばに、仕掛けを使って鳩をおびきよせる伝書鳩係がいることがわかる。

© Rue des Archives.

1959 年 2 月、フィデル・カストロはハバナ港に停泊した大型客船ベルリン号の上でマリータ・ローレンツとはじめて会った。

© Coll. part.

1959 年、フィデルの愛人だったドイツ人、革命軍の制服を着たマリータ・ローレンツ。

© Sipa Press.

1959 年、フィデル・カストロ、母リナとともに。リナは農地改革と土地の集団化に反対した。

© Bettmann / Corbis.

フィデル・カストロ、息子フィデリートとともに、ハバナ・ヒルトン・ホテルにて。

1960年9月20日、ニューヨークの国連本部で、ニキータ・フルシチョフはフィデル・カストロを温かく迎えた。

© Coll. part.

1959年、ヒルトンのスイートルームにいるフィデル・カストロ。秘書コンチータ・フェルナンデスとともに。背後にセリア・サンチェス。

© AFP.

セリア・サンチェス。

© Gilberto Ante / RogerViollet.

サトウキビを刈るフィデル・カストロ。

© Bettmann / Corbis.

1961年3月、野球をするフィデル・カストロ。

英雄かつ殉教者である
キューバ国民に捧ぐ

カストロ・上◆目次

カストロ◆下・目次

はじめに

本書は、フィデル・カストロという迷路をたどる長い旅の結実である。何本かの光線が射しているものの、影の部分があちらこちらに残る迷路であった。これは伝記だろうか、長いルポルタージュだろうか、事実にもとづいた小説だろうか、歴史本だろうか？　以上のすべてのミックスかもしれない。わたしが進む道に立ちふさがった数多くの障害のうち、もっとも大きいものの一つはまちがいなくカストロのファーストネーム、フィデルであった。「フィデル〔忠実、誠実な人を意味する〕」という名前は罠である。親類縁者のように親しい者というイメージをもたらすので、距離をおいたり中立を保ったりするには向かない名前なのだ。カストロをもっとも憎み、彼が電気椅子で一生を終えることを望むマイアミの亡命キューバ人たちでさえ、当人をフィデルとよんでいた。まるで従兄弟《いとこ》であるかのように。しかし、フィデル・カストロは家族への情愛とは無縁の男だった。誠実な男ともよべない。彼が一度も信念にそむかず、ぐらつきもせず、嘘もつかなかったのは唯一、自身の栄光をしゃにむに守る闘いにおいてであった。『イリアス』を愛読したカストロは英雄アキレウスに憧れ、戦功を渇望する征服者として太く短く生きることを夢見た。しかし、彼を導く幸運の星は彼の命を守った。ゆえに、彼はオデュッセウスとなった。すなわち、自分をむしばむ時間とおりあいをつけることを余儀なくされる老君主となった。アキレウスにならんとしてオデュッセウスになったというこの事実こそが、フィデルならぬ不実なカストロの壮大なパラドックスである。

S・R

第*1*章　「うすぎたないユダヤ人！」

　このあざけりの言葉はナイフの一撃のように投げつけられた。サトウキビ収穫用の鉈《なた》よりも鋭利だった。フィデル少年は不意をつかれた。ほかの子どもたちと自分はどこか違うと感じていたし、同級生たちが横目を使い、愚かしいあざ笑いを浮かべ、自分のことを見世物小屋の動物であるかのようにじろじろ見ていることは知っていた。みなと友だちになろうとして、さかんにほほえみかけ、あらゆる努力を傾けたものの、彼はみにくいアヒルの子であり、校庭で皆から無視され、いつも指さされた。最初のころ、「うすぎたないユダヤ人《フディオ》！」と軽蔑をたっぷりとこめた口調でぴしゃりと言われても、彼はなんのことかわからなかった。フィデルは困惑し、同級生たちは自分のことを、キューバの平原で繁殖する嘴《くちばし》の黒い小鳥――なぜかフディオとよばれている――にたとえているのだと思った。なぜ、自分のあだ名はカリブ特有のあの鳥の名前なのだろうか？　あの鳥と同じように、自分の家がどこなのかよくわからないからだろうか？

あざけりに傷ついた少年は肩をすくめた。しかし、このあだ名はいくらか真実をついているのではないか、自分には理解できない秘密があるのでは、と感じた。少年は秘密を探ろうとしたが、自分が爪はじきにされる理由を見つけることはできなかった。自分は呪われているのだろうか？　自分は許されざる過失、冒涜《ぼうとく》の罪を犯したのだろうか？

実際のところ、あの鳥と同じく、彼にはほんとうの意味での巣がなかった。これが彼の謎であった。

やがて、サンティアゴ［正式名はサンティアゴ・デ・クーバ］のラサール学院で教育を担当するマリスト会修道士たちが彼の疑問を解いてくれた。彼によそよそしく、しばしばきつくあたり、どうしようもない子どもとして扱うこともたびたびであった修道士たちがついに、彼が置かれている尋常ならざる状況について教えてくれたのだ。フィデル・ルスは七歳であったが、ほかの子どもとはちがってまだ洗礼を受けていなかったのだ。カトリック信仰がさかんな一九三〇年代のキューバにおいて、洗礼を受けていない子どもはユダヤ教徒といってまちがいがなかった。幼いフィデルは、ぼくはユダヤ人なのですか、と修道士たちにたずねた。答えは否であった。たんに、キリスト教徒としての歩みが少々遅れているだけ、とのことだった。それでは、いったいなぜ自分の洗礼は遅れているのだろう？

それを受けたらほかの子どもたちと同じになれるという、とても大切そうな儀式を自分が受けられないのはなぜだろう？　修道士の先生たちは嘘をついているのでは？　自分は、ほんとうはユダヤ人なのでは？　この疑問に直面したフィデルは困惑した。成績は落ちるところまで落ち、教室での態度は最悪となった。

スペイン人のマリスト会修道士によるカトリック要理の授業で「ユダヤ人は神の子キリストを殺した」と教わったフィデルは三段論法により、自分はイエス・キリストの死に少々責任があるのだと考えはじめ、とても辛い思いをした。こんな大罪を贖《あがな》うにはどうしたらよいのだろう？　どんな罰が自分に下るのだろうか？　どんなおそろしい神の雷《いかずち》がもうすぐ自分を打つのだろうか？　夕方、後見人の家に帰ったフィデルは「ぼくは怪物なのかしら？」と自問した。

だれも答えをあたえてくれなかったので、彼は怪物になってやろうと決めた。こうして幼いのけ者は手に負えない悪童となり、大人に向かって挑発をくりかえし、罰としてしょっちゅう尻をぶたれたが、どのような権威にもさからった。天のみが自分を裁くことができるのだから、だれにも従わなくてかまわない、という理屈だった。神が作りたもう一日がはじまるたびに、地獄の炎につきおとされるのを覚悟した。キリストを殺した者は遅かれ早かれ罰せられるのだ。しかし、それはいつだろうか？

第2章　天使と獣

彼の名はアンヘル・カストロであった［アンヘルはスペイン語で天使を意味する］。死と血を間近に見た男たちに特有の暗い目つきと、無口で狡猾な農民にみられるいかつい目鼻立ちの持ち主であった。彼は遠くからやってきた。故郷はスペインのガリシア州ルーゴの、樫やユーカリにおおわれて、狩猟用鳥獣が数多く生息する谷間であった。キリスト教の神のほかに森の精霊、エルフ、妖精、女魔法使いを崇める、荒々しくも神秘的な土地だ。住民は、石や風も魂をもっていると考えていた。両親は、痩せた四ヘクタールの土地を耕す貧しい小作人であり、インゲン豆とサクランボを栽培し、唯一の財産は、中央にすえられたラレイラとよばれる炉が温める部屋で人と動物が同居するあばら屋であった。

一八七五年一二月五日生まれのアンヘル・カストロは、生まれ育った土地と同じようにごつごつした男であり、二〇歳で軍隊に入りキューバに向かった。当時のスペインの貧しい若者の多くがやっていたように、一五〇〇〇ペソの報酬で、同郷のブルジョワ良家の息子の身がわりとして徴兵に応じたのである。読み書きができないアンヘルは、キューバについて何も知らなかったが、ただただ貧困からのがれたかった。マンビセスとよばれるキューバ独立派たちの脅威からスペイン王国の植民地を守るためというよりは、彼と同様にみじめな生活をのがれることを願う何千人もの同郷人の先例に倣《なら》ってキューバに向かった。アンヘルにとってキューバは夢の国、熱帯のエルドラドであった。

巨大な隣国アメリカが損得を計算しながら注意深く見守るなか、キューバは三〇年以上も前から内戦状態にあった。アメリカ政府にとってキューバは、地勢的にも歴史的にも、カリフォルニアやテキサスやフロリダと同様にアメリカに併合されてしかるべきであった。スペイン本国は遠すぎるではないか！　アメリカ政府は一度ならず、何百万ドルの対価でキューバを買いとることをスペインに提案していた。まるで一袋の綿花や米であるかのように。しかし、スペインは応じなかった。

アンヘル・カストロ・アルギスは一八九五年にハバナに上陸した。そして、キューバ東部オリエンテ地方の山地をおもな根城とするゲリラを支援していると疑われる民間人をスペイン軍の過酷なウェイレル将軍が弾圧し、暴虐のかぎりをつくすのを目撃した。二〇万もの兵士を送りこんだにもかかわらず、スペインは大きな痛手をこうむった。軍は戦闘ではなく、熱帯特有の病気によって多くの兵士を失った。九六〇〇〇人もが赤痢、マラリア、黄熱病に倒れたのである。流布している伝説とは異なり、宗主国スペインをくじいたのはゲリラではなく気候であった。独立派がサンティアゴ州を中心として果敢に戦い、たえずこぜりあいをしかけたのは事実であるが、戦闘員の数は少なく、スペインが送りこんだ軍勢とわたりあうどころではなかった。内戦はあと何年も続いてもおかしくなかった。だが、ある出来事がその帰結を速めた。一八九八年二月一五日、ハバナ港に投錨していたアメリカ海軍の巡洋艦が偶発的な爆発で大破したのだ。きっかけを待っていたアメリカはこれ幸いと、この爆発はスペインがしかけたものだと主張して参戦し、スペインにキューバをあきらめるよう求めた。数カ月の戦いで、軍事大国アメリカは敵を圧倒した。スペインは手痛い敗北を喫し、無条件降伏に追いこまれた。一八九八年一二月一〇日、パリ条約が結ばれてスペインはフィリピン、キューバ、グアム、プエルトリコを失った。植民地帝国スペインの凋落《ちょうらく》であり、四世紀前のクリストファー・コロンブスの大航海ではじまった冒険物語のみじめで身《み》も蓋《ふた》もない終焉《しゅうえん》であった。スペインの歴史家たちにとって、一八九八年は「災厄の年」となった。

三六カ月の戦闘のあいだに最悪の事態――独立派《マンビセス》に与《くみ》した貧農《グアヒーロ》たちの虐殺、裁判抜きの処刑や掠奪、独立派の焦土作戦で一面の焼き野原と化したいくつもの地方――をまのあたりにし、心が石のようになった二三歳のアンヘル・カストロはガリシアに帰らねばならなかった。キューバは、あたり一面、焼け残った切株がいまだにくすぶっている廃墟の国であった。すべてを再建する必要があった。アンヘルは、栄光の影も形もない敗軍の生き残った兵士とともに帰国すべきかどうか迷った。応召のときに得た金が手元に残っていた。大気がつねに心地よく、何も手をくわえずとも柑橘類が育つと思われるこの国で新しい人生をはじめることも考えられた。いや、帰らねばならない。死者の魂を守ってくれる親切な女魔法使いメイガに村人がたびたびご加護を願っている生まれ故郷、あのランカラ村で許婚者《いいなづけ》が自分を待っている。それに、ネイラ川で鱒《ます》を釣るのも、靄《もや》が立ちこめる生暖かい谷間を息が切れるまで馬を走らせるのも好きだった。

ふるさとに戻ったアンヘル・カストロは、おそろしいことを知らされた。許婚者《いいなずけ》は自分を待ってくれなかった。アンヘルは死んだものと思われたため、別の男性と結婚したのだ。悲しみと屈辱で気がふれたようになったアンヘルは身のまわりのものをつめこんだ包みをふたたび手にとり、スペイン北西部の港町ラ・コルーニャへと向かい、最初に来たハバナ行きの蒸気船に飛びのった。忘れるために。キューバの太陽ならすべての傷を癒してくれるだろう。いちばん辛い苦しみでさえも。

一八九九年、ふたたびキューバの土を踏んだアンヘル・カストロはびっくり仰天した。数カ月のあいだにアメリカ人たちが乗りこみ、キューバ経済を牛耳っていた。彼らは、オルギンとサンティアゴのあいだの東部地方を中心に、一億六〇〇〇万ドル以上も投資していた。目的は、集約的なサトウキビ栽培を発展させ、アメリカのマーケットに供給することであった。彼らは、ニペ湾近くの、ことに肥沃なマヤリ地方に鉄道を敷設していた。同時期に、ユナイテッド・フルーツ社は一帯で一〇万ヘクタール以上の土地を購入した。同社は人手を必要としていた。壮健な働き盛りの男にとって、仕事はいくらでもあった。ユナイテッド・フルーツ社の経営陣は、戦争で荒廃したバネスの町を再建し、社屋をかまえた。そして、ニペ湾には、ボストンやニューヨークへと商品を積み出すためにアンティージャという名の港を拓いた。アンヘルは変貌のさなかにあるこの地方に身をおちつけ、身を粉にして働いた。最初は鉄道会社に雇用された。次に鉄道沿いの行商人となり、サトウキビ収穫労働者に水やレモネードを売って歩いた。やがて、カナリア諸島出身のスペイン人入植者、フィデル・ピノ・サントスと良好な関係を結んだおかげで、ユナイテッド・フルーツ社からビラーンの土地数ヘクタールを賃借することからはじめて、少しずつ、だが着々と土地を購入するようになった。

自分の地所の面積を広げるため、アンヘル・カストロはなんでもやってのける覚悟だった。自分が雇うサトウキビ収穫労働者には情け容赦ない態度で接し、その大部分を占めるハイチ人だけでなく同郷人をも過酷に扱った。怪しげな仲介人の手を借り、故郷ガリシアから船で労働力をよびよせたのである。彼らは仲介人によって四年契約を結ばされていた。アンヘルは拳銃の引き金にすぐに手をかけ、反抗的な、もしくは要求がましい労働者を始末することがある、とささやく者もいた。ただし、この噂を裏づける証拠は何もない。その一方、サンティアゴの記録保管所には、同地の入植者らによるハイチ人労働者への不当な扱いに対するハイチ総領事の抗議を記録した当時の文献が数多く残っている。バネスとマヤリのプランテーションで起こったとの告発があるいくつもの犯罪を確認するために、ハイチの首都ポルトープランスから調査団が派遣された。内輪の問題に他人が鼻をつっこむことを認めない地主たちの暴力的反応をおそれたハイチ総領事は、警察官によるエスコートを、必要であるなら軍隊の加勢をもお願いする、とキューバ当局に要請している。その頃のオリエンテ地方は、西部劇のファーウェストさながらであったのは確かだ。取引上のもめごとの解決には、法律の手引書よりもウィンチェスター銃が使われることが多かった。

無慈悲で暴力的なこの新世界において、アンヘルは敵に情け容赦がなく、問題が起きたときは強硬な姿勢をとる強面《こわもて》の顔役、との評判をとっていた。人々は彼をラドロン（泥棒）とよんだが、本人が近づくと目を伏せた。数年後、汗とけんか腰と抜け目のなさと暴力だけでなく、努力のかいもあって、ランカラ村からやってきた貧乏なスペイン人はドン・アンヘルとよばれるまでになった。誇り高く、石像のようにかたくるしい彼は、ピストルをベルトに差し、白馬に跨《また》がって自分の地所を見てまわった。

家には、クラック社の銃二丁がいつでも使える状態に保たれていた。アンヘル・カストロはビラーンに住みながらも、スペインのガリシアを一度も離れていないような印象をいだいていた。興味深いことに、このあたりの風景と故郷ランカラの川沿いの土地の風景は見分けがつかぬほど似ていたからだ。ここにも急流と丘がいたるところにあり、下のほうに降りるとアルト・セドロとマヤリのあいだに広大な平地が広がっており、小さな湖プレサ・サバニージャがあった。冬には靄がかかり、ガリシアのニエブラをどことなく連想させる。ニエブラとは、綿のようにしっとりした霧で、そのなかにいると時間が停止したかと思われる。社会的成功にもかかわらず、アンヘルは出身地をどこか懐かしんでいた。ガリシアの人々がモリーニャとよぶ望郷の念である。しかし、一人の女から辱《はずかし》めを受け、痛手を負わされた生まれ故郷の村に帰ることなどできるわけがない。自分は決して戻らない、とわかっていた。誇りが許さないからだ。ガリシアからだけでなく、アストゥリアス、アンダルシア、カタルーニャからの移民の多くと同様に、ときどきは故郷に錦《にしき》を飾り、学校や病院を建てたり、基金を設立したりすることもできたろう。しかし、アンヘルはそうしたことはいっさいしなかった。

それなら、自分のルーツとの絆を失わないためにはどうしたらよいのだろうか？　アンヘル・カストロが出した答えは、ビラーンの丘の中腹に、熱帯の木材を使ってガリシア風の家を建てることだった。夕方になると家畜（牛、馬、豚、山羊、鶏）が床下に集められて夜をすごす、故郷ガリシアの美しいカーサ・デ・カンペシノス［田舎の家］と同じく、ピロティ構造の建物だった。アンヘルは、小さな闘鶏場も作った。毎週末、農業労働者たちが集まり、わずかな賃金を賭けで使い果たし、多くの場合は酔っぱらい同士のけんかで終わった。

この洗練とは無縁の生活環境のなか、ドン・アンヘルは幸福であった。彼が唯一、情熱を傾ける対象は家畜であった。彼は根っからの牧場主《ガナデロ》であった。友人のフィデル・ピノ・サントスとともに、何時間もかけて地所を見てまわり、種付け用の雄牛の働きをチェックした。アンヘルがいやいやながら町まで出かけるのは、弁護士、政治家、商人、ユナイテッド・フルーツ社の管理人らと会わなければならないときだった。彼らとのあいだには少しも共通点がなかった。フィデル・ピノ・サントスだけが自分を理解してくれた。彼だけには、読み書きができないことを打ち明けることができた。

ある日のこと、フィデル・ピノ・サントスはアンヘルに農場《フィンカ》管理にかんする助言をいくつかあたえたのちに、いい加減に読み書きを覚えるべきではないか、と切り出した。大地主であるなら情報通であるべきで、新聞を読み、砂糖価格の動きを追わねばならない、とサントスは説明した。そして、バネスのアメリカンスクールで教師をつとめるマリア・ルイサ・アルゴタを紹介してくれた。穏やかで教養のある女性であった。ドン・アンヘルは彼女と結婚し、二人の子ども、ペドロ・エミリオとリディアをもうけ、文字を読むことを覚えた。ビラーンの大地主として尊敬、畏怖《いふ》されるアンヘルは得意であった。目に一丁字《いっちょうじ》もなかった自分が、バネスに住むアメリカ人良家の子どもたちが学ぶ学校の先生と結婚したのだ。彼の地所はいまや一万ヘクタールを超えていた。

自分の財産を守るため、アンヘルは政治家のうしろだてを必要とした。そこで、バネス市会議員で、保守党の幹部でもある友人のフィデル・ピノ・サントスのいちばんの支援者となった。サントスは、オリエンテ州各地で農民相手に犂《すき》を賃貸する商売で富を蓄積し、バヤモの近くに広大な農場《フィンカ》と、オルギンにホテル一軒を所有していた。さらに、法律家でもあったのでユナイテッド・フルーツ社の顧問をつとめているうえに、家畜と米の取引も行っていた。政治的にはひどく反動的で、ハバナで下院議員となることを狙っていた。ドン・アンヘルは影にとどまるほうが性に合っていた。彼も権力を愛したが、自分の土地において権力者でいるのが好きだった。彼が政治にかかわるのは、自分の大地主としての利益を守るためであった。抜け目がなくてプラグマティックな二人は、キューバではアメリカ人の支持なくしては何もできない、と知っていた。

アメリカ人たちは、キューバを併合することを夢見たのち、それほどはラディカルでない手法を選んだ。一九〇二年、アメリカは自軍をキューバから撤退させたが、独立したばかりのキューバ共和国に対してプラット条項を憲法にくわえるよう強要した。アメリカ側の交渉人であったプラットの名前をとったこの条項は、アメリカの権益が脅かされる場合はただちにキューバの内政に干渉する権利をアメリカ政府に認めるものであった。要するに、キューバはアメリカの被保護国となったのだ。共和国といっても名ばかりであった。より深刻な問題があった。アメリカとスペインは両国間の戦争を終結させるにあたり、パリで行われた条約交渉のテーブルから、宗主国スペインと三〇年以上も闘ってきたキューバ独立派ブルジョワ（マンビセス）の代表をしめ出したのだ。ヤンキーが真摯《しんし》に助けてくれると信じてスペインに反旗をひるがえした独立運動指導者たちは、裏切られだまされたと感じた。彼らは、時代遅れで息苦しい体制に閉じこもっているスペインとは異なり、アメリカは民主主義のお手本だと信じていたのだ。また、近代化を夢見るすべてのキューバ人はアメリカに熱い視線をそそいでいた（二〇世紀の初頭に革命的な設備、水洗トイレをキューバにもたらしたのはアメリカだった）。こうしたマンビセスの思いを無視したことで、アメリカは大きな過ちを犯した。半世紀後、この歴史的過ちはアメリカとキューバの関係に大きくのしかかることになる。キューバ国民の一部に、あざむかれたとの思いが浸透した。キューバに何百万ドルもが投資されるのをまのあたりにすると、スペインによる植民地管理のほうがゆるかった、すくなくともこれほど露骨ではなかったと思われた。いまや、いたるところに姿を見せる強大なアメリカがスペインにとって替わって「入植者」となり、キューバ海岸からすぐのところに基地を置いて睨《にら》みをきかせていた。スペイン植民地時代のセニョリート［だんな様］たちを懐かしむ向きも現れた。ハバナの新聞は、「ユダヤ人銀行家と手を組んで「ドルをばらまいてカトリック教会の影響力を薄くする」ことを狙う「ウォールストリートのクエーカー教徒たち」を激しく非難した。北米からやってきた新たな支配者の合意のもとで、アンヘル・カストロのようなスペイン人の無頼漢が広大な土地を入手するのを見て、キューバのブルジョワ階級の少なからぬ割合が深い恨みをいだいた。

ドン・アンヘルは恥知らずにも、何年か前に戦って負かされた相手であるグリンゴ［よそ者、この場合はアメリカ人をさす］に仕えていた。彼は貪欲に土地を取得したが、成金としてふるまおうとはしない奇妙な移民だった。大農場主たちの閉鎖的な世界の仲間になるつもりは皆無だった。彼はサトウキビを売却するために、ユナイテッド・フルーツ社の大規模製糖工場――「プレストン」や「ボストン」といった名称で知られていた――を訪れたが、不愛想で無口な男との評判をとった。彼は「貧乏人コンプレックス」をかかえていた。非社交的で御しがたい男だ、けんか腰のことが多い、と噂された。アンヘルが心を許せるのはフィデル・ピノただ一人であった。自分と同様に人間より家畜を愛するフィデル・ピノは、アンヘルとスペインをつなぎとめる唯一の絆であった。二人は大西洋の向こうの故国の思い出をいく晩もいく晩も語りあった。フィデル・ピノから選挙運動への支援を求められると、アンヘルは二つ返事で引き受け、ビラーンに住む三〇〇所帯の票を提供した。票を確保するためにアンヘル・カストロが活用したのは、「トントン・マクート［二〇世紀なかばにハイチの独裁政権が制定した準軍組織。暴力団さながらの手法で反体制派を弾圧した］」と同じ役割を果たす政治軍曹《サルヘント・ポリティコ》であった。選挙戦におけるサルヘント・ポリティコの使命は、金もしくは暴力によって農民の票を集めることであった。マフィアさながらの手法である。ドン・アンヘルは絶対的支配者として自分の土地に君臨していた。彼は「ビラーンの総統《カウディージョ》」であった。

ある日のこと、アンヘルと妻のマリア・ルイサ・アルゴタはドミンガ・ルスという名前の女の訪問を受けた。この女は少し前にアンヘルの土地に移り住み、カストロ家から一キロほど離れたところでボイーオ（掘っ立て小屋）暮らしを送っていた。彼女の夫のフランシスコはサトウキビ畑で働いていた。混血のドミンガはエネルギッシュな女で、豊かなオリエンテ地方に来たのはよりよい暮らしを求めてのことだった。ルス一家は、アルテミサ州に近いピナール・デル・リオ州から、牛が引く車に乗ってキューバを横断してオリエンテ州にたどりついた、とのことだった。ドミンガの苦難の長旅の話にドン・アンヘルは心を打たれた。その上、彼女は魔法の使い手だとの噂があった。ガリシアのメイガ（女魔法使い）のように少々魔女めいたところがあったのだ。一家を助けるため、ドン・アンヘルは彼女の三人の娘の一人を女中として雇ってやることにした。娘の名はリナであった。歳は、アンヘルの娘リディアと同じく一四であった。バネスのやさしい奥方であるマリア・アルゴタもリナを新たな女中として受け入れたが、わが家に不幸を招き入れたとは知る由もなかった。

短期間のうちに、溌溂《はつらつ》としてものおじしない少女リナにビラーンの殿様ドン・アンヘルのお手がつき、やがて妊娠した。生まれた女児アンヘラは、祖母のドミンガの家で育てられた。カストロ家では、この出来事をなかったものとして無視した。結局のところ、どの大農場でも婚外児はめずらしくもなんともなかった。こうした現象は、キューバの「島国的」性格のせいだとされた。奴隷制度の廃止が世界一遅かった（一八七八年）キューバにおいては、領主の初夜権は広く行使されていた。続いて、二人目の子どもラモンが生まれた。リナは、この子を長女のアンヘラとともに、実家である練り土つくりのあばら家で育てた。ドン・アンヘルは自分が産ませた「私生児」のようすを見にときどきやってきたが、彼らの存在はあくまで秘密にしておくつもりであった。

しかし、皆が驚いたことに、ひかえめで、夫に服従していたマリア・ルイサ・カストロ・アルゴタが見て見ないふりをすることを拒絶した。彼女にとって現状は受け入れがたかった。バネスから二〇キロも奥にあり、行き着くための交通手段は馬のみというビラーンで、丘に周囲を閉ざされて暮らしているかぎり、マリアは、二つの家庭を同時に養うことになんの疑問もいだかないドン・アンヘルの言いなりになるほかなかった。二人の子ども、ペドロ・エミリオとリディアが中学校に通う歳となったので、マリアは子どもの教育のためという口実でサンティアゴに移り住むことを決めた。サンティアゴに住めば、夫の妾がわが家に通って掃除洗濯をする姿を見るという屈辱はすくなくともまぬがれる！　だが、マリアはこうして別居することでリナに城を明け渡してしまったことに気づかなかった。ものおじしない少女は、堂々たる女に変身した。エネルギッシュで意志が強いリナは、「新たな女主人」としてマナカスの屋敷に君臨するようになった。それよりもなによりも、リナとアンヘルは相性がよかった。一九二六年八月一三日、リナは三番目の子どもを産み、得意満面であった。ドン・アンヘルは赤子に親友の名前をつけることにした。男の赤ん坊はフィデルとよばれることになった。サンティアゴで、マリア・ルイサ・アルゴタは悲嘆にくれた。

彼女の苦悩はだれにでも理解できる。自分に仕えていた女中、しかも自分の娘と同年齢の女が夫の子どもを三人も産んだのだ！　傷つき、打ちひしがれたマリア・アルゴタは途方にくれた。法律の上では、リナは権利のない愛人にすぎず、彼女が産んだ子どもたちは遺産相続権をもたぬ「私生児」にすぎない。しかし、自然の掟の上では？　家畜の真上で眠るのを好むアンヘルにとって、大地の力ほど重要なものはなかった。心底からガリシア人である彼は、先祖であるケルト人のように、大地がもつ力のみを信じていた。ほんとうのところ、リナは彼にうってつけの伴侶であった。彼女は、若い頃のアンヘルと同じように野心家で、反逆的で、読み書きができなかった。同じように野生的で、動物を愛していた。洗練とは無縁の農村地帯で、マリア・アルゴタのような女教師は、太陽の光にも耐えられない、はた迷惑なインテリ女であった。これに対して、リナは大地の女であった。顔は農婦らしく日に焼け、ズボンを履くことも銃を扱うことも躊躇しなかった。ピアノを弾き、英文学の名作を読むのが好きというマリア・アルゴタにもはや勝ち目はなかった。実質的に選択の余地もなかった。ビラーンからは、夫が屋敷に私生児たちを招き入れる回数が増している、との噂がとどいた。彼女は離婚を求めた。

その当時――一九二〇年代の終わり――、このような要求はきわめてまれであり、想像もつかない事態といってもよかった。カトリック教会は離婚を断固として認めていなかった。カストロ夫妻の離婚問題は大スキャンダルとなった。正妻であるマリアはサンティアゴの法律家たちに相談した。夫ただ一人に咎《とが》があり、罪を犯していた。彼の立場は法律上、擁護不可能であった。不貞を犯したのみならず、神聖な母なる教会の定めを破り、中世の領主のごとく第二の家庭を築いたからだ。

動物的本能によってアンヘル・カストロは自分の立場があやういと理解した。離婚訴訟において全財産を失う危険があったし、それよりもなによりも、マナカスの屋敷、農場、土地、サトウキビ畑、家畜、いくつもの丘、ヤシ園、急流を、そうしたものすべてを一度も本心から愛したことのない都会の女と分けあうのはご免であった。そこで、友人のフィデル・ピノ・サントスとともに、法の網をかいくぐるための計略を練った。破産をよそおって、一時的に自分の財産と土地をフィデル・ピノ・サントスに譲りわたす、というものであった。アンヘルの全財産の所有者となったフィデル・ピノ・サントスは寛大にも、アンヘルに農場の「管理運営」を託した。こうして、息子フィデルの誕生直後に、ドン・アンヘルは表向きには破産したことになり、法律の上では彼から何も奪うことはできなくなり、金銭面では支払い不能となった。現代人の目には「離婚劇でよく使われる手」と映るかもしれないが、この時代では前代未聞だった。

リナはいっとき、三人の子どもとともに両親の掘っ立て小屋に戻った。アンヘルとの関係が切れたように見せかけるためだった。厳しい生活条件などにへこたれる女ではなかった。苦労など跳ね返すことができた。ただし、子どもたちが洗礼を受けていないことに絶望していた。母のドミンガもそうであったが、イスタンブールから移住したユダヤ人の先祖をもつリナ・ルスは非常に信心深かった。多くのキューバ人の例に違わず、彼女はカトリックだけでなくアフリカの儀式もとりいれた信仰を実践していた。リナはいくらか「サンテリア信者」であった。すなわち、一八世紀にナイジェリアからつれてこられた奴隷がもたらした、ヨルバ人の神々を信仰していたのである。とはいえ、自分の子どもたちがカトリック司祭から洗礼を受けることを渇望していた。だが、教会の掟を破る危険をおかし、リナが産んだ私生児に洗礼をあたえようとする司祭は一人もいない。彼女は何度も、地元の司祭数名に頼みこんでみたが、空ぶりに終わった。それでも彼女はへこたれず、一つの案を思いついた。不況のさなかの一九三〇年、リナ・ルスはドン・アンヘルの同意を得て、アンヘラ、ラモン、フィデルをサンティアゴの知りあいに託すことに決めた。サンティアゴまで行けば、カストロ家のことはだれも知らないだろう。第一、戸籍上、彼女の子どもたちの苗字はカストロではなくルスであった。それもそのはず、アンヘルはまだ離婚しておらず、リナの子どもたちを認知することができないでいた。

こうして、四歳の幼いフィデル少年は兄と姉といっしょにサンティアゴ行きの汽車に乗りこんだ。素朴な田舎ビラーンを離れ、反逆的で気まぐれな都会サンティアゴに向かったのだ。わたしの子どもたちも、広い都会では埋没して、匿名の存在でいられるだろう、とリナ・ルスは考えたのだ。幼いフィデルを手放すのはとてもつらかった。この子は、理由をちゃんと説明してもらうことなく、突然親から引き離された。ビラーンに平安が戻るには、こうするほかない。それに、サンティアゴでなら、子どもたちに洗礼を授けて地獄の炎から救ってくれる、話のわかる司祭さまが見つかるにちがいない。リナはそう信じていた。

第3章　サンティアゴのゴッドファーザー

いやだ、どうしても好きになれない。この人が料理を盛った皿を渡す仕草も、食卓だけでなくありとあらゆる場面でおしゃべりを禁じるやり口も耐えられなかった。くわえて、きついクレオル［西インド諸島の土着語と西洋言語の混成語］訛りで話すフランス語ときたら！　彼の住まいは、サンティアゴ旧市街中心にある木造の安普請《やすぶしん》であり、家族が食べるのにやっとの金しか家計にもたらさないくせに、貴族であるかのようにふるまっている。サンティアゴに着いて以来、フィデル・ルス・ゴンザレスは見すてられたという思いに打ちひしがれていた。「おまえの父さんとは友だちだよ」と自称する、白人と黒人の血が混じったこの一家のなかで自分はいったい何をしているのだろうか？　五歳になったばかりで、まだ学校には通っておらず、お仕置きでもくらったかのように一日中、家から出してもらえない。彼の後見人であるハイチ人のルイス・イポリト・アルシデス・イベールは体罰の効果を信じる男だった。尻たたきを実践し、自分のまわりではどのような小さな音でも聞こえてはならなかった。妻のエメレンシアナ・フェリウは夫と比べれば感じがよいといえるかもしれない。ピアノを弾き、どちらかといえばお洒落に気をつかう方であった。しかし、子どもにはまったく無関心だ。外の世界と遮断されてしまった幼いフィデルは、なぜ両親はビラーンからこんなに遠くに自分を送り、こんな人たちに預けたのだろう、と自問した。農場から出発したときのこと、荷車にゆられてのマルカネ駅までの道行き、それからサンティアゴまでのはじめての鉄道の旅を思い出した。映画にでてくるような真新しい木造の駅、熱気に包まれ、熱帯の果物を陳列する行商人がカラフルな彩《いろどり》をそえるアラメダ街の雑踏に目をみはったことを覚えていた。それから突然、イベール家の冷たい暗がりに放りこまれた衝撃も。

なぜフィデルはこの陰気な家庭に託されたのだろうか？　表向きの理由は、サンティアゴのよい学校に入るための準備である。ビラーンからいちばん近い町であるマルカネの小学校で学ぶという常道を選ぶこともできたが、両親は違う決断をくだした。子どもたちがスキャンダルにまきこまれるのを防ぐには、ドン・アンヘルの土地からただちに遠ざける必要があった。マリア・アルゴタが雇った弁護士たちがあたりをかぎまわりはじめていた。子どもたちの存在を世間に忘れさせ、話がわかる司祭を見つけて子どもたちにこっそりと洗礼を授けてもらう、というリナの計画が採用されたのだ。フィデルが、虫が好かぬ巨漢の黒人とその妻の家族が住む家に閉じこめられているのは、「世間から忘れてもらうため」であったのだ。いわば隔離されていたのだ。フィデルはリブレタとよばれる簡単な学習帳をあたえられて読み書き、算数を学んだ。両親は一冊の本も買ってくれなかった。少年フィデルは、学習帳の最後のページに掲載されている九九の表を読み解きながら割り算や掛け算を練習した。彼にとって九九の表は外の世界の扉を開いてくれる魔法の呪文であった。父母が会いに来ることはほとんどなかった。第一に、サンティアゴは遠すぎた。農場からは六時間以上もかかった。次の理由はアンヘルの離婚問題であった。アンヘルは法律上、リナが産んだフィデルとその兄と姉の父親ではなかった。司法の裁定が下るまで、アンヘルは人目につく行動をひかえる必要があった。しかし、離婚のごたごたは長引き、ビラーンの地所をめぐって、アンヘルと前妻マリア・アルゴタの主張が対立していた。マリア・アルゴタは半分を自分に渡すように要求したが、アンヘルは断固拒否した。これまでのところ、司法上の落としどころはいっさい見えてこなかった。双方の弁護士たちはがまん比べをしていた。解決にいたるまで、リナの子どもたちはなかば地下に潜伏する毎日を送っていたのである。

アンヘルの親友であるフィデル・ピノ・サントスは、非公式のゴッドファーザーとしての務めを果たしていた。フィデルと姉のアンヘラの養育費を彼らの「後見人」となったルイス・イベールに支払い、アンヘル・カストロの銀行家の役割を演じた。ひかえめながらもあらゆる場面で姿を現し、困難で制約の多い使命をみごとにやってのけた。議員となるのを助けてくれたアンヘルへの恩返しだった。また、大規模サトウキビ農園への労働力供給をおもな仕事とする厚顔《こうがん》無恥《むち》なルイス・イベールとの関係維持にも気を配る必要があった。フィデルの後見人は奴隷商人さながらに、ハイチから不法移民をキューバに運んでいたのだ。ハイチの首都ポルトープランスからサンティアゴまでは船で数時間の距離であったから、老朽船に積みこんで何千人もの不法移民をキューバに運ぶのは容易《たやす》かった。移民はサフラ（サトウキビの刈り入れ）が続く四か月間こき使われた後は、勝手に生きのびるようにと放り出され、ときには殺された。

この頃、このあたりの山々には多くのハイチ人マチェテロ［サトウキビ刈りとり労働者］がひそんでいた。彼らは、森のなかに竹の掘っ立て小屋を建てて生きのび、サトウキビ刈りとりの季節になると山を下りた。したがって、この地方はあらゆる抗議運動の温床であった。ハバナの若い学生であったフリオ・アントニオ・メージャの指揮のもとに一九二五年に結成された共産党がいちばんの基盤を築いたのもこの地方であった。大規模ストライキが最初に起こったのも、ほかのどこよりも数多くの女工が働く、サンティアゴ近辺のインヘニオ（大規模砂糖工場）においてであった。

ドン・アンヘルとその友人フィデル・ピノは、こうした労働運動の芽生えにどのような反応を示したのであろうか？　彼らの答えは暴力であった。少しでも異議申し立ての兆しがあると、彼らは「農村警備隊」を動員した。スト破りを任務とする、きわめて粗暴な農村地帯警察であった。二人とも、アメリカと大土地所有者の利益をなんの迷いもなく守る、残忍で腐敗した独裁者ヘラルド・マチャド将軍を熱烈に支持した。一九二〇年代の終わり、政権をにぎっていたキューバのエリート層のあいだでは、思考も行動もアメリカ追随であった。彼らは同志であるアメリカ人と同様になによりもボリシェヴィキをおそれており、これまたアメリカ人と同様に一九二九年の経済恐慌の痛手を正面からこうむっていた。その結果として、一九三〇年代の初め、アンヘル・カストロは共産主義の危険から自分の所有地を守ることに全精力を傾けた。貧しい耕作人から大農園の殿様にのし上がったアンヘルはみずからの出自を忘れ、赤い脅威から財産を守らねばという考えただ一つにとりつかれた。自分の土地の平穏をかき乱す者を厳しく罰したのは、将来に暗雲がたれこめていることを感じていたからだ。

経済指標はマイナスを示していた。「百万ドルの踊り［砂糖の値段が高騰したおかげでキューバは急に豊かになり、人々は連日連夜、飲み、食い、踊りつづけた］」とよばれる、一次世界大戦終了後の経済黄金期が去ると、不況が待っていた。砂糖の需要は落ちこみはじめた。政治面では、ふつふつと不満がわき立っていた。三〇年間の沈黙を破ってマンビセスが声をあげ、ナショナリズムの風がふたたびキューバに吹きはじめていた。国内のあちらこちらでストが起こり、その多くが弾圧されて血が流れた。世論はアメリカを糾弾した。こうした弾圧、マチャド将軍の「棍棒政策」の糸を引いているのはアメリカであり、自国の製糖企業の利益を守ろうとしている、との非難であった。

批判の矢面に立たされたのは、オリエンテ州の北、バネスに拠点をかまえる強大なユナイテッド・フルーツ社であった。同社はバネスに自分たちの病院、学校、郵便局、店舗、駅、警察をもっていた。同社の「温情に満ちた後見」がなければ、政治家はだれひとり生きのびることはできなかった。だれもが一度はバネス詣《もう》でを行った。アンヘル・カストロとフィデル・ピノは長旅をする必要はなかった。二人にとってユナイテッド・フルーツ社は隣人だったからだ。一九三三年、反米感情が高まるのをまのあたりにして二人は不安を覚えた。この年の八月七日、ゼネストがよびかけられた。ハバナでは何万人もの人々がデモに参加した。マチャド将軍は群衆に発砲することを躊躇《ためら》わなかった。死者の数は何百人にものぼった。サンティアゴでも、騒擾《そうじょう》が同じように力で封じられた。

イベール家にいたフィデル・ルス少年は、喧噪、群衆の叫び声、銃声、馬の蹄の音を聞いた。自分が九九の六の段を唱えているあいだに、家の外では騒動が起こっていることがわかった。歴史の足音と、それにともなう爆発音は、くぐもった形で少年の耳にとどいた。この一九三三年はキューバ正史における決定的な年の一つであることにまちがいはあるまい。

ハバナでは、独裁者マチャドの残忍性を批判する声が高まりを見せた。これには、アメリカで新大統領の就任宣誓式が行われたばかりという背景もあった。新大統領の名はフランクリン・ルーズヴェルト。彼は、「ラテンアメリカの友好国」との対話――アメリカ政府はこれを「グッド・ネイバー・ポリシー（よき隣人政策）」とよんだ――を唱えていた。ルーズヴェルトが大統領に就任するや否や、「棍棒政策」は放棄された。そして驚いたことに、八年間にわたって独裁政治を敷いたマチャドが全財産をたずさえてキューバを去った。

ビラーンの地所に居ながらにして、ドン・アンヘルは事態の推移を注意深く見守った。彼は、「ガリシアのエコー」をはじめとする、ハバナで発行される新聞雑誌を定期購読していたのだ。当初は、マチャドの失脚はキューバにたいした影響をあたえないだろうと考えていた。新聞雑誌の記事をとおして、自分が肩入れしていたマチャドの逃亡はアメリカが計画、実行したものだったと知った。八月一二日、ルーズヴェルト大統領の顧問、サムナー・ウェルズの極秘訪問を受けたのちに将官たちがハバナの兵営を急襲し、マチャドに国外退去を求めたのである。マチャドが財産と秘密――アメリカの秘密工作機関との怪しげな関係――をかかえて静かに退場するように、サムナー・ウェルズが軍事クーデター首謀者たちとはかったことはいうまでもない。キューバ政界の情報通は全員、新たな傀儡《かいらい》大統領が指名されるか選出されるであろう、と考えた。しかし、世論はこうした小手先の変化に満足しなかった。民族主義的でリベラルな政党、真正党［アウテンティコ党］に結集していたマンビセスの代表者たちは、真の改革を要求した。

このとき、ワシントンの戦略担当者たちが予測もしていなかった事態が出来《しゅったい》した。将校らによる八月の反マチャド軍事クーデターの後、二番目のクアルテラーダ（軍事クーデター。文字どおりに訳せば『兵営の叛乱』）が九月四日に起こったのである。今回の主役は、まったく無名のキューバ軍の軍曹たち、政治的素養が皆無で国を統治する能力などない下士官らであった［ゆえに、このクーデターは「軍曹の反乱」とよばれる］。彼らが担《かつ》いだリーダーは、ある将軍の副官をつとめたことがあるフルヘンシオ・バティスタという男であった。バティスタは一匹狼だったわけではなく、とくにハバナで活動がさかんであった学生幹部団という組織の支援を受け、数週間前からいっしょに今回のクーデター計画を練っていた。この「幹部団」の裏には一人の男がいて、影で重要な役割を演じていた。のちに真正党［アウテンティコ党］のリーダーの一人となるアントニオ・ギテラスである。ギテラスは、キューバのすべての民族主義者、すなわちプラット条項を苦々しく思っていた人々から支持されていた。彼は、今回の軍事クーデターを起こした軍曹らを説き伏せて、反体制派著名人のラモン・グラウ・サン・マルティン医学博士をキューバ共和国の大統領の座にすえることに成功した。この大統領も「アメリカ人のあやつり人形」となるのだろうか？

多くの人が驚いたことに、新政府は一連の「革命的な」改革を打ち出した。砂糖部門のすべての労働者に八時間労働を適用し、実質的にアメリカが執筆した一九〇一年の憲法を廃止し、プラット条項を無効とした。こうして、鐘も太鼓も打ち鳴らすことなく、キューバはほんとうの意味で独立した。これはルーズヴェルトにとって打撃だった。しかし、ルーズヴェルトは怒りをのみこみ、巡洋艦を送りこんでハバナ沖に停泊させたりはせず、センセーショナルな声明を一つも出さず、だれかをおどすこともなかった。キューバ問題を「管理する」よう、特別機関に指示しただけであった。アメリカの秘密工作機関はさして時間をかけずに、キューバ新政権の「攻めどころ」を発見した。三二歳にして「軍曹の反乱」をくわだてたあの野心的な若手軍曹、フルヘンシオ・バティスタの出身地がユナイテッド・フルーツ社の拠点であるバネスである、と知ったのだ！　バティスタ軍曹の家族はきわめて貧しく、生活のすべてをユナイテッド・フルーツ社に頼っていた。彼は同社の頼みを何一つ断わることができないにちがいない。

速記タイピストもふくめてさまざまな職業を経験し、クーデターのおかげで下士官から軍のトップに踊り出たバティスタの「金銭の誘惑に抗する力」をテストする使命をおびて、ユナイテッド・フルーツ社の代表一名が送り出された。バティスタにどのような条件が提示されたのか？　参謀総長の職を辞するならば、中南米で「高報酬の」幹部職につくことができる、というものだった。ポマードで髪をなでつけ、きらびやかな制服を着て、目を輝かせている若いバティスタは、この典型的な買収をもちかけたユナイテッド・フルーツ社の使者を追いはらうことも、声を荒げることもしなかった。相手にほほえみかけて「ノー」と答えたが、強い信念が感じられず、将来にふくみをもたせる拒絶であった。ユナイテッド・フルーツ社の使者――じつは秘密工作員であった――は理解した。バティスタはアメリカの利益に反することはしないだろう、必要な対価を払えばよいのだ、と。

ビラーンのドン・アンヘルは憤激していた。彼にとって新政府は疫病神であった。グラウ・サン・マルティン政権は八時間労働を制定した。サフラ［サトウキビ刈入れ］の時期になると、刈り入れ労働者は一日あたり一二時間、ときには一四時間も働くのだから、こんな決まりは自分にとってなんの意味もない。ビラーンの頭領《とうりょう》であるアンヘルは、このような法律は無視すると決めた。これまでの流儀にしたがって、自分がよいと判断するところを押しとおすまでだ。こんな奥地にまでやってきて自分を咎《とが》める度胸のある者などいるだろうか？

しかし、彼にはもう一つの心配事があった。新政府はすべての農園主に対して、労働者の半数はキューバ人とすることを求めたのだ。いずれの農園主も今後は、「自国民」を五〇％雇わねばならない。大多数の「入植者」と同様に、アンヘル・カストロはハイチ人違法移民を数多く使っていた。従順で使い勝手がよい労働力が、国外追放措置の対象となろうとしていた。これは、サンティアゴでアンヘルの子どもたちの下宿を引き受けているルイス・イベールにとっても大問題だった。ハイチ人労働者供給の仕事が激減すれば、密航の組織という彼の事業は大打撃を受ける。すでに何千人ものハイチ人がサンティアゴ港から船で母国に送還されていた。このいまいましい法律がすぐに廃止されなければ、イベールは失業することになる。

ドン・アンヘルは心配事だらけで頭をかかえた。離婚問題は埒《らち》が明かないし、事実上の妻であるリナは子どもたちが洗礼を受けられないと言って嘆き悲しんでいるし、キューバの世情は騒然としているし、これまで低賃金で使ってきた労働力は消えようとしている。追い打ちをかけるように新たな騒動がもちあがった。ラサール学院に通学生として入学したフィデルに後見人のルイス・イベールが手を焼いている、とのことだった。手に負えない子であり、生意気で、礼儀知らずで、けんかばやい。ハイチ名誉領事の肩書をもっているイベールにとって面目丸つぶれだが、この子を躾《しつ》けることは自分にはむりだ、と降参した。三年前から公現節〔東方の三博士が幼子キリストの礼拝に訪れたことを祝う教会行事」のごとに、イベールはフィデルに厚紙製のきれいなトランペットをプレゼントしたのに、フィデルは贈り物を見ようともしなかった。フランス語の基礎を教えようとしたがこれも頓挫した。もう限界だ、後見人の役目を降りるほかないとルイス・イベールは考えた。いっそ、この子を寄宿生にしたらどうだろう？　しかし、これには一つ障害があった。寄宿生はキリスト教の教理をみっちり学ぶことになっている。そのためには、洗礼を受けていることが必須だ。学校に受洗証明書を提出せねばならない。母親のリナ・ルスは途方にくれた。だが、偶然にもフィデル・ピノ・サントスはラサール学院の支援者の一人であった。彼は自分の影響力を駆使し、フィデルを寄宿生として受け入れるよう修道士たちを説き伏せた。

イベール家を離れて寄宿舎に入ったことで、フィデル少年は何もかも面白くないという状態を脱した。もはや独りぼっちではない。同年齢の子どもたちと生活をともにすることができるからだ。なによりも、「戸外でのびのびとすごす機会が得られた。毎週、木曜日と日曜日は、友だちといっしょに船でサンティアゴ湾を渡って海水浴に出かけた。ラ・アラメダから一時間ほどの船旅で、レンテという小さな村に着く。マリスト修道会はここに、スポーツグランド、更衣室、シャワーをそなえた海水浴施設を所有していた。フィデルはサッカー、野球、バスケットボール、ペロタ［素手やラケットで壁にボールを打ちつけあう競技］といったスポーツをはじめて経験し、もてる全エネルギーを運動につぎこんで疲れることを知らなかった。

フィデルがビラーンの家族のもとに帰るのは長い休暇のときだけだが、クリスマスに戻ることもあった。しかし、父親の家にはまだ入れてもらえなかった。工事がまだ完全には終わっておらず、おまえが泊まる部屋がないから、と説明された。ほぼいつも、大好きな祖母ドミンガの家で寝泊まりした。彼にとって面白いお祖母ちゃんだった。多くの時間をお祈りに捧げ、フィデルが聞いたこともない神々に加護を願っていた。海の神、貧乏人の神、繁殖の神などであり、聖書に出てくる神と比べて陰鬱なところがずっと少ないようだった。アフリカからつれてこられた黒人奴隷たちを何十年ものあいだ守ってくれた神々だ。父親に会うのはまれであり、馬に乗って農場を見てまわる姿をときに目にするくらいだった。お父さまはお仕事や農園の管理でとても忙しいのだ、とくりかえし言いふくめられた。しかしフィデルにはどうでもよいことだった。久しぶりに母親のかたわらにいると、あれほど欠乏していた家族のぬくもりが少しは味わえたからだ。

一九三四年、休みが終わって学校に戻ると、寄宿生仲間のフィデルに対する態度に奇妙な変化があった。以前よりもよそよそしく、冷たくなった。マリスト修道士たちが守ろうと努めていた秘密がもれてしまったのだ。あいつは洗礼を受けていない。そこから、あいつはユダヤ人だ、という理屈が当然のように引き出された。フィデルはいじめに甘んじるつもりはなかった。自分に視線を向ける生徒の一人一人にくってかかり、だれかが眉をつり上げただけでけんかをはじめた。彼はおそろしくぴりぴりしていた。不当な仕打ちはどれほどささいであっても許せず、目に見えてだれかをひいきにするような態度をとる教師に悪態をつき、しばしば罰を受けた。修道士たちは地元の上流階級の子どもばかりに甘いと思い、これに怒り狂った。思い上がった飽食のブルジョワたちに、自分は洗礼を受けていないばかりか、母親は読み書きができない、もっと悪いことに、掘っ立て小屋に長年暮らしていたのだ、と大声で告げるべきなのか？

レンテに出かけたある日のこと、ラ・アラメダに戻る船のなかでフィデルは自分をまたもや「ユダヤ人」とよんだ生徒に暴力をふるった。またかとうんざりした修道士の一人がなんの説明もなしにフィデルを強くたたいた。フィデルは迫害されていると感じた。世界中が自分を敵視している。おそらくは天さえも。数日後、同じ修道士が廊下でけんかをしているフィデルを目にし、自分の事務室につれていき、大きな音がするほど強く頬をたたいた。前回とは異なり、フィデルはおとなしく引き下がることなく修道士にとびかかった。修道士が唖然としていると、次にフィデルは殴りかかり、獰猛にも顔にかみついた。学院長はすぐさまルイス・イベールをよびだし、この「獣のような野生児」を引きとるよう求めた。自分の被後見人である悪童の軽挙妄動《けいきょもうどう》にほとほと困ったイベールは、もう少しご辛抱ください、と修道士たちに頼みこんだ。あらゆるトラブルの根源である洗礼の問題は、近々解決するようにいたします、と約束して。

第４章　ダンヘル先生、イエズス会士、無限

　フィデル・ピノ・サントスは忍耐強く、道理をわきまえた人物であった。丸々と肉づきがよく、つねに穏やかだった。時間は人間の激情に打ち勝つものだ、そして時間と同じように有効なのは現金である、というのが信念だった。自分と同じ名前をもつフィデル少年を弁護するためにラサール学院におもむいたサントスは、修道士たちとて寄付を断われないだろうとわかっていた。名門として評判の高いラサール学院において、この「私生児」問題は校風にそぐわないのは確かであるが、そこまで物事を荒だてるのはどうだろうか。フィデルがアンヘル・カストロの息子であり、そのうち戸籍問題もおちつくところにおちつくことはだれでも知っている、とピノ・サントスは弁明した。しかし、ドン・アンヘルはビラーンで専制君主のようにふるまい、婚外児をもうけ、植民地時代さながらにマチェテロ［サトウキビ刈りとり労働者］に罰をあたえている、と非難されているではないか？　いって

みれば、粗暴な男、道徳心が欠如した成金ではないか？　フィデル少年はそうした父親に似ているのではないか？　そうした疑念に対して、フィデル少年は変わります、家族は彼に洗礼を受けさせます、とピノ・サントスは保証した。そのようにうけあってしまったピノ・サントスは大あわてで「ちょっとした瀆聖《とくせい》」を犯すことを承知してくれる司祭を探し、首尾よく見つけることができた。かくして洗礼式は一九三五年一月一九日にサンティアゴ大聖堂でとり行われた。フィデルは八歳半であった。母親のリナ・ルスも立ち会った。急なことで選びようもなく、ルイス・イポリト・アルシデス・イベールと妻のエメレンシアナ・フェリウが代父母［ゴッドファーザーとゴッドマザー］に指名された。ドン・アンヘルの姿はなかったし、だれかに代理をつとめてもらうための署名も提出しなかった。まだ息子を認知できていなかったからだ。この時点で、フィデルの苗字はまだルスであり、カストロではなかった。洗礼証書には、「リナ・ルスの息子、フィデル・イポリト」と記されており、父親や、その他のカストロ家の人間への言及はいっさいない。(1)したがって、フィデルは一九三五年の時点で父親不詳の子どもであった。しかし、そんなことはなんの問題もない。新学年がはじまる数日前に、彼はラサール学院に戻れるのだから。苦しみと涙をへて、彼はようやくカトリック教徒となった。書類の上では、彼はもはや不可触賤民《ふかしょくせんみん》ではなくなったのだ。

しかし、洗礼証明書を規則どおりにきっちり提出したにもかかわらず、ラサール学院におけるフィデルの定評はすでに固まっていた。ほかの生徒たちにとって彼はあくまで「白い羊の群れのなかの黒い羊」であり、規格外の子どもであった。フィデルは、彼らの視線や手ぶり身ぶりに差別を感じとった。幸いなことに、兄のラモンと弟のラウルも寄宿生として受け入れられた。フィデルは大喜びで、兄弟たちと徒党を組んだ。ビラーンの子どもたちの派閥である。フィデルは、まだ五歳でほかの生徒たちと比べてひどく小さく弱々しく見えるラウルを守ることになによりも気を配った。

この学年の初めから終わりまで、フィデルは小さなやくざの親分さながらにふるまい、行いをあらためようとはしなかった。洗礼は彼に変容をもたらさなかった。あいかわらず世の中全体を恨んでいた。大嫌いなルイス・イポリトのような酷い男に自分を預けた家族（しかも、イポリトは自分のセカンドネームとなってしまった）、自分のことを好いてくれず一度も受け入れてくれなかったマリスト修道士たちを恨んだ。そしてどう逆立ちしても自分は皆とは違うと感じさせる同室の寄宿生たちも。自分は、彼らのように行儀作法をわきまえていない。彼らと同じ服、同じユニフォームを着ても、同じ祈りを唱えても、同じように黙想に参加して自省しても、彼らとスポーツに興じても、フィデルの心の内には変節者としての消せない刻印が押されていた。遅まきながら洗礼を授かったが、フィデルはキリストと折りあいをつけるにいたらなかった。自分が保護者をもって任じているラウルがいるのが救いだった。名前とは違って不実なフィデルだが、その後もずっとラウルを守ることになる。悪魔もふくめて、すべてから。おそらくは彼自身からも。

この頃、三兄弟はいつもいっしょにいた。自分たちは無敵だと感じ、どのような叱責も受けつけなかった。ちょっとしたきっかけで三人は騒動をまきおこした。先導するのはつねにフィデルであった。一九三五年の学年末、ラサール学院はリナ・ルスに対して、庇護者であるフィデル・ピノがいかに有力者であっても息子さんたちをこれ以上預かるわけにはゆかない、と通知した。悪童三人組は問題ばかり起こして、学院の平穏を乱すことはなはだしい、と言われた。要するに、彼らはギャングのようにふるまっていたのだ。リナ・ルスは慌《あわ》てふためいてサンティアゴに駆けつけ、息子たちをビラーンにつれ帰った。その夏、三人兄弟ははじめて父の家に集められた。フィデルにとって、この一九三六年一月七日という日付は一生忘れられないものとなる。離婚調停がまとまりかけていたようだった。マリア・アルゴタは、一万ペソ（一万ドルに相当）の扶養手当を受け入れた。彼女が農園に戻ることは金輪際ない。フィデル少年はマナカスの大きな家を探訪することができたが、すぐに興味を失った。彼を満足させる唯一の楽しみは、野原を駆けまわり、山地へと足を延ばし、可能なかぎり高くまで登り、父の地所にあるいちばん高い丘であるメンスラの有名な展望地点まで到達し、全世界を見渡す気分を味わうことだった。

家族が集まった機会に、フィデルは両親（二人がいっしょにいるところを見るのはフィデルにとってはじめてであり、両親という存在をほんとうの意味で発見したのはこのときであった）から、おまえと兄弟たちは素行不良のためにもうラサール学院にはいられなくなった、と告げられた。ドン・アンヘルがじきじきに息子たちを教育することになった。これを知って怒り狂ったフィデルは山中に逃げ出した。やがて戻ってくると、学校に戻して勉強を続けさせてくれないならマナカスの家を燃やすとおどした。自分が知らないこの家、多くのトラブルの原因となっていると思われるこの屋敷に、彼はなんの用もなかった。それどころか、彼が経験したあらゆる幻滅の根源だと感じていた。そうだ、こんな家は燃やしてやる！とフィデルは父に向って叫んだ。悪魔がとりついたかのような喚《わめ》き方であった。フィデルは修道士たちのところに戻ることを望んだ。

これほどに強烈な怒りの爆発にあっけにとられたものの、両親は譲歩しなかった。ドン・アンヘルは耳をかそうともせず、この野生児を押さえつけてやろうと考え、罰としてサンティアゴのルイス・イベールのもとに送り返した。今回は、バカロレア受験準備のためにレッスンを受けねばならない姉が一緒であった。姉の先生の名前はメルセデス・ダンヘルであった。先生は黒檀のように肌が黒かった。フィデル少年は、教職という自分の仕事にあふれんばかりの情熱を燃やしていると思われるこの女性に圧倒された。姉のレッスンに同席し、日に日に熱心に先生の話を聞くようになった。ダンヘル先生は、この少年にはなみはずれた記憶力があると気づいた。そこでフィデルにも時間をさいて教えはじめたところ、驚異的な進歩を見せたのでやりがいを感じて有頂天となった。そして母親のリナに、このように素質を眠らせておくべきではない、と説いた。

こうして非正規の教育を受けていたフィデルは急性盲腸炎にかかり、サンティアゴのコロニア・スパニョーラ病院に入院した。入院生活は約三カ月にもおよんだ。ダンヘル先生のおかげで知識欲のウイルスに感染し、知識は喜びの源になりうることを発見したフィデルは、望まずしてベッドに釘づけにされていたこの期間に読書の楽しみに身を投じた。退院すると、サンティアゴの有名なドロレス学院へと送りこまれた。イエズス会が経営する学校である。二学期からの入学であったために三カ月の遅れをとりもどさねばならなかったが、フィデルは夢かと喜んだ。第一の理由は、確固とした規律に従う世界に足をふみいれたからである。この名門校の生徒たちは、墓場のような静けさを保ちながら明け方に起床し、祈り、朝食をとり、授業を受けに教室に向かった。教師たちは優秀で、生徒たちに対してと同じくらいに自分自身に対して厳しかった。イエズス会士たちはきわめて厳格でありながら、生徒たちの話に耳を傾けてくれた。通学生よりは当然ながら接する機会が多い寄宿生の話はとくに熱心に聞いてくれた。黙想と勤勉を尊ぶこの雰囲気のなかで、フィデルは心のおちつきを少しとりもどすことができた。ついに「自分の」家族を見つけることができた、との思いをいだいた。

フィデルは、自己を厳しく律して損得をいっさい考えないイエズス会士たちに感服した。彼らは一銭も報酬を受けとらず、人生を他者に捧げている。宗教的雰囲気は苦痛でもなんでもなかった。ダンヘル先生が発掘してくれた才能を、フィデルはここでなんのおそれもなく発揮することができた。必要なのは、学校の鉄の規律を受け入れることだけだったし、フィデルは躊躇《ちゅうちょ》なく従った。両親の家に戻されないためならなんでも耐えることができた。瞑想会、自省や黙考や祈りの時間も。沈黙を守って一人きりで三日間をすごすように求められても、嫌がることなく応じた。驚いたことに、口を閉じたままますごす時間は彼を強くした。こうした沈黙の修行はつねに、イエズス会がことに好む雄弁術の練習と交互に行われた。フィデルは弁論術を学び、同じメダルの表と裏、白と黒、真実と虚偽、善と悪を区分し、次に関連づける技《わざ》を実践した。毎日ミサにあずかり、祈祷、主の祈りやアベマリアを唱え、彼の口からはラテン語やギリシア語の連祷《れんとう》がすらすらと出た。彼はほぼ神秘主義的となり、もはや以前と同じ少年ではなかった。

宗教的鍛錬の一環として、地獄、劫罰の概念、罪の問題、罪悪感の概念について熟考することが求められた。ある日のこと、教師の一人がフィデルに永遠について次のように語った。「永遠とはどのようなものかとらえるためには、地球と同じくらい大きな鋼鉄の玉を想像してごらん。すなわち、周囲四万キロメートルの球だ。一〇〇〇年に一回、一匹の虫がやってきてこの球の上にとまる。ごくごく小さな虫だよ。虫はその吻管《ふんかん》で球の表面をなでる。一〇〇〇年後に、二番目の虫がやってきて、やはり吻管で球にふれる。何千年、さらに何千年をへると、何千もの虫にふれられた球は摩耗して消えさる。地球が消滅するのはそのときだ。そうなったときに地獄が訪れるのかもしれない…」。フィデルはこのような説明を聞いているうちに、自分が無限と戯れているような印象をもった。しかし、こうした濃密な思考鍛錬の時間は、彼に達観と謙虚を学ばせるのではなく、自分は全知全能である、不滅に手がとどきかけているとの感覚をあたえた。

ドロレスのイエズス会士たちは、無限や神や地獄の業火についてばかり論じていたのではない。自分たちの母国であるスペインについても語った。全員がスペイン人であり、アンヘル・カストロと同様にフランコ支持者であった。一九三六年、マドリード、バルセロナ、セビーリャは激しい内戦の舞台となっていた。共和国派とナショナリスト派の二つに分断されたスペインは最悪の残虐行為の舞台となった。アラゴンやエストレマドゥーラのすべての町では多くの聖職者が共和国派によって惨殺されていた。内戦の現場とは遠いところにいても、ドロレス学院のイエズス会士たちは戸口のすぐ外で起きている戦闘を経験しているかのようだった。彼らは祈りのあいまに、スペインファシズムの理論家であるホセ・アントニオ・プリモ・デ・リベラの思想について語り、共産主義者による欧州侵略の脅威に対する唯一の防波堤であり、国民との絆があって住民のあいだに浸透している民兵組織ファランヘをたたえた。フィデルはこうした戦闘の話に魅せられて耳を傾け、軍靴や大砲の音に思いをはせた。そして、いやはやイエズス会士はマリスト会士とはまったく異なる、と感心した。イエズス会士たちは武人の魂をもっていて、神に到達する道には火薬のにおいが立ちこめ、機関銃の音が響いている、と確信しているようだった。軍隊と教会のどちらを選ぶかについて、フィデル少年の決意はすでに固まっていた。彼は将来、ファランへの先頭に立って共産主義者と戦うのであろうか？

キューバの大土地所有者たちは、自分たちも共産主義者との戦争をまぬがれないだろう、と確信していた。彼らにとって、共産主義者たちの蜂起から自分たちをいちばんよく守ってくれる男はフルヘンシオ・バティスタであることに疑いの余地もなかった。一九三五年に、部隊を送りこんで下層民どもに発砲させ、ゼネストを挫折させたのはバティスタではなかったか？　強大な隣人、アメリカを安心させるためのこのちょっとした「ジェスチャー」のあと、バティスタはサムナー・ウェルズから次のような内容の書簡を受けとった。「将軍、あなたは共産主義に対抗することで、キューバの商業および金融の利益を考える人々の支持を獲得しました。こうした人々は現在、あなたに目を向け、あなたの保護を求めています」。これに続いて、フランクリン・ルーズヴェルト大統領が、とある軍事セレモニーの機会にバティスタ将軍を招待し、下にも置かぬもてなしで歓待した。ドン・アンヘルの決意は固まった。このバティスタを支持すると。

第一に、ドン・アンヘルはバティスタをよく知っていた。どちらもバネスとマルカネを結ぶ鉄道に勤務した経験があるうえ、七月四日のアメリカ独立記念日にユナイテッド・フルーツ社が毎年バネスで開催する祭で顔を会わせたこともあった。これは、北に数キロのプエルトリコ海岸でのピクニックで終わる大規模な野外祭であり、ユナイテッド・フルーツ社の「友人」全員が招待された。まだ乳を飲んでいる月齢の子羊のグリルが供され、好きなだけビールを飲むことができた。リナも、いまや将軍となった元軍曹バティスタの家族をよく知っていた。彼らもリナと同様に混血で貧しい生まれだった。リナは以前に彼らに何度か親切にしてやったことがあった。これに恩義を感じていたフルヘンシオ・バティスタは後日、リナが入院したときに自分の侍医の一人を派遣することになる。

　マルカネとバネスのあいだのこの地方では、「ママ・ユマ」の愛称でよばれるユナイテッド・フルーツ社を介して全員がつながりをもっていた。約四〇〇〇人を雇い、キューバ人従業員の子どもたちに奨学金を出している同社と無縁であることなど不可能だった。ユナイテッド・フルーツ社は一つの帝国であった。農業と熱帯医学の分野でラテンアメリカ一のレベルを誇る研究センター「セントロ・オンドゥラス」、九〇隻の船舶、優秀な医師が勤務する第一級の病院を所有し、従業員とその家族に家長の立場で影響力を行使していた。バネスでは、アンヘル・カストロの不謹慎なまでの成功、彼が生ませた婚外児についての話は伝説となり、だれもが知っていた。人々はまた、ぴかぴかの靴や人気女優に弱いバティスタの性向を面白がった。しかし、二人のどちらについても欠点を咎《とが》めることはなかった。なぜなら二人とも「地元バネスの人間」だったからだ。

　バティスタがハバナで人脈を築いているあいだ、まだ一〇代のはじめであったフィデルは勉学を続けていた。ドロレス学院の同級生は当地の有力者の子弟であった。サンティアゴの上流階級が住むビスタ・アレグレ地区の子どもたち、大土地所有者の子どもたちであり、全員がスペイン系であった。しかしながら一九三八年も終わろうとするころ、カストロ家はとんでもない知らせを受けとった。イエズス会士たちがカストロ家の男の子を預かることはむずかしくなった、と告げられたのだ。問題視されたのは今回もまたカストロ家の状況であった。　サンティアゴの聖心修道院付属学校の尼僧たちも、ラウルのすぐ後に生まれた女児のフアナ［愛称フアニータ］をこれ以上預かることができない、と母親のリナ・ルスに伝えた。リナ・ルスはまたも絶望に駆られた。彼女の子どもたちを執拗に狙う陰謀がくわだてられているのではと思われた。リナ・ルスとアンヘル・カストロが正式な夫婦となることが必要だ、との説明を受けた。リナはいまだに既婚男性と同棲している状況にある、と指摘された。教会は逸脱に目をつぶるわけにはゆかなかった。

一九三八年一二月八日、途方にくれたリナはとある代書屋を訪れた。彼女はあいかわらず目に一《いっ》丁字《ちょうじ》もなかったからだ。彼女は一通の手紙をタイプしてもらい、ハバナにいるフィデル・ピノに送った。SOSさながらのこの手紙の内容は、不幸な事態を避けるための解決策を見つけてほしいとの懇願であった。わが子たちにとって「ひどくトラウマとなっている」現状をどうにかして脱する必要がある、とリナは訴えた。しかし、両親が正式な夫婦にならぬかぎり、子どもたちが良家の人々に受け入れてもらうことも、よい教育を受けることもむずかしい。末っ子の女児エンマを入れてすでに六人の子どもの親であるアンヘルとリナが結婚できないのは、アンヘルとマリア・アルゴタの離婚がまだ宣言されていなかったからだ。事態は不条理きわまるものとなっていた。一二歳のフィデルは、自分の子ども時代をめちゃくちゃにしたこの愛憎劇、土地の所有権をめぐって一人の男と一人の女がいつ果てるともなくくりひろげる耐えがたい争いをおぼろげながら理解しはじめたところだった。怨恨、嘘、強迫、裏切りに彩られたあさましい争いだった。フィデルは直感的に、自分の家族を襲う嵐から遠ざかろうとした。こうしたすべてが存在しないかのようにふるまおうと決心し、イエズス会士、勉学、山地のトレッキングへと関心をそらした。

ドロレス学院では、魂を高みに引き上げるために、生徒たちにリュックを背負わせ、近辺の丘を縦走させた。一列になっての夜間縦走がことに奨励された。歩いた後に待っているのは野営、キャンプファイヤー、夜の静けさ、星だった。そしてむろんのこと無限も。またしても無限！　稜線の上、はるか頭上を見上げると、白馬に跨ったドン・アンヘルも、燃やしてしまうのがいちばんのマナカスのあの呪わしい家も、もはや視界にはなかった。何もなかった。

あの高みでは、苦悩は消えさる。フィデルは一人で神と向きあった。そうするのが好きだった。強者に近づくのも好きだった。一二歳のとき、彼はつたない英語で、この世の生者のうちでいちばんの影響力をもっていると思われる人物に手紙を送った。ルーズヴェルト大統領宛のこの手紙のなかでフィデルは、マヤリ地方の、父親の住まいのすぐ近くで発見したニッケル鉱山の地図を渡すので一〇ドルを支払ってほしい、と求めた。[2]この書簡が明かすのは、はした金で土地を売りはらおうとする少年の奇妙な心理だ。アメリカの大統領はこの話をとりあってくれなかった…。

〈注〉

(1)　下巻巻末付録363ページ参照。

(2)　下巻巻末付録365ページ参照。

第5章　カナンの呪い

それは奇妙な音であった。フィデルが決して忘れることのない、金属がふれあう音だった。現金の音だ。自分が寝室としている部屋に闖入《ちんにゅう》する「政治軍曹」たちのひきずるような重い足音が彼の記憶にきざまれないわけがない。選挙運動の真っ最中であった一九四〇年の休暇をどうして忘れることができようか。フィデルはなかば眠ったままで声を立てずに、父親の選挙エージェントたちが自分の寝床からほんの近くで動きまわっている音を聞いていた。彼らは買収のための金、すなわち当地の農民の票を買うための数千ペソを受けとりに来たのだった。ドロレス学院の最終学年に進む直前であったフィデルはいまや、父親の家でほぼ自室とよべる場所をもっていた。親元に戻ると、あらゆる一〇代の青少年が夢見るように、自分だけのスペースをついに確保できると思って喜んだ。だが、彼の個室はほんとうの意味での個室ではなく、アンヘルの金庫が置かれている部屋を模様替えしたものというべきだった。フィデルはまだ本物の自分だけの根城をもつことができず、失望した。わずかな慰めは、この部屋にいれば父親の素行を偵察することができる点であった。ドン・アンヘルにとって、すべては金しだいであった。どのように純粋な人間だって金で動かせる。金を払えばよい。政治は影絵芝居であり、道徳など少しも存在しない。たんなる権力ゲームであり、信念など修道士や牧師にまかせておけばよい。フィデルは、気がついたら「ビラーンのゴッドファーザー」のシステムのただなかにいただけでなく、自身もかかわることとなる。真正党から下院選挙に立候補していた母親違いの兄であるペドロ・エミリオに命じられ、「軍曹たち」に同行したのだ。こうして選挙戦を手伝うことへの謝礼として、兄はフィデルに馬をプレゼントした。これに大喜びしたフィデルは、「正しい」票を投じてもらうために農民《グアヒーロ》たちにペソを配って歩くことで政治の世界にはじめて足を踏み入れた。

マヤリからクエトにかけての一帯をフィデルは馬に乗ってくまなくかけめぐった。彼は誇らしかったが、どこか恥ずかしくも感じていた。ビラーンで目にしたことはサンティアゴのイエズス会士の教えと完全に合致しているとはいえなかった。しかし、馬は彼がなによりも求めていた自由をあたえてくれた。丘や平原を駆け抜けることもできるし、薬剤師の息子でバウディリオ・カステジャーノスという名の友人を訪ねにマルカネにも、このあたりでいちばん美しい娘たちと会うことができるアメリカンクラブにも、だれにもつきそわれることなく行くことができた。たった一人での遠乗りは、貧しい農民やハイチ人とたびたび焼きトウモロコシの食事を分かちあい、彼らがいかに悲惨な生活を送っているかを発見する機会でもあった。結局のところ、自分ももとをただせば彼らと同じく貧農の息子ではないか？　自分の母親もほんの少し前までは掘っ立て小屋で暮らし、彼らと同じようにアフリカ起源のヨルバの神々を祀っていたではないか？　いまの自分が金持ちの側にいるのは、ほとんど口を開くことがないあの寡黙な父親のおかげにほかならない。雄牛以外の何ものも愛すことができないと思われる、陰鬱で冷たいあの父親のおかげだ。

しかし若いフィデルは父親との板挟みで悩み苦しむことはなかった。彼はビラーンも、自分がよそ者だと感じてしまう父親の家も嫌いだった。ドン・アンヘルとはかり事をめぐらすためにマナカスの屋敷を訪れる政治家たちも嫌いだった。自分の名づけ親だとされる小柄で太ったあの男、フィデル・ピノ・サントスも嫌いだった。ドン・アンヘルは感服しているようだったが、その気どった物腰も嫌いだった。ピノ・サントスと向きあうと、ドン・アンヘルはガリシアの貧しい耕作人、日雇い労働者に戻ってしまった（実のところ、成功にもかかわらずアンヘルの本質は変わっていなかったのだろう）。フィデルという名前を息子につけるほど心酔しているピノ・サントスの前に出ると、ドン・アンヘルはやたらに愛想がよくなった。フィデルは父親がそうしてぺこぺこするのを見るのが嫌いだった。父が「虫けら以下」の労働者にひどく冷酷である一方で、軽蔑すべき小物政治家ピノ・サントスに対しては家来のようにふるまうことが腹立たしかった。フィデルはときには憤り、ドン・アンヘルに悪口雑言を吐き、山中に逃げ出した。

学校に戻ったフィデルはここが自分の居場所だと感じてほっとした。そして、旧約聖書、そこに描かれている数知れぬ闘い、英雄、サムソン、ヨナ、バビロン陥落、預言者ダニエルの話に夢中となった。しかし、熱に浮かされたように読んだ旧約聖書の物語のなかで彼の心をもっともとらえたのは、カナンの呪いの逸話であった。ドロレスのイエズス会士たちが語ってくれた伝説によると、大洪水の後、ノアの息子の一人が父親への礼節を欠いた。彼にあたえられた罰はおそろしいものだった。彼の末息子カナンの子孫は全員、黒人となる定めを負わされたのだ［旧約聖書には、「カナンの子孫が黒人となる」という記述はないが、そのように解釈する向きがあった］。フィデルは自問した。父親を尊敬しない自分も罰せられて、黒い肌の子どもをもつことになるのだろうか？　父親に生意気な態度をとった自分は、どのような罰を受けるのだろうか？　自分は一度、ドン・アンヘルの家に火をつけてやる、とおどしたことがある。だから罰を受けるのは必定だろう。不安からのがれたいフィデルは、カナンに呪いがかかったのはノアの血を分けた孫だったからではないか、と自問した。ドン・アンヘルは自分のことをまだ正式に認知していないところをみると、自分の父親は別の人であるかもしれない…。そうだとすれば、すなわち自分が別のだれかの子どもであるなら、ドン・アンヘルに礼節を欠いても神罰をまぬがれるのではないか…。フィデルはこうした不安を、かぎりなく尊敬している教師の一人であるガルシア神父に打ち明けたのだろうか？　神父に自分がかかえるおそれを伝えたのだろうか？死の恐怖ではなく、自分は悪魔の種を宿しているのではないかという恐怖を。

フィデルは完璧な生徒となった。成績優秀で規律正しく、勉強を切り上げるのはつねに最後で、あらゆるスポーツではつねに一番で、エル・コブレ山に登るときはつねに先頭に立った。ビラーンの「悪しき父親」の家に帰るのはできるかぎり避け、「よき神父たち」が組織するキャンプに参加するほうを好んだ。聖歌キリエ・エレイソン［主よ憐みたまえ］を、声を張りあげて歌った。私生児フィデルは天使になることを望んだ。

しかしながら、フィデルが築いた小さな世界をゆるがす大事件が起きた。疑い、苦悩、ごまかし、ほのめかしがくりかえされた年月をへて、父親がようやくフィデルを正式に認知できることになったのだ。だれを相手にしても、そしてなによりも法律のうえで、フィデルはついにフィデル・カストロと名のることができるのだ。これは、フルヘンシオ・バティスタのおかげでもあった。バネス出身の元軍曹バティスタは一九四〇年、模範的な選挙戦のすえに大統領に就任し、新憲法を発布した。本物の議会民主主義をキューバにもたらす内容であり、その一環として女性にも参政権があたえられた。同憲法の第四三条により、夫と妻の同意によるものもふくめて離婚が認められた。その結果、一九二一年の婚姻法は改正されてかなりゆるやかになった。この小さな革命は、ドン・アンヘルに奇跡的な恩恵をもたらした。彼はついに過去と決別して、リナと再婚できるようになったのだ。二〇年間続いたごたごたが終わり、カストロ家はついにふつうの家族となった。再婚による家庭ではあるが、人に後ろ指を差されることはなくなった。フィデルはもはや庶子ではないのだ。キューバのエリートを養成する学校として評判の高い、ハバナのイエズス会経営の名門、ベレン学院に堂々と入学することができた。

ハバナの中心、海にほど近いところに巨大な客船のような石造りの校舎をかまえるこの高校には二〇〇〇人を超える生徒が学び、そのうちの二〇〇名が寄宿生だった。フィデルは、充実した設備——陸上競技場、複数のバスケットコート、野球場、最先端の実験器具をそなえた物理化学の教室——に目をみはった。地方都市そのもののサンティアゴから来たフィデルにとって、ハバナは外国の都市のようだった。ここではアメリカの影響が色濃かった。アメリカの自動車、バー、数字やアルファベットを呼称とする通りが直交する碁盤目のような街なみ。初めのころ、フィデルは少々とまどった。故郷ビラーンはなんと遠く感じられることか…。

入学してまもなく、フィデルは、寄宿舎の舎監である若い修練士［誓願前の修道士］と親しくなった。名前はアルマンド・ジョレンテ、レオン州出身のスペイン人で二四歳であった。はじめて出会ったときから、ジョレンテ修道士は、この少年はキューバ人ではない、本質的にスペイン人だと気づいた。彼のすべてにガリシアが息づいていた。するりと身をかわして相手の逆をつく技に長《た》けていて、存在感を発揮しながらもとらえどころがない。キューバには、ガリシア出身者をからかう次のような言いまわしがある。「ガリシア人と階段ですれ違うあなたは、彼が階段を登ろうとしているのか降りようとしているのかわからない…」。ジョレンテ修道士は、これはフィデル・カストロにぴったりあてはまると感じた。フィデルは、キューバ人が得意として、時間があれば興じている趣味の代表である音楽にもダンスにも格段の興味を示さなかった。サルサがフィデルの胸を躍らせることはなかった。

フィデルとジョレンテ修道士は気が合った。二人は、スペインについてはむろんのこと、第二次世界大戦、ヒトラーやフランコの側ではなく連合国側についたバティスタ大統領について話しあった。ベレン学院のすべてのイエズス会士と同様に熱烈なフランコ支持者であったジョレンテ修道士は、共産主義の危険をフィデルに説く必要はなかった。フィデルは子どものころから、悪魔の化身である共産主義者にかんする話を耳にたこができるほど聞かされていたからだ。しかし、彼はこの手の議論にはのってこようとしなかった。関心は別のところにあった。学校のリーダーになる、という思いにとりつかれていたのだ。しかし、見ず知らずの環境のなかで、この目標を達成するにはどうしたらよいのか？　手がかりも、人脈もなく、フィデルはここで無名であった。

目的を達成するには、優秀な生徒になることが必要なのはいうまでもないが、それよりもなによりもバスケットボールチームのメンバーになることが必須だとフィデルは理解した。本物の英雄は、全国の他校との試合で頭角を現すのだ。ジョレンテ修道士は、目をかけているフィデルを観察し、その粘り強さに感心した。フィデルはそれまでバスケットボールを一度も経験したことがなかった。トップチームのメンバーとなるため、フィデルは夜もこっそりと練習を続けた。ジョレンテ修道士に味方になってほしい、夜にシュート練習するために灯りを一つ貸してほしい、と頼んだ。こうしてフィデルは放課後に無我夢中で練習した。週末も練習についやした。バスケットの才能はさほどなかったが、技術的な弱点を鉄の意志で補った。校内では、彼の行動に注目する学友が一人、二人と増えてきた。フィデルは負けることがまんならなかった。目立つ存在でないと嫌だった。「写真に撮られる」ためならば、どのような狂気じみたまねでも、ときには卑劣なことでもやってのけた。彼は病的なまでに成功を渇望した。数カ月たつと、学友たちはエル・ロコ（狂人）というあだ名を彼に進呈した。フィデルは奇妙な病《やまい》にとりつかれたような変人だ、と感じたからだ。

ある日のこと、なにがなんでも勝ちたいと思って参加していた自転車レースで、自分には勝ち目がないとゴール前数メートルで悟ったフィデルは、壁に向かって全速力で突進した。ふらふらとなり、かなりのけがを負ったが、皆の注目を集めることができた。レースの優勝者はすっかり影が薄くなってしまった。フィデルはこうして優勝者を押しのけてみせたのだ！　フィデルは学校中の注目を集め、彼の事故、神風特攻隊ばりの無謀ばかりが話題となった。

また、サンペドロという名の美しいキューバ人女性をめぐって恋敵となったメストレという学友につっかかったこともあった。カストロは授業の最中にメストレに向かって「彼女を見ることを禁止する！」と命じた。こんなおどしに少しも怯まなかったメストレは「おい、おい。ぼくがどんな行動をとるべきかを命じることができるのは彼女のお父さんか彼女自身だけだぞ。まちがってもおまえではない！」と答えた。これを聞くとフィデルはメストレにとびかかったが、相手のほうが強かった。彼は皆が見ている前でしこたま殴られた。屈辱と怒りに狂ったようになったフィデルはその場を逃げ出したが、秘密の場所に隠していたリヴォルヴァーをもって戻ってきた。フィデルに殺すとおどされたメストレの命が助かったのは、教師の一人が体を張って割って入ったおかげである。

ジョレンテ修道士はフィデルの欠点すべてを許した。ほかの者はフィデルについて、借りた金を決して返さない、吝嗇だ、いかさまを行う、打算的、空威張り、パラノイア的だと噂し、キューバでは蔑みの呼称とされるビーチョ（害虫、腹黒いやつ）というあだ名をつけた。ジョレンテはフィデルのうちには深い傷があると感じた。これほど強烈な野心は、トラウマに起因するのでなければ説明がつかない。ジョレンテから「ロス・エクスプロラドレス［探検者たち］」という名のボーイスカウトのグループを結成すると告げられたフィデルは飛び上がらんばかりに喜んだ。ドロレス学院で経験したのと同じセンセーションをふたたび味わえるにちがいない。しかし、あのころと比べてトレッキングの難度はぐんと上がる。岩登り、山頂での野営、増水した川の横断もあるからだ。第一回のトレッキングから、フィデルは探検隊長に指名され、何度もあえて危険をおかした。隊列の先頭はつねにフィデルで、殿《しんがり》はジョレンテ修道士だった。ジョレンテは、フィデルは気晴らしや楽しみのために参加しているのではないとの印象をいだいた。フィデルは使命をおびて行動しているようだった。聖杯を探して熱帯林に分け入っているかのようだった。なにかにとりつかれ、自分を犠牲として捧げる覚悟を固めているようすだった。ある日のこと、豪雨のあとでピナール・デル・リオ州のタコタコ川のほとりにキャンプを張った一行は、たった一本のロープを頼りに増水した川を横切ることになった。自分の番となったジョレンテ修道士は、渡っている最中にロープを離してしまい、激流にさらわれた。フィデルは迷うことなく渦巻く川に飛びこみ、みずからの命を危険にさらし、二〇〇メートル川下で修道士に追いついて救助した。泥流から岸に上がったフィデルはジョレンテ修道士を抱きしめ、「神父様、これは奇跡です！　アベマリアを三回唱えましょう！」と言った。九死に一生を得たジョレンテは、命の恩人の幻覚にとらわれたような目つきに驚いた。そこには少しの喜びもなく、一種の悲劇的高揚だけがあった。ジョレンテはこの日、フィデルがおそろしいほどに強烈な苦悩にさいなまれていることを理解し、この青年の心の奥底で、火山が不吉な唸《うな》りを上げて胎動しているのを感じた。彼が自分の命を救ってくれたのは、善意からというよりは、もっと暗い動機につき動かされたからでは、と推測した。心のなかに棲む、あくことをしらない残忍な人食鬼をなだめるためだろうか？　盲腸炎の予後が悪かったためにサンティアゴで入院生活を送っていたときは、マンガ本を読むあいまにジレットの剃刀の刃でトカゲを切り裂き、死骸をアリの群れが運搬するのを観察していた、とフィデルが語ったのを思い出した。死にいたる苦難の道を何千ものアリに運ばれるトカゲはキューバの象徴だろうか…。

トカゲの腹を剃刀の刃で開くことに熱中しているようすに驚いた同室の入院患者たちは、フィデル少年に医者になったらどうかと勧めたそうだ。ジョレンテの目には、フィデルは自分自身だけでなく他人をも巻きこむ殉死の思いにとりつかれている、と映った。彼は絶対を夢見ていた。その目には、ほぼ異様とよべるほど濃密な高揚を物語る光が宿っていた。

その夜のキャンプ地で、ジョレンテとフィデルは英雄の概念について議論した。キリスト教の殉教者と、理念のために命を捧げる心がまえの偉大な革命運動家とのあいだには、自分たちの信念に至上の価値を認めている、という共通点がある、との話が出た。

それからしばらくして、フィデルは父親が自分の戸籍上の身分の問題に最終的に決着をつけたことを告げられた。この問題が些事であるかのようにさりげなく。ドン・アンヘルは、クエトの市役所を訪ね、自分がまちがいなくフィデルの父親である、と戸籍課に届け出たのである。[1] 市役所が作成した証書によると、フィデルはセカンドネームを変更している。大嫌いだった後見人の名前であるイポリトはアレハンドロに置き換えられた。かくしてフィデル・アレハンドロ・カストロ・ルスは日陰の身を完全に脱した。もうだれも彼を侮辱することも軽蔑することもできない。痛手をあたえるために、彼を傷つけふみにじる言葉を投げかけることはもはやだれもできない。

それどころか、彼は言葉を自在にあやつる人間になろうと決意し、アベジャネーダアカデミーの弁論コンクールに挑んだ。キューバの大物弁護士は全員、この有名なアカデミー出身であった。フィデルは合格し、デモステネスを師と仰ぎ、自分も小石を口に頬張《ほおば》って発声練習を試みた［古代アテナイの雄弁家、デモステネスは吃音であったので小石を口に入れて発音を矯正した、との伝説がある］。フィデルは、甲高く、やや鼻にかかり、女性的すぎる自分の声が好きではなかった。この声を改造するために彼は弁論術を実践したのだ。ほかの人間が空手やその他の武道に励むように。一方、バスケットボールは彼にとって社会に認知されるための確実な手段であった。選手権大会の最初の数週間は苦しんだものの、チームの人気選手となった。才能ではなく、闘志で勝ちえた人気である。マタンサス市にあるプロテスタントの高校、ラ・プログレシーバ・デ・カルデナスのライバルチームとの試合におけるフィデルは、自分の命がかかっているかのような意気込みを見せた。相手は、砂糖産業の大物を父にもつアメリカ人もしくはキューバ人であり、しかもプロテスタントであった。ベレンとカルデナスの試合は、スペインとアメリカの対決といえなくもなかった。宗教戦争の様相も呈していた。両校の生徒たちは何百人単位で応援に駆けつけた。女の子たちもたくさん来ていた。

決勝で、フィデルはとっておきの切り札として試合の途中でコートに入り、チームの優勝に大いに貢献した。お気に入りの生徒であるフィデルの成長を逐一見守っていたジョレンテ修道士は、シュートが成功するごとに彼が十字を切っているのに気づいた。また、試合前には礼拝堂で祈っている姿も一度ならず見かけた。闘牛場に入る前の闘牛士さながらだった。

優勝を逃したチームのなかに、狂気に駆られたようなプレイを見せるフィデルのことをよく知っている選手がいた。名前はラファエル・ディアス・バラルト。彼の父親はバネス市長であり、フィデル・ピノ・サントスの親しい友人であった。ラファエルはフィデルの強烈な闘志に強い印象を受けた。バティスタを支持する青年組織の責任者であったラファエルは、フィデル・カストロには根性がある、とゆるぎない確信をいだいた。しかも同郷人だ。彼の凄まじいエネルギーを、バティスタ大統領派が利用しない手はない。エル・ロコ［狂人］のあだ名をもつフィデルは、一匹狼、血が頭にのぼるとだれも制御できない男という評判をとっていたが、ラファエルやバティスタと同じくバネスの出身だ。

ユナイテッド・フルーツ社の根城《ねじろ》であるバネスでは、すべてが交渉しだいでなんとかなる。いずれにしても、フィデルは自分の妹であるミルタに惹かれているようだ、この点が突破口になるかもしれない、とラファエルはふんだ。ミルタは濡れたような大きな瞳をもつかわいらしいブロンド娘で、哲学の教師となることを夢見ていた。ラファエルは、フィデルが自分の妹に横目を使っているのを見逃さなかった。また、彼とフィデルはアメリカンクラブで何度か顔を合せていた。ラファエルは自分の政治運動にくわわらないかとフィデルを誘った。フィデルはためらったあげく、止めておく、バティスタは少々民主的すぎるから、と答えた。

〈注〉

(1) 下巻巻末付録364ページ参照。

第6章　使徒とギャング

　ハバナ大学は、カリブ海、ハバナ市、人であふれかえる街路、市場《いちば》を見下ろす丘の上に位置し、甍《いらか》の波のはるか上にそびえ、だれもよせつけない城塞都市のようだった。国家警察はいっさい手を出すことができず、どのような場合でも校内に入ることもできなかった。一九四五年に、外部の権威がおよばぬこの「自由区」に足をふみいれたフィデル・カストロは唖然とした。法学部の一年生となったフィデルは、この新世界には奇妙な風俗習慣があることを知った。厳格な規律と信仰、すなわち秩序が支配するイエズス会の学校で数年をすごした彼は、大いなる混沌のなかに放りこまれた。ハバナ大学はふつふつと煮えたぎる大釜のようであった。ここでは、英雄は聖人でもバスケットボールの花形選手でもなく、政治活動家であった。彼らの多くは民族主義を標榜する学生であり、全員が革命家であった。ただし、彼らの政治プログラムは理論だっているとはとてもよべない代物《しろもの》であった。

彼らのだれもが崇《あが》めるのが、一八九五年に戦死した独立戦争の英雄で、活動に打ちこむ動機の純粋さゆえに「使徒」とよばれたホセ・マルティであった。彼ら青年政治活動家のあいだでは、考え方に相違があると弁舌によって相手を説き伏せようとすることはまれで、多くの場合はピストルで決着をつけた。

ハバナ大学では、ガティージョ・アレグレ（機敏な撃鉄）とよばれる、武力闘争が行われていた。一〇年前より、ハバナは「ギャング抗争」の舞台となり、何十人もの死者、何百人もの負傷者を出していた。集会の最中に対立する相手に不用意な言葉を投げかけると、一時間後には殺されてコロン墓地に葬られる可能性があった。人文主義にかんする哲学の講義のあいまに学生運動のリーダーが敵の殺害を請け負う者を募集する、という奇妙な大学であった。キューバ国民は、彼らを「ギャング」とよんでいた。彼らは銃器を重要な政治手段と考えていたが、彼らの武力闘争は町のけちなヤクザ同士の出入りと変わらなかった。

驚きの段階がすぎると、フィデルは、演説、呪文のような言葉づかい、殴りあい、腰に下げた拳銃、威圧、脅迫からなるこの世界は自分にぴったりだと思った。ここでは行動が最優先される。最初の一年間、彼は学生運動を観察し、その複雑な側面と矛盾を把握しようと努めた。そして、圧倒的な力をもっている大学学生連盟（ＦＥＵ）が教員たちと大学を共同管理しており、この連盟のリーダーの座は政界進出への近道である、と理解した。リーダーたちの多くにとって、体制への異議申し立ては青春の一ページであり、その後は政府や上級官公庁にポストを得ていた。フィデルがＦＥＵのハイエラルキーの上位をめざすためには、履修コースの一つの学生代表に選出されることが必須であった。そこでフィデルは人類学履修コースの代表選挙に出馬し、二一四票のうち一八一票を獲得して選出された。しかし、彼がリーダーに上りつめるには、一つの大きな欠陥が邪魔となった。彼は集会など好きでないうえ、選挙のかけひきも、他人の話を何時間も聞かされる談合も大嫌いであった。フィデルには忍耐心がなかったのだ。彼が話を喜んで聞く唯一の相手は…自分自身であった。また、一つの組織に閉じこめられるのも好まなかった。ゆえに、彼はあちらこちらの組織を梯子《はしご》した。フィデルは、ＵＩＲ（反乱革命同盟）に属しているとも、ＭＳＲ（社会主義革命運動）に出入りしている、ともいわれた。ＵＩＲの指導者は、米軍に属して太平洋戦争を戦った旧軍人、エミリオ・トロであった。ＭＳＲは、スペイン内戦の英雄であるロランド・マスフェレル［義勇兵として共和国側について戦った］と、数年前からＦＥＵの委員長であるマノロ・カストロ（フィデルとはたまたま同姓である）をリーダーとして戴《いただ》いていた［学生運動を続けるためだけに大学に籍を置いている年かさの学生も多かった］。ＵＩＲとＭＳＲには、民族主義、親暴力性、組織の統率不足といったいくつかの共通点があったが、最大の共通点は腹の底からの反共主義であった。

第二次世界大戦後の冷戦たけなわのころ、キューバ国民の大多数はソ連に少しも親近感をいだいていなかった。一九四〇年から一九四四年にかけてバティスタ政権に参加したキューバ共産党はきわめて弱小であった。共産党は大学では影が薄く、強力な労働組合であるＣＴＣ（キューバ労働者同盟）への影響力はゼロであった。

こうした雰囲気のなか、フィデル・カストロはすぐさま表舞台に立ちたかった。選挙に勝つための闘争の迷路に入りこんで埋没するのは嫌だった。大物リーダーたちがそれぞれの集団を掌握している現状で、存在感を発揮するにはどうしたらよいだろう？　連中は手段を選ばず、「革命」という言葉をたえず口にしているが、まともな政治プログラムも、強固な組織ももっていない。名前を売るには、派手な行動に出なくては。

一九四六年の春、フィデルはマノロ・カストロに誘われ、一八六八年の独立運動のリーダーの孫で保守派政治家であるカルロス・ミゲル・デ・セスペデスが主催する集会に参加した。ドン・カルロスはハバナ市長の座を狙っていて、ＦＥＵの支持を必要としていた。マノロ・カストロに同行を求められたことは、フィデルにとって願ったりかなったりであった。むろんのことながら、マスコミは大挙して押しかけていた。マノロ・カストロの後ろに目立たぬようにひかえたフィデルは内気をよそおい、ほぼだれにも注目されなかった。いざ自分が話す番となってマイクの前に立ったフィデルは、頬をうっすらと赤らめ、頭をふりふり、自分はドン・カルロスを支持する、と小さな声で述べた。そして計算された間《ま》を置いてから「ただし、三つの条件がある…」と述べた。会場には驚きが走った。聴衆は耳をそばだてた。するとフィデルの声色は急変し、憎しみが感じられるほど辛辣となった。「第一は、保守派の歴代政府が、自分たちで、もしくは手下を使って殺した若い革命家たち全員を蘇《よみがえ》らせること！　二番目は、あなたたち、そしてあなたたちの友人が、人民から盗んだ金を国庫に戻すこと！　最後の三番目の条件として、時間を百年あと戻りさせること！　以上の条件が満たされない場合、あなたがたが植民地に変えようとしているキューバの市場にわたしはただちにおもむき、自分を奴隷として売りに出す！」

唖然とした聴衆は、この狂人はいったいだれだ、といぶかった。話を終えたフィデルは首筋をこわばらせたまま、足を高々と上げるガチョウ足行進で会場を去った。まるでＢ級映画の俳優のように。マノロ・カストロは臍《ほぞ》をかんだ。むこうみずなフィデルの罠にはまり、彼に話題をさらわれてしまった。翌日の新聞は、これまで無名であった学生の派手なパフォーマンスを大きくとりあげ、フィデル・カストロは一夜にして有名人となった。ＦＥＵ委員長のマノロ・カストロは憤懣やるかたなく、あの「狂犬」の名前を耳にするのもがまんできなかった。ＭＳＲはフィデルを「好ましからざる人物」、「単独行動がすぎる」、「おそろしく個人主義」と認定した。彼は、予測不能の挙に出る「カバーヨ［馬をさすスペイン語だが、「いつ後ろ脚で蹴るかわからない馬」の意味］」とみなされた。

いささかやりすぎたと悟り、ＭＳＲが送りこむ刺客に狙われるのは困ると思ったフィデルは、ゴッドファーザーたちのご機嫌をとり結び、失地回復しようと努めたが成功しなかった。万策つきたフィデルは無謀な行動に出た。マノロ・カストロに誠意を見せるため、ＭＳＲと対立するＵＩＲの活動家一名を狙った襲撃を計画した。ところが、犠牲者となるはずだったリオネル・ゴメスは負傷しただけで、奇跡的に命に別状はなかった。フィデルはやっかいな立場に追いこまれた。ＭＳＲとＵＩＲに二股をかけた結果、いまやどちらの集団にも敵をかかえてしまったのだ。自分がどの集団につくかを明確にして、その保護下に入ることがどうしても必要となった。ＵＩＲの活動家たちが、リオネル・ゴメスの敵《かたき》を討とうとフィデル襲撃をたくらんでいるだけになおさらだった。怖くなったフィデルは、エミリオ・トロに急いで会ってほしいと頼みこみ、ＵＩＲにくわわる用意があると誓った。フィデルはこうして身の安全のために、反共思想でこり固まったＵＩＲの活動家となった。信じがたい策略によってフィデルは自分で掘った墓穴から抜け出した。しかし、今後はもう少し思慮深いところを見せねばならない。全方位へと駆け出す「暴れ馬」は、制御してくれる乗り手をどうしようもなく欠いていた。

とはいえ、大学でフィデルは完全に孤立しているわけではなかった。バネス時代からの二人の友人、ラファエル・ディアス・バラルトとバウディリオ・カステジャーノスも法学部の学生であった。竹馬の友であるバウディリオ――ユナイテッド・フルーツ社の砂糖製造プラントの社員用クラブでともにビリヤードを楽しんだ仲であった――はフィデルにとってつねによきアドバイザーであった。先に法学部への入学を決め、フィデルにも勧めたのはバウディリオであった。二人とも弁護士をめざしていた。バウディリオはＵＩＲ寄りであり、フィデルの立場がまずくなったときは仲介役をつとめてくれた。他方のラファエル・ディアス・バラルトはＭＳＲに近い立場を生かし、一度ならずフィデルを窮地から救った。一九四七年一月二〇日、三人はほかの三一名とともに、グラウ大統領を激烈に指弾する文書に署名した。この文を執筆したのはフィデル自身であり、内容は過激、ポピュリスト的であった。この文書はグラウ大統領の一九四八年の再選をはばむことをめざし、グラウ大統領の立候補は「裏切り者、日和見主義者、常習的な嘘つきの病んだ心根」に芽生えたとしか考えられない、と断じた。署名者たちは最後に、自分たちの命を危険にさらしてもグラウを打倒すると誓っていた。「膝を屈して生きるよりも、立ったまま死ぬほうがよい」からだ。これは、メキシコの革命家エミリアーノ・サパタの言葉である。フィデルはこれを、自分の演説のほぼすべてで使っていた。彼は、犠牲の神秘的な宗教性に酔いしれた。

ひと月、ふた月とすぎるにつれ、ハバナ大学入口の石の大階段エスカリナータのてっぺんにフィデルが陣どることが増えてきた。知識と叡智を象徴する女神アルマ・マーテルの大きな像のすぐ脇であった。フィデルは柔和な表情を浮かべたこの女神に片腕を預け、悪魔にとりつかれたかのようにアジ演説を行った。間断なくホセ・マルティの名を叫び、アメリカの帝国主義を猛烈に攻撃し、ドミニカとプエルトリコの解放をよびかけた。雲の上のゼウスさながらに、彼は人差し指をつきたてて南米の独裁政権を倒してやるとおどした。不動で無言の女神の脇に立つフィデルは、全世界に恨みをいだいているかのようだった。彼はしだいに、雑誌サエタの執筆仲間である友人たちを演説で熱狂させることができるようになった。大学の授業にはほぼ足が向かなくなっており、大半の時間を暴走気味の政治活動についやした。生活はスパルタ人のごとく質実剛健で、遊び歩くことはなかった。ベレン学院時代の同級生とは違い、『甘い生活《ドルチェ・ヴィータ》』に溺れることはなかった。父親がフィデル・ピノをとおして送ってくれる金だけで生活をまかなっていた。

恋愛についていえば、草も生えない砂漠といった状態であり、若い娘が近くにくると赤面する始末であった。この頃、フィデルに恋人がいたという話はない。戦う宣教師のようだった。ただし、聖人伝をホセ・マルティの著作に置き換えた宣教師である。この宣教師が属している修道会は、フィデルが唯一正しいと確信している…自分自身であった！　大学に来るのは、魅惑とおどしを入り交ぜての政治活動を展開するためであった。大講堂での議論が自分に不利な展開となると、討論を放り出して乱闘をはじめた。言葉の力で状況を支配することができなくなると武器をとり出した。

ある日のこと、大学を訪問中の労働大臣、アウレリアノ・サンチェス・アランゴがフィデルとその友人たちに非難を浴びせられた。大臣は討論会を開いて意見を戦わせることを提案し、反逆児フィデルの呪《まじな》いのような言葉に冷静沈着に反論し、聴衆である学生たちに強い感銘をあたえ、不意をつかれて手も足も出ないフィデルを残して立ちさった。目はどす黒い怒りに燃え、手はぶるぶる震えるフィデルは、すでに武器を手にしている友人らに、集会場のすべての出入り口を閉じるよう命じた。こうしてフィデルは学生たちを半時間ほど足止めし、「政府の腐った連中」を攻撃する戦闘的演説を聞かせた。演説が終わると、荒い息をつき、熱に浮かされたようなフィデルは「聴衆」を「釈放する」よう命じた。彼は聴衆を説得したが、それはおどしによる説得であった。おそろしさに縮みあがった学生たちはそそくさと立ちさった。

一九四七年の最初の六カ月の学期のあいだに段々と自信を高めていたフィデルは、やがて伝説的となる例の怒りの一つを爆発させた。人前で堂々と「フィデルはただの糞だ！」と述べたマノロ・カストロがよい例だが、フィデルには軽蔑しか感じていないMSRの指導者らがまたもFEU（大学学生連盟）の委員長選挙で勝ったときのことだった。この選挙に力を入れたフィデルの努力は実を結ばなかったのだ。彼は策略をめぐらし、支持者に働きかけ、魅力をふりまき、時間をおしげなく使ったのだが、土壇場になって、MSRの候補者であるエンリケ・オバレスが僅差でUIRの候補者を破ったのである。くだらぬ公職を獲得するためにMSRの「腐った連中」が大義を「裏切った」と言って憎しみをつのらせるフィデルのようすは、友人たちの記憶にきざまれることになる。彼は、政府から提示された全国スポーツ局長のポストを受け入れたマノロ・カストロを裏切り者とよんで非難した。また、秘密警察の長に抜擢されたロランド・マスフェレルを罵《ののし》った。警察長官に任命されたマリオ・サラバリアも攻撃の対象となった。自分がいつも言っていたように、学生運動の指導者たちは革命家を名のっているがそれは看板にすぎない、とフィデルは息巻いた。少しでも魅力的な申し出があると体制側にねがえってしまう連中なのだ、と。

フィデルはそこで、雑誌サエタで前代未聞の攻撃的なキャンペーンを展開した。グラウ大統領を「汚名」、暴君とよび、「殉教者が流す血を投機の対象とする商人たち」であるMSRの「ギャングども」を公然と攻撃した。同じころ、フィデル自身も共産党の機関紙からギャングとよばれた。

ある日のこと、フィデルは修復不可能な過ちを犯した。二人の友人、アルマンド・ガリとフスト・フエンテスとともにロランド・マスフェレルの暗殺を試みたのである。もし成功したら自分は伝説となる、とフィデルはわかっていた。しかし人なみはずれて用心深いマスフェレルは暗殺者たちに気づき、危険をのがれた。それだけでなく、ピストルを撃って逆襲し、襲撃者たちを退散させた。マスフェレルは一行のなかにフィデルの姿を認めた。今回は疑いの余地もなかった。「暴れ馬」は、自分の命が危ないと理解した。その日の夜、マリオ・サラバリアは、フィデルにとって大学に姿を見せるのはもはや得策とはいえない、と公言した。パニックを起こしたフィデルは、ビラーンに残って父親と暮らしている兄ラモンに、発射のパワーが大きい強力な武器を送ってほしい、と頼んだ。ラモンはすぐさま、一五発を弾倉に入れることができるブローニング一丁を送ってくれた。

武器を得て心強くなったフィデルは刺客をいまかいまかと待ったが、その一方で用心を重ねた。毎日、違う道を通るようにして、たえずねぐらを変え、母親違いの姉リディア――第二母親のようにフィデルの面倒を見てくれた――の家に泊まったかと思うと、バウディリオ・カステジャーノスや友人である大学生ロランド・アマドールやその他の活動家の住まいにも身をよせもした。彼はつけ狙われながらも、何度も刺客たちの計画の裏をかき、最後の最後で追っ手の触手からすり抜けた。しかし、ついに精根つき果ててハバナを去り、敵からできるだけ遠くにのがれるためにバネスに逃げ帰った。

近隣の小村、プエルトリコの海岸にある小屋を隠れ家として提供してくれたのはラファエル・ディアス・バラルトであった。故郷に戻ったので、バネス駅長の息子であるジャック・スケリー——アメリカ人のジャックとフィデルは帝国主義について議論した——をはじめとする旧友と久しぶりに会うことができた。それだけでなく、ラファエルのかわいらしい妹、ミルタ・ディアス・バラルトとも再会を果たした。フィデルはこの苦境をどのように抜け出したらよいのかわからずに途方にくれ、すすり泣く始末であった。追いつめられた自分の運命を思うと涙が出た。「自分が死んでも、その意味をだれも認めてくれない」との思いが頭を離れない、と嘆いた。絶望のさなかにあっても、いちばん気になっていたのは自分の評判であった。ぼくの葬式で、死者の功績をたたえるスピーチをだれにまかせられるだろう、と友人たちに問いかけた。逃亡者フィデルは、無名のうちに死にたくなかった。それに、結局のところ、彼はどうしても死にたくなかった。死ぬにしても、こんな風では嫌だ。よくあるギャング抗争の犠牲者として死ぬのは。彼は英雄として死にたかった。望まずして浜辺で二週間の休暇をすごしたフィデルはついに解決策を見つけた。

ＭＳＲの指導者たちはそのころ、ドミニカを侵略して独裁者トルヒーヨを追い出す計画を練っていた。マスフェレル、サラバリアそしてマノロ・カストロは、実行部隊の要員募集を担当していた。ドミニカ解放を掲げるあらゆる委員会にかかわっていたフィデルには、この作戦に命を捧げる用意があった。彼は、ＦＥＵの新委員長で、マスフェレルら三人と近い関係にあるエンリケ・オバレスに接触し、単純きわまりない取引をもちかけて、自分の助命のために動いてほしいと懇願した。フィデルはマスフェレルらの軍門に下り、ドミニカ解放作戦に参加するので、そのかわりに命を助けてほしい、という提案であった。前代未聞のことであるが、交渉術に長《た》けたエンリケ・オバレスは、「暴れ馬」を戦力として受け入れるようマスフェレルらを説得することに成功した。これでフィデルは執行猶予の身となった。もはや失うものが一つもない終身刑の囚人のごとく、フィデルはニペ湾のアンティージャ港から乗船した。あわせて約一二〇〇名の男たちを乗せた、四隻の船からなる小船団を指揮するのは、ドミニカ人の百万長者フアン・ロドリゲス・ガルシアと、作家のフアン・ボッシュであった。フィデルは、カマグエイ州の北に位置する小島、カヨ・コンフィテスに上陸した。

五九日のあいだ、灼熱《しゃくねつ》の太陽のもとで蚊の大群に悩まされながら、キューバ人、ドミニカ人、プエルトリコ人で構成されたこの反乱軍とともに、フィデルはドミニカ攻撃開始の合図をひたすら待った。熱帯の小島にとどめ置かれたこのあいだに、彼は初歩的な軍事訓練を受けた。日々はすぎていったが、ハバナのプラド通りのセビージャホテルに置かれた作戦司令部からはなんの連絡もこなかった。情報漏洩がはなはだしかったので、彼らの作戦はあっというまにＣＩＡの知るところとなった。アメリカの圧力を受けたグラウ大統領は腰を上げ、小さな反乱軍を逮捕するために海軍を送りこんだ。フィデルはなんとか小舟に乗りこみ、逮捕をまぬがれた。

一九四七年九月二六日にオリエンテに上陸したフィデルは、湾のなかほどでサメがうようよしている海に飛びこみ、ニペの河口にある小さな漁村サエティアまで一二キロメートルを泳ぎきった、と語った。危険な海を遠泳してのこの逃避行には理由があった。フィデルはマノロ・カストロとロランド・マスフェレルの刺客からのがれようとしたのだ。後者らには、エンリケ・オバレスとのあいだでかわした約束を守る義務がもはやなかったのだ。エンリケ・オバレスは次のように語っている。「わたしが彼［カストロ］の命を保証できたのは、彼が野営地にいるあいだだけであり、遠征計画がお流れになった後はそうはゆかなかった…」

フィデルはとんでもない嘘つきだ、という人もいる。ジョニー・ワイズミュラーが演じたターザンなみに抜き手をきって泳いだという英雄的なエピローグは、カヨ・コンフィテスの大失策――リーダーがおらず、組織もいい加減で、まともな戦闘の経験もない集団が試みた遠征の情けない顛末――で失墜したイメージを糊塗《こと》するための法螺話《ほらばなし》にすぎない、という説だ。しかし、この体験でフィデルは、自分があれほどおそれていた「ギャングたち」は規律を守ることもできないただの無法者である、と学んだ。権力を掌握するには前段階として、僧院のそれに近い規律にもとづく鉄壁の組織を形成しなければならない、とフィデルは悟った。あいつらは支離滅裂で自己破滅的なロマンティストであり、イエズス会の厳密な規律とはかけ離れている、というのが彼の感想であった。イエズス会の規律がいかに効率的かを身近で観察することができたフィデルは、このことを肝《きも》に銘《めい》じた。

ビラーンはサエティアからほんの数キロであったが、フィデルは両親の顔を見に寄ろうともしなかった。バネスのラファエル・ディアス・バラルトの家を訪れ、スーツを借りるとすぐにハバナに向かった。

四八時間後の九月二八日、エスカリナータのてっぺんでフィデルは聴衆に向かってアジ演説を行い、キューバとドミニカを「裏切った」としてグラウ大統領を糾弾した。彼はまちがっていなかった。グラウ大統領は、自党である真正党の公約を守るどころか、キューバが腐敗と背任の泥沼に沈むのを放置していた。非力で小心なグラウは、唯一の政治目標が自身の安寧な暮らしと蓄財であることをもはや隠そうともしなかった。このような状況下で、「戦う修道僧」の出現は天の配剤《はいざい》と受けとられないはずがない。フィデルはこの役を演じることを夢見ていたが、キャストの空きはなかった。すでに別の「使徒」が舞台に立っていたのだ。その名はエディ・チバス。上院議員であり、一人暮らしの金持ちだったので買収される可能性はほぼ皆無で、日曜夜の人気ラジオ番組で聴衆に語りかけ、多くの人々を魅了していた。

チバス上院議員の声はインコのように甲高く、しわがれており、ほかのだれかの声とまちがえられるおそれは皆無だった。芝居がかっていて、熱しやすい人物だった。彼には、ハリウッド俳優に必要なすべての才能があった。庶民的で親しみやすく、やや過激なところがあり、心底から正直で、堂々としていて、自分に言いがかりをつける政敵にサーベルでの決闘を申しこんだ。どことなくおとぎ話の妖怪を連想させる風貌のチバスは名演説家でもあり、真正党は腐敗していると激しく抗議して注目のうちに同党を飛び出し、新党を結成したばかりであった。民族主義的な色彩をより強く打ち出したこの党は「キューバ人民党」と命名されたが、やがて正統党［オルトドクソ党］とよばれるようになる。それから数カ月のあいだに、この小さな政党はキューバ政界地図の上で中心的地位を占めるようになる。すべての事情通は、一九四八年の大統領選挙で勝利するのはチバスだろうと予測した。この正義の騎士、救世主は、「ギャング」の一掃を目標に掲げていた。キューバ国民は、ギャングとよばれる政治組織集団がくりひろげる内戦もどきの抗争に嫌気をさしていた。

一九四七年の終わり、ハバナは地雷原のようだった。チバスとフィデル・カストロが名指しして非難する二つの組織、MSR（社会主義革命運動）とUIR（反乱革命同盟）は本物の戦闘をくりひろげており、治安当局はなんの手出しもできなかった。そのようななかで、UIRの代表であるエミリオ・トロが殺された。フィデル・カストロはこの機会をとらえて、学生ギャングたちとは距離を置き、「政治的ならず者集団」の一員として第一線で活躍していた過去を葬りさろうと試みた。そのためにエディ・チバス支持をはじめて明白に打ち出し、チバスを理想として崇めることさえした。チバスの側近の一員となろうと努め、チバスに自分の魅力をアピールしようと試みた。チバスのボディガード、弟子、副官になりたい、運転手でもかまわない、と訴えた。しかしチバスはフィデルを警戒した。チバス支持の熱意を示したにもかかわらず、フィデルはいまだに、ギャング、信義に欠ける男という定評を消しさるにはいたらなかった。彼にはまだ、ビーチョ［害虫、腹黒いやつ］、信頼することはできない輩《やから》というイメージがまとわりついていた。エディ・チバスの道徳規範は、フィデルが過去を反省すること、より正確にいえば、前とは違う人間になった証拠を示すことを求めた。マリスト会修道士やイエズス会修道士のもとで一五年間も告解のごとに罪の赦《ゆる》しを求めたフィデルは、自分の出番が来るのを待つことにした。

第７章　鐘の花婿

それは重さ一四〇キロの伝説的な大鐘である。自由を貴ぶすべてのキューバ人にとって、これは祖国独立のシンボルである。キューバ国民はこれを「デマハグア」とよぶ。一八六八年にスペイン人支配に対する最初の反乱に立ち上がった大地主、カルロス・マヌエル・デ・セスペデスのアシエンダ［農場］の名前である。セスペデスは独立戦争のはじまりを告げるためにこの鐘を打ち鳴らした。それ以降、「デマハグア」は首都ハバナから遠いオリエンテ州のマンサニージョ市に大切に保存されていた。ゆえに、この「聖遺物」には――アメリカ独立宣言朗誦にフィラデルフィア市民を招集するために打ち鳴らされた「自由の鐘」と同様に――歴史的な重みがあった。カヨ・コンフィテスからほうほうの体《てい》で戻って以来、フィデルはこの鐘のことばかり考えていた。彼には一つの計画、なみはずれた考えがあった。「デマハグア」をハバナまで運び、これを鳴らして一斉蜂起をよびかけ、その勢いで大統領府を掌握する、という案だった。そこまでやらずにどうする！　このハリウッド映画さながらのシナリオは鉄壁だと彼には思われた。

しかし、この途方もない計画を成功させるには、共産党の協力が必要だった。マンサニージョ市長は、共産党［このころキューバ共産党は名称変更して人民社会党（ＰＳＰ）の名称を採用していたが、わずらわしさを避けるために必要に応じて共産党とよぶ］の熱心で一徹な活動家であった。「デマハグア」を首都まで運ぶは、この市長の許可が必要だ。しかも、最終目的地のハバナに到達するには、キューバを縦断せねばならない。約一〇〇〇キロの道のりである。ほぼ不可能な計画だ。ところで、大学でフィデルは二人の共産党の活動家と知りあいになっていた。アルフレド・ゲバラ［チェ・ゲバラとはなんの血縁関係もない］とリオネル・ソトである。フィデルは二人に自分の計画を打ち明け、協力を求めた。驚いたことに、二人は承諾してくれた。第一に、この計画は見かけほど無茶なものではない。キューバ国民はシンボルが大好きであり、フィデルが思いついたこのセンセーショナルなアイディアを歓迎する可能性が高い。二人はフィデルの無分別な行いも、無茶な手法も、一匹狼的な傾向も、栄光への渇望も承知していたが、彼が数週間前からカルロス三世通りにある共産党の図書館に通いつめていることを知っていた。フィデルはこの図書館でマルクスの『共産党宣言』を読み、蒙《もう》が啓《ひら》かれたと感じた。それ以外にもマルクス主義を説く数々の著作、ゲリラ戦術にかんするさまざまな文献を読みあさった。

アルフレド・ゲバラは、二一歳のフィデルの尋常ならざる記憶力に舌を巻いた。フィデルはマルクスの思想に傾倒しているように思われたが、ビーチョ［腹黒いやつ］の異名にふさわしい策略なのではないか、と疑う者もいた。虚勢を張っているだけではないか？　もしくは、「デマハグア」を入手するための短なる計略ではないか？　しかしソトとゲバラは、フィデルは嘘をついていないと信じた。なるほど、フィデルは共産主義者ではない。しかし彼はすばらしい協力者になれるのでは、との印象をもった。ゆえに、フィデルと一つの作戦を実行することは時宜《じぎ》にかなっていると考えた。フィデルは、勝ちが期待できる良馬であった。ジャーナリストの心をつかむのが上手であり、まちがいなくカリスマ性があり、聴衆を熱狂させる才能をもっていた。それよりもなによりも、逮捕をまぬがれ、カヨ・コンフィテスから戻ることができた数少ない遠征隊員の一人であった。ドミニカ遠征の失敗は、反体制勢力にとって大打撃であった。学生運動指導者の大半は逮捕され、もしくは亡命を余儀なくされ、動くに動けない状態だった。キューバ共産党にとって、フィデルからの接触は渡りに船であった。

いつも煙草を唇にはさんでいる痩せ型の青年、アルフレド・ゲバラは、フィデルを導く幸運の星に賭けた。アルフレドはしばしばフィデルと話しあい、いっぷう変わったフィデルが何を求めているのかを理解した。フィデルはキューバ革命を模索していた。何十年もの昔からありとあらゆるバリエーションで提唱されてきた「まがいものの革命」ではなく、キューバ国民が政治にいだくフラストレーションを一気にとりのぞく新たな道を求めていた。フィデルはこれを「根源的な革命」とよんでいた。キューバは南米で一二を争う進歩的な憲法をもっているし、報道の自由が空証文《からしょうもん》ではないことは確かだが、大地主と農民、砂糖産業の労働者とアメリカ大企業のあいだにあるはなはだしい不公正には手がつけられていない。いちばんの問題は、キューバがアメリカの管轄下にあることだ。キューバは重度の「植民地コンプレックス」をわずらっている。独立宣言から五〇年をへているのに、キューバにとって例のプラット条項は一九三四年に廃されたものの喉に引っかかった魚の骨のようで、どの政治集会でも論議の的となった。こうしたすべての点について、アルフレドとフィデルは意見が一致した。

　共産党がフィデルと手を結ぶ理由はもう一つあった。チバスをいただく正統党の青年部責任者となっていたフィデルは将来、共産党にとって有益な駒となる可能性があった。共産党は大統領選挙での共闘を視野に、エディ・チバスへの接近を探っていた。しかし、チバスは共産主義の名前を聞くのもお断わりで、スターリンの息がかかった連中とは絶対に手を結ばないと息巻いていた。反共の強い信念をいだくチバスは、暴君マチャドともバティスタ将軍とも手を結んだ過去をもつ共産党と交渉の席につくことを拒否した。これにかんして、チバスの弟子を自任するフィデル・カストロは師よりも柔軟な姿勢をとっていた。ゆえにフィデルは、共産党がよぶところの「客観的な同盟者」になる可能性があった。そうなると、彼を粗略に扱うのは論外で、むしろ気を引く必要があった。あいつがほしがっている鐘をあたえてやろう、ということになった。

　一九四七年十一月五日、数千人の学生が歓呼の声をあげるなか、オープンカーにのせられた独立の鐘がハバナ市に入った。鐘は二時間以上、ハバナの市中をパレードした。ダークカラーのストライプスーツに花模様のネクタイをしめたフィデル・カストロが鐘の脇にひかえていた。この鐘のお練《ね》りは奇妙なほど婚礼パレードに似ていた。この日、フィデルは「キューバの恋人」となった。右腕に大きなブロンズ製の鐘を抱きかかえ、左腕で儀式用の燭台をふりまわしていた。欠けているのはライスシャワーのみだった。翌日の新聞にはフィデルの晴れ姿の写真が掲載された。天性のプロパガンダ巧者であるフィデルにとってこれは大成功だった。二一歳の青年と、大鐘が象徴するキューバの国土との婚礼写真は、国民の記憶に深くきざまれた。

フィデルは、こんなことでは満足しなかった。一一月六日、大学のエスカリナータのてっぺんで、「若い花婿」は「裏切り者」のグラウ大統領を弾劾する演説を行い、民衆に抗議デモをよびかけた。だがデモは起こらなかった。栄光への第一歩をきざんだフィデルであったが、だれもよびかけにこたえてくれなかった。自分が属する正統党からも支持されなかった。党の上層部はフィデルが用いようとする暴力的手法を評価しなかった。エディ・チバスが勝つ可能性が高い大統領選挙を数か月後にひかえたいま、国を混沌におとしいれて流血の事態をまねくなど無意味だ。チバスは指示を出した。アジテーターのカストロは、「治外法権」の大学構内で戦うがよい。彼はすでにエスカリナータの上に口径五〇ミリの機関銃をすえつけているが、これもよいだろう。しかし、彼は自身の管轄区域から出てはならない。彼の居場所は大学である、と。フィデルにとって、このような指示を守ることは不可能だった。その性情ゆえに、あらゆる前線をかけめぐりたいという衝動は抑えがたかった。また、自分に向けられる攻撃を回避するためにもたえず動きまわっている必要があった。「ギャングたち」はフィデルのことを忘れていなかった。それどころか、「デマハグア」の一件は彼に対する憎しみを再燃させた。細かなところまで決まっているスケジュールに従う生活を送るのは危険なので、フィデルは法学部三年の自由受講生となった。定まったスケジュールがなければ、刺客も彼の行動や行き先を前もって知ることができない。さらにフィデルは外出の際にはかならず、重々しく武装したボディガードにつきそってもらった。正統党の青年部代表は厳しい監視下に置かれた。

彼とエディ・チバスとの関係はなかなか改善しなかった。チバスは、この熱心な弟子の胸を焦がす途方もない野心を察知し、公《おおやけ》の場でフィデルといっしょになることを避けた。チバスは、あのアジテーターは遅かれ早かれスキャンダルにまきこまれ、銃弾を頭に打ちこまれて街角で命を落とす、もしくは監獄にぶちこまれるだろう、と確信していた。キューバでは、国民的英雄は決して権力をにぎることがない。闘いで命を落とすからだ。この困難な状況のなか、フィデル・カストロはむりやり抑えつけられている気分だった。大統領選の候補者となる予定のチバスに犬のように忠誠をつくすのは嫌だったが、選択の余地はなかった。彼はじっとこらえ、好機を、運命のお告げを待つことにした。

一九四八年二月二二日、フィデルにとって以前からの敵で、MSR（社会主義革命運動）の指導者であるマノロ・カストロがハバナの映画館を出たところを殺された。キューバ政界の全員にとって、暗殺者がだれであるかは明らかであり、フィデル・カストロ以外は考えられなかった。二人がいかに憎みあっていたかを知らぬ者はいなかった。もっと悪いことに、殺人が起きた夜、現場でフィデルを目撃したという証人が複数いた。

三日後、フィデルは警察に連行された。マノロ殺人事件の捜査の一環としてフィデルは判事による尋問を受けたが、釈放された。フィデルとしては、拘置所にぶちこんでほしかった。拘置所にいれば、すくなくとも敵から銃撃される心配はなかったから。しかし、判事はフィデルの望みをかなえてくれなかった。万事休すとなったフィデルは猟犬に負われる獣、逃走中の犯罪者さながらの暮らしを送った。アルフレド・ゲバラの家に泊めてもらったかと思うと、翌日は腹違いの姉リディアの家に隠れ、その次は妹フアナを頼った。地下潜行者そのものだった。複数の友人がフィデルは無実であり、あの夜は殺害現場にいなかった、と主張したが、フィデルに近い人たちは、こうなったら国外に逃げるべきだ、存在を忘れてもらうのがいちばんだ、中米なら遠くないから好都合ではないか、と勧めた。フィデルは迷った。殉教者となりそうな状況は彼にとってこれ以上ないくらい好ましかった。自分をめぐるこの大騒ぎにフィデルは喜びを覚えた。そして、苦境を脱するのに役立つセンセーショナルな一手を考え出そうとした。重要な決断をくだすときの常であるが、彼はくりかえし思いをめぐらし、檻に閉じこめられたライオンのように部屋のなかで歩きまわった。しかし、いまの状況は絶望的だとの結論に達した。逃走しなくてはならない。三月一九日、フィデルは飛行機でベネズエラのカラカスに向かうことにした。ランチョ・ボエロス空港のロビーで再逮捕されたが証拠不足でふたたび釈放された。翌日、ようやくキューバを発つことができた。

彼は行き先としてベネズエラ、パナマ、コロンビアの三か国を予定した。フィデルにとって国外に出るのはこれがはじめてであった。必要に迫られての旅であったが、すくなくとも一つのメリットがあった。キューバがかかえる問題は、多少の違いは別として、南米全体に共通の問題であり、諸国民はヤンキーに対する憎しみを共有している、とわかったことである。

フィデルはボゴタで友人のアルフレド・ゲバラとエンリケ・オバレスに合流した。二人は順にＦＥＵ（大学学生連盟）の書記長と会長であり、南米反帝国主義学生会議に招待されていた。この会議の資金を提供したのはポピュリスト政治家でアルゼンチン大統領のファン・ペロンであった。米州会議［アメリカとラテンアメリカ諸国のあいだで開催される会議］設立を目的としてボゴタで外務大臣協議会が開催され、有名なジョージ・Ｃ・マーシャル米国国務長官もこれに出席するという機会をとらえ、物議をかもす派手なイベントを行うという魂胆であった。ペロンにとって、ラテンアメリカ諸国から学生が集まる反米会議は大きな話題となるはずであった。しかし、ペロン配下の者たちは用意周到とはほど遠く、集めることができたのは三〇名ほどの活動家であった。そのうち、ネズエラとコロンビアからは数人、グアテマラからは一名、キューバからはカストロをふくめて四名というみじめなありさまだった。アルゼンチンからの参加予定者はこれに腹をたて、開催寸前に参加を取り消した。

参加者はひとにぎりで淋しい会議であったが、フィデルは議長に指名されようと躍起となった。ただし、彼には議長に選ばれる資格がなかった。フィデルはハバナ大学の学生のスポークスマンではなく、自分以外のだれの代表でもなかった。しかし、そんなことを気にするフィデルではない。謙遜など薬にしたくてももっていないフィデルは、自分は「生まれつきの」リーダーであると自負していた。体を張った活動で実績を上げているし、なにしろ「キューバの恋人」なのだから。これは原理原則の問題だと主張し、彼は議長の座を要求した。

キューバ人の友人らは、フィデルがなぜこれほど強情を張るのか理解できなかった。名ばかりで実質がともなわないこの会議の議長の座にフィデルが固執したのは、またしてもマスコミに名を売るためであった。この会議が失敗に終わることはわかっていたが、プロパガンダ巧者フィデルは自分が話題の主となる機会を逃したくなかった。もし議長に選ばれたら、大物であるジョージ・マーシャルとともに新聞の第一面に自分の名前がのる可能性がある、とふんでいたのだ。しかし、同じく議長に立候補していたエンリケ・オバレスはゆずらず、出席者らはフィデルをしりぞけてエンリケを議長に選んだ。フィデルは激怒し、この会議を「まがいもの」と決めつけ、背を向けた。注目を浴びることができないのは彼にとって耐えがたかった。そこで、自分を宣伝できる別の機会を探し求めた。その日の夜、各国の外務大臣と彼らの招待客を主賓とするガラ公演がボゴタのとある劇場で行われた。ジョージ・マーシャルも来場していた。フィデルは会場に足を運び、劇場内にまぎれこんで反米アジビラを配布した。しかし騒動をまきおこす時間はなかった。警備要員に止められ、警察に引き渡されたのだ。現地の警察署で、フィデルはこうした場合の通例に違わず、唖然として口もきけない警察官たちの前で長広舌をふるった。自分は南米の大義に殉ずる者、帝国主義者らの陰謀の犠牲者である、と主張し、「連中」は自分を暗殺しようとたくらんでいるので報道機関に知らせるよう要求した。世界中に知ってもらう必要がある！　数時間後、疲れを知らぬ雄弁家は釈放された。キューバから福音を伝えに来た使徒がたれる説教に、警察官らもほとほと嫌気がさしたからである。

町に放たれたフィデルは自問した。注目を集めるにはどうしたらよいだろう？　有名なマーシャル・プランの発案者がコロンビアにいるという状況を生かすにはどうすべきか？

コロンビアの反体制派弁護士、ホルヘ・エリエセル・ガイタンと約束をとりつけたフィデルは、会いに行くことになった。しかし、フィデルは懐疑的だった。キューバ人の友人らは大講堂に閉じこもり、どうせだれも読みはしない動議の執筆にかかりきりになっていた。フィデルはボゴタの町を歩きまわりながら、マスコミを動員しないと何事も不可能だ、と確信した。イエズス会の学校にいたころ、彼はヒトラーの『わが闘争』とマラパルテの『クーデターの技術』を読んだ。そしてヒトラーやムッソリーニが人心を掌握して権力の座に上りつめた手腕を、ときに感嘆しつつ研究した。二人のファシズム指導者には、大衆の心の奥にある願望を把握する知恵があった。彼らが成功したのは、「群集心理」を理解し、ラジオをおもな手段として巧みな「広報」を実践したからだ、とフィデルは固く信じた。クーデターは、世間の耳目《じもく》を集める一手《いって》との親和性が高い、というのが彼の持論だった。フィデルの学友の何人もが、法学部一年生のころの彼が『わが闘争』（トルプ社刊のスペイン語訳）を片手にキャンパスを歩き、これが自分の新たなバイブルであるかのように語っていた、と述べている。フィデルがこの本を熟読したのは、ヒトラーの弁論の才能に関心があったからだろうか？　ほんとうにそれだけだろうか？　いずれにせよ、その後の三年でフィデルは信じられないほど変わった。彼は根深い反米感情ゆえに、程度の差こそあれいずれもＣＩＡから資金援助を受けていた南米の極右運動から遠ざかった。そして、共産主義者は彼にとってもはや、長年にわたってベレン学院の修道士や父親ドン・アンヘルから聞かされていた血に飢えた怪物ではなくなった。それどころか、共産主義者だけが、規律の重要性を強く意識しており、独裁者の盲目的追随者に対抗できる「戦士の軍隊」を組織する能力をもっている、と思うようになっていた。しかしキューバでは、共産主義者には大きな欠陥があった。彼らは弱小であった。

　ガイタンとの待ちあわせの場所に着く数分前、フィデルは数ブロック先から聞こえるパンパンという音にはっとした。すぐさまその場に駆けつけると、本物の暴動が起きていた。だれかが「ガイタンが殺された！　ガイタンが殺された！」と叫んでいた。衝撃を受けたフィデルのまわりでは、群衆が暴徒と化していた。昨日、話を聞いてもらおうと訪ねたばかりで、その弁舌でフィデルを魅了した著名なガイタン弁護士が暗殺者の銃弾に倒れたのだ。自分の将来について相談するために会うはずだったのに、その矢先の出来事だった。今回は、フィデルが歴史を引きよせたのではなく、歴史がフィデルを引きよせたことになる。

フィデルは、進行中の革命の第一線に立つため、町中を駆けまわった。大喜びであった。自分はついに、武装蜂起のただなか、嵐のなかにいるのだ。車道には死体が転がっていた。バスティーユ襲撃を追体験しているような気分だった。ボゴタは、群衆のパワーに翻弄されていた。フィデルは司令部、もしくは指導部のようなものを探したが見つからなかった。軍服の上着と銃一丁をなんとか手に入れると、一人の警部のもとに駆けつけ、自己紹介した。自分はキューバ人です、コロンビア国民のために死ぬ用意があります、警部殿の命令に従います、と。そして、この「革命的」警部の副官となり、指令を求めてジープでボゴタの町をかけめぐった。指令がいっこうにとどかないので、この警部は自分でイニシアティブをとることを決め、部下たちとある警察署を占拠し、バリケードを築き、軍隊の攻撃にそなえた。フィデルは遠慮をかなぐりすてて進言した。「これは最悪の策です。消極的に守りに徹するのはまちがいです！　敵の陣営を攻撃し、大統領府とラジオ局を占拠すべきです！」。高まる興奮のなか、フィデルは、フランス革命の英雄、彼が崇拝するダントンの言葉「大胆なれ！　つねに大胆なれ！」を引用した。しかし、コロンビアの「サンキュロット」たちはフィデルに耳をかさず、バリケードの内にこもったままだった。自分たちから動こうとしないこうした日和見主義は彼らにとって致命的だった。反乱は流血のうちに鎮圧された。軍隊は秩序を回復させ、反逆者たちを追撃した。あわてふためいたフィデルは仲間を見すて、ホテルにいるゲバラとオバレスに合流した。

彼らはお尋ね者となった。ラジオが、複数のキューバ人が暴動に参加したようだ、と報道したためだ。できるだけ早く逃げる必要があった。フィデルたちはキューバ大使館に避難し、すぐに帰国させてもらった。ハバナに戻ったフィデルは、報道機関から質問攻めにされた。暴動に参加したのは本当ですか？　米州会議に対抗する学生会議の議長をつとめたというのは本当ですか？　南米の新たな殉教者であるガイタン弁護士の暗殺者を目撃しましたか？　カストロは微に入り細にわたって自分のコロンビア冒険譚を語った。キューバ国民は壮大な冒険物語が大好きなので、フィデルは事実を粉飾し、自分の活躍を強調し、自分が脚本家かつ主人公であるドラマを語ってみせた。彼は体験談に尾鰭《おひれ》をつけ、新聞雑誌が「ボゴタソ」とよぶボゴタ市民暴動物語の作者かつ主役となった。彼はそれからも長いこと、新聞雑誌に話題を提供しつづけた。混乱のまっただなか、おびえた人々がやみくもに駆けまわっているさなかに、二人の売春婦をつれた一人の男が自動車に乗っているのを見た、革命のただなかに、性欲を満たすことしか考えない者がいることに衝撃を受けた、とさえ述べた。

それでは、フィデルは性欲と無縁だったのだろうか？　自分には色事にかまける時間はない、というのがフィデルの答えだった。自分は使命をおびている、戦う宣教師のように自分の運命にゆるぎない信念をいだいている、それは祖国につくす運命だ。これがフィデルの思いであった。その当時、フィデルには浮いた噂一つなかった。「キューバの恋人」は女性とのつきあいが苦手だった。女性を怖がっているようだった。しかし、新聞雑誌はフィデルの恋愛事情をそれ以上、詮索しなかった。フィデルがコロンビア冒険譚から引き出した教訓についても深く掘り下げようとしなかった。

フィデルは明白な教訓を引き出していた。鉄壁の規律をそなえ、緻密に組織された政治運動体なしに、キューバで「真の革命」を起こすことは不可能である、と結論づけたのだ。厳格な前衛組織が必要となろう。フィデルはすでにレーニン主義者であったが、このことを、——おそらくは自分自身にも——まだ隠していた。

熱帯特有の湿気、混血文化の気《け》だるさ、エスカリナータ、ピストルをふりまわす政治活動家のギャングたち。ハバナは何も変わっていなかった。フィデルが不在のあいだも、「ギャング」抗争はやんでいなかった。兄弟姉妹と再会し、家族の最新の出来事について教えてもらった。父親のドン・アンヘルは、フィデルの破廉恥な行いに堪忍袋の緒を切らし、生活費を送るのを止めた。問題ばかり起こし、おちつきのないこの息子は大学に通っていないばかりか、一家の恥となっていた。マノロ・カストロ殺人の嫌疑は沙汰止みとなったが、フィデルにはあいかわらず疑いの目が向けられていた。ドン・アンヘルは、息子が自分と同じ苗字の人間の殺人を命じたかもしれないと考えると耐えられなかった。全国でも一、二を争うエリート中学、高校で学ぶ機会をあたえてやったのに、ボリバル「ラテンアメリカのスペインからの独立と統一に生涯を捧げた革命家」気どりでそうした教育をむだにしているフィデルに怒り狂っていた。ドン・アンヘルがこれほどの犠牲をはらったのは、「ルンペン」のような息子をもつためではない。彼は、申し開きをさせるために息子をビラーンによびつけた。

フィデルはこれを拒否した。自分はあの殺人事件にはいっさい関与していない、だから釈明する理由などない。ビラーンに行くにしてももっと後だ、一九四八年六月初めに予定されている大統領選挙の後ならたぶん行けるだろう。夏季休暇には行く。

父親とのやっかいな話しあいは先延ばしにしたが、一文なしとなってしまった。あいかわらず面倒見がよい姉のリディアの家に居候《いそうろう》となった。生きのびるため、何人もの友人に金を借りたが、一銭も返済しなかった。名づけ親であるフィデル・ピノ・サントスを訪ね、いくらかの金をねだった。バネスの友人、ラファエル・ディアス・バラルトからも助けられた。困ったとき、フィデルはいつでもバネスの仲間に頼ることができた。バネスは彼の避難所であり、道に迷ったときの目印でもあった。イエズス会の高校を卒業して以来、彼にはもう家族とよべる存在はなかった。彼は新たな家族を探していた。しかし、いったいどのような家族を?

第8章　ミルタの夢

彼女の大きな目は切なそうだった。それは、大胆で危険な決断をくだした女性にみられる、とまどいを浮かべた瞳であった。彼女はひどくか弱く、傷つきやすそうに見えた。カメラを向けられると内気そうにほほえむが顔はひきつり、居心地が悪そうだった。しかし、この結婚は彼女が切望したものであり、父親をはじめとする家族の反対を押し切って決めたものだった。父親のラファエル・ディアス・バラルトはバネス市長という名士であり、フルヘンシオ・バティスタの親友でもあった。バネスの小さな教会の司祭の前で、娘の左に立つドン・ラファエルは石像のようにかたくるしく、顔はこわばり、本心を隠すことができなかった。オリエンテ州で一、二を争う有力者である彼はこの結婚に大反対だった。花嫁のミルタには、父親の顔を見る勇気がなかった。父からだめだと言われたときの大騒動は記憶にきざまれており、いまさらのように思い出すミルタであった。ドン・ラファエルにとってフィデル・カストロは論外であった。彼は、娘が結婚したいという相手の波乱万丈で血なまぐさい経歴のすべてを知っていた。おちつきがない、暴力的、怠け者、政治活動家、悪賢い、ギャング、はったり屋。ドン・ラファエルはそうした評判をすべて耳にしていた。しかも、この血気にはやる若者は共産主義者と公然とつるむことがますます多くなっている。ゆえにドン・ラファエルは危険がいっぱいのこの結婚話に拒否権を行使した。花のように可憐な娘をこのならず者に託すなんてとんでもない。しかしミルタはあきらめなかった。許してくれないのであればわたしはアメリカに行く、と父をおどした。彼女は自信過剰のフィデルを熱愛していた。哲学の授業を終えて校舎の外に出ると、地上のすべてに雷を落とすと威嚇するギリシアの神のごとくエスカリナータの高みから熱弁をふるっているフィデルがいつも目にとまり、心を奪われたのだ。

ミルタは兄のラファエルを味方につけた（生粋のスペインの伝統に従い、ラファエルは父親と同じ名前をつけられた）。法学部の学生であったラファエルはフィデルの友人であるだけでなく、賛美者でもあった。政治的立場は異なるものの――ラファエルはどちらかといえばバティスタ寄りだった――、フィデルにはカリスマ性と比類ない威光があると認めていた。このラファエルが妹に加勢した。しかし、父親のドン・ラファエルは折れなかった。ユナイテッド・フルーツ社の友人たちから、アメリカの当局はフィデルがボゴタでエリエセル・ガイタンを殺害したと睨《にら》んでいる、と聞かされていた。現地の共産主義者と組んで革命をひき起こすことを目的に、反体制派の大物であるガイタン弁護士の暗殺を仕組んだとの疑いである。当時は冷戦まっただなかで、フランクリン・ルーズヴェルトの後継者であるトルーマン大統領は「赤い危険」の強迫観念にとらわれ、南米のごく小規模な反乱にもソ連の影を見た。ガイタン暗殺事件においては、アメリカ当局の疑いを裏づける気がかりな状況証拠があった。三日間というもの、フィデルはガイタンの跡をつけまわしていた。獲物の日常や行動を探る刺客のように。そのうえ、ガイタンとフィデルの待ちあわせ時刻は、暗殺が起きる数分前であった。すべてが、フィデル・カストロ犯行説を裏づけているように思われた。現場検証ではなんの証拠も出なかったのは確かだが、疑いは残った。

ミルタは、そうした無理筋な嫌疑など気にもかけなかった。人から「ろくでなし」とよばれるフィデルであるが、どうしても結婚したかった。彼女がこれほど結婚に前のめりだった裏にはもう一つの事情があった。寡《やもめ》であった父親が若い女と結婚したのだが、ミルタはこの義母が大嫌いでがまんできず、父親の家には戻りたくなかったのだ。彼女にとってフィデルは自由へのパスポートであった。結局、父親は土壇場になって折れたのだが、その理由は謎のままだ。ミルタの女友だちのなかには、彼女は父親に妊娠していると信じこませた、と語る者もいる。いずれにせよ、何カ月もかかった説得交渉のすえ、ミルタは目的を達成した。一九四八年一〇月一二日、彼女はフィデル・カストロと華燭の典をあげた。

花婿の母親、リナは息子の右にひかえていたが、なにか気がかりがあるようすだった。お祝いムードに影を落としていたのは花婿の父親の不在だった。息子が真面目に復学しないかぎり生活費は送らないと決めたドン・アンヘルはあいかわらず腹をたてていて、足を運ぼうとしなかったのだ。読み書きもできない貧しい青年から身を起こしていまや富裕な大地主となったドン・アンヘルは、口には出さぬがいちばんのお気に入りであった三番目の息子フィデルが政治にかまけて時間をむだにしているのが歯がゆかった。フィデルには、なんとしても弁護士の資格を取得してほしかった。また、危険かつ無意味な街頭での抗争に身を投じるのを止めるようにも求めていた。

しかしながら、ドン・ラファエルの娘とフィデルとの結婚にドン・アンヘルが大喜びしてもおかしくなかった。ふたたび政争の楽しみを味わうためにキューバに戻ったフルヘンシオ・バティスタ前大統領が結婚祝いとして一封包んでくれた、という驚くべきニュースを知ったからだ。バティスタは花嫁と花婿になんと一〇〇〇ドルの小切手を送ってくれたのだ。前大統領が祝ってくれたということは、フィデルは父親が思っているほどの問題児ではないということか？　しかしドン・アンヘルは偏屈者であり、そう簡単に折れようとはしなかった。彼はビラーンの「根城《ねじろ》」にとどまり、婚礼に出席しなかった。ディアス・バラルトの屋敷での食事会にも、アメリカンクラブ――駅のすぐそばにあるバージニア様式の大きな建物――で催されたパーティーにも姿を見せなかった。

結婚式の翌日、リナは息子に素行をあらためるよう懇願した。いまや世帯主となったのだから。フィデルは、試験を受ける、大学の勉強の遅れをとりもどすために必死に頑張る、と約束した。ビラーンに戻ったリナは、息子への態度をやわらげて勉学継続のために援助を再開するよう、夫を説得した。七三歳となっていた老アンヘルはぶつぶつと不平を述べたが、新婚夫婦のハネムーン費用の一部を負担することを了承した。

フィデルとミルタはアメリカへ発ち、マイアミとニューヨークで数週間をすごした。新婚夫婦は大都会ニューヨークを歩きまわった。クリスマスツリーを前にした子どものように目を丸くする夫を見て、ミルタは大いに笑った。急速に進む都市整備、自動車交通量の多さ、町のすみずみに流れる途方もないエネルギーに、フィデルはびっくり仰天したのだ。プリンストン大学のキャンパスでは、人前で堂々と唇を合せる学生カップルを見て衝撃を受けた。イエズス会の学校で教育を受けたフィデルは、慈善活動に熱心なご婦人のようにお堅かった。いちばんの楽しみは、本屋めぐりであった。彼はマルクスの『資本論』の英訳、マルキシズムにかんする名著を何冊か買い求めた。アメリカのような反共国家が、自分たちが信奉する資本主義を倒すことを唯一の目的とする書籍の自由な流通を許しているのが不思議だった。

第一、彼はアメリカをほとんど理解できなかった。それに、理解しようともしなかった。アメリカ人との出会いも求めなかった。彼にとって「アメリカン・ウェイ・オヴ・ライフ」は「もっとも豊かな者によるもっとも貧しい者の搾取の結果」にすぎなかった。アメリカ人が冷蔵庫、摩天楼、キャデラックを享受し、コーンフレークをむしゃむしゃ食べることができるのは、アメリカがコントロールする多国籍企業が南米の諸国民を略奪しているお蔭である。フィデルの反米感情は単純なものだが確固たる信念であり、彼を牽引するエンジン、そして存在意義だった。その他の国には無関心であった。第二次大戦の傷からやっとのことで立ちなおりつつある欧州にも、共産革命の嵐が吹き荒れる中国にも、ソ連にも関心がわかなかった。彼が住む惑星には、Ｔボーンステーキをむさぼる醜いアメリカ人と、彼らの犠牲者である南米人しかいなかった。以上はすくなくとも、アメリカ旅行が終わるころにミルタがいだいた感想である。だが、フィデルは自分の考えと行動のすべてをミルタに明かしていたのであろうか？

ハバナに戻ったフィデルとミルタは、サン・ラサロ通り一二一八番地のホテルに愛の巣を築いた。ミルタは哲学の勉強を再開した。フィデルはすでに殊勝な決意のすべてを忘れていた。帰国初日に正統党の本部に駆けつけ、もとどおり政治活動に励んだ。自分でもどうにもならなかった。彼にとって政治は麻薬であり、断つことはできなかった。大学キャンパスで大きな影響力をもつようになった共産党活動家の友人、アルフレド・ゲバラとリオネル・ソトと再会した。正統党の青年部分派ARO（急進正統行動）のメンバーとしてスカウトした、過激な手法を支持するひとにぎりの弟子たちとの交流も再開した。以前と同様に、フィデルはすべての闘い、すべての集会にかかわろうと奔走した。彼の考えでは、どのようにささいな要求にも、どのように弱小な抗議運動にも、最終的な反乱の芽がひそんでいる可能性があった。

フィデルがふたたび政治に身を投じたことで、ここ数年のあいだにたまりにたまった彼に対する根深い恨みがたちまち再燃した。またも身の危険を感じるようになったフィデルは、ふたたび地下に潜行した。しかし、この状態を本人が楽しんでいたことは確かだ。敵に尻尾をつかませない男、という評判を気に入っていた。実のところ、彼は住所不定でいるほうが楽しかった。新婚ほやほやで有頂天の時期がすぎさると、ミルタは少しずつ、自分が愛する男は家庭生活になんの興味もいだかない放浪者、浮浪者であると気づいた。妻との生活は、新居ともよべないホテルにおいてでさえ彼にとって重荷だった。

しばしば友人にかくまってもらう必要があるだけに、なおのことフィデルはミルタをないがしろにした。ミルタは心地よい新居、好きなように家具調度を選んで内装を楽しむことができるアパート、親しい人を招待できる住まいを夢見ていた。映画館や劇場に行きたかった。彼女がそうした思いを訴えると、フィデルは、それは危険すぎる、ぼくに打撃をあたえるために刺客が君を狙うおそれがある、と答えた。ホテルがいちばん安全だ、ここでは従業員、警備員、守衛がいるから危険があればすぐに知らせてもらえる。将来、状況がもっと安全になったら、ちゃんとした住まいに引っ越すことを考えよう…。オデュッセウスをひたすら待ちつづけたペネロペの役割を演じることになったミルタは、しだいに意気消沈した。待てど暮らせど、フィデルは幽霊のごとく存在があやふやだった。彼女には理解できなかった。流星さながらに姿を見せては消える夫は、たえず闘争を探し求めている。見つからなければ、自分で作り出した。

しかし、彼が求めなくても事件のほうから転がりこんでくることもあった。一九四八年六月の大統領選挙で、フィデルが政治の師と仰ぐエディ・チバスが、グラウ大統領のもとで労働大臣をつとめていたカルロス・プリオ・ソカラスに敗れた。だれもの予測に反する結果だった。しかもチバスはなんと三位だった。「清廉潔白な上院議員」チバスに賭けていたフィデルにとって、これは痛手であった。彼は戦略の根本的見なおしを迫られた。新大統領プリオが就任早々に、キューバ国民の日常を脅かす「ギャング抗争」を終わらせるために巧妙な手をうってきただけに、戦略の修正は必須であった。新大統領はハバナのすみずみに浸透していた武装集団と秘密の協定を結び、市民生活の安全の保証とひきかえに、ギャングらに官職を用意し、銀行送金によって買収し、免責を約束した。この作戦が成功すれば、ハバナにはついに平和が訪れ、ギャング集団は武器を置き、民主主義が戻ってくる。

大学では、この「ギャング協定」は歓迎されなかった。緊迫感ある対立のロジックに固執していた左派学生組織にとって平和なキャンパスなど論外だった。いうまでもなく、フィデルはだれよりもこの「協定」に反発した。一九四九年の秋、マックス・レスニックを指導者とする正統党青年部と、アルフレド・ゲバラに率いられた共産党青年部が、「ギャング集団と政府の手打ち」に対抗するための共同委員会として、「九月三〇日委員会」（マチャド政権下の一九三〇年九月三〇日に、警察によって学生ラファエル・トレホが殺されたことにちなんだ命名）を設立した。正統党青年部と共産党青年部が共同歩調をとるというこの画期的な出来事は、フィデルの水面下の工作の成果でもあった。正統党青年部は、党のリーダーであるエディ・チバスにそむいたことになる。チバスが敵視する共産主義者と手を結んだのだから。ギャング集団を抱きこもうとするプリオ大統領の「和平協定」の粉砕を目的に、一一月末にキャンパスで大規模なデモが開催されることになった。プリオ大統領の向こうを張ってのこの反ギャングキャンペーンのために暗躍したのは…元「ギャング」のフィデル・カストロであった。

フィデルは天にも昇る気分だった。一九四九年九月一日に、ミルタが男児フィデリートを出産したのだ。喜びに酔いしれ、キューバのマッチョの例に違わず父親になったことを誇らしく思うフィデルは息子をトロフィーのように掲げた。夢心地のフィデルは、面倒見のよい父親になる、子どもに多くの時間をさくと誓った。土地と家畜にかまけてばかりいたドン・アンヘルとは正反対の父親になる、と約束したのだ。熱愛する息子に望みうるかぎりの幸せをあたえようと考えたわけだが、やがて政治活動にかかりきりとなって家庭から遠ざかり、姿を見せなくなった。妻のためにアパートを探すことさえせず、母子はサン・ラサロ通りのホテルに住みつづけた。ミルタはほとんどの時間、赤ん坊と二人きりだった。彼女は聖女のごとき忍耐心をみせ、家庭を守る母親の役割を演じた…ホテルの一室で。せめて富裕で影響力のある実家に頼ることができたらよかったのだが、誇り高くて尊大な夫は、ディアス・バラルト家からの援助はいっさい受けとるなと命じた。「あいつは買収された」と思われたり言われたりするのは御免だったからだ。清廉をなによりも重んじる夫の厳格な姿勢に最初は感心したミルタだったが、やがて幻滅した。高潔なフィデルは、家に金を入れてくれなかったからだ。息子を養うためにミルタはときとして、親しい哲学部の学生たちに小銭をせびるところまで追いつめられた。無心されたほうは、良家の娘であるミルタがそれほど困窮していると知って驚いた。ミルタは恥をしのんだ。彼女が結婚した相手はすべてを超越する使命に駆られており、めったに姿を見せなかった。キューバ国民にすべてを捧げていた彼は「召集」されていたのだ。歴史が彼を必要とするときにいつでも駆けつけるのが彼の義務であった。

しかしながら、歴史が彼を召集せず、それどころか鼻先で扉を閉めてしまうこともあった。たとえば、フィデルは複数の活動家から、「九月三〇日委員会」の集会にはできるだけ姿を見せないでほしいと求められた。ハバナ市民のだれもがフィデルはギャングの一人であったと知っているのに、「ギャング協定」を告発する集まりを彼が主導するのはまずい、というのが理由であった。これに打ちのめされたフィデルは、マックス・レスニックとアルフレド・ゲバラに釈明する機会を求めた。大統領府のすぐ近く、モロ通りにあるレスニックの住まいで会合がもたれた。レスニックとゲバラはフィデルに対して率直だった。「今度の集会においてわれわれは、委員会の全メンバーは今後、大学に来るときは武器を携帯しない、と宣言するつもりだ。君にも、今後は武器の携帯を止める用意はあるのか？」と言われたフィデルは「ああ、約束する」と答えた。二人は続けて「君はわれわれの協定書に署名する用意があるのか？　この協定書のなかでわれわれは、『ギャング協定』によって（プリオ大統領に）抱きこまれた者全員の名を明かすことになっているのだが」とたずねた。フィデルはまたも用意があると誓った。彼は、自分に近い者のうちの何人かがこの告発によってダメージを受けることになるとわかっていた。だから、このような文書に署名したら、ふたたび報復の対象になる危険があった。しかし彼の直感は、自分のテリトリーを明白にするときが来た、これはチバスに替わって『正義の騎士』となるチャンスかもしれないと告げていた。そのためならなんでもする覚悟が固まった。アルフレド・ゲバラは自問するように「告発を読みあげるのはだれにしたらいいだろう？　大学の代表一三人も出席する大講堂で読みあげるのだが…。約五〇〇名の学生が来る予定だ…」と口にした。轟々《ごうごう》たる非難にさらされることになるギャングの名前を、検察官および告発者として読みあげる度胸の持ち主はだれだ？　レスニックとゲバラは当惑した。重苦しい沈黙のあと、フィデルはささやくような声で、まるで死刑を宣告されたかのように「君たちが賛成するならぼくがやる」とつぶやいた。

数日後、キャンパスの「殉教者のギャラリー」で、魂を奪われたようすの聴衆を前にして、フィデルは約二〇年前から大学を恐怖におとしいれている「ギャングたち」を名指しで非難し、多くの犠牲者を出した彼らを「ペスト」とよんで糾弾した。そうして言葉をつらねるあいまに、じつは自分もかつてはギャングの一人であったと告白した。巧緻な弁論を組み立てることで名高いイエズス会修道士のもとで学んだフィデルにとって、自分は罪人ではなく犠牲者であったと主張するのはお手のものだった。公衆の面前で過ちを認めた後、彼は前非《ぜんぴ》を悔《く》いた。聴衆は唖然としてこの説教師に聞き入った。そうだ、自分は過ちを犯した、自分は武器を携帯していた。しかし、いまや自分は悪と決別して善の側につくことを選んだ…。フィデルはついに自分なりの演説のスタイルを発見した。信者の告解を聴く司祭をまねして頭を傾け、話をはじめるときは聴衆の注意を引くために低い声を出し、長い沈黙をはさみ、次に雷鳴のような言葉の連射を開始し、しわがれた濁声《だみごえ》で聴衆をいっきに高揚へと導く、というスタイルである。

堅固な政治的信念の表明なのか、限度を知らぬ策士ぶりの披露なのか判断がつかぬ演説をフィデルが続けているそのとき、武装した男たちが何台もの車で大学に乗りつけた。内通者が、フィデル・カストロの「裏切り」を「ギャングたち」に伝えていたのだ。大講堂内での流血をなんとしても避けたいと思ったマックス・レスニックはフィデルを逃がし、自分の家にかくまった。それから数日間、フィデルはハバナ市内の隠れ家を転々とし、嵐がすぎさるのを期待してビラーンに逃げ帰った。友人たちは、敵に存在を忘れてもらうためにアメリカに発つよう勧めた。

アメリカ行きの金を出してくれるようにドン・アンヘルを説得できるだろうか？　家長ドン・アンヘルは、約束を守らぬばかりか、またも放火犯なみに衝動を抑えることができなかった息子に対して猛烈に怒っていた。あいつは、自分がひき起こした混沌から抜け出すことなく、暴力と無秩序のなかでのみ水を得た魚のように活き活きしている！　自分は人にやさしかったことは一度もないが、農場の繁栄のため、大地への愛のためだけに生きてきた。フィデルときたら、焦土作戦の病的愛好者だ。元スペイン軍兵士の無口なドン・アンヘルは、この御しがたい息子のことがさっぱり理解できなかった。しかし今度ばかりは、フィデルがほんとうにまずい状況にあると理解した。そこでいやいやながら財布のひもをゆるめた。

一九四九年の終わり、フィデルはニューヨークに腰をおちつけ、西八二番街一五五番地の、典型的なアメリカ様式の赤い砂岩造りの建物に一間を借りた。彼が英雄と崇める「使徒」、ホセ・マルティ［文学者、キューバ独立運動の英雄］は一八七〇年ごろに亡命を余儀なくされたが、フィデルも二三歳にして似かよった状況にあった（ホセ・マルティは各地を転々としたのちにアメリカ――マルティはこれを「怪物の胎内」とよんだ――で一三年ほどすごしたすえにキューバに戻り、一八九五年の伝説的な反乱で大きな役割を果たした）。三カ月間、フィデルは目立たぬように暮らした。アメリカにいても刺客に狙われる危険はついてまわった。コロンビア反体制運動の殉教者、エリエセル・ガイタンを殺害したのはフィデル・カストロだとCIAはあいかわらず考えていたので、なおのことやっかいだった。したがって、ひっそりとしているにかぎった。これを機に、フィデルはたくさんの本を読み、自分の英語を磨いた。正統党の活動家をとおして、ときどきミルタとフィデリートのようすを聞いたが、自分の居場所を探知されないよう用心した。不思議なことに、フィデルはこのときのアメリカ亡命について、孤独な生活を強いられた三カ月について、その後に一度も話すことがない。このときに何があったのかは謎のままである。

ハバナのミルタの生活は日に日に心細さをましていた。もはやフィデルの命令に従うことは不可能で、兄ラファエルの支援を受け入れることになった。選択の余地はなかった。殉教者を気どるフィデルは、家計の問題をいっさい気にかけなかった。アメリカ出発に先立つ数か月のあいだ、彼は人が変わったようになり、攻撃的で狭量で、暴君とよんでもよいほどだった。赤ん坊のフィデリートへの粉ミルクのあたえ方が悪いと言って夫が怒りを爆発させたときのことは忘れられなかった。怒り出したフィデルはミルタをひどく罵《ののし》り、哺乳瓶を床に投げつけた。ミルタはうろたえ、泣きながらひとことも言わずにガラスの欠片《かけら》をひろい集めた。フィデルは驚くべき夫であった。家にいるときは、子どもにとって何がよくて何が悪いかもわからないだめな母親だとミルタを責め、ぷいと姿を消して何日間も連絡一つよこさない。最初のうち、ミルタはそうした夫の感情の爆発を政治活動のごたごたのせいだと考えていた。しかし、だんだんと怖くなってきた。夫のああいった態度はストレスだけでは説明できない。ほかにもなにかある。ミルタはフィデルの態度を読み解くことができなかった。あの人はなぜ、三〇秒以上、わたしと子どもに思いやり深く接することができないのだろう？　家族というもの自体を嫌っているのだろうか？　それとも、ホテル暮らしがもはや耐えられないのだろうか？

アメリカに逃げる前に、フィデルは近々引越しをする、と約束してくれた。ベダード街の三番通りに小さなアパートを見つけたのだ。正面は五区の警察署だ。このことは重要なポイントだった。どこに住むかの選択は、フィデル自身と家族の安全と切り離せない問題なのだ。あのアパートなら襲撃を心配しなくてすむ。警察署の目の前で一家を殺そうとする者はおるまい。フィデルはアメリカに発つ前に、帰国したらこれまでより家ですごす時間を増やす、と約束した。今度こそ勉強の再開だって可能となる、とも言っていた。しかしミルタはほとんど信じようとしなかった。これまでも同じことをいく度となく聞かされた…。それに、もし戻ってこなかったとしたら？　ホテルのすぐ近く、サン・ラサロ通りには、夫が政治活動のための移動に使っていた古い緑のビュイックがあいかわらず停まっている。これは、彼がいつかは戻ってくるという印しなのだろうか？　ミルタはもうわからなかった。フィデルは彼女に何も打ち明けてくれない。あの人は自分を少しも信頼していない、と彼女は感じた。何をやっているのか、だれに会っているのか、一度も教えてくれたことがない。カストロ夫人は、夫の生活における脇役にすぎなかった。

彼女の家族も心配するようになった。ミルタの顔から生気が失われたからだ。日傘をさしてバネスの町を散歩していた瑞々《みずみず》しく陽気な娘の面影は数カ月で失われてしまった。父親のドン・ラファエルの心配が的中したのだ。あの不良は、やはり自分が思ったとおりの男だった。しかし娘は父親に耳をかさなかった。彼女はまだ夫に惹かれていた。鷲鼻の大男フィデルは、ときとしてとても傷つきやすい人だと思われ、彼女の心はほだされてしまうのだ。ミルタ・ディアス・バラルトは犠牲となることを受け入れる質《たち》であった。彼女は結婚を破綻から救いたいと思った。そのために、彼女はたいがいのことを許す覚悟であった。しかし、この覚悟はいつまで続くのだろうか？

第9章　危険な関係

　アメリカで何が起きたのだろうか？　これほどまでに変容して帰国するとは、いったいどのような出会いがあったのだろうか？　彼の人生のもっとも謎めいた三カ月のあいだに、いったいどのような体験があったのだろうか？　近親者は、以前とはすっかり変わったようすに驚いた。よき家庭人として、家で多くの時間をすごし、法律の試験の準備に励み、昼も夜も床に座りこんで勉強した。外出はまれだった。兄弟姉妹のうち、ハバナに住むリディア、ファアナ、エンマには会いに行った。やがて、ビラーンの父親の農園でくすぶっていたラウルがこれにくわわることになる。劣等生で、勉強に関心をもてず、学校の規律にもお祈りにも反抗的だったラウルは、ドン・アンヘルの右腕となった兄ラモンとともに農園で働いていたが、第二の父としてしたうフィデルから遠く離れたビラーンで腐りきっていた。両親は最終的に、大学でまた勉強をはじめてくれればと期待して、フィデルがいるハバナにラウルを送り出した。フィデルは自分の試験を準備しながらも弟の面倒をみるつもりだった。

一九五〇年の一月から八月までの、この一時的な凪《なぎ》のような期間中、模範的な学生となったフィデルは新天地を求めてキューバを去ることを夢み、アメリカで勉強を続ける計画すら頭をよぎった。家族を養うのに必要な収入を得るために奨学金を申請することを考えた。奨学金を得るためには、履修プログラムのすべての科目で合格点をとらねばならない。フィデルはわが身に鞭打って刻苦勉励《こっくべんれい》するほかなかった。六カ月で法学と社会学と国際法の博士号を取得するという無謀な挑戦をみずからに課したためである。フィデルはあえて高い目標を定め、偉業を達成するようみずからを追いこんだのだ。通常、いずれの科目の試験に合格するにも二年はかかるというのに。その結果、彼は家にこもり、参考書、講義録、辞書の山に囲まれた。途方もない挑戦に勝つため、大学の友人で、いまはカマグエイ裁判所の公選弁護士をつとめるロランド・アマドールに助けてもらった。感謝のしるしとしてフィデルは、プリンストン大学で盗んだという『スペインの三人のキリスト』という題の本をロランドに進呈した。

ミルタは大喜びで、同時に安心した。これでやっと、将来図を描けるようになった、と考えた。夫はおちつきをとりもどしたようだ。もっと嬉しいことに、長年続いたドン・アンヘルとの険悪な関係も不思議なくらいに改善した。息子がようやく自分の意見に従うようになったと考えたドン・アンヘルは、新車のポンティアックを買いあたえた。

フィデルは思慮深くなり、生活態度をあらためて物議をかもす言動はつつしむようになったのだろうか？　いや、それらは表面上の変化にすぎなかった。実際のところ、フィデルは政治とのかかわりを断とうとはこれっぽっちも考えておらず、「休眠状態」にあっただけだった。公衆の前に本人が姿を見せることはないが、彼の住まいを訪ねる者は多かった。彼は他人に相談して計略を練ったが、裏方に徹した。ある日のこと、ミルタは、共産党青年部リーダーのフラビオ・ブラーボのほか、グレゴリオ・オルテガ・スアレス、ルイス・マス・マルティン、ラウル・バルデス・ビーボといった共産党活動家らがどかどかとのりこんでくるのに立ち会った。ロランド・アマドールとローマ法をおさらいしている最中だったフィデルは一行を大歓迎した。フラビオ・ブラーボは「フィデル、数カ月前からわれわれは君と話しあってきた。いまはもう、組織にくわわる用意ができているね」と話しかけた。フィデルは「イデオロギー的には、用意ができている。しかし、ぼくはまだ正統党に属している。簡単に移籍するわけにはゆかない」と答えた。

二人は低い声で会話を続けた。フラビオ・ブラーボがよぶところの「組織」とはなんのことだろう？　共産党のことだろうか？　それとも別の秘密組織だろうか？　フラビオは、正統党に籍を置きながらも自分の「グループ」にくわわるよう、すなわち二股をかけるようフィデルに勧めた。フィデルはきっぱりとは断わらなかった。彼はまちがいなくマルクス・レーニン主義者であったが、共産党がキューバで政権をとることができるとは思えなかった。キューバ特有の歴史は、そうした可能性に否定的である、と考えていたのだ。第一に、反共は最貧困層にも浸透していた（マッカーシズムはキューバにも大きな影響をおよぼした）。ＰＳＰ（人民社会党）と改名したにせよ、共産党が出す指令によって民衆に蜂起をうながすことはかなり困難だ、とフィデルは考えていた。

フィデルには別の計画があった。カール・マルクスの『ルイ・ボナパルトのブリュメール一八日』

を筆頭とする愛読書、およびコロンビアでの経験により、伝統的な政治手段、すなわち選挙によって目的を達成することは絶対に不可能だ、と確信していた。第一段階は「民主的」であるにしても、すなわち選挙というステップをふむにしても、「根本的革命」と自分がよぶものを実現するには次の段階として、国のブルジョワ構造を破壊せねばならない。そのときに必要となるのが、政治的にきちんと養成されていて、いざというときに腰砕けにならない先鋭的な前衛組織である。フィデルはこの計画のなかにキューバ共産党も組み入れていたが、あくまでも友党という位置づけだった。フィデル自身が、共産党の専従活動家たちがよぶところの「シンパ」になることは可能だったが。いまは、フラビオ・ブラーボに「用意はできている」とささやいておくにかぎる。階段の踊り場で、フラビオはフィデルを腕に抱きとめ、「フィデル、君はこれまでの人生でいちばん大きな一歩をふみだしたよ！」と言った。フィデルはほほえみ、勉強に戻った。

一九五〇年九月、フィデルは成功を勝ちとった。狙っていた三つの博士号を手に入れたのだ。唯一面白くなかったのは、五〇科目のうち四八科目で優秀な成績をおさめたが二科目の成績が不本意だったために、留学生用の奨学金がもらえなかったことだ。それでも、ミルタや何人かの友人とともにお祝いをした。ホセ・マルティのようにアメリカに渡って「怪物の胎内」で革命を準備することができないことにフィデルは落胆した。自分が登攀《とうはん》するにふさわしいのは聖なるオリュンポス山のみと考えている男にとって、画竜点睛《がりょうてんせい》を欠く結果は禁物だった。そこで政治活動を再開し、気がふれたように没頭した。ソ連政府が遠隔操作していたとみなされる「ストックホルムアピール［核兵器禁止アピール」」に署名し、いたるところに出没した。ハバナ旧市街のテハディージョ通り五七番地にラファエル・レセンデとホルヘ・アスピアソと共同で開設した弁護士事務所（壁はぼろぼろで、見てくれの悪い事務所だったが、家賃は一カ月たったの六〇ドルだった）だけでなく、シエンフエゴス市にも姿を見せた。一九五〇年一一月一二日に、シエンフエゴスでの学生デモの最中に逮捕されたフィデルは数日後にサンタ・クララで裁かれることになった。この裁判において弁護士フィデル・カストロははじめて、自分で自分を弁護した。あっけにとられている裁判官の目の前で、彼は保釈金をカンパしてほしいと法廷の傍聴人らによびかけ、弁護士用の黒い法服とトーク帽を借り受けた。いつものとおり、彼は自分を弁護するために攻撃に出た。怒り狂った口調で、「自由を絞殺した」として政府を非難し、現体制でもっとも腐敗していると彼が考えるプリオ大統領に攻撃の矢を向けた。そして、自分ではなく、軍隊の指揮官らと数名の大臣が裁かれるべきだと主張した。なんとも奇妙なことに、彼は無罪を言い渡された。弁護士カストロが被告フィデルをみごとに弁護したことになる。自分にとって最良の弁護士は自分自身であることをそれまでも決して疑わなかったフィデルは以降、これを常套手段とする。フラビオ・ブラーボとの謎めいた話しあいが、フィデルの活動に拍車をかけたのだろうか？

ただし、金銭面での状況は悪化する一方だった。月賦で買い求めた自宅アパートの家具の大半は差し押さえられてしまった。クレジット会社は赤ん坊のゆりかごまで持ちさった。ミルタは、ディアス・バラルト家の援助を受け入れて、と夫に懇願したが一蹴《いっしゅう》された。傲岸なまでに誇り高いフィデルにとって、前言を撤回するくらいなら妻を極貧のままほったらかしにするほうがましだった。カストロ家の人間に二言はない。ついには、途方にくれたミルタから連絡を受けた弁護士事務所共同経営者のホルヘ・アスピアソが新たな家具を入れてくれた。フィデル自身は、妻と息子が牢獄のような一間で暮らす羽目となっても少しも良心の呵責を覚えなかったろう。金銭や快適な生活にはまったく心を動かされることがないようだった。高報酬が得られる弁護を引き受けることも、ディアス・バラルト家のつてを利用することもできたろうが、フィデルが弁護するのは貧乏人だけだった。

運命とは皮肉なもので、自分の家族が貧窮にあえいでいたこの頃にフィデルは、「プロテクト・ホーム」という協会を設立した。ハバナ中心部のラ・ペルーサ地区の住民を、不動産再開発計画による家のとり壊しから守ることを目的とする組織であった。フィデルがこの件に熱を入れて取り組んだのは、この地区が、一九五二年六月の選挙で立候補をもくろんでいた選挙区のなかにあったからだ。いっときは、ラ・ペルーサに陣どってここを自分の司令部とした。通りで集会を開き、どの家族にも無償で相談にのり、貧しい世帯を擁護するために全エネルギーをつぎこんだ。正統党から候補者として公認される以前に、選挙戦をはじめていたことになる。弁護士カストロの背後にはつねに活動家フィデルがいた。

刑事訴訟での弁護でさえフィデルにとっては政治活動であった。ある日のこと、強盗目的で一人の白人をナイフでおどした若い黒人を弁護していたフィデルは興奮し、被告を被抑圧者の反逆の象徴とみなし、判事たちの目の前で空想のナイフ——善と悪の闘いを象徴する剣である——を芝居がかった仕草でふりまわしてみせた。ただし、血気に逸《はや》ったカストロ弁護士は起訴状を注意深く読んでいなかった。起訴状を起草するにあたり、捜査官はうかつにも重要な証拠物件であるナイフに言及するのを忘れていた。すなわち、被告に不利な証拠は何一つなかったのだが、なんと弁護士が口頭弁論のなかで犯罪にナイフが使われたことを暴露してしまったのだ！　その結果、被告は最高刑を言い渡された。フィデルは、君はこれで英雄になった、と言って慰めた……。

カストロ弁護士には、自分の大失策を反芻している暇などなかった。なすべきことが山のようにあったからだ！　いちばんは、自分のイメージを磨くことであった。公共の電波に自分の意見を定期的に乗せるためのラジオ局を探し求めた。共産党に近い「アンティル諸島の声」局と「空の声」局が門戸を開いてくれた。フィデルは、自分が属する正統党のカリスマリーダーであり、ラジオ番組をとおして人気を得たエディ・チバスにならったことになる。一九四八年の大統領選で敗れたチバスは一九五二年の大統領選に出る準備を進めていた。このころは、投票意向の世論調査の揺籃期《ようらんき》であった。チバスはいちばん人気で、単一行動党（ＰＡＵ）を結成して巻き返しをはかっていたフルヘンシオ・バティスタを大きく引き離していた。フィデルの予測は以下のとおりだった。自分は議員となり、エディ・チバスは大統領に選ばれる、正統党はやがて歴代の与党と同様に大地主とアメリカ企業のロビーに買収される、国民はまたもフラストレーションをおぼえる、そうなったらフィデル・カストロが数百人の純粋で志操堅固《しそうけんご》な闘士からなる秘密の前衛組織を率いて民衆蜂起の火蓋を切る……。彼は、エディ・チバスに本物の革命を指揮する能力があるとは考えていなかった。夢見がちで、何をしでかすかわからない道徳家にすぎない、とみなしていたからだ。フィデルの考えはまちがっていなかった。

一九五一年八月五日の夜、チバスはラテンアメリカだけでしか起こりえない狂気の沙汰におよんだ。ラジオ局ＣＭＱの番組に出演していたチバスは、嵐のごとき演説をぶったのちに自分の腹に向けてリヴォルヴァーを一発撃った。武器は三八口径のコルトスペシャルであった。この実況中継による自殺は全国に大きな衝撃をあたえた。エディ・チバスは、プリオ大統領の大臣の一人にかかわる汚職を糾弾していた。問題の大臣は、正常とは思われない条件でパナマに広大な地所を購入したと思われていた。チバスの糾弾がきっかけとなって、激しい論争が起きた。大統領側近らは、チバスに証拠を出せと迫った。しかし、チバスは何一つ証拠をにぎっていなかった。面目を失ったチバスはその夜、発表できる証拠をもたぬままにラジオ局に入った。あらかじめ、演説のタイトルは「ノッカーの最後の一撃」であると告げていた…。ハバナのベダード街にある外科医療センターに救急車で運ばれたチバスは、八月一六日に息をひきとった。

フィデルは二五歳の誕生日を迎えたばかりであった。チバスの劇的な死によってキューバ政界にとてつもない穴が空いたため、フィデルの計画には大きな狂いが生じた。正統党には、チバスの跡を継げるような大物はいなかった。フィデルは自分が後継者として頂点に踊り出ることを夢みたが、いかんせん若すぎた。大いに働きがあって党に貢献しているものの、自分のイメージを磨きながら出番を待つほかなかった。写真写りがいちばんよいのは自分である、と自負しながら。

エディ・チバスが瀕死の状態にあるあいだ、ジャーナリストたちは、病院の三二一号室の前に毎晩つめているフィデルの献身ぶりに唖然とした。ラジオ局よりも病院のほうがプロパガンダの舞台として上であった。毎晩、何千人もの人々が、信念に殉じようとしたチバスの容態を知ろうと病院の柵の前におしよせていたからだ。病院入口の樹木には、チバスの容態を記した大きなパネルが掲げられた。当人の死にいたるまでの苦しみは一一日間続いた。フィデルはこれを利用し、あらゆる場面に顔を出してジャーナリストたちに自分を売りこんだ。ハバナ大学のアウラ・マグナ大講堂に安置されたチバスの棺をとり囲む親衛隊のなかでもフィデルはひときわ目立ち、報道陣の注目を集めた。ほかのすべての党員たちがキューバ特有の白いシャツ、グアヤベラを着ているなかで、フィデル一人がグレーのスーツに地味な色のネクタイをしめて何時間も「気をつけ」の姿勢を保っていたのだから。実年齢よりも少々上に見せようとしてか、細い口髭をはやしていた。

翌日、フィデルはＡＲＯ（急進正統行動）の友人たち、すなわち腹心の活動家たちを招集し、ほぼトランス状態で「チバスの死は大きな空隙を生んだ。この状況を活用し、思いきった行動に出るべきだ」と述べた。いつ？　どこで？　コロン墓地への埋葬の日、なんとしても葬列が大統領府の前を通るようにすべきだ、とフィデルは提案した。フィデルの計画とは？　チバスの遺体を大統領用の椅子まで運び、国民に蜂起をよびかける、というものだった！　この計画をどうやって成功させるのか？「葬列護衛隊の隊長を味方に引き入れる」とフィデルは説明した。その日の夜、ほかの者たちが実行準備にとりかかっているあいだ、フィデル本人はラベロ隊長のもとを訪れた。隊長は説得されたと思われた。すべてが予定どおりに運んでいるようだった。だが、最後の最後になって隊長は疑念にとらわれ、チバスの遺体は墓地へと直行した。

怒りで満面に朱をそそいだフィデルは、それでも自分が温める計画をあきらめることなく、チバスの不条理な自殺から教訓を引き出そうとした。彼に言わせれば、チバスの政治的ハラキリは不安定な精神のなせる業だった。自分が尊敬していた人物は結局のところ役者にすぎず――才能ある役者であることは確かだが――、国家を背負う政治家となる技量はなかった。チバスはお粗末きわまりない武器でプリオ大統領を攻撃しようとしたのではないか？　フィデルは、チバスが失敗した腐敗弾劾の策を最初から練りなおすことにした。
一九五一年九月の末、フィデルはシャーロック・ホームズばりに探りを入れることにした。正統党青年部の活動家を全国各地に送りこんで大統領の暮らしぶりをこっそりと調査させた。三カ月におよぶ綿密な追跡はまたとない成果を上げた。一九五二年二月二八日、フィデルは自分の指導者であったチバスの無能ぶりをあかした。チバスが入手できなかったもの——大統領一派の腐敗を示す証拠——を自分はもっている、と掲げて見せたのだ。フィデルが指示した調査は結果を出した。しかも、決め手となる結果だった。プリオ大統領の腐敗を示す証拠を十分集めることができたフィデルは会計検査院に告発状を提出した。複数の項目からなるこの攻撃文書において、エミール・ゾラの愛読者であったフィデルは、各項目の冒頭で「わたしは弾劾する」の文言を大上段にふりかざした。

フィデルは告発を裏づける数字と証言をにぎっていた。プリオ大統領は、未成年を性的に虐待した罪で拘置された友人に恩赦をあたえていた。この恩赦に対するお返しとして、件《くだん》の友人は名前を貸し、プリオ大統領が違法に不動産を取得するのを助けた。また、大統領は自宅で労働者を一日一二時間も働かせ、兵士に監督させていた。さらに、兵士を自分の使用人として扱い、軍務とはまったく関係のない仕事をやらせていた。言い換えると、「国家元首は軍隊とその参謀本部を愚弄した」のだ。フィデルはさらに、大統領が「宮殿のような大邸宅、プール、私用の飛行場、ありとあらゆる種類のぜいたくな農園」を造営させたのみならず、ハバナ近郊の農地を私物化することで多くの国民の財産を奪ったと非難した。それぞれの告発には、細かな裏づけがそえられていた。翌日、フィデルの友人であるラモン・バスコンセジョスが発行する日刊紙「アレルタ」に、告発状の全文が掲載された。しかし、このバスコンセジョスがフルヘンシオ・バティスタの友人でもあったという事実はたんなる偶然であろうか？　多くの人はこれを、フィデル・カストロとバティスタが手を組んでいる、二人のあいだには秘密の同盟関係があることを示す証拠と考えた。「勝ち目のない案件」のために立ち上がる弁護士を自負するフィデルは、この手の噂を気にすることなく、反論もしなかった。

数日後、フィデルは例の「ギャング協定」にかんする新たな情報を発表して攻撃を再開した。プリオ大統領は、一カ月あたり一八〇〇〇ペソをギャングたちに支払い、彼らのうち二千人以上に官職をあたえた、との告発であった。フィデルはさらに、大統領が所有する土地はこの四年間で六五ヘクタールから七八七ヘクタールへと増えた、とも非難した。こうしたセンセーショナルな告発は新聞雑誌を大いに喜ばせた。発行部数が増えるからである。大統領選を数か月後にひかえた正統党は、フィデルがまきおこす騒ぎをさほど評価しなかった。同党の幹部がエディ・チバスの後継者として選んだロベルト・アグラモンテは世論調査で優勢とみられていた。したがって、正統党としては投票日までよけいな衝突や激震が起こることは避けたかったのだ。

しかしながら、混迷をまきおこしたほうがなんといっても有利と考える人物が一人いた。フルヘンシオ・バティスタである。どうした趣味かクキーネ（いたずらっ子）と名づけた地所にちょっとした宮殿のような屋敷をかまえて暮らしていたバティスタは、世論調査によると自分に投票する意向がある選挙民は一〇％だけだと知って憤慨していた。新たな同盟者がどうしても必要であり、共産党への接近をはかった。一九四〇年にバティスタ政権に参加した過去があるにもかかわらず、共産党は今回の誘いにはのろうとしなかった。支持してくれなくとも、すくなくとも自分に敵対する動きはしないとの言質《げんち》を共産党からとることを望んだバティスタは、「アカ」たちと自分のあいだをとりもってくれる仲裁人を探した。

バティスタは自宅にフィデル・カストロを招いた。この会談をお膳立てしたのは、バティスタが結成した単一行動党（ＰＡＵ）の青年部責任者であり、しかもフィデルの義兄であるラファエル・ディアス・バラルトであった。フィデルがすぐさま会談を受諾したのにはラファエルも驚いた。そこでフィデルはクキーネの大邸宅を訪れた。ダイオウヤシに囲まれ、マホガニーの円柱に支えられたベランダをぐるりとめぐらした大きな白い屋敷に足をふみいれる前に、フィデルは小さなキリスト教の礼拝堂と、もっと遠く、庭園のなかにある祭壇を目にした。蝸牛、鵞鳥の足、トウモロコシの穂を神として崇める異教の祭壇であった。フィデルはまた、バティスタの屋敷のなかには、雄々しさと火を象徴するアフリカ由来のチャンゴ神を崇めるための秘密の部屋があることも承知していた。フィデルの祖母で、混血であるドミンガ・ルスもチャンゴ神を信仰していた。

五〇代のバティスタは小太りで、にこやか、自分を過信している男であった。事務室には、正装の巨大な自画像、キューバ電話会社（本社は北米）から贈られた無垢の金でできた電話、ナポレオンが流刑地であるセントヘレナ島で使っていた望遠鏡、同じくナポレオンがアウステルリッツで携帯していたピストル二丁が飾られていた。図書室には、奇妙なことに、モンゴメリー将軍とホメロスにはさまれてスターリンの胸像が鎮座していた！

バティスタはフィデルという人物に好奇心をくすぐられていた。まだ二六歳であるが、すでに国際的な名声を獲得している男である。昔の剣豪小説の主人公のように派手な行動で話題を提供するフィデルは、数年前から共産主義者らとなにやらたくらんでいるが、つねに一匹狼のようにふるまっている。火山の頂上で踊る人のようにあやういが、危険など気にせず、それでいてあらゆる罠を回避している。神々のご加護があるようだ。そしてなによりも、敵に害をあたえる能力にひいでている。こやつが騒動や混乱をまきおこしてくれれば自分にとって有利だ、とバティスタはふんでいた。クーデターが成功するのは、重大な危機が迫っているとき、もしくは反乱前夜という状況においてのみだ。統治不能けんか相手を求めてやまないカストロは、騒乱を起こす工作員として役立つかもしれない。そうなればバティスタは休眠状態の状態におちいれば、キューバはふたたび軍の介入を必要とするだろう。そうなればバティスタは休眠状態から目覚め、一九三三年と同じシナリオで「軍曹たちの反乱」を再現し、国の救済者として再浮上する。キューバ軍の将官の大半にはすでに接触した。彼らはいまかいまかと待機している。

しかし軍隊の掌握だけでは不十分だ。バティスタは、政界における支持基盤をおそろしく欠いていた。ところで、バティスタとカストロは「同郷人」である。前者はバネスの極貧家庭の出身で、黒人、中国人、白人の混血である。バネスの人間同士ならば、折りあえる点がかならずあるにちがいない。それを見つけて掘り下げればよい。フィデルは野心家で血気にはやり、むこうみず？　それは若さゆえだ。「君も将来を考えるべきだ。ロベルト・アグラモンテ［チバスの後継者］に従っても、君は何も得ることがないよ。あいつは弱すぎて、国の問題を何一つ解決できやしない」とバティスタは述べた。自分の側につけば、君も人数がかぎられた「バネスの友」の一員となれる。君は実際に同郷人だしね。そういえば、君とミルタの結婚式にぜひとも出席したかったのだよ。あのときは旅行中でね、残念だった。「贈り物」を送ることしかできなかった。ドン・ラファエルに対する友情の証しとして、わたしは自分の娘をミルタと命名したのだよ。そうなると、われわれ二人は「ほぼ」家族同然だね、とバティスタは結論づけた。

そしてバティスタはフィデルに、友人であるラファエル・ディアス・バラルト・ジュニアとともに自分の顧問委員会にくわわり、共産党が自分を選挙で支持しないまでも中立を保つよう目を配ってくれないか、と提案した。そして、君を政権にくわえるかもしれない、もしかしたら法務大臣の椅子を用意するかも…とにおわせた。

いつものようにフィデルは少しの間《ま》をとり、無邪気をよそおい、イエズス会修道士のように目を伏せ、心づかいに感謝したのちに、小さいが断固とした声で、現職大統領を解任するためのクーデターをくわだてるとしたら支持できない、と伝えた。

落とし格子のように不意をついてつき刺さる言葉であった。この返事に驚いたバティスタは、会話を終わりにして客を不愛想に送り出した。

バティスタは自問した。このカストロは自分の軍事クーデター計画をかぎつけたのだろうか？　そうであるなら、噂にまして老獪で威力のある男だ。バティスタはフィデルの傲慢な態度を好まなかった。フィデルは何も言わずとも、二人は同じ世界に属していない、とバティスタに理解させた。ガリシア人の息子であるカストロの全身からただよってくるのはスペイン人気質だった。冷徹で、何事にも動じないフィデルは、エル・グレコの絵画から飛び出してきたようだった。彼の目に歴史は悲劇として映っていることがうかがわれた。他方、混血のバティスタはカリブの風土が生み出した生粋のキューバ人だ。掘っ立て小屋で生まれ育った元日雇い労働者であり、粗雑で陽気、キラキラしたものならなんでも大好きで、感傷的なところもある。ユナイテッド・フルーツ社の鉄道員から身を起こして国家元首ともなったバティスタは、自分とフィデルとのあいだには大海原ほどの距離があると感じるとともに、この「金持ちの息子」の幻覚にとらわれているようにも真意を読みとらせまいとしているようにも思われる視線のなかに、階級が違う者に対する軽蔑を嗅《か》ぎとった。フィデルは孤高の騎士ドン・キホーテのような雰囲気をただよわせながらも、目は警官さながらに鋭かった。

第10章　わたしをアレハンドロとよべ

彼はなしとげた。時計職人さながらの緻密さをもって。不手際も流血も、抵抗もないきれいな仕事だった。あらゆる独裁者が夢見るような、最初から最後まで完璧にコントロールされたクーデターであった。一九五二年三月一〇日、謝肉祭の夜の明け方、フルヘンシオ・バティスタはひとにぎりの将官とともに、いささかの抵抗にもあうことなく軍司令センターが置かれたハバナ近郊のコルンビア基地を制圧した。参謀本部から不平不満がもれ聞こえることもなかった。翌日、バティスタは自身がキューバ共和国大統領であると宣言し、憲法改正と選挙の実施を予告した。その日以来、キューバはこのクーデターのあっけないほどの成功に茫然自失となったかのようで、国全体がうとうとと居眠りしているかと思われた。バティスタのクーデターに驚いた人はだれもいなかった。それよりもなによりも、伝統的な政党がなんの反応も示さなかった。共産党ですら沈黙を保った。カルロス・プリオ・

ソカラス大統領は荷物をまとめ、汚職で蓄財した何百万ペソを亡命先のメキシコで使うようにうながされた。数多くの高級将官も亡命を余儀なくされたが、なにかと便宜がはかられての出発となった。フルヘンシオ・バティスタは大がかりな裁判、報復、魔女狩りを避けたいと願った。自分はキューバを救うためにやってきた異端審問官ではなく秩序を重んじる軍人であり、ギャングの跋扈《ばっこ》や無政府状態をなんとかしたいと考えているのだ、と言いたかったのだ。

「ミスター・イエス」というあだ名を頂戴するほどに親米家として知られているバティスタの唯一の望みは、キューバの発展促進であった。キューバが、非合理で予測不能な行動が飛び出す沸騰した鍋のような国でなかったとしたら、バティスタとしても「アメリカ流民主主義」を採用することにやぶさかでなかったろう。ゆえに、数日間は諸政党の発言を禁止したが、その後は完全な自由を認めた。バティスタ政権に反対する野党は好きなように集会を開くことができた。バティスタが報道の自由をしめつけなかったので、報道機関はなんの検閲も受けることなく何が起きているかを伝えることができた。バティスタが憲法にもとづく適法性を尊重しなかったことは本当だが、血まみれの圧政を敷いたわけではなかった。ときとして粗暴なふるまいに出たり、暴力的なデモを厳しく抑えたりすることはあったが、キューバはファシスト体制や独裁体制におちいったわけではなかった。アメリカ政府は数週間後にキューバの新政権を承認した。ラテンアメリカの大多数の政府もこれに続いた。バティスタ大統領は国際社会の支持を得ることができたのだ。

真正党や正統党といった野党の指導者たちが軍事クーデターで立ち往生してしまったのとは逆に、フィデルはわが意を得たりと喜んでいた。バティスタは彼にとって「最良の敵」だった。この「ビロード」のようにソフトなクーデターは、権力奪取に必要な燃料である憎しみを収斂《しゅうれん》させるすばらしい機会となるかもしれない。フィデルの考えでは、革命は殉教者と英雄だけでなく、憎むべき暴君を必要とする。バティスタによる軍事クーデターの以前にも、フィデルはこうした「体制の硬化」を先どりし、ひき起そうと試みた。プリオ大統領にゆさぶりをかけ、なみはずれて激しい弾劾キャンペーンを張って失墜に追いやろうとしたのはまさにそのためであった。しかし今回は、本物の「独裁者」に照準を合わせていた。バティスタを徹底的に悪者に仕立て上げて、自分にとって唯一真実の政治指針である「緊張を高める戦略」をたゆまず追求すればよいのだ。彼はいまやレーニンと同様に、古典的な政党が主役となって権力掌握をはかるのはもはや古い手法であり、意志が固いエリート前衛集団がリードすべきだと考えていた。一九五二年三月一〇日の明け方、彼はボリシェヴィキになった。

この新しい状況は、フィデルの武装闘争計画にとって好都合であった。今後は、現在はひとにぎりの若い正統党活動家で構成されている自分の部隊を動員することに全エネルギーを傾けよう、と考えた。〈運動〉とよぼうと決めた武装組織を立ち上げるときが来た。この組織の目的は、「直接行動」、言い換えるとゲリラの実行であった。キューバの若者多数がフィデルのよびかけにこたえる素地があった。彼らは皆、伝統的な政治家たちのだらしなさに辟易《へきえき》し、ただちに「簒奪者《さんだつしゃ》」バティスタと一戦を交えることを望んでいた。要員スカウトにあたって、フィデルは厳選に努めた。彼がほしいと思ったのは、革命のために命を捧げる覚悟がある闘士にかぎられていた。〈運動〉は、ナチ占領下におけるフランスのレジスタンスを手本として組織された。すなわち、一〇〜一五人の戦闘員からなる小さな単位（細胞）の集まりで、彼らは自分たちのリーダーがだれなのかも、隣接する細胞のメンバーがだれなのかも知らない。彼らは厳格な規則に従い、完全に分断された状態で、いわば自給自足で生活する。

この組織を管理するため、フィデルは信頼できる冷徹な補佐役を探し求めた。五月一日、彼はハバナのポンティアック代理店に勤める若い経理係、アベル・サンタマリアと出会った。ラス・ビジャス出身のアベルとフィデルはたちまち意気投合した。フィデルがはじめての新車を買い求めたのは、このアベルが勤務する代理店からであった（この車は数か月後、未払い家賃を精算するために売却された）。アベルはフィデルの懐刀《ふところがたな》となった。彼はいい加減なところが皆無で、かつプラグマティックであった。組織が「健全性」を保つように目を光らす役目をまかされることになる。「健全」とはフィデルがたえず口にしている単語であった。彼がたえず発する質問は「あいつは健全か？」であった。アベル・サンタマリアは、候補者を厳しくふるい分け、アルコール類も、一定の枠を超えた性的関係も禁止というきわめて禁欲的な生活を送ることを承諾する戦闘員を集め、フィデルの最終判断を仰いだ。フィデルに盲目的に従う用意がある僧侶のような兵士たちだった。〈運動〉の組織内部で、リーダーの絶対的権力は自明の理とされた。さもないと仲間の命が危険にさらされるから、と説明された。フィデル・カストロがゆるぎない指導者、カウディージョ［政治・軍事指導者］として君臨するこの影の軍隊は、ハバナ大学の地下で武器の使い方の訓練に励んだ。

クーデター後の数か月間、カストロはなかば地下に潜行した。潜伏生活には慣れていたが、今回、彼が厳しい監視の目からのがれるべき主要な敵はバティスタの秘密警察、ＳＩＭ（軍事諜報機関）であった。ＳＩＭの見張りをかいくぐるため、フィデルはたえずねぐらを変えた。まずは姉リディアの家に逃げこみ、次いで正統党の女性活動家エバ・ヒメネスに匿ってもらったり、一九三五年に暗殺された政治リーダー、アントニオ・ギテラスの協力者であったブランカ・デル・バジェを頼ったりした。その後も点々と潜伏先を変えた。ベダード地区の二三番通りに面した建物の三階にあるアパートに越してからもう少しで一年というところだったが、ここに戻ることはほとんどなかった。妻のミルタとの関係は顕著に悪化した。ミルタは以前にもまして生活の苦しさを訴えるようになった。最近も、料金未払いを理由として電気の供給が遮断された。ミルタは暗闇に閉じこめられ、息子を養う金もなかった。

ある夜のこと、フィデルが例外的に自宅に戻ると、三歳になった息子のフィデリートが急性扁桃炎をわずらっていた。フィデルは母親であるおまえが悪いからだとミルタをなじり、有無を言わさず息子を病院につれていった。なおざりにされた妻の役割を割りあてられたミルタは、暴君の夫にわずかな金を求めたが、拒否された。フィデルのボディガードをつとめる男の一人、ペドロ・トリゴがこっそりと五ペソを可哀想なミルタの手ににぎらせた。だが、この日のフィデルのポケットには武器を買うために集めた一〇〇ペソがあった。自分の家族のために少しとり分けようといった考えは一秒も彼の頭をよぎらなかった。家賃や、月賦で買った家具の支払いを気遣うことも一秒とてなかった。フィデルは、将来の殉教者である本物の友人たちを除いてはだれも存在しない別世界に住んでいた。追いつめられたミルタは、万策つきたので兄のラファエルに援助を頼む、と夫に告げた。フィデルは絶対にならぬ、ときつく言い渡した。それには、もっともな理由があった。ラファエル・ディアス・バラルト・ジュニアは、バティスタ政権の内務副大臣に任命されたばかりだった。運命の皮肉というべきか、ラファエルの主要な任務は、義弟であるカストロを尾行する者たちが属する秘密警察、あの有名なＳＩＭの指揮監督であった…。

ミルタは兄と夫のあいだで板挟みとなった。兄は心づかいが細やかで、妹をいつでも支える用意があり、連絡があればただちに駆けつけ、かつて親友だった男の毒牙から妹を助け出すつもりだった。フィデルは怒りっぽく、衝動的で、偏執狂的でもあり、三流スリラーの登場人物さながらだった。裏切りの幻影にとりつかれたフィデルは、妻は兄の指示にしたがって自分をスパイしているのではと疑っていた。ミルタはこの数年で、フィデル・カストロは神経症を病んでいる、というおそろしい結論に達した。彼は正体を暴かれることをなによりも嫌がった。明るい世界は好きではなく、のびのびできるのは薄暗がりのなかだけだった。ときとして、重度の鬱状態――生者の世界から遠ざかってしまうほどの憂鬱な気分――におちいることもあった。そうなると一点を見つめたままで意気消沈している。だが突然、気分が高揚して、新たな闘い、倒すべき新たな敵、たたえるべきもしくは埋葬すべき殉教者を求めて出発する。抹殺すべきターゲットなしでは生きることができない男、とよぶことができるのかもしれない。そんな彼にとって、当面の敵ははっきりしていた。フィデルは〈運動〉のメンバーに「バティスタを激しく憎まねばならない。中途半端はならぬ！」というシンプルな教えを垂れていた。

三月二四日、フィデルは大きな賭けに出た。影から姿を現し、バティスタ大統領が「基本法を破った」として憲法裁判所に訴え出たのだ。告発状には、現行の刑事法典を文字どおり適用すれば「フルヘンシオ・バティスタの犯罪は禁錮一〇〇年以上の刑罰に処せられる」と書かれていた。これは意表をつく一手であった。無気力におちいったキューバ国民は一見したところバティスタの政権復帰を受け入れており、国際社会はバティスタの「ソフトな軍事クーデター」に目をつぶり、野党はいずれも声をあげていない。そのようなときにフィデルはたった一人で、刑事法典のみを武器としてキューバの新たな権力者に立ち向かったのである！　自分の主張に共鳴する向きはそれなりにあるだろう、との目算はあった。また、彼にとってこれは、いまにもはじまると考えている武装闘争を正当化するための理論武装をも意味した。フィデルは次のように咆哮した。「こうした一連の犯罪はだれの目にも明らかであり、裏切りと騒擾を自白しているも同然である。にもかかわらず、当人が裁判にかけられて有罪を言い渡されぬのであるなら、司法は今後、罰せられぬままの職権乱用から生まれたこの不法な政権に対する暴動や反乱に立ち上がった市民を裁くことはできない！」

そこには、裏切り、騒擾、罰といった、フィデルの口癖となる単語がすべてならんでいる。異端審問を連想させる言葉である。カストロにとりつくトルケマダ［一五世紀のスペインでユダヤ教徒らを裁く異端審問の総審問官をつとめたドミニコ会修道士］の亡霊が消えさることは決してなかった。八月一六日、地下出版物『エル・アクサドール』のなかで、アレハンドロを筆名とする一文をフィデルは発表し、お気に入りの攻撃の的であるバティスタを罵倒した。バティスタを「悪をなす暴君」とよび、「あなたの傷を日ごとに舐める犬たちは、傷から立ち昇る悪臭を消しさることは決してできない（…）のちに編纂される歴史は、（…）あなたのことをペストや悪疫のように語るであろう…」と語りかけた。おそろしいまでに聖書に似た口調である。フィデルはバティスタをキリストになぞらえている。

ただし、死と腐肉の臭いがすでにただよっている、復活のチャンスが皆無のキリストである。アレハンドロ（一七歳で父親から認知されたときに、おそらくはフィデル自身がアレクサンドロス大王［アレクサンドロスはスペイン語でアレハンドロ］にちなんで選んだと思われる第二のファーストネーム）を名のり、フィデルは宿敵である「黒い牛」（混血児バティスタ）の背筋に思うがままにバンデリリャ［闘牛士が使う槍］をつきたてた。フィデルは以降、アレハンドロを自分の唯一無二の暗号名とする。これをうっかり忘れた者にフィデルは決まって「わたしをアレハンドロとよびたまえ！」と言った。

時間の経過とともに、〈運動〉は驚くほどの発展をみせた。当初、メンバーはほんのひとにぎりの少数であったが、一九五二年の終わりには一〇〇〇人を超えた。この秘密組織にくわわったものの大半は貧困階級の出身で無教養であった。フィデルはミドルクラスの出身者を積極的にとろうとしなかった。考えすぎて逡巡することが多い連中だからだ。フィデルが求めるのは、何も失うものがなく、命令されたら四の五の言わずに従う者たちであった。もとをただせばガリシア出身の貧農という男を父とするフィデルは、「中産階級」を嫌っていた。彼らは、フィデルが何年も前から微に入り細をうがって考案した図式からはみ出す。彼らは文盲でも失業者でもない。フィデルが悲劇ととらえる歴史の概念に合致しない連中だ。しかし、フィデルが展開するプロパガンダが主張するところとは逆に、キューバの人口において中産階級が占める割合は過半数を大きく超えていた。フィデルは国民の五〇％は読み書きができなかったと主張しているが、実際は二三％であった。フィデルはヤンキーがキューバ経済を牛耳っていたと述べるが、これも真実ではない。一九五二年において、ラテンアメリカの大半の国々とは異なり、キューバの生産設備の五二％を所有しているのは自国民であった。フィデルはまた、代々の傀儡《かいらい》政権がサトウキビの単作を奨励した、と主張したが、これも誤りだ。一九四〇年代の終わりより、プリオ政権（この政権が腐敗していたのは確かだが）は米、たばこ、コーヒー、トウモロコシ、ジャガイモ、野菜の集約栽培の発展をめざして大々的な改革に着手していた。ことプロパガンダとなると、フィデルは手段を選ばず、厚かましい嘘をついた。人々の心をつかむためならなんでも許される、という理屈だった。

フィデルは政治の策謀家、デマゴーグ、喰わせ者であった。そのうえ、歌姫《ディーヴァ》や大衆芝居の大仰《おおぎょう》な役者のように、つねに舞台の前面を独り占めしたがった。一九五二年三月二〇日、正統党の活動家たちがようやく立ち上がり、ＭＮＲ（国民革命運動）を立ち上げると、フィデルは眉をひそめた。この運動を率い、フィデルと同様に武装闘争をよびかけるラファエル・ガルシア・バルセナは、ハバナ大学で社会学と哲学を教える優秀な教授であると同時に陸軍高等学校でも教鞭をとっていたので、軍上層部とのパイプもあった。また、エディ・チバスとともに正統党を結成した経緯があるので、非常に人気が高かった。フィデルにとって手ごわいライバルであった。

フィデルはただちにこれに反応して自身の武装組織を強化したが、奇妙なことにこのことを大っぴらにした。しかも、劇的効果たっぷりに。ホセ・マルティ生誕百年を祝う一九五三年の一月二七日、バティスタが組織した大々的祝祭に対抗して野党勢力がデモを行った。すると、松明《たいまつ》を手にして何処からともなく現れた五〇〇人が軍隊のように隊列を組んでゆっくりと歩みながら、公式の反政府デモ隊に合流し、祭りに浮かれた首都を練り歩いた。フィデルの〈運動〉が陰から表に飛び出したのだ。闇を照らす松明の行列は、スペインのフランコ支持者の隊列を連想させ、人々に強い印象をあたえた。この示威行動はバティスタではなく、フィデルの直接のライバルであるバルセナ教授に向けたものだった。上半身の筋肉をふくらませるマッチョの威嚇と似ているが、無分別きわまりない愚行であった。数カ月のあいだ、地下に潜っていた〈運動〉が唐突に表に出ることは、組織幹部の氏名がすべて掲載されたリストを秘密警察SIMに手渡したのも同然であった！　なにしろ、フィデル本人、アベル・サンタマリア、その妹のアイデー、メルバ・エルナンデス、ホセ・ルイス・タセンデ、ヘスス・モンタネ、フィデルの弟のラウル・カストロを初めとする〈運動〉参謀本部のメンバー全員が、この松明軍団の先頭を歩いていたのだ。見栄っ張りのフィデルの派手な示威行動は自分の部下たちの命を危険にさらした。しかし、この夜、SIMはなぜか反応しなかった。この秘密警察の責任者であったラファエル・ディアス・バラルトが実の妹のために義弟を守ったのだろうか？　奇妙な夜だった。ハバナの町の反対側でホセ・マルティ生誕一〇〇年を祝っていたバティスタは、フィデルの「革命軍」部隊のあらゆる動きについて報告を受けていた。バティスタもディアス・バラルト一家との友情ゆえに、フィデルに手を出すのをひかえてミルタを守ったのだろうか？　フィデルをはじめとする〈運動〉のメンバーが一人も逮捕されなかったのは奇跡である。

二か月後の四月五日、バルセナ教授とMNRの幹部全員はフィデルが享受したような幸運に恵まれなかった。全員がバルセナの自宅に集まっていたところを警察にふみこまれた。一部の士官の協力を得てのクーデターを準備していたところだった。クーデターが実行に移される数時間前にだれかが密告した。フィデルはこの密告とは無関係と思われるが、これに先立つ数週間、ライバルであるバルセナが申し入れた共闘をすべて断わっているのは不思議といえば不思議だ。革命の舞台に主役が二人いてはまずい、ということなのか。

国家に対する陰謀の罪で裁かれたバルセナ教授は禁錮二年を言い渡された。クーデター未遂という罪状にしては軽い罰だと思われる。ここにもフルヘンシオ・バティスタ体制のパラドックスが見てとれる。フィデルがよぶところの「苛烈な暴君」は司法にいっさい介入しなかったのだ。フィデルもこれを実体験から承知していた。自分の弁護士事務所（破産寸前であった）をとおして、現職の大臣三人を告発した経験があるからだ。フィデルは、三人が全国失業者支援金庫の資金を私服したと糾弾した。バティスタが暴君であろうとも、告発は受理可能と宣言された。その後、最高裁まで争われたあげくに訴えは却下された。

また、警察もフィデルに対してはときとして異常なほど寛容であった。これを示す一例が、一九五三年一月一三日に治安部隊との衝突の最中に負傷した若い学生、ルベン・バティスタ・ルビオの事件である。フィデルは毎日、死の淵にあるルベン・バティスタ・ルビオを病院に見舞い、報道機関をとおして激烈な声明を何度も発表した。二月一三日に青年は死去する。翌日、フィデルは三万人の行列の先頭に立って大学が用意した棺を墓地まで運んだ。暴動が起き、自動車が放火され、警察が群衆に発砲した結果、多くの負傷者が出た。ＳＩＭはこの騒動の責任はフィデルにあると公式に非難した。奇妙なことに政府は彼を起訴しなかった。弁士カストロに長広舌をふるう機会をまたもあたえるのはまずいとバティスタが思ったのかもしれない。いずれにせよ、血なまぐさい抑圧がフィデルにふりかかることはなく、彼は何をやってもさして咎《とが》められなかった。

この「融通がきく」、ふわふわとした独裁体制のなか、フィデルは自家用車に乗ってキューバのあちらこちらをかけめぐり、自分の手勢を動員し、新たな「叛徒」の獲得に努めた。また、独立系の週刊誌「ボエミア」に定期的に寄稿した。同誌を経営するミゲル・アンヘル・ケベドは要求度が高く公正な出版人であり、大統領を攻撃する文書の掲載もためらわなかった。フィデルはあらゆる機会をとらえて出版の自由を享受、濫用《らんよう》した。第二次世界大戦におけるパルチザンの戦いやソ連軍の作戦にかんする著作を自由に読むことができたし、フランコ軍に対するスペイン共和派のゲリラ戦をテーマとするヘミングウェイの『誰がために鐘は鳴る』をむさぼり読むこともできた。要するに、ほとんど制約をうけることなく、「自分の」革命を準備することができたのだ。

さらに、弟のラウルにマルクス・レーニン主義を手ほどきし、共産党に工作員として潜入するよう頼むこともできた。フィデルはラウルと緊密に連絡をとる一方、共産党の重鎮らが自分の予測不能で無鉄砲な性向や冒険主義に不信感をいだいていると知っていた。大学時代の友人であるアルフレド・ゲバラからは、「ゲリラ戦への妄想的執着」はまずい、と注意された。共産主義者はロマンティックな冒険家ではなく、革命は人民が革命的意識を獲得してからでないと成功しない、とアルフレドは主張した。ロシア帝政時代の二〇世紀初頭に、ボリシェヴィキとメンシェヴィキのあいだで起こった歴史的論争の再来であった。

フィデル自身は、先に革命を起こすことが必須であり、そうすれば人民はついてくる、と考えていた。しかし、彼はどのような革命を思い描いていたのか？　キリストの教えを広めることを使命と考える宣教師さながらに革命を自分の使命と考えるフィデルだったが、正確な政治プログラムはもっていないように思われた。ホセ・マルティの言葉――キューバ国民をうっとりさせる、人間中心主義に裏打ちされた名言――を引用してお茶を濁していた。いまのところ、イデオロギー論争など無用と考えていた。行動が第一だ。武器が必要だった。それも大量に。残念なことに、〈運動〉は資金難に悩まされていた。活動家たちは全財産をかき集めてもちよった。中古カービン銃を買い求めるために、なけなしの資産を提供する者もいた。たとえばアベル・サンタマリアは自動車を売りはらい、経理係の仕事を辞めたヘスス・モンタネは退職金を差し出した。家具を売却する者や、農場、研究所、服、宝飾品といった所有物を抵当に入れる者もいた。こうして多くの者が犠牲精神を発揮したものの、用意できた武器は、ロングライフル二二丁、複数の猟銃、リヴォルヴァー数丁と貧弱だった。フィデルもようやく、このままでは戦闘経験豊かなプロの軍隊を相手にできるほど強力な武器を購入することはできないと悟った。このままでは、革命は待合室から出ることができない。

しかし、フィデルは気がせいていた。バルセナに続いて、自分よりも先にだれかがクーデターをくわだてるのは、どうしても許せない。周囲の人間も彼の指導力に疑念をもちはじめていた。なにがなんでも信頼を回復せねばならない。フィデルは彼らに「よき革命家は決して疑ってはならない」と、伝染力のある信念をこめて力説した。しかし、〈運動〉の存続のためには行動が必要だった。フィデルは解決策を思いついた。ある日の幹部会合で、彼はすっくと立ちあがり、「武器を買うことができないとすれば、盗めばよい！」と言い放った。

第11章　フィデルの眼鏡はどこにいった？

「奥さま、奥さま、開けないでください、お願いです。あれは悪魔です！」オルランド・フェルナンデス・フェレル医師の家で女中頭をつとめる黒人のチューチャは突然パニックに襲われた。ハバナの高名な心臓専門医の大邸宅の戸口でチャイムを鳴らしているのは見知らぬ男であったが、この訪問者は不幸をもたらす、と胸騒ぎがしたのだ。フィデル・カストロは、初聖体拝領の子どものように上から下まで真っ白な服装だった。キューバ独特のロングシャツ、グアヤベラを着ていた。細い口髭が鼻の下を横切っていた。訪ねる相手は医師の妻、ナティ・レブエルタであった。長居はしません、これから先、奥さまに預かっていただきたい重要な極秘書類をもってきました、と告げた。

正統党の女性活動家でエディ・チバスと非常に親しかったナティ・レブエルタは、キューバのブルジョワ階級に属する、若くてたいへんに美しい女性であった。彼女の瞳は嘘をつくことができなかった。彼女はフィデルに恋心をいだいていた。しかし礼節を守ることを知っていた。フィデルは既婚者で、子どもの父親だ。彼女自身も夫がある身で、ナタリアという幼い娘の母親だった。彼女がフィデルと出会ったのは、エディ・チバスが自殺をはかったあの夜のこと、場所は病院の廊下であった。だが、そのときは言葉をかわすこともなかった。二人がほんとうの意味で知りあったのは——ナティは日付を正確に覚えていた——一九五二年一一月二五日、場所はハバナ大学の大階段エスカリナータであった。二人を引きあわせたのは、共通の友人である詩人のホルヘ・バルスだ。はじめての瞬間から、ナティはフィデルの視線の力強さに心をつかまれた。握手をかわした瞬間から、彼女は魔法にかけられたようになった。三月一〇日のクーデター以降は、活動家の集会で顔を合せることが多くなった。どう見てもナティは、〈運動〉のリーダーがスカウトする活動家のプロフィールに合致していなかった。ナティはテニスクラブや社交界のサロンの常連であり、ハバナ・ビルトモア・ヨット・カントリークラブに会員として通いつめており、キャロンの香水「タバ・ブロン」の愛用者で、アメリカのエッソ・スタンダード・オイル社の国際オフィスでエコノミストとして働いていた。しかし、彼女にはほかの活動家にはない大きな切り札があった。絶世の美女だったのだ。ブロンドの髪、緑色の瞳の持ち主で、貴婦人のように優美で、文学と政治に大きな関心をよせていた。母方の祖父は、ハバナの海岸沿いを走る有名な大通り、マレコンの建設にたずさわったイギリス系の技師であった。高級木材の製材所を所有していたこの祖父は、独立戦争においてマンビセス側につき、キューバ軍の大佐として終戦を迎えた。父方はスペイン北部のカンタブリア出身の一族であった。あらゆる点でナティ・レブエルタはヨーロッパ女性であり、英語もフランス語も自在にあやつった。フィデルは、この「淑女」に首ったけとなった。

一九五三年の五月、フィデルはほとんど毎日、ベダード街区一一番通りにあるナティの住まいの四階に通った。二人は、知的および政治的な色あいが濃いプラトニックな恋愛関係を続けた。ナティは自分が歴史に立ち会っていると感じた。やがて、夫が病院の夜勤でしばしば家を空けていることもあり、多くの会合が彼女の住まいで開かれるようになった。ナティは、事情をすべて把握しているわけではなかったが、フィデルをとりまく人間のうちでも、何が準備されているのかを知っている数少ない者の一人となった。フィデルは華々しい行動に出ることを決めていた。それまでは無気力だった野党勢力が覚醒しつつあっただけに、これ以上待つことはできなかった。五月二四日、正統党と真正党の指導部がカナダのモントリオールで会合をもち、できるだけ早くバティスタを倒すために協定を結んだ。彼らは、国際的な支持、資金、すべての州にいきわたったネットワークといったフィデルにはない手段をもっていた。その上、軍の一部の支持まですでにとりつけていた。さらに、フィデルに対する猜疑心を示すかのように、彼を交渉から完全にしめ出していた。騒動をひき起こしがちとはいえ、フィデルは正統党の大物責任者の一人であった。しかし、元大統領のカルロス・プリオも、エディ・チバスの後継者であるエミリオ・ミージョ・オチョアもフィデルを少しも信頼していなかった。ビーチョ［害虫、腹黒いやつ］の異名をもつフィデルは最後の最後で自分たちを裏切るかもしれない、やつならありうる、と彼らは考えていた。

部外者の立場に追いやられ、村八分にあったフィデルはなんとしても劇的な作戦を実行して主導権をにぎり、全員を出し抜く必要があった。残念なことに、〈運動〉はそうした行動に出る用意がまだ整っておらず、武器のストックはじつに貧弱で、メンバーの軍事訓練も不十分だった。しかし、形成逆転をはかることは焦眉の急だった。そして、情報漏洩を避けるために作戦の秘密を守ることはなによりも大切だった。

アベル・サンタマリア、ペドロ・ミレー、メルバ・エルナンデス、レナト・ギタルト、ナティ・レブエルタは作戦について知らされていた。リーダーのフィデルは彼らに「この作戦は、一七八九年のバスティーユ襲撃と同じくらいに重要な歴史上の出来事となる」とささやいた。作戦参加者には最後の瞬間まで、軍事訓練に出発するものと信じこませねばならない。いざ出陣となってはじめて、使命が明かされる。フィデルは、サンティアゴの夏の謝肉祭の翌日である七月二六日にサンティアゴのモンカダ兵営を、約一五〇人を率いて襲撃することを決めていた。目的は、兵器の奪取である。より少人数のもう一つのチームが、オリエンテ州を孤立させるために、ハバナに向かう道路沿いにあるバヤモ兵営を襲撃する。同時に、町の入り口にある橋を爆破し、バティスタの軍隊が襲来するのを防ぐ。

ハバナで極秘のうちに何度ももたれた会合の熱っぽい雰囲気のなかでは、フィデルのアイディアはすばらしいと思われた。フィデルの出身地であり、ホセ・マルティとカルロス・マヌエル・デ・セスペデスの郷土として反逆の伝統をもつオリエンテのことだ、フィデルらによって「解放された」あかつきには、解放者たちを支持し、燎原《りょうげん》の火のごとく革命が各地に伝播するのに貢献してくれるにちがいない…。

七月二六日の明け方、寝静まった町のなかで一六台の車が列を作り、モンカダ兵営に近づいた。車に乗っていた一二三名は全員、キューバ軍の軍曹の制服を着ていた。一行は、攻撃地点と決まっていた第三ゲートに近づいた。先頭の車——マーキュリーであった——の八人の男の任務は、哨兵二人を武装解除し、続く車列が兵営に入れるようにゲートを開けることだった。そうすれば、まだ眠りこけているうえに、謝肉祭の飲めや歌えやで朦朧《もうろう》としている四〇〇人の兵士を制圧できる。

最初のチームを率いた二人のリーダー、レナト・ギタルトとラミロ・バルデスは、フィデルの指令を忠実に実行した。哨兵を武装解除すると、一行は兵営に突入し、共同寝室へと向かった。しかし大問題が生じた。計画とは異なり、二番目の車、ビュイックが途中で止まってしまったのだ。運転していたのはルガー銃で武装したフィデルだったが、想定外のパトロール兵士二人の姿を認めたので、迎撃することに決めた。二人に向かって猛スピードでつっこんだところ、コントロールを失って歩道の縁石に車をぶつけてしまった。恐怖を覚えた二人の兵士は機関銃でビュイックを狙った。フィデルは車を再発進させようとしたが、エンジンは停止したままで動かない。エンストを起こしたビュイックが兵営の入り口をほぼふさぐかっこうとなった。フィデルが運転していた車に乗っていた仲間の一人、グスタボ・アルコスは車外に放り出され、兵士の一人に機関銃を向けられた。三番目の車に乗っていた男の一人がアルコスを助けるために狙撃した。奇襲効果はここで終わった。モンカダ兵営のサイレンの鋭い音がサンティアゴ市民の眠りを破った。数秒で、近くの屋根の上にすえられた五〇口径の機関銃が襲撃者たちに向かって火を噴いた。あわてふためいたフィデルは必死に命令を発しようとしたが遅すぎた。彼は逃げ出した。兵営内でにっちもさっちも行かなくなったレナト・ギタルトとラミロ・バルデスのチームを待とうともしなかった。ギタルトらは、パジャマ姿の兵士一〇〇人ほどを降伏させたものの、それからどうしたらよいのやらわからず当惑していた。フィデルは、彼らになんの指示をあたえずに雲を霞と逃げさった。輝かしい戦闘は壊走劇で終わった。

ラウル・カストロが指揮する別動隊は裁判所を襲撃したものの、途方にくれていた。ここにとどまるべきか？　仲間と合流すべきか？　退却すべきか？　運の悪い襲撃者たちはパニックに襲われた。病院に隠れ、病室で横になって入院患者のふりをする者も、ばらばらに立ちさってサンティアゴの町をあてどなくふらつく者もおり、アベル・サンタマリアのように降伏したが銃の台尻で殴られたあとで無慈悲にも撃ち殺された者もいた。この大しくじりがもたらした被害は大きかった。戦闘による死者は八名、戦闘後に殺された者は五六名だった。他方、兵士も二二名死亡した。

フィデルは、サンティアゴから約二〇キロのシボネイへと逃げた。ここには、作戦の司令部として選ばれた農園があった。約四〇名の仲間がここでフィデルと落ちあったが、いまだに何が起こったのか理解できていなかった。フィデルは怒り狂っていたので、なぜビュイックの走行が歩道で終わってしまったのか、と問いかける勇気がある者は一人もいなかった。

フィデルは、この日の朝の五時、自分は絶好調とはいえぬ状態だったと部下たちに打ち明けることができなかった。彼は前々日から、炎天下をハバナからサンティアゴまでの道のりを車で走破し、途中でサンタ・クララの眼鏡店に立ちよった。矯正用眼鏡を作ってもらうためであった。フィデルはかなりの近眼であったが、眼鏡をかけるのはまれであり、主として長時間運転するときにかぎられた。七月二四日、彼は眼鏡をハバナのメルバ・エルナンデスの家に忘れてしまった。急《せ》かされたサンタ・クララの眼鏡屋は、フィデルに度の合わない眼鏡を売ってしまったのだろうか？　伝説となるほど見栄っ張りだったフィデルは、度の合った眼鏡をかけずに、すなわちぼんやりとしか見えないままで戦闘を指揮すると決めたのだろうか？　この日に生き残った者のいく人かは、彼がこのお粗末な過ちを犯したのは「写真写り」のために眼鏡をふだんからかけていなかったからではないか、と疑った。

フィデルにとってもっと具合の悪い説もある。フィデルが三番ゲートの前で加速したのは、グスタボ・アルコスを車から放り出そうとしたからでは、というものだ。アルコスはモンカダ兵舎襲撃作戦の準備不足を皆の前で批判していた。彼は、武器は猟銃が中心で不十分だから、この計画は性急すぎると考えた。また、サンティアゴ行きの真の目的を最後の最後に知らされたときは憤慨した。この襲撃には自殺的なところがある、というのがアルコスの意見だった。

大しくじりを説明する三つめの仮説によると、撃ちあいがはじまるとすぐ、フィデルは仲間のイスラエル・タパネスによる射撃の音で聴覚に変調をきたした。近眼のうえに耳も聞こえなくなったとしたら、攻撃隊のリーダーにとって大きなハンディキャップである！　いずれにせよ、モンカダの大失敗の説明としていちばん納得できる理由は、リーダーの視力と疲労困憊の二つである。フィデルは真夜中に、秘密の話しあいのためにサボネイの農場からサンティアゴに出かけたためにほとんど寝ていなかったのだ。

こうした不測の事態が起こらなければ作戦は成功したのだろうか？　これこそ、生き残ったメンバーのうちの何人かがいだいた疑問である。しかしフィデルは批判にいっさい耳をかそうとしなかった。挫折の原因は「バティスタ体制の野蛮な仕打ち」である、これで説明は終わりだった。〈運動〉を批判しようとする者は裏切り者である。第一に、兵営襲撃は失敗ではなかったどころか、フィデルにとっては勝利であった。彼はまたも世間の注目を集めることができたからだ。国中の目がいまや、サンティアゴ、兵営襲撃という大胆な行動に出た命知らずの武装集団、殉教者となった若い叛徒に釘づけだった。

ハバナのナティ・レブエルタは青ざめた顔で神経を高ぶらせていたが、兵営襲撃の顛末を知ると頭のなかが真っ白になった。何をすべきか？　自分にあたえられた使命を貫徹すべきか？　ナティは動揺しながらも、フィデルに託されたマニフェストを届けるために野党のリーダーたちを訪ねた。彼女は丁重に迎えられ、これでフィデルの冒険主義の限界が明らかになった、彼とは距離を置くべきだ、と忠告された。正統党の古参幹部である友人、ペラーヨ・クエルボからは「急いでお逃げなさい。SIMはまもなくあなたの家にのりこんできますよ」と言われた。ナティはそれ以上、お説教を聞こうとしなかった。彼女の心をゆさぶる男は死の危険にさらされていた。すぐさま駆けつけ、もてるものすべてを差し出して救出しようと思った。ここにいたるまでにも、宝飾品を売って六〇〇〇ペソを都合し、武器購入の資金としてフィデルに渡していた。車を借りるため、隠れ家を用意するために必要だからと頼まれるたびに、貯金を引き出していた。ほんとうはサンティアゴに飛んでゆきたかった。しかし、ミルタの存在がブレーキとなった。正妻のみが公然とフィデルのことを心配する権利をもっている。ナティは影から出ることはできず、カストロ夫人に遠慮せねばならなかった。

そのミルタはこの状況にあって意志の強いところを見せ、逃亡中の夫の命を助けるために東奔西走した。兄のラファエルをつかまえ、フィデルを撃ち殺さぬよう指示を出してと懇願した。また、これを好機と戒厳令を発布し、検閲制度を敷いたバティスタ大統領にも接触し、バネスの同郷人として、またお嬢さんに免じて（バティスタは自分の娘をミルタと名づけていた）フィデルの命を助けてほしいと哀願した。フィデルの友人の多くが意志を欠如したお人形のような女性とみなしていたミルタは熱に浮かされたようにあらゆる伝手《つて》を求めて走りまわり、気丈ぶりを発揮した。彼女は、個人的によく知っていたサンティアゴ大司教、エンリケ・ペレス・セランテス猊下《げいか》に電話をかけ、「夫を助けてください！」と泣きながらお願いした。今回の襲撃に過剰に反応した軍による虐殺行為に衝撃を受けたサンティアゴの名士の多くが、フィデル助命のために奮闘するミルタに手を差し伸べた。

「ボエミア」をはじめとする新聞雑誌は検閲を無視して、兵営や病院で怒り狂った兵士たちに殺されたフィデルの仲間の写真を掲載した。女性記者のマルタ・ロハスが、写真のフィルムをブラジャーのなかに隠して軍によるチェックの目を潜り抜け、サンティアゴからハバナに届けたのである。このスクープに世論は大きな衝撃を受けた。キューバ国民はだれひとりとして、一九三三年にバティスタによって追放されたマチャド将軍による血なまぐさい独裁の日々の再来を望まなかった。フィデルらに殺された仲間の敵討ちに逸《はや》る軍隊の暴走を抑えるよう、バティスタに求める声が高まった。バティスタは迷った。彼は、フィデルをとるにたらぬ男、興奮しやすいだけの軽率な男とみなし、政治的な重要性を認めていなかった。その一方で、唯一の危険としてなによりもおそれていたモントリオール協定の調印者たちへのしめつけを強めるのに、フィデルという駒は使える、とふんでいた。フィデルの熱血と無定見は、野党指導部への戦いを硬化する好機をバティスタにあたえていたのだ。

結局のところ、あいつは頭に血が上りすぎていて、長くはもつまい。ただちに逮捕すべきか？　それとも撃ち殺すべきか？　とバティスタが逡巡しているころ、当人はグラン・ピエドラの山中にひそんでいた。サンティアゴのドロレス学院の生徒だった頃、何度も登った山である。落ち武者フィデルには一九人の男が従っていた。反乱の夢は立ち消えとなったが、本人は意気消沈とは無縁であった。今回の失敗は彼になんの影響もあたえていないようだった。風車に立ち向かうドン・キホーテさながらに、勝利は目の前だと、自分につき従う数少ない敗残兵を鼓舞した。数日間、一同は空腹にさいなまれ、憔悴しきって、灌木のなかをさまよった。八月一日、五三歳の黒人士官、ペドロ・マヌエル・サリーア中尉が率いる一六名の憲兵小隊によってフィデルは逮捕された。兵士たちはその場でフィデルを処刑することを望んだ。幸いなことに、サリーア中尉はフィデルの部下の一人と知りあいだった。フリーメイソン仲間であった。この偶然によってフィデルは命をつないだ。

もう一人の人物がフィデルの延命に大きな役割を果たした。サンティアゴ大司教である。ミルタの懇願にこたえ、セランテス猊下は数日前から、グラン・ピエドラの山中を歩きまわり、逃亡者を追跡している兵士たちに会うと、「よきキリスト教徒」としてふるまい、逮捕した者たちを処刑しないように求めた。フィデルがグラン・ピエドラからサンティアゴに移送されるさいも猊下はみずからの命を危険にさらしてふたたび介入し、アンドレ・ペレス・ショーモン少佐が率いる秘密警察特別部隊がフィデルを処刑するのを防いだ。最終的に、フィデルとその仲間はぶじにサンティアゴの監獄まで連行された。

翌日、フルヘンシオ・バティスタはコルンビア基地に置かれた参謀本部を後にして、反乱鎮圧を祝うためにサンティアゴへと急ぎ、モンカダ兵営の敷地内でセレモニーをとり行った。バティスタは、フィデルは自分にとって大いに役立ったと確信していた。そして、獄中での良好な待遇を認めることでフィデルに寛容なところをみせた。純粋に政治的な計算にもとづいてのことだったのだろうか？それとも、内務副大臣の妹であるミルタを喜ばすためだっただろうか？　フィデル自身は、妻の一族の介入が話題となることをなによりも嫌がった。一部の人間が自分に疑いの目を向けることをおそれたからだ。フィデル伝説の骨格は本人の雄々しさや華々しい武勲だけであるべきなのだ。九死に一生を得たフィデルは話を聞いてくれそうな人をつかまえては、自分は激しい戦闘ののちにサリーア中尉に捕まった、と語ったが、実際は、眠っているところを急襲され、弾は一発も撃っていない。

ほかの謀反人すべてとともにサンティアゴから八キロ北にあるボニアート刑務所に移送されたフィデルは、当初の動揺から立ちなおった。ラウルも一緒だった。軽挙が流血の惨事で終わったあと、ラウルは両親のもとに帰ろうと農民をよそおってビラーンへと向かっていたところを捕縛された。彼だけではなかったが、ラウルは兄の計画がうまく運ぶとは心底信じることができないままに襲撃に参加した。彼は春から欧州旅行にでかけ、東欧のチェコスロヴァキアとルーマニアを訪れ、マルクス・レーニン主義に染まって母国に戻ったばかりだった。欧州では、キューバ共産党の若い指導者の一人で、フィデルと親しかったリオネル・ソトと数週間、行動をともにしていた。フィデルが自分の名代として弟を社会主義諸国に派遣した、とだれもが考えた。帰国のためにジェノヴァからハバナ行きのアンドレア・グリティ号に乗りこんだラウルは、船中でソ連の青年、ニコライ・レオノフと親しくなった。KGBのメンバーであったレオノフは、ラウルがソヴィエトの集団主義教育のバイブルであるマカレンコ著『教育詩』を読んでいるのを目にとめた。レオノフはまた、ラウルが共産主義のプロパガンダ素材を母国に運ぼうとしていることにも気づいた。二人は六月三日、甲板でラウルの二二歳の誕生日を祝った。一カ月以上の船旅のあいだ、レオノフはラウルのマルキシズムへの傾倒ぶりに驚かされた。以上は、フィデルも弟と同じように共産主義を信奉していたことを意味するのだろうか？

キューバの警察当局はそうだと確信していた。証拠は？　モンカダ兵営襲撃の基地として使われたシボネイの農場を捜索した警察は、アベル・サンタマリアの荷物のなかにレーニン著作集の第一巻を発見した。当局は、この本の写真を多くの新聞雑誌に掲載させ、フィデルが共産主義体制を築くための反乱を主導した証拠とした。フィデルはモスクワのエージェントではないか？　フルヘンシオ・バティスタはそのように疑いはじめた。きっちりと証明する必要はあるが。

ボニアートの刑務所で、フィデルはさっそく裁判でどのように自分を弁護するかを考えはじめた。今回のみじめな失敗を英雄譚に仕立てなおそうと張りきった。自分の裁判は大舞台とならなくては。家族が自分のことをひどく心配しているが、なぜだかわからない。裁判での権力との対決は以前から夢見ていたことであり、周囲の人間には「モンカダの襲撃戦のあの朝ほど幸福だと感じたことはなかった！」と得意そうに語った。怖れを知らず、一点の落ち度もない戦士、というイメージで自分を売りこみたかった。眼鏡を忘れてしまったといった、不名誉なエピソードなどもう忘れていた。眼鏡？　どの眼鏡のことだ？　自分は読書のときだけ眼鏡をかけている、と言い張るフィデルであった。

読書といえば、獄中のフィデルは多くの時間を読むことにあてた。ミューズであるナティ、妻のミルタ、第二の母であるリディアは毎日のように手紙を寄こした。母リナも面会に訪れた。七八歳のドン・アンヘルは来なかった。父はあいかわらず怒っていた。息子はすっかりおちついてまともな道を歩んでいるものとドン・アンヘルは思っていた。フィデルが生き方をあらためる、と約束したからだ。

またもや嘘だった。あいつはこれからも変わらないだろう、絶対に。今度という今度は許すまい。幸福になるのに必要なすべてをもっているくせに、自分の周囲に憎しみと暴力をまきちらすこの息子を駆りたてるものが何なのか、老父は理解できなかった。自分がスペインの側で戦ったキューバ独立戦争、おぞましい体験、死体の山のことはまだ覚えている。息子が新たな内戦をひき起こすとしたら耐えがたい。

ボニアート刑務所の面会室でリナはフィデルに、父親へのことづけはないかとたずねた。何もない、との答えが返ってきた。いつもは饒舌なフィデルだが、自分を一度も愛したことがなく（と彼は考えていた）、誕生後一五年たってようやく自分を認知し、結婚式にも来てくれなかったドン・アンヘルに対しては沈黙あるのみだった。バネスも、ディアス・バラルトも、ユナイテッド・フルーツ社も、名前を聞くだけでフィデルにとっておぞましかった。モンカダ兵舎襲撃の直前に、ミルタとラファエルの父（バネス市長であった）がバティスタに名義を貸していると知ったのだ！　すなわち、大統領の後ろ暗い購入を助けていたのだ。もっといえば、ディアス・バラルト家はいつスキャンダルで泥まみれになってもおかしくないのだ。フィデルにとっておそろしいジレンマだった。妻が自分にとって潜在的な危険なのだ。この数カ月、ミルタは自分を支え励ますために、どのような労苦もいとわず、時間もおしまず、献身的ですばらしい伴侶ぶりを見せている。夫の革命的思想を分かちあおうと試みさえした。しかしフィデルはもう彼女を愛していなかった。この数週間で、彼の心はミルタから離れてしまった。彼女が送ってくる手紙はあまりにも下らなく、面白みがなく、平凡だ…。ナティ・レブエルタの手紙は深みがあり、語彙が豊かで、文体は磨かれていて、政治の分析にも鋭いところがある…。フィデルはナティに返事を書き、奇妙なことだが、ミルタとフィデリートの面倒を見てほしい、と頼んだ。ナティは許容力があるところを見せて、フィデルがすでに心離れしていた女性の世話を引き受けた。こうしてナティはミルタの買い物を手伝い、フィデリートのベビーシッターとなり、「新しい友だち」となったミルタの打ち明け話に耳を傾けた。その結果、ミルタがどのような女性であるかほぼ理解するにいたった。彼女は、フィデルのようにスケールが大きい男――権力を手にするための戦いをキリスト教の殉教者列伝と混同している夢想家のコンキスタドール――の妻となる覚悟ができていないまま、若くして結婚したのだ。大勢の子どもと使用人に囲まれ、何冊かの小説を手にヨットクラブで午後をすごす奥さまになるべくして育てられた女性だった。ナティはロマンティックで独立心が旺盛で情熱的だった。キューバの「ファーストレディ」になれる器であった。フィデルが刑務所から送った手紙は一つのサインであった。あの人はわたしを愛している、と彼女は確信した。

第12章　恋文

ボニアートのフィデルは、外界とのつながりを完全に断たれた。一階にある彼の独房はさして広くなかった。外の世界との接触は手紙を通じてのみ許されたが、検閲が入った。檻に入れられたライオンのごとく、彼は独房のなかで歩きまわった。彼は怖れをいだいた。おそれたのはこれからはじまる裁判？　終身刑？　政治生命の終わり？　違う。英雄的戦士、戦いのリーダーを自負するフィデルは、もっと耐えがたく、もっと不名誉な罰をおそれていた。それは、笑い者となることだった。フィデルは自問した。数メートル先の房に閉じこめられているモンカダ襲撃の生き残りたちは、互いにどのような話をしているのだろうか？　三番ゲートの前でビュイックが立ち往生したいきさつについてどのように語りあっているだろう？　自分のゲリラ戦リーダーとしての資質を疑いはじめているのではないか？　失敗の原因はフィデルにある、と非難しているのではないだろうか？　自分がいないのをさいわい、何をつぶやいているのやら…。自分が車を縁石にぶつけた話が裁判で出て報道されたら笑い者となる。死神をもあざむく男、という自分の評判は打撃を受けるだろう。部下の退却を指揮することもなく、あわてふためいて兵舎から退散したことをだれかがしゃべっていたとしたら？　公判でだれかが無分別にべらべら陳述するとしたら、自分はコバルデ（臆病者）とのレッテルを貼られるのではないか。マッチョの国、キューバではこれ以上ないほど最悪のレッテルだ。こうした不名誉な話がいっさいもれないように、なんとしても部下たちを掌握せねばならない。まずは、もっとも信頼しているラウルとペドロ・ミレーと連絡をとる必要がある。二人は、刑務所の別棟に収容されていた。数日後、ある刑務官をとおして、および囚人たちが通る通路に向かって丸めた紙を投げることによって、彼は首尾よく指令を出した。

ペドロとラウルは、捕まった仲間の一人一人を問いただす任務をあたえられた。先ずは、彼らがモンカダ襲撃の経緯をどのように考えているのかを探り、つぎにあの日の出来事にかんする唯一のストーリー——フィデルによる公式ストーリーである——を全員に提示するのが目的である。暴君バティスタの言いなりとなっている新聞雑誌はフィデルを誹謗し、汚辱まみれにし、全員がめざす崇高な目的である革命を中傷するためならなんでもするつもりだから、公判では一致団結せねばならない、というのがフィデルの言い分だった。だから各人は、リーダーがあたえるシナリオからはずれることは言ってはならない。数週間のあいだ、ラウルとペドロは政治委員の役割を果たし、仲間を尋問してフィデル伝説をそこなうようなエピソードは訂正もしくは削除させた。その結果、全員が、モンカダ襲撃作戦が自殺行為であったこと、多数の犠牲者を出したのはフィデルの責任であること、フィデルが命を軽んじ、殉教者志向であること――しかも他人を殉教者に仕立てることをためらわない――を忘れることになった。彼らは革命の兵士として規律に従い、リーダーが事実に変更をくわえたシナリオを裁判で披露することになる。

一九五三年九月二一日、一〇〇名ほどの機関銃をかまえた兵士たちが警戒するなか、サンティアゴ臨時裁判所の人いきれでむんむんとした法廷に姿を現したモンカダ兵営襲撃犯（モンカディスタ）たちは、シナリオをすっかりそらんじていた。彼らのリーダーは、三段階からなる〈運動〉の法廷戦略をきっちり説明していた。第一に、〈運動〉の指導的立場にある者たちが有罪を認め、できるかぎり多くの被告については、襲撃が行われたときにはその場にいなかったと証言して無罪を認めてもらう。第二に、カストロ弁護士が裁判所に、自分で自分を弁護することを認めてほしいと要請する。第三に、フィデルがバティスタと彼の政権の不法性を攻撃し、一九五二年のクーデターの二週間後にフィデルが憲法違反の廉《かど》でバティスタを告発した事実を強調する。フィデルは、フランスの法曹関係者がよぶところの「断絶の弁護［弁護の余地がない案件において、裁判所や検察には被告を裁く権利がないと主張する法廷戦術］」を発明したのだ。高校でバスケットボール選手であったフィデルは、「最良の防衛は攻撃」という考え方の信奉者であった。この裁判は〈運動〉が主張を展開するためのすばらしい舞台となる、蜂起の準備にとってきわめて重要である、とフィデルは仲間たちに説明した。

裁判のはじめの数日、この戦略はみごとに機能した。融和的で、カストロ弁護士の論法をまったくの屁理屈とは考えなかったアドルフォ・ニエトを裁判長とする裁判所は、被告の大半を釈放した。残ったのは〈運動〉の幹部だけだった。手品師フィデルは五日間で、被疑者の数を一二二名から二九名に減らしたのだ。一二二名のうちには、キューバ共産党指導部メンバーもふくめ、襲撃準備に参加したと疑われていた者たちがいた。

フルヘンシオ・バティスタはハバナにいながらにして、裁判を注意深く見守っていた。彼にとってカストロは「共産党の息がかかった工作員」であった。キューバ共産党の古参メンバーがモンカダ襲撃の「冒険主義」をいくら非難しても、バティスタは信じなかった。国家に対する陰謀がたくらまれていると確信していたのだ。この一九五三年の後半、バティスタはあらゆるところに陰謀の影を感じており、CIAの協力のもと、反共諜報を専門とする組織、BRAC（反共情報局）を立ち上げたばかりであった。この新組織には、カストロ兄弟にかんする疑惑が数多く集まっていたが、決定的証拠はまだなかった。

自分の「最良の敵」が法廷を牛耳っている、フィデルの破壊力があるカリスマ性がすべてをくつがえす勢いであると理解したバティスタは、秘密警察SIMにフィデルの「無害化」を命じた。あの男には黙ってもらわねばならない。やつは裁判長を丸めこんだだけでなく、検察官までを動揺させている。法廷の秩序維持を任務とする兵士たちもが、あいつの磁力に引きよせられているようだ。手をこまねいていれば、カストロは司法を手玉にとるだろう、とバティスタは思った。

「無害化」は「殺害」を意味するのだろうか？　万国の特務機関の用語としては、この解釈でまちがいない。しかし、キューバではすべてにおいて物事はさほど単純ではない。人間関係が無視できないほど大きな重みをもっているのだ。バティスタはまたしても、自身の利害と、ミルタ・ディアス・バラルトへの約束の板挟みとなった。彼女の夫の髪の毛一本にもふれない、と言質をあたえてしまったのだ。

キューバでいちばん有名な囚人となったカストロの殺害を命じるべきか？　九月二六日、サンティアゴに激震が走った。フィデルが姿を消したのだ。彼は公判に現れなかった。彼を診察した刑務所の医師が神経をわずらっていると診断したから、というのが表向きの理由だった。少しのあいだ安静にすごすため彼は独房にとどめ置かれ、彼の公判は延期された、と発表された。現在進行中の公判と、フィデルの公判は切り離されたのだ。言い換えると、民衆煽動家フィデルは隔離されたのだ。弟のラウルはすぐさま罠が張られたと感じ、「兄が殺される！　これは、兄を排除するための罠だ！」と法廷で声をあげた。この騒ぎによる混乱に乗じ、メルバ・エルナンデスは被告人席を離れ、ニエト裁判長のもとに駆けつけ、頭にかぶっていたスカーフをはずし、髪のなかからフィデルが首尾よく届けさせた手紙を裁判長に手渡した。この手紙のなかで、番号四九一四の被留置人フィデルは、自分は健康そのものであり、当局が自分を殺そうとしている、と訴えていた。命が狙われていると直感したフィデルは、刑務所当局が支給する食物に手をつけることをやめていた。刑務所を監督する軍人、ヘスス・ヤニェス・ペジェティエルは神経をたかぶらせているように見え、フィデルの健康状態を不思議なくらいに気づかった。そしてついに、カストロを毒殺するよう「書面によらぬ」指令を受けとった、と告白した。どこから来た指令なのか、との問いに対しては何も答えようとはせず、良心のとがめに耐えられないから警告したのだ、と明かした。

数日後、フィデルの「命の恩人」はサンティアゴから遠くに飛ばされた。弁舌をふるう場所を奪われ、独房に監禁されながらも、〈運動〉のリーダーは自分に危険が迫っていると報道機関に伝えるこ

とに成功した。それでも彼は安心できなかった。七カ月〜一三年の実刑を言い渡されたほかの被告た

ちがボニアート刑務所を去り、オリエンテ州から遠く離れたキューバ南岸沖のピノス島の監獄に移送されただけに不安はつのった。

独房のフィデルはまたも孤立した。バティスタは彼の公判を遅らせることに成功した。しかし、遅らせるにも限度がある。フィデルを永遠に檻に閉じこめておくわけにもゆかない。いい加減に出廷させねばならない。大勢のジャーナリストがフィデルのケースを注視しているからだ。出廷日は一〇月一六日と決まった。フィデルは夜を日に継いで、自分の名を歴史に残すための新たな機会となる公判を準備した。彼にとって、どのような裁判も真実を明かす好機であった。自分が近いうちに暗殺される運命だとしたら、歴史に残る足跡としてマニフェストやドクトリン体系を公判で発表したいと思った。三カ月近くの独房生活で痩せた姿で出廷したフィデルはにやにやしていた。自陣に戻ってきたのも同然だったからだ。裁判官らは奇妙な猿芝居に協力することを承諾していた。今回の公判を、サンティアゴのサトゥルニノ・ローラ病院の看護婦詰所で開くことに同意したからだ。ボクシングのリングより少し広いくらいの物置同然の部屋だった！　当局にいわせると、フィデルは神経を病んでいるので病院で彼を裁くのは論理にかなっていた。こうすれば、頭のおかしなフィデルがあげる声は、エーテル臭がただよう病院からもれ出ることはないはずだ。

前例のないこの法廷のなかでフィデルは、正面にならぶ裁判官らをただのあやつり人形とみなし、誇らしげに背をぴんと伸ばし、冷静沈着そのものだった。裁判官らの頭上には、人体骨格見本がガラ

スケースにおさめられてぶら下がっていた。何も言葉を発しないがおそろしげな傍聴人であった。

メンディエタ・エチェバリーア検察官が、自分の論告は数秒で終わると予告したとき、フィデルはすべてが事前に決まっていると理解した。検察官は、フィデルは反乱首謀者であるので最高刑、すなわち二六年の実刑を求める、と述べると、視線を落として恥じたように着席した。これほどあっけない起訴状の読みあげは前代未聞であった。

事態の重要性に意気軒昂《いきけんこう》となったフィデルはいつもながらみずからを弁護し、政治にかんする博識、法律家としての手練手管、ポピュリストとしての雄弁が入り混じった猛烈な口頭弁論を展開した。自分が師と仰ぐホセ・マルティの言葉を一五回ほど引用し、マルティを「使徒」と何度もよび、文学作品、聖書、二〇世紀の偉大な思想家たち、古代インドの思想家への言及をくりかえし、ローマ時代にもさかのぼってユリウス・カエサルの革命家としての事績にふれ、一六八八年のイギリスの名誉革命、一七七五年のアメリカ独立戦争、一七八九年のフランス革命を引きあいに出した。二時間以上にもおよんだこの凄まじい演説のなかでフィデルは、ルター、カルヴァン、トマス・アクィナス、モンテスキュー、ジャン＝ジャック・ルソー、ジョン・ミルトン、オノレ・ド・バルザックをごちゃごちゃと引用する一方で、南米諸国の独立戦争をも回顧し、むろんのことだがフルヘンシオ・バティスタを「泥棒で犯罪者である大統領」とよんで激しく攻撃した。「ダンテは地獄を九つの圏に分けた。そして、犯罪者を七つめの圏に、泥棒を八番目の圏に、裏切り者を九番目の圏に分けた。死後のバティスタをどの圏に入れるかで、地獄をつかさどる悪魔はどれほど悩むことだろう！」と咆哮《ほうこう》したのだ。フィデルのこの弁論のなかで悪魔はもう一度登場する。イギリスの牧師ジョナタン・ブーシェーの言葉「革命を起こす権利というのは、反逆の父であるルシフェル［悪魔の別名］が考え出した、糾弾すべきドクトリンであった」を、検察側への異議申し立てのなかで引用したのである。久しく神の名を唱えていないフィデルの口からこのような引用が出てくるとは不思議なことである。悪魔よりましな味方はいなかったのだろうか？　フィデルはまた、バティスタを、一八九五年のキューバ独立戦争で独立派を厳しく弾圧したスペインのウェイレル将軍になぞらえた。スペイン帝国から派遣されたこのおそろしい軍人の指揮下にアンヘル・カストロという名の兵士がいたことは、おくびにも出さなかったが。弁論のしめくくりの言葉は「わたしに有罪判決をくだすがよい。そんなことは問題にもならない。歴史がわたしに無罪判決を言い渡すであろう！」であった。十字架の上で息を引きとる前のキリストのごとく弁論をしめくくったフィデルであるが、最後の言葉はアドルフ・ヒトラー著『わが闘争』に出てくる「歴史はわたしを無罪とするだろう」の借用であった。

なぜか名前が出なかった大物は、カール・マルクスとレーニンである。直近の数か月間に、唯物史観と、ロシア革命の父であるレーニンが練り上げたクーデターテクニックを周囲の人間にたたきこんだフィデルはこの弁論において、思想の上での真の師と仰いでいる二人に少しも言及しなかったのだ（なお、フィデルが説く経済政策にはマルキシズム的なところは少しもなく、あいまいなヒューマニズムに彩られていた）。目端《めはし》が利《き》くプロパガンダ巧者であるフィデルは、大衆を怖がらせないために社会主義的なコンセプトはすべて封印したのだ。彼は、自分のこの弁論を多くの人に読んでもらうことを望んでいた［フィデルは翌年、記憶によってこの弁論を書き起こし、流布させる］。

裁判長が判決――一五年の実刑――を読みあげたとき、フィデルは心のなかですでに別の場所にいた。ハバナで、自分の「歴史的」弁論の流布を手伝ってくれる者を探していたのだ。一分たりとも、自分が刑期をつとめあげるとは考えていなかった。自分の運命は目の前に開けていると確信していた。モンカダの失敗は彼にとって、道の途中でのちょっとした過ち、予期せぬ出来事にすぎなかった。自分は革命そのものであり、「召命された者」なのだ。自分のためなら命を捧げるのもいとわない弟子たちもいる。メルバ・エルナンデスとアイデー・サンタマリアは獄中で「ほかの者は死ぬかもしれないが、彼は違う。わたしたちは全員、彼をとおして生きているのだから」と誇らしく語ったではないか。二人のどちらも恋人をモンカダで失った（しかも、彼らの死の責任の一端はフィデルにあった）が、「彼らは死んでいない、フィデルのなかで生きているから」とも述べていた。キリスト教の殉教者たちの言葉といっても通用する発言である。

一九五三年一〇月一七日、フィデルはピノス島に移送され、〈運動〉の弟子たちと再会した。ボニアート刑務所よりも快適な環境だった。バティスタを投獄しようと思っていたフィデルが、刑務官たちから丁重に扱われているとは、奇妙な状況だった。フィデルはもはやだれにとっても無害な存在となったかのようだった。裁判が終わると、煽動家カストロをついにおはらい箱にしたと確信したバティスタは、おそらくは内戦前夜のようなキューバの世情を不安視するアメリカ政府に勧められたのであろう、一九五四年一一月に大統領選挙を行うと発表した。また、国内の不和の解消をめざして反対勢力との接触をくりかえし、一九四〇年の憲法の復活を約束した。そして、自分の言葉には嘘いつわりがない、自分自身は立候補しないと言明した。「政治犯」を厚遇することは、報道機関によいイメージを売りこむ作戦の一環だった。

ゆえに、囚人番号三八五九のフィデル・カストロにあたえられたのは、シャワーとトイレがそなわった独房であった。蚊帳つきの金属製ベッドの近くには、料理を温めておく保温器と、フィデルが本棚として使う棚があった。ほかの二四名のモンカダ襲撃者も同じ棟に収容されていた。フィデルがやってくる前に、ペドロ・ミレーとラウル・カストロは皆が無気力におちいらぬために一種の学校を立ち上げていた。二人は毎日授業を行い、大多数が農村部出身であった〈運動〉活動家たちに読み書きと歴史を手ほどきした。これを秀逸な考えだと大いに評価したフィデルは、ピノス島に着くとさっそく二人の事業を引き継いだ。「服役は闘争の一つだ！」のかけ声も勇ましく、〈運動〉の幹部を養成するための「アベル・サンタマリア」アカデミーを創立した。そうこうしているうちに外部から本が送られてくるようになった。数週間たつと、服役中の「モンカディスタ」たちのアカデミーには五〇〇冊近くの蔵書が集まった。アカデミーでは、哲学、歴史、数学、外国語、政治学を受講することができた。ペドロ・ミレーは古代史を教えた。ヘスス・モンタネは英語の授業を担当した。フィデルは声を出して本を読み、弁論術を教え、イエズス会の学校をまねして厳格な時間割を組んだ。彼は全員に鉄の規律を強制し、「自己批判」スタイルの討論会を開催した。「フィデリスタ」たちは軟弱ではなく、ほかの囚人とは違うことを刑務所側にわからせるため、彼らは公式の起床時間より三〇分早く起きた。

勤勉で、ほぼ修道院のようなこの雰囲気のなか、フィデルは熱に浮かされたように手紙を書いた。自分の存在が忘れさられぬように、あらゆる人と文通した。まずは、なんとしても公判における自分の弁論〈マニフェスト〉を発表したいと願った。超人的な記憶力を頼りに、サンティアゴでの自分の口頭弁論を一文また一文と思い出して全文を再現し、不可視インクを使って紙に書き、姉のリディアと、数カ月の禁錮で釈放されたメルバ・エルナンデスとアイデー・サンタマリアに送った。手紙を受けとった三人の女は、便箋にアイロンをあて、見えなかった文字を浮かび上がらせた。フィデルが使ったのはレモン汁であった。レモン汁をインクがわりにして書いた文字は、紙を熱にさらすと薄い茶色となって浮かび上がる。少しずつ、手紙が届くごとに「歴史はわたしに無罪を言い渡すであろう」で終わる弁論の全体像が形を現した。中身が濃く、完璧な文体のマニフェストの全文（五四ページ）をとりまとめる役目を引き受けたのはリディア・カストロであった。フィデルは一九五四年六月、「すくなくともここ数カ月以内に、一万部を配布」したらどうか、とメルバ・エルナンデスに提案した。現状では〈運動〉にはそのような配布を組織する力がなかった。しかしカストロは、キューバ国民はこのマニフェストを福音書のように待っている、これを読んだら一斉に蜂起して独裁政権を倒す、と固く信じていた。彼は預言者のごとく、自分を導く星を疑わなかった。彼は、信仰のような信念にのみならず、メディアにとりあげられたいという渇望にもとりつかれていた。いまだに正統党の党員であったフィデルは、同党との接触を保つため、ラジオ局CMQの花形記者で正統党の活動家でもあるルイス・コンテ・アグエロと文通した。

また、ミルタにも手紙を書き、まずは、四歳になるフィデリートの教育について心配していることを打ち明けた。ミルタは、幼児期から英語を学ぶことができる私立学校に息子を入れることを望んでいた。ディアス・バラルト家は心底から親米であった。フィデルは迷ったが、どう考えるべきかわからず、最終的に妻の判断にまかせた。母親のリナと、兄のラモン、姉や妹たち、そして当然ながらナティ・レブエルタにも便りを出した。

ナティと彼女が愛用するキャロンの「タバ・ブロン」の香り…。ナティはフィデルにサマセット・モームの小説『ロージー』を送ったが、その表紙に自分の肖像画を撮った写真を貼りつけた。ロブ・デコルテを着たナティは白い光に包まれ、美しく官能的だった。

フィデルが書く手紙は、政治のみを話題にするときもあれば、個人的な感情を吐露するときもあった。複数の手紙を同じ住所に送ったのは、それぞれの手紙をほんとうの宛先人に転送してもらうためだった。あまりに多くの手紙を書いたためか、まちがった封筒に手紙を入れてしまうこともあった。ある日のこと、ミルタ・カストロは、ナティ・レブエルタ宛ての手紙を受けとった。手紙を読んだミルタは、夫とナティはただの友人ではないとわかった。

親愛なるナティへ

監獄から君に心をこめてあいさつを送る。ぼくは心変わりすることなく君のことを覚えており、君を愛している。（…）君がぼくの母を介して送った愛情のこもった手紙は手元にあり、これからも大切にする。

君がぼくのせいでさまざまな苦しみを覚えるとしたら、君の名誉と安寧のためにぼくは喜んで命を投げ出すことを知ってほしい。世間の目に映る表層的なものがぼくたちの障害となるべきではない。

大切なのは、ぼくたちの心のなかにある思いだ。いつまでも消えず、墓場までぼくによりそうであろう君の思い出のように、永遠に変わらないものがある。

君のことをいつも思っている

フィデル

ミルタが読んでしまったのは、以上の熱烈な手紙だったのだろうか？　それとも、次の手紙だろうか？

親愛なるナティ

（…）無意識のうちに足が向いてしまって君を家に訪ねた日々のことを覚えている。悲しみと不安にさいなまれていたぼくは、君のもとでおちつき、喜び、内面の平和を得ることができた…。君の家のいつも変わらぬ温かな雰囲気のなかで、人類の卑劣な行いがしばしばぼくたちにあたえる失望と苦しみの時間は、気高い魂をもつ君と分かちあう楽しく活き活きとしたひとときへと変わった。（…）この手紙はクリスマスの日に届くのだろうか？　君がほんとうに心変わりしていないのであれば、夕食のあいだにぼくのことを忘れないでおくれ、ぼくのことを考えて酒を一杯飲んでおくれ、そうしたらぼくもお相伴するだろう。なぜなら、恋する者は忘れることがないのだから。

フィデル

ナティに宛てたほかの手紙において、フィデルは歴史のなかで英雄が果たす役割について語り、カティリナ［共和制ローマの政治家］、カエサル、プルタルコス、ミラボー、ダントン、ロベスピエール、ナポレオン、レーニン、ロマン・ロランの言葉を引用している。しかし、まちがってミルタのもとに届いたナティ宛ての手紙は純粋に恋心を綴ったものであったことは確実だ。これを読んだミルタは打ちのめされた。自分とフィデリートに気づかってくれるやさしいあの女性の正体は夫の愛人だったのだ！　自分はばかにされている、と感じた。フィデルが逮捕されて以来、ミルタは夫を擁護して実家とも対立したし、病的に内気であるにもかかわらず政治集会に参加し、夫が書いた手紙を公衆の前で読みあげた。たとえば一九五四年六月にはコメディア劇場で、結婚のお祝いとして一〇〇〇ドルを贈ってくれ、なにくれとなく力になってくれるバティスタを「暴君」と決めつけた。彼女にとって、状況は耐えがたいものとなった。良妻の鑑《かがみ》のようなミルタは、いっしょに暮らしているときに自分をさんざん苦しめた男はもはや自分を愛していない、と悟った。そもそも、彼は自分を一度でも愛したことがあるのだろうか？　絶望に駆られたミルタはナティ・レブエルタに電話してなじった。そして、ピノス島にいる夫に、別離を決意したと伝えた。フィデルの不貞を物語る手紙をはじめとして、離婚を勝ちとるための材料は山のようにあった。

これを知ったフィデルは大憤慨した。ナティ・レブエルタと浮気したことは一度もないと誓い、これは誤解だと弁明した。しかしミルタはもはや聞く耳をもたなかった。

数日後、フィデルは新たな衝撃を受けた。一九五四年七月一七日にラジオが、ミルタが内務省から報酬をもらっている、架空のポストをあたえられて勤務の実体がないのに給料を受けとったらしい、と伝えたのだ。フィデルは怒りを爆発させた。ミルタが自分を探るスパイの役目を引き受けていたとは絶対に信じなかった。ミルタが熱帯版マタ・ハリを演じるとは考えられない。これは陰謀だ、と思った。生活苦のために妻が兄の援助を受け入れたかもしれない、という考えは一瞬たりともフィデルの頭をよぎらなかった。この日の夜、彼はルイス・コンテ・アグエロに手紙を書き、この報道の裏には「これ以上ないくらいに卑劣で下劣で破廉恥な政治的陰謀」があるとの疑念を打ち明けた。そして、真実を探るためにミルタの兄、ラファエル・ディアス・バラルトの身辺を探るよう依頼した。獄中のフィデルは自制心を失っていた。ラファエルに決闘を申しこみ、殺してやる、とまで息巻いた。精神的な打撃が強かったために、かつての「ギャング」フィデルが頭をもたげてきた。彼はもはや革命の使徒でも布教者でもなく、ナイフで黒白《こくびゃく》を決するラテンマッチョであった。アグエロへの手紙のなかには、「いま、僕は怒りで盲目となり、考えることもほとんど不可能だ…。妻のほまれと、ぼくの革命家としての面目がかかっているのだ…」と記されていた。

頭に血が上ったフィデルにとって、ソ連寄りだと疑われた進歩派のハコボ・アルベンス・グスマン大統領を追い落とすためにCIAがしかけたグアテマラのクーデターはほとんど眼中になかった。このクーデターの目的は、グアテマラ政府が予告した大規模農園の国営化で痛手を受けるユナイテッド・フルーツ社の利益を守ることだった。

すっかり気落ちしたフィデルは、グアテマラ政情にほぼ無関心であった。島の牢獄の壁に周囲を閉ざされ、自分の感情を抑えることができなくなった彼は、自分の妻を「腐敗させた」内務大臣エルミダを呪った。「あそこまで女々しくて最低レベルまで性的に堕落したやつでなくては、これほど破廉恥で、男らしいところをこれほど欠いたふるまいは不可能だ」と非難して、大臣をほぼ公然と同性愛者よばわりした。同性愛者に対する抑えきれぬ嫌悪感をフィデルが表明したのはこれがはじめてであった。こうした奇妙な反応は、妻が兄ラファエルをとおして架空の仕事の給料を受けとったらしい——これが本当だとしても、その責任はつまるところすべてフィデルにあったのだが——との報道に傷ついたからというより、妻が自分と別れたがっていると知って面目を失った男が見せる反応であった。〈運動〉のリーダーは、独房のなかで憤懣《ふんまん》やるかたなかった。妻に男ができたのでは、と考えるとたまらなかった。

女性にちやほやされる色男フィデルは、正妻であるミルタがなぜ自分のもとを去ろうとするのか理解できなかった。考えるだけで耐えられなかった。自分は何をやってもかまわない、しかしだれかが自分を見すてるなんて許せない。フィデルがなんでも打ち明ける相手だった姉のリディアは、この騒動の表も裏もすべて知る立場にあった。フィデルはリディアに「ぼくのために心配しないで。姉さんも知ってのとおり、ぼくの心は鋼のように強く、人生最後の日まで自分の尊厳を保つつもりだ」と書き送った。フィデルは歯をくいしばり、見すてられたとの思いに突然襲われて苦しんでいる自分は不幸だ、と白状すまいと頑張った。とはいえ、ルイス・コンテ・アグエロには次のように打ち明けた。〈運動〉「この一年、ぼくはたいへんなときを何度もすごし、死んだ方がどれほど楽だろうと考えた。〈運動〉は僕個人をはるかに超えるものだと考えているので、これほど苦しみながら追及してきた大義にとって自分は無益となったとわかったら、少しも躊躇することなく自殺するつもりだ。僕個人として守るべき大義がもはやなくなってしまったいま、このことはことさらに真実味をおびている」。心の動揺が伝わってくるこの手紙のなかでフィデルは、自分はすべてを〈運動〉に捧げ、ミルタとフィデリートにはほとんど何もあたえなかったことを言外に認めている。いっしょにすごしたことがほとんどなかったフィデリートが急に死ぬほど恋しくなってきた。あの子はいまや五歳だが、たまにしか父親と会ったことがなく、会ったとしても多くの場合は新聞雑誌向けに父子の写真を撮るためであった。突然、父性愛に目覚めたフィデルは、牢獄にいながらにして父親としての権利を声高に主張した。これまでかえりみることがなかった息子の親権を要求したのだ。姉のリディアに次のように書き送っている。「息子がぼくにとってもっとも忌《い》まわしい敵と同じ屋根の下で一晩でも寝て、無垢な頬の上に恥ずべきユダたちからのキスを受けるなどということは、考えるだけでも許せない…。ぼくを殺さないかぎり、やつらはぼくから息子を奪うことはできないだろう…。そういったことを考えると頭がおかしくなりそうだ」

切望したにもかかわらず、フィデルが息子をとりもどすチャンスは皆無だった。おどしをならべ立ててても効果はなかった。時すでに遅しだった。ミルタはフィデルのもとに戻るつもりはなかった。夢想家で激烈な行動に出る夫と、「不正な手口」を得意とする兄、独裁者バティスタの財産管理人である父、そして対抗するには美しすぎるナティ・レブエルタのあいだにはさまれたミルタは、自分には耐えられない重荷となっているごたごたから抜けだすために必要なら、火を吐く火山から遠ざかるようにキューバを去ってもよいと考えていた。彼女はただただふつうの生活を送りたかった。人類の幸福ではなく、息子一人の幸福を願っていた。なによりも、息子を守りたかった。

フィデルは、人が自分から去るのが許せなかった。彼の途方もない矜持は、許すことを知らなかった。私生活においても、政治においても。少年時代のフィデルは、カナンの呪いがいつの日か自分に降りかかり、自分の子孫は最悪の苦しみを舐めると固く信じていた。いま、息子を失うとしたら、おそれていた呪いの予感が的中することになる。彼は罵《ののし》り、息子を渡さないのであれば地獄をみるぞ、妻をおどした。敵であるヤンキーの国に彼女が逃げるとしたら？　どこに逃げようと見つけ出してやるから覚悟しろ、と彼は誓った。ピノス島の独房で孤独を反芻しつつ、フィデルは予想もしていなかった戦争の準備にとりかかった。それは、これまで経験したものと比べてより個人的で油断がならない闘い、夫婦間の戦争だった。

第13章　山頂の陶酔

「独裁者」はなぜ、あのような突拍子もない動きに出たのだろう？　自分の首を討ちとることを望んでいる男にあのような温情を見せた裏には、秘密の戦術でもあったのだろうか？　カストロとその仲間全員が恩赦を受けた。バティスタとは、なんと寛大な暴君だろう！　一九五五年五月一五日、「モンカディスタ」らは自由の身となってピノス島の刑務所を去った。バティスタはなぜ恩赦をあたえたのだろうか？

一九五五年のはじめ、フルヘンシオ・バティスタはキューバの政治危機は過去のものとなったと確信したため、というのが公式の説明である。一九五四年一一月、彼は大統領に選ばれた。候補者は彼一人という滑稽な選挙ではあったが、表面上は民主的な手続きにのっとっていた。最後の最後になって、対抗馬であったグラウ・サン・マルティン元大統領が選挙戦から離脱した。負けると確信したからであるが、立候補する者はすべて殺すとおどしていたトリプレAのような革命テロ集団の報復が怖かったこともある。

この「まがいもの」の勝利にもかかわらず、バティスタは迷うことなく楽観的だった。なんだかんだいっても、彼は合法的な選挙で選ばれたのだ。一五〇万票以上を獲得したではないか。こうなったら、検閲を廃止し、憲法が保証する自由を少しずつ復活させてもよいだろう。もうだれも自分に正当性がないと文句をつけることはできない、とバティスタはふんだ。そのうえ、アメリカの副大統領リチャード・ニクソンとCIA長官アレン・ダレスが、この「民主的な」勝利を祝福するために、バティスタが大統領に選ばれてそうそうの一九五五年二月にキューバを訪問し、世間の注目を集めた。「冷戦」まっただなかにおける、この表敬訪問にはたんなる友好の証《あか》し以上の意味があった。前年にグアテマラに軍事介入したアメリカは、キューバに同じように露骨に介入することはなんとしても避けたかった。CIAがグアテマラに続いてキューバに不意打ちをくらわすとしたら、南米大陸全体で反米運動が燃え広がるおそれがあった。

だから、矛盾あふれるキューバの国内事情を利用することで、共産主義の影響が広まるのを阻止することが必須だった。CIAにいわせると、バティスタの考えとは正反対に、フィデル・カストロは共産主義者ではなかった。カストロはUIR（反乱革命同盟）の熱心な活動家だったことがある、というのが論拠の一つだった。UIRはその名称が示唆するところとは逆に、筋金入りの反共組織であった。ピノス島の囚人カストロが率いる〈運動〉にかんする調査を託されたのは、CIA要員のローレンス・ヒューストンであった。彼が出した結論は驚くべきものであった。ヒューストンによると、カストロは「アメリカの潜在的なパートナー」であった。彼を支持する者は全員、ソ連の危険なエージェントでもなんでもない花形ジャーナリストである。名前をあげるのであれば、ルイス・コンテ・アグエロ、ホセ・パルド・ジャーダ、エルネスト・モンタネルであり、キューバのブルジョワ階級が読む「ボエミア」誌の社長である名士ミゲル・アンヘル・ケベドもふくまれる。くわえて、カストロの来歴——一二年間も修道会が経営する学校で学んだ、父親はユナイテッド・フルーツ社とつながりのある大地主である、ハバナで「ギャング集団」に属していたことがある——も、アメリカ国務省にそれなりの希望をもたせた。このような背景をもつ者がソ連の手先になるはずがない。ヒューストンは「カストロは、赤い危険からキューバを守る最良の城壁である」とまで述べている。つまるところ、カストロはキューバの白人富裕層の代表であり、バティスタはサンティアゴやハバナのブルジョワが一度も仲間として受け入れていない卑しい出自の混血にすぎない。「カストロを刑務所に閉じこめておけば、共産主義者らは好き勝手にふるまい、やがてバティスタに対抗する唯一の勢力となりうる」とヒューストンは主張した。

アレン・ダレスもヒューストンと同じ考えで、これをバティスタに伝えた。カストロを殉教者に仕立て上げてはならず、むしろ、共産党を決定的に排除するのに役だつ好ましい反体制派に育てるべきだ、とダレスはアドバイスした。つまり、カストロに対して温情を示す方が得策ではないか、とバティスタに提言したのだ。バティスタは躊躇し、ダレスに次のように警告した。「カストロは蛇、カメレオンです。彼が口にする聞こえのよい言葉を信用すべきではありません。ピノス島では、マルキシズムの本ばかり読んでいますよ」。しかしＣＩＡは執拗にバティスタに決意を迫った。政権の延命は軍の士気の高さにかかっていた、すなわちアメリカ国務省が命じる武器の供給が大きなカギをにぎっていたゆえに、バティスタは追いつめられた。顧問の一人であったラファエル・ディアス・バラルトは、カストロ釈放を急ぐべきではないと強く主張した。「あの男は狂人です。それは、大統領もよくご存じでしょう。彼は憎しみの塊であり、あなたの死を願っています。彼を釈放するのはとんでもない愚行です」と言って。バティスタはこの意見をもっともだと思わないでもなかった。しかし、この顧問は、家族がからんだ怨恨——妹ミルタとフィデルの離婚、二人の別離にともなう凄まじい騒ぎ、だれもがこっそりと葬りたいと願っている政治と家族がからんだ前代未聞の醜聞——で判断力を失っているのかもしれない、とも思った。バティスタは引き裂かれる思いだった。フィデルとラウルの母、リナと親交があるだけになおさらだった。自分と同じように火の神チャンゴを信仰するリナから、息子たちを許してほしいと懇願されていた。温情を示してくれるならば、あなたのために祈ります、と彼女は約束した。

バティスタは、バネスの同郷人たちにも、自分もまきこまれているカストロ家の途方もない問題にもうんざりであった。それに、「政治囚のための恩赦委員会」がかまびすしい。この委員会の先頭に立つのは、バネスで教職についていたマリア・アルゴタ先生の娘で、フィデルの腹違いの姉にあたるリディアだった。婚期を逸していたリディアは自分の時間は昼も夜もフィデルに捧げるとの決意も固く、弟の釈放を求めて猛烈な勢いで運動を展開していた。新聞雑誌が力強い味方となり、彼女の訴えをとりあげた。

最終的に、寛容なところを見せれば国内の不穏な雰囲気が鎮まるにちがいないと考えたバティスタは五月六日、「母の日に敬意を表して」、議会が承認した恩赦法に署名した。メッセージは明らかだった。カストロの母のリナのため、リナのためだけに署名したのだ。こうしてバティスタは国家問題ではなく、カストロ家問題をかたづけた。これは、フィデルがよぶところの「血なまぐさい暴君」――警察や軍隊による最悪の犯罪をおおい隠してきたバティスタ――が犯した重大な政治的失策であった。彼は人情に負けてしまった。リナ・ルス・カストロの涙に心を動かされ、人間的な弱さを見せてしまったのだ。一瞬の心の迷いによるこの判断ミスは、後になって高いものにつく。

ピノス島の監獄を出たフィデルを駆りたてるのは、できるだけ早い時期にふたたび武装蜂起する、という思いのみだった。二二カ月の服役は、「内戦」戦略をつめるのに役立った。キューバ本島に戻る船のなかで、自分の組織に正式名称をあたえることを決意した。〈運動〉は以降、モンカダ兵営襲撃の日付にちなんで「七月二六日運動」もしくは「M26」とよばれることになった。晴ればれとしたようすでハバナに着いたフィデルは国民的英雄であるかのように歓迎された。監獄は彼を弱体化するどころか、その逆であった。ピノス島から出した最後の手紙のなかでフィデルは、獄中ではイエズス会の学校で学んでいた頃と同じセンセーションを覚えた、と記している。厳格で規律正しい生活を送るなかで「鉄の魂」を鍛えることができた、と述懐するフィデルであったが、「独房では好きなようにふるまうことができた、妻や親や友人のだれにも注意されることがないので、葉巻の灰を床に落とし、部屋をちらかしっぱなしにしていた」という規律とはあいいれない生活の一端をも明かしている。

これまでの経緯はともかくとして、ミルタにはもはや自分にとやかくいう資格はない。彼女は内務省からはした金をもらって自分を裏切った。実家のディアス・バラルト家の友人であるフルヘンシオ・バティスタとの絆を断ち切ったことだって一度もなかったのだろう。しかも、息子のフィデリートを自分から奪い、別の男といっしょになった。それはエミリオ・ヌニェス・ブランコという医師で、なんと正統党の名だたる責任者の一人であった！　正統党の幹部たちは妻に逃げられた自分のことを陰で笑っているにちがいない。そんな党にとどまることなど可能なはずもない。どの面を下げて正統党の会合に出席できるというのだ？

フィデルは復讐計画をじっくりと練った。M26の若い活動家をオルグする狩場として役立ってきた正統党は、いまや彼にとって地雷原となった。同党内では、あまりにも多くの人間が彼の私生活について あまりにも多くのことを知っている。ここでうまく反撃に転じないと、彼のオーラに傷がつくことはまちがいない。

もっと悪いことに、離婚のごたごたを解決するためにミルタが雇った弁護士、ペラーヨ・クエルボ・ナバーロは正統党のリーダーの一人だった。エディ・チバスの側近として知られたクエルボ・ナバーロは具合の悪いことに、フィデルの愛人、ナティ・レブエルタの親しい友人であった。モンカダ襲撃の朝、フィデル支援を願って訪れたナティをすげなく追い返したのはこのナバーロであった。フィデルの行動を「虚勢を張った雄鶏」の勇み足とみなして、ばかにしたのだ。同じ男が今度は、自分と息子のフィデリートとの再会をさまたげようとしている。とはいえペラーヨ・クエルボは紳士であり、フィデルとミルタのあいだの争いについてはいっさい口外していなかった。

フィデルは悶々《もんもん》とした。罠に追いこまれた気分だった。礼儀正しく、エレガントで、どのような場合でもほほえみを絶やさないクエルボ・ナバーロ弁護士に対する強烈な憎しみがつのってきた。こいつは自分のことをあざ笑っている、と感じた。離婚問題が彼の脳裏を離れることはなかった。自分の父親が前妻と離婚するのに一五年以上もかかったことを思い出した。自分はこの問題がずるずると長引くことを許さない、可能なかぎり早く処理しよう、と考えた。離婚の原因となった自分の行動はいっさい無視した。

一九五五年の六月、心がゆれるフィデルをおちつかせるにはナティ・レブエルタの献身的な愛が必要であった。彼は解放されるとさっそくナティのもとを訪ねた。友人のエルネスト・モンタネルが貸してくれた、ハバナ旧市街のセントラルホテルの一室、もしくは、フィデルの後ろにいつでもひかえている姉リディアがこっそりと賃借した、ベダート街区の自宅のすぐ近くにあるアパートが恋に燃える二人の逢引き場所となった。

「モンカダの反逆者」の魅力に引きよせられた女性はナティだけではなかったが、ナティはまだそれを知らなかった。この年の初夏、フィデルは複数の女性と関係をもちつつ、政治活動に邁進《まいしん》した。近いうちに正統党を見かぎるつもりだったので、M26の組織拡充にもてる力のすべてをつぎこんだ。新聞雑誌でバティスタを執拗に責め、「アメリカ人に買収された裏切り者」とよんで真っ向から攻撃した。

同時にM26の参謀本部の強化にもとりこんだ。弁護士（アルマンド・ハルト）と医師（ファウスティーノ・ペレス）を人材として確保したのは、〈運動〉に新たな風を吹きこむためであった。政治方針として、フィデルは新規加入者に次のように説明した。「〈運動〉に対立する流れを創り出そうとする、もしくは〈運動〉に立ち向かおうとする者は全員、組織とプロパガンダのメカニズムによって情け容赦なく破壊されねばならない。われわれはしっかりと現実を見すえねばならないが、崇高な原理原則の真実を犠牲にしてはならない」。情け容赦なく破壊する？　この表現にショックを受ける活動家は一人もいなかった。

一九五五年の初夏、一〇カ月ほどの小康状態をへて、キューバ国内で暴力が再燃した。テロ、暗殺、放火が起こった。キューバはふたたび悪夢にとりつかれたが、こうしたアナーキーな暴力の連鎖をだれがひき起こしているかは不明であった。裏工作、不正手段が横行するキューバ政界地図は、ひっくり返された将棋盤さながらであった。

そのような世情を背景に、フィデルはまたもお尋ね者となった。彼にとっては母親がわり、秘書、洗濯係である腹違いの姉リディアの家にしばらく居候したのち、毎日のように異なるアパートを転々とするようになった。いつものことながら追いつめられていると感じ、心底信頼できるのは、ときとしてボディガードとなってくれる弟のラウルだけだった。しかし、この状況のおかげで彼は「殉教者」というお気に入りのポーズをとることができた。新聞雑誌上で「わたしとわたしの仲間を標的とする攻撃が準備されているとの情報を得た」と語るフィデルは誇らしげであった。寝ても覚めてもバティスタのことばかり考えているフィデルは六月初旬、前代未聞の激烈な口調でバティスタ大統領を非難する一文を「ラ・カジェ」紙に寄稿した。「犯罪者の手！」と題するこの記事のなかでフィデルは、亡命から戻ってきた旧海軍士官、ホルヘ・アゴスティーニの暗殺を指示したとして政府を非難した。フィデルの狙いはたった一つ、バティスタを追いつめて憲法が保証する自由を停止させ（夜間外出禁止、検閲など)、民衆蜂起につなげることであった。彼は対決を求めた。フィデルが幸福だと感じ、のびのびとできるのは昔も今も、混沌のなかにおいてのみだった。しかし今回、バティスタはたじろがず、フィデルの逮捕状を二通出した。もはや、人情にまどわされるときではなかった。リナには悪いが仕方ない。刑務所を出てからフィデルが一度も訪ねていないアンヘル・カストロへの不義理も仕方ない。バネスの同郷人たちにも、チャンゴの神にも、ミルタにもあきらめてもらおう。警察はフィデル・カストロ逮捕を命じられた。こうなると、フィデルには亡命以外の選択肢はなかった。

六月一二日、お尋ね者となったフィデルは大あわてで、はじめてのM26全国幹部会議を開いた。ハバナの港地区、ファクトリーア通りの廃屋での秘密会合であった。出席したのは、メルバ・エルナンデス、アイデー・サンタマリア、アルマンド・ハルト、ニコ・ロペス、ペドロ・ミレー、ヘスス・モンタネ、ホセ・スアレス・ブランコ、ペドロ・セレスティノ・アギレラ、ファウスティーノ・ペレス、ルイス・ボニートの一〇名だった。ラウルは幹部会のメンバーではなかったが、この最高会議に立ち会った。ラウルはつねに一歩しりぞいたところにいた。彼はフィデルのとっておきの切り札、影から出ない補佐役、目立たないが状況に応じていつでも飛びかかろうとひかえる番犬であった。

この秘密会議においてフィデルは自分がいますぐにでもメキシコに発つことを告げた。彼が使徒と仰ぐホセ・マルティと同様に、カリブ海の向こう岸に渡って革命を準備するのだ。マルティと同じく、M26の資金を調達するためにアメリカを拠点として革命クラブを外国で設立するのだ。アメリカには、勢力と財力をもつ亡命者のコミュニティーが存在する。「暴君を追いはらう」には、豊富な資金が必要だ。

一九五五年七月七日、ミルタの許可を得て学校までフィデリートを迎えに行ってつれてくるよう、フィデルはリディアに頼んだ。弁護士一人につきそわれ、フィデルは息子とともにランチョ・ボエロス空港へと向かった。フィデルは息子に、おまえが外国につれていかれるのを絶対に阻止する、なんとかしておまえをとりもどす、と誓った。そして、いつでもリディアのいいつけに従うように諭《さと》した。いつの日かリディアがおまえを探しに来て、父さんに会わせてくれるのだから、と説明した。フィデリートを抱きしめたあと、フィデルはメキシコ航空の五六六便に乗りこんだ。パスポートに記されているのは観光ビザのみだった。

メキシコに逃亡する前に、フィデルは「ボエミア」誌に次のメッセージをのせた。「わたしはキューバを離れる。平和的手段による闘いに通じる扉がわたしにはすべて閉ざされたからだ。(…)マルティに私淑《ししゅく》するわたしは、われわれの権利を乞うのではなく勝ちとるとき、弁ずるのではなく闘うことで権利を手に入れるときが来たと思う。わたしはカリブのいずれかの地に身をおちつけることになる。このような旅から戻ってくる人はいない。もし戻ってくるとしたら、暴政の首が打ち落とされて足元に転がるのを見るためである」

磁力を放つような瞳をもつこの男はだれなのだ? 彼は、司祭のようにもの柔らかな口調で革命について語る。その低く響く穏やかな声で語られると、階級闘争は新約聖書のように聞こえる。ふだんはせっかちなフィデルが、これほど熱心に耳を傾けているのはなぜだろう? 黒い瞳の男はアルゼンチン人だった。名前はエルネスト・ゲバラ。二七歳のこの男の話し方はゆったりと沈着であり、なにごとにも動じないといった風情《ふぜい》だ。この革命家サークルにおいて、彼は異彩を放っていた。これまで武器をとって戦ったことは一度もない。友人たちからは「お座敷のマルクス主義者」とみなされていた。しかし、モンカダ襲撃とボゴタ騒乱の武勇談で名をあげたキューバの英雄、フィデル・カストロは、この新入りが延々とぶつ反帝国主義演説に聞き入っていた。彼は魅せられた。時は一九五五年七月九日、場所はメキシコ市、共和国広場にほど近いエンパラン通り四九番地のマリア・アントニア・サンチェス・ゴンサレスの住まいであった。マリア・アントニアはキューバからの亡命者で、彼女のアパートはバティスタに追放された反体制派の避難所だった。ふだんのフィデルはだれかが意見を述べるのを黙って聞いているのは数分が限度で、その後は焦《じ》れてぶつぶつとつぶやきだし、おしゃべりな相手の話をさえぎり、一同の笑いを誘う冗談を口にしてから自分が話し出して…数時間も話しつづけるのが常だった。彼の独擅場《どくせんじょう》を奪って演説をぶつ権利はだれにもなかった。演説の特権は彼だけのものだった。しかし、この夜のフィデルは塩の柱のように不動で、魅せられたようだった。親しい者たちはフィデルが反撃し、生意気な話者を辱《はずかし》める瞬間を待った。しかし、フィデルはなぜか、いつもとは異なり、このアルゼンチンのインテリ男をロープぎわまで追いつめようとしなかった。フィデルは、自分の心のレーダーの性能を信じていた。行動的な人間の常として、彼には動物的知性、本能がそなわっていた。この夜、彼の本能は、目の前にいるのは非凡な男だと告げていたのだ。

それだけでない。フィデルはこれまで経験したことのない感覚に襲われた。体面している男は自分の分身だと感じたのだ。兄弟でも近親者でもないが、内面的に自分とうりふたつなのだ。しかし、二人に外見的な共通点はないに等しかった。アルゼンチン人の常で「ch」を強調して発音するために、友人たちに「チェ」とよばれているこの男は一度も拳銃を撃ったことがないし、政治組織に入って活動した経験も皆無だった。しかも、自分はアレルギー専門医である、アンデス山脈をオートバイで縦走しようと旅立ったが、乗っていた五〇〇CCのノートンが途中で壊れたあとはヒッチハイク、バス、鉄道、汽船そして筏《いかだ》（！）で旅を続けた、と語った。漫画タンタンのインカ編に出てきそうなエピソードばかりである。旅の途中、アマゾン奥地のハンセン病療養所で看護師となり、チリ北部では有名なチュキカマタ銅山（チュキカマタはアラウカノ族の言葉で「赤い山」を意味する）で働き、マチュピチュを訪れ、コロンビアのジャングルではサッカーコーチをつとめた。そして、エクアドル、ボリビア、コスタリカ、パナマ、ニカラグアをへたのちにグアテマラで旅を終えた。南米大陸を股にかけての二年にわたる旅のあいだ、若きゲバラは冒険を満喫した。風景を写真に撮るためのライカと、ごろつきから身を護るためにスミス＆ウェッソンを携帯しての、心をゆさぶる感動を追い求めての旅であった。自分がこうして広大な自然を好むのは、金脈探しで大旅行家だった祖父の血を受け継いでいるためだ、と語るのが常だった。南米大陸縦断に挑んでいた頃のゲバラは、「民衆のお父さん」ヨシフ・スターリンの、というより小説家ジョゼフ・コンラッドの弟子であった［ヨシフはラテンアルファベットで表記すると「Joseph」であり、英語ではジョゼフと読む。ジョゼフ・コンラッドは世界各地を航海した経験をもとにした小説で知られる作家］。チェがほんとうの意味で政治に関心をもちはじめたのは一九五四年、自分より三歳年上のペルー女性、イルダ・ガデアと出会ってからだった。

マルキシズムを信奉するインテリで、ＡＰＲＡ（アメリカ革命人民同盟）運動の活動家であったイルダは小柄だが情熱に燃えたエネルギッシュな女性で、中米の極左界隈にかなりの人脈を築いていた。

彼女はトロツキストだ、といわれていた。ゲバラは彼女の外見――イルダは美人とはほど遠かった――ではなく、その人なみはずれた政治的教養に惹かれた。二人は恋人となったが、情熱的な愛とは無縁だった。周囲の者たちは、二人の関係が理性にもとづいたものであることに当惑していた。エルネストはイルダをどちらかといえば姉や母のようにみなしていた。彼はイルダをビエハとよぶことがあったが、これは南米では一般に母親によびかけるときに使う言葉だった。女ピグマリオンの役目を引き受けたイルダの指導により、チェはレーニン主義者の聖典を読むようになった。子どものころはジャック・ロンドン、ジュール・ヴェルヌ、スティーヴンソンの愛読者だったチェは、イルダといっしょになってからはマルクスの『資本論』、毛沢東の『新民主主義論』に没頭し、南米のすべての不幸は北からやってくると確信するにいたった。北米は、良家の子弟の例に違わずチェが通った修道会の学校でスペイン人修道士たちが嫌っていたプロテスタント資本主義という絶対悪の巣窟《そうくつ》にほかならない。ゲバラの母はバスク系であり、父はアイルランド系であった。ガリシア系のフィデルと同様に、バスクとアイルランドの血を引くゲバラは永遠に失われてしまった楽園を探し求める男であった。彼は幼いころから、ウォールストリートを発明してスペインを闇に沈めてしまったクエーカー教徒の末裔《まつえい》を憎むことを教わっていた。

しかし、二人の男のあいだには、より深い絆があった。より目立たぬ絆であるが。二人とも呪われた子どもだったのだ。ゲバラは二歳のころから不治の病に悩まされていた。喘息である。彼が子どものころ、死を間近に感じるほどに激しい発作が年々ひどくなるので、喘息が起きにくい理想的な気候、夢の別天地を求めた両親はたえず引っ越しをした。息子を救うために方々を転々とした一家は、山中の澄んだ空気を求めて、高地へ高地へと向かった。病弱で本ばかり読んでいたエルネスト少年は、自分の救いはどこかの丘の頂、アンデスの支脈にあると信じるようになった。そして、フィデルと同じように、一〇代のころは馬にまたがって山中をかけめぐった。フィデルと同様に、平地は黴菌《ばいきん》の巣であり、幸福は山の頂にあると確信していた。フィデルと変わらず、死神をもあざむく勇気の誇示で周囲を驚かせようとするむこうみずな若者だった。水面から二〇メートル以上の高さの橋の欄干に両手をついて逆立ちしたこともあった。医師たちの反対を押しきってラグビーに興じ、満身創痍《まんしんそうい》となってピッチから出るときになってやっと満足した。これもフィデルと同じように、ダンスも歌も下手だった。フィデルと同様に、大学での勉強には少しも熱を入れなかったものの、旅行のあいまの数カ月で医学部の単位をとった。ゲバラは医学部の学位を取得していない、もしくは学位を金で買った、と言う者もいる。確かなことは、フィデルもゲバラも通常では考えられない条件で試験にのぞんで合格したことである。二人とも、四〜五カ月の猛勉強で、優秀な学生が二年をかけて取得する単位をみごとにものにしたのだ。しかし、重要なのはそこではない。バスクとアイルランドの血を引くエルネスト・ゲバラとガリシア人のフィデル・カストロは同じ過去の亡霊を追っていた。二人とも醜いアヒルの子だったのだ。二人は互いの内に、コンプレックスをかかえた子ども時代の影を認めた。「ビラーンの私生児」と「アルタグラシアの喘息もち」は血のつながりよりも強いなにかで結ばれていた。

一時間に満たぬ会話のあと、フィデルはがまんできなくなって滔々《とうとう》と話しはじめ、その地勢戦略にかんする演説は明け方まで続いた。チェは文字どおり驚嘆した。フィデルは新しい友の心をこれ以上ないくらいにゆすぶったのだ。彼はホセ・マルティ、マルクス、レーニンに言及したが、とくに強調したのは、成功を期すのであれば、南米における革命は山中を舞台にすべきである、敵を執拗に攻撃するゲリラ戦を展開し、山中に隠れつづけるべきだ、という考えであった。咬んでは姿を隠すというコブラのテクニックを実践すべきだ。専門家がヒットエンドランとよぶ戦術である。チェは、自分が進むべき道はこれだと確信し、峰伝いの道を通る旅ならばフィデルについて世界の果てまで行こうと決意した。

フィデルはチェに、自分はメキシコからキューバに侵攻するつもりだと告げた。君もくわわるか？と問われたチェは、なんの迷いもなく参加すると答えた。自分自身を探し求めて何年もさまよっていたチェはついに人生の目的を発見した。キューバの大義はラテンアメリカ全体の大義であると思ったチェは、これに命を捧げる覚悟を固めた。

フィデルは「われわれの使命を成功に導くために君が覚えなくてはならない基本的かつ不可欠なことがある。君は全身全霊で暴君バティスタを憎まねばならない。中途半端ではダメだ。全面的で消えることのない憎しみにとりつかれるべきだ。武器の扱いの訓練も必要だが、毎日、あのおぞましい人物を前日にまして憎むことも覚えなくてはならない」とつけくわえた。

チェは、憎む用意があると答えた。フィデルは晴ればれとした顔つきで、チェの肩に手を置いた。やっと、自分に見あう仲間が見つかった。楽に呼吸できるのは高地にいるときだけというチェにほほえみかけながら、フィデルはたずねた。「ところで、メキシコのどこに行けば山があるか君は知っているかな？」

第*14*章　亡命の迷路のなかで

それは、外国人のための町だった。あらゆる混淆《こんこう》が生じる場所だ。火山に囲まれた高原に広がる、荒々しさと光に満ちた魔法の都市。二〇〇〇メートル以上の高地にある不思議なメキシコ市は、アメリカという強国に睨《にら》まれながらも、インカの寺院のようにあたりを睥睨《へいげい》していた。ここでは、すべてが暫定的《ざんていてき》で、一〇年ごとに起きては死と嘆きをまきちらす地震のために時間は停止しているかのようだった。すべてがつかのまであるこの都は、あらゆる逃亡者を受け入れていた。その背景にあるのは、二〇世紀初めにパンチョ・ビリャとエミリアーノ・サパタという伝説的な二人を中心として起きた陽気なメキシコ革命、そして、危機をまねくことなくアメリカにたてついたカリスマ指導者ラサロ・カルデナス大統領が体現する政治モデルであろう。

メキシコ市中心部の小さなホテルのみすぼらしい部屋におちついたフィデルは、この「メキシコ革命」に感服していた。一九三四年から一九四〇年までメキシコ大統領の座にあったカルデナスはアメリカの石油会社のすべてを国有化するという快挙をなしとげたが、クーデター未遂さえ起こらなかった。数年のあいだに、メキシコの政治体制は南米のすべての進歩主義者にとってお手本となった。経済のすべての重要部門を国がおさえているものの、メキシコは開放的で寛容な国でありつづけた。世界中から、「地上で逆境にある者〔革命歌「インターナショナル」の冒頭の一節〕」が迫害をのがれてメキシコ市に集まっていた。一九三七年には、レフ・トロツキーが妻のナタリアとともに、スターリンの秘密警察の魔の手からのがれるためにやってきた。トロツキーは、ハンガリー系の有名な女性画家のフリーダ・カーロと、その夫で「壁画主義」の大家にして、共産党員からトロツキストとなったディエゴ・リベラの家に居候した。マルカム・ラウリー、グレアム・グリーン、ジョン・ドス・パソスをはじめとする英米の作家たちも訪れ、テキーラとペヨーテ〔幻覚作用がある物質をふくむサボテン〕とペレス・プラード〔「マンボの王様」とよばれた音楽家、キューバ生まれだがメキシコで活躍〕の音楽に酔いしれ、母国の生産性第一主義を忘れた。ナチズムをのがれてやってきた多くのユダヤ人は、メキシコ市に欧州の香りをもたらした。次に姿を見せたのは、ジャック・ケルアックやウィリアム・バロウズといったアメリカのビートジェネレーション作家たちであり、彼らはおそろしい火山の存在にもかかわらず安閑としている三百万人都市、メキシコ市に魅せられた。一九五〇年代、メキシコ市は熱帯版ニューヨークであった。古代の闇から突然出現したようなラテン近代都市であり、スペインから亡命してきた知識人の影響が色濃かった。また、「インディオ文化」にふれようとメキシコ市まで足を運んだヨーロッパの芸術家は、ブルトン、マヤコフスキー、シャガール、ブニュエル等々、枚挙にいとまがない。

カストロも、インテリを熱狂させるメキシコ市の魅力にとらえられ、何日かは「使命」を忘れてもおかしくなかった。しかし、何ものも、彼の心を本来の目的から逸《そ》らすことはなかった。湖の上に造られたゆえに「新世界のヴェネツィア」とよばれたアステカの首都を原点とするメキシコ市に着いたフィデルは、この都市でしか見られない建築様式にさえ一瞬たりとも目をくれなかった。彼の身も心も、海路でキューバをめざしオリエンテ州に上陸して革命を起こすという目標ただ一つに向けられていた。

とはいえ、ハバナでの直近数カ月はフィデルを疲労困憊させた。離婚は大きな打撃だった。政治面では、彼が手塩にかけたM26はまだまだ弱小だったし、いまだに党籍を残している正統党からはもはや少しも信用されていなかった。唯一の切り札は、いまだにメディアの寵児であるという点であった。保守色がきわめて強い「ディアリオ・デ・ラ・マリーナ」を除き、キューバの新聞雑誌はあいかわらず彼の肩をもっていた。忘れられないために、早く手をうつ必要があった。

しつこいインフルエンザに悩まされていたにもかかわらず、フィデルは何度目かの「歴史的文書」の執筆にとりかかった。キューバで大がかりに配布する心づもりの「キューバ国民へのマニフェスト第一号」であった。孤独で無一文、しかも深い悲嘆を味わっていたフィデルは鬱状態におちいった。幽霊さながらの重い足どりで、フィデルは食事時にマリアのもとを訪れた。

マリア・アントニア・サンチェスのそばにいるときだけ、症状がいくらかおさまるようだった。

しかし、短期間でフィデルは気持ちをとりなおした。メキシコの夏の熱気のなかで一五項目からなる政策プログラムを執筆した。メキシコ政府が実践してきた政策にかなり近いプログラムであるが、アメリカの製糖会社の国有化といったことには少しもふれていなかった。すくなくとも明白な形では。フィデルは、「製造業、商業、鉱業の大企業の利益に労働者が大幅にあずかる権利」を擁護する、と書くにとどまった。アメリカの警戒心を過度に煽《あお》らぬ程度にあいまいな表現を選んだのは、資金集めのために近いうちにアメリカを訪れるつもりだったからだ。秋までにアメリカのビザが必要だった。ゆえにフィデルは挑発を封印し、ＣＩＡが自分を忘れてくれるように気を配った。彼の政策プログラムを文字どおり読めば、国有化されるのは電気、ガス、電話だけである。ユナイテッド・フルーツ社には一言《ひとこと》もふれていない。農業問題にかんしてもフィデルはあいまいだった。「ラティフンディオ（大農園）の禁止、農民の家族への土地の配分」を望むとしながらも、またしても具体的なことは何も書かれていない。面積がどれくらいであればラティフンディオとみなされるのかという線引きも示されていない。しかしながらフィデルにとって、ビラーンの父の農園を解体することは既定路線であった。いまや八〇歳代となったドン・アンヘルは、マナカスの所有地の大半を没収され、有力者でもなんでもなくなる。あの「年寄り」に残されるのはガリシア風の屋敷だけとなり、カストロ家の七人の子どもたちのあいだに遺産相続の問題がもちあがることもない。これは「根源的な革命」の成功に必要な犠牲だ、とフィデルは親しい者たちに告げていた。彼は汚点のない革命家でありたかった。最初に国有化される大農園は、カストロ家の農園だ！

マニフェストは、人気女性歌手オルキデア・ピーノの妹がラテンアメリカ関連の古典的名著『インカの歴史』のページにはさんでハバナにもちこみ、フィデルが望んでいた一〇万部ではなく二〇〇〇部刷られて配布された。しかし、津波のごときブームは起こらず、集会が開催されることも、世論に波風を立てることもいっさいなかった。去る者は日々に疎《うと》し、ということだろうか？　困惑したフィデルは、数週間のうちに自分の政治家としての命運はつきるのではとおそれた。この状況を心配し、キューバに残っているＭ26の幹部にうるさく迫り、自分の帰還を準備するよう急《せ》かし、毎日のようにたくさんの覚書と指令と指令取り消しを出した。

一九九五年八月の下旬、二九歳になったばかりのフィデルは不安に胸をしめつけられていた。一八日には、テポソトラン村であげられたゲバラとイルダ・ガデアの結婚式に出席した。ゲバラから花婿の立会人になってくれと頼まれたからだ。招待客のうちには、ラウル・カストロと、Ｍ26の構成員たちの忠誠心がおとろえていないことを伝えるためにキューバから急いで戻ったヘスス・モンタネの姿もあった。ベネズラの女性詩人で、花嫁の親友であるルシラ・ベラスケスも列席していた。「急性見すてられ症候群」のどん底にあったフィデルの陰のある魅力に惹かれたルシラは、口説き文句に色よい返事でこたえたものの、彼女の人となりに関心をもつことができずに、キューバ上陸と蜂起のことしか話題にしないフィデルにたちまち愛想をつかし、仲を解消した。フィデルがこの愛想つかしにほとんど気づかないようすだったのは、キューバ国民が自分のことを忘れかけているのではとの懸念だけにとりつかれていたからだ。

フィデルは、Ｍ26の副リーダーで、自分が全幅の信頼をよせているペドロ・ミレーをよびだし、オリエンテ上陸計画をできるだけ早く練るよう要請した。メキシコ市には神経を鈍麻させるなにかがあるのだろうか？　亡命者たちは無気力となり、母国に戻ろうと焦っているようには見えない。こんなところでぐずぐずするのは嫌だった。九月、忠実なミレーはキューバの西南海岸、ニケロと漁村ピロンのあいだの「半島」沿岸の偵察に向かった。同行したのは、新規加入した黒髪の女性活動家セリア・サンチェス――父親はオリエンテの医者であり、正統党の活動家でもあった――と、M26のコーディネーターとしてサンティアゴ一帯を担当する二〇歳になるかならない若さのフランク・パイースであった。三人は海岸を詳しく調べ、海流を研究し、「フィデリスタ」たちが最初に身をひそめるのに最適な地帯を探した。ペドロ・ミレーは、非常に詳細な報告書をメキシコ市に送った。セリア・サンチェスがきわめて有益な海岸地図を入手することができたからだ。これに一安心したフィデルは、上陸作戦の実行を急ぐことしか考えなかった。しかし、その前に戦費を調達する必要があった。彼は七週間の予定でアメリカに向かった。

チェ・ゲバラとフィデルは、アルゼンチン大統領のフアン・ペロンから資金援助をとりつけることを期待していた。二人は、きわめてポピュリスト的で専制的な正道主義者、ペロンの賛美者であった。残念ながら、ペロンはほんの少し前に、「代議制民主主義」を支持する将軍たちによって政権から追われてしまった。これは潜在的保護者と頼れる資金源の二つの消失を意味するので、フィデルとゲバラは打ちのめされた。一九四八年のボゴタ行きの旅費をペロンに払ってもらった経緯があるだけに、フィデルの落胆は大きかった。ゆえに、アメリカ行脚はどうしても成功させる必要があった。

一〇月一〇日、フィデルはフィラデルフィアに向けて発ち、ユニオンシティ（ニュージャージー）、ブリッジポート（コネティカット）、マイアミ、タンパ、キーウェスト（フロリダ）、ナッソー（バハマ）と次々に訪問した。もっとも重要な訪問先はニューヨークであった。一九五五年一〇月三〇日、五二番街と八番街の角にあるパーム・ガーデンの一室で、八〇〇人の亡命キューバ人を前にしたフィデルは、自分が「解放軍」M26のリーダーであることを堂々と明かし、預言者さながらに声をとどろかせて次のように述べた。「わたしは確信をもって皆さんに告げる。一九五六年、われわれは自由になる、さもなくば殉死する！」。フィデルはこうして、キューバ侵攻を準備していることを全世界に伝えたのだ。数日前までは自身が極秘とみなしていた作戦をおおう秘密のベールをとりはらってしまったことになる。またしても焦燥と誇大妄想によって勇み足をふんでしまった。フィデルはメディアにとりあげられないとがまんできず、他人の目が自分に向いてない状態は耐えられなかった。新聞雑誌に自分にかんする記事が一つでも掲載されないのは数日間で限界だった。報道機関の脚光は彼にとって酸素だった。彼はまた、人々に驚きをあたえる派手な一手も必要としていた。こちらは彼にとってアドレナリンだった。

集会が終わると、正統党のリーダーの一人で、フィデルの今回のアメリカ行脚をお膳立てしたファン・マヌエル・マルケスをはじめとする何人かが、この勇み足について問いただした。活動家全員に絶対的な秘密保持を強要しているフィデルが、M26の計画を公表するとはどうしたことか？　フィデルはたじたじとなったが、この衝撃的な発表はキューバ世論の関心をM26に向けるための純粋なプロパガンダ作戦である、と釈明した。衝撃をあたえる必要があったのだ。再編の真っ最中であるキューバ国内の反政府勢力に出し抜かれないためにも歴史的な大事件を予告しなくてはならなかった。フィデルは、バティスタに対する戦いで自分以外のだれかが一番槍の功名をあげるのではと思うと気が気ではなかったのだ。

フィデルが心配するのもむりはなかった。彼がアメリカで資金集めに奔走しているころ、ハバナではある人物が新聞雑誌の第一面を飾っていた。若く、さっそうとしていて、怖いもの知らずのホセ・アントニオ・エチェベリアであった。エチェベリアは、強い勢力を誇るFEU（大学学生連盟）から活動家をスカウトして「革命幹部団」という組織を立ち上げたばかりであった。彼は民主主義者とみなされていたが、バティスタを政権から追放するのに必要であればテロを実行するのも辞さないかまえであった。熱意と勇気ゆえに、彼にはなみなみならぬカリスマ性があった。数カ月のうちに彼の影響力は増大した。一九五五年一一月、キューバの危機的状況の平和的解決をめざし、反政府勢力のすべての陣営の代表をふくめての数万人の大規模なデモをハバナで実現させて世間を驚かせた。同じころ、砂糖産業労働者の待遇改善を求める運動がはじめて出現した。これまでどちらかといえばバティスタ大統領に好意的だった労働者たちが態度を変えたのだ。「独裁者」を追い落とすために、国中を麻痺させるゼネストを実行してはどうか、という話が出ていた。労働者の運動と連携することを一度も考えなかったフィデルとは違い、エチェベリアは労働組合に働きかけ、連帯を探っていた。

反政府運動の精力的な新星エチェベリアは、公然とあらゆる社会運動にかかわる一方で、極秘のかけひきや交渉も手がけ、八面六臂《はちめんろっぴ》の活躍を見せた。八月初旬、前大統領プリオがアメリカから遠隔操作し、アントニオ・エチェベリアが支援するクーデターが寸前のところで警察によって阻止され、大量の武器が押収された。キューバを留守にし、孤立して無力なフィデルは、自分を抜きにして物事が動いていると理解した。自分から行動に出て事態の流れを早める、もしくは、法律尊重主義の反政府勢力を内側からくずすためにできることはなんでもする必要があった。なんとしても、自分がこれからも革命の唯一の導き手であるべきだ。エチェベリアという名の「危険」の出現は、フィデルに力とエネルギーをあたえた。

もう一つ、彼を元気づける出来事があった。息子のフィデリートをとりもどしたのだ。一九五五年一一月、フィデルはリディアを使い、親権をもっていたミルタの手から息子を奪った。弟のためならなんでもやってのけるリディアが、ハバナの学校にフィデリートを迎えに行ってつれさったのだ。ほぼ誘拐であった。一一月二〇日、六歳のフィデリートはマイアミのフラグラー劇場で行われた父親のはじめての政治集会に立ち会った。フィデルが憎む前妻の実家、ディアス・バラルト家はフィデリートを奪還したくても手も足も出なかった。フィデリートはいまやメキシコ市で父親と暮らしていた。正確にいえば、キューバ出身の人気歌手オルキデア・ピーノとその夫のアルフォンソ・グティエレスの家に身をよせ、フィデルの姉と妹、リディアとエンマに面倒を見てもらっていた。フィデル本人は政治活動に没頭していて子どもとすごす時間はなかった。息子を人質として政治的に利用することばかりを考えているフィデルは、「暴君に買収されたディアス・バラルト家の人間には、決して（息子に）手を出させない！」とくりかえし述べた。これは、自分のもとを去るという卑劣な行為に出て、夫であった自分を「正統党」の活動家たちの物笑いの種としたミルタに対する罰でもあった。女によって面目をつぶされるなんてことは金輪際なしだ！　私生活が自分の野心のさまたげになることも金輪際なしだ！　国外に亡命してから最初の数カ月、フィデルはハバナのミューズであったナティ・リブエルタのことさえ忘れていた。彼の心を占める思いはただ一つ、政治的に生きのびるにはどうしたらよいか、だった。

キューバに残るM26の活動家に向けてメキシコからたえまなく送る指示のなかで、フィデルは自分のことを「彼」と三人称でよんだ。フィデルは理論の上だけでなく、事実上もホセ・マルティの使徒、マルティの精神を継ぐ者となろうとした。アメリカ行脚中は、細心かつ執拗に、マルティに言及した。人と会うごとに、だれかと対話するごとに、流れ弾にあたってなんともあっけなく死んでしまったキューバ独立の英雄、ホセ・マルティのことを錦の御旗のごとくもち出した。シモン・ボリバル、エミリアーノ・サパタ、パンチョ・ビリャといったラテンアメリカ史の大人物たちをたえず引きあいに出すことで、フィデル自身も神殿に祀られる「巨星」の仲間入りをした。彼の自己中心的傾向には際限がなかった。自分の偽名として、セカンドネームのアレハンドロの愛称である「アレックス」を選び、「アレックスは確信している…」、「アレックスは検討している…」といった言いまわしを使った。こうした「壮大な自大ぶり」に幻惑された人は、歴史の列車にフィデルとともに飛びのるか、自分の人生は無意味だと認めるか、二つに一つを選ぶほかなかった。乱暴だが、おそろしく有効な論法であった。

彼のカリスマ性はメキシコではたしかに有効だったが、ほかではどうだったのだろう？　ハバナの新聞雑誌は、彼のアメリカでの発言を本人が望んでいたように華々しくとりあげなかった。それどころか、反政府勢力の一部の指導者は、フィデルの誇大妄想癖と狭量な不寛容に対するいらだちをもはや隠そうとせず、彼には「カウディージョ［頭目、首領を意味するスペイン語。南米では、暴力的手段を背景にした独裁的政治家をさす］」的傾向があるのでは、とあからさまに疑念を口にした。「祖国はフィデルのものではない」というタイトルで一九五五年一二月一八日の「ボエミア」に掲載されて話題となった記事のなかで、ジャーナリストのミゲル・エルナンデス・バウサはフィデルを厳しく批判した。バウサは、フィデルの革命を予告する言説のなかに暴君の芽を感じとり、「将来、フィデルに賛同しないものはすべて、不道徳を理由に処刑されるだろう！」と書いた。そして、キューバ国民はついこの前のことも覚えておらず、「神とカエサルを一身に体現」する革命の白い騎士、フィデルの過去を忘れている、と指摘した。彼はかつて「ギャング」であり、一九四〇年に生まれた民主制度の崩壊をひき起こした最悪の策動に参加していたではないか。だからフィデルがすべての罪から清められるには「モンカダのヨルダン川の水を浴びる［キリストはヨルダン川でヨハネから洗礼を受けた］」だけでは十分でない、と言いきった。キューバ国民好みの気持ちを高揚させる革命賛歌とは正反対の冷徹な筆致によってフィデルを思いきって分析したのは、バウサがはじめてだった。

この記事を読んだフィデルは、長年語り継がれるほどの怒りを爆発させた。バウサに痛いところをつかれたフィデルは激昂《げきこう》し、一九五六年一月八日の「ボエミア」誌上で反論した。「全員を敵にまわして！」と題する、九段もの長い記事であった。このなかでフィデルは自分に対する陰謀を告発しつつ、みずからの孤独や苦しみについて打ち明けた。お気に入りの役柄である「殉教者」を演じたのである。しかしなによりも重要なのは、フィデルが新たな権力であるメディアをだれよりも早く、しかも巧みに活用したことである。読者は感動を求めているとわかっていたフィデルは、これにこたえた。ふさぎの虫にとりつかれることも、怒りに燃えることも、なみはずれた太っ腹ぶりを発揮することもある義賊ロビン・フッド、といった人物像を練り上げて、これが自分である、とアピールしたのだ。

学生の頃、ハバナ大学の大講堂の集会ではったり屋の才能をいかんなく示したフィデルの腕はおとろえていなかった。「四年前、わたしのことをかまう者は一人もいなかった…わたしは、国の命運について議論する大物政治家たちのあいだにあって無視されていた…それなのにいまや、奇妙なことに全員がわたしを阻止しようと立ち上がっている」と嘆いてみせるフィデルであった。逆説的だが、キューバ論壇の大御所バウサの激しい攻撃によって、フィデルは元気をとりもどした。悪口を言われるのは、自分がまだ重きをなしていることの証拠だ、と結論づけたのである。プロパガンダ巧者であるフィデルは、存在感を発揮するには大論争をまきおこすのがいちばんだ、と知っていた。そして、〝キューバのブルジョワ階級から異端児として除《の》け者にされた不可触民〟という立場ほどフィデルのモチベーションを高めるものはなかった。心も晴ればれとしたフィデルは、アメリカで自身がかき集めた一万ドルにキューバでM26が組織した募金活動の成果をくわえ、「侵攻部隊」の結成にとりかかることができた。七月二六日にキューバ上陸を果たすのが理想だが、これがむりなら八月のエディ・チバスの命日としよう。

数週間のうちにフィデルは、スペイン内戦を共和国派の将軍として戦ったアルベルト・バーヨ——ゲリラ戦の大スペシャリストで、KGBとつながりがあると疑われていた——をスカウトし、「影の軍隊」を結成するにいたった。初めのころ、用心のために、軍事訓練はなんと亡命キューバ人のアパートで行われた！　未来のゲリラ戦士らは「在宅」で育成されたのだ。彼らは、メキシコ市内とその郊外にちらばっているM26のほかのグループにかんする情報は最小限しか入手してはならないとの指令を受けた。また、歩行訓練も義務であった。ゆえに「解放戦争」の戦士候補者の大半は、完璧なゲリラとなれるよう、夜のメキシコ市を縦横に歩きまわった。観光客をよそおって「突撃部隊行軍」を実践していたのだ。さらには、健康状態を完璧に保つことも求められた。すなわち、アルコール摂取はご法度で、禁酒療法を義務づけられる者もいた。ゲバラも個人的に、朝食での（！）肉の摂取量を減らすことを決意した。二人以上で映画館やレストランに行くことも認められなかった。当然のことであるが、フィデルとチェは週末、ポポカテペトル山やイスタクシワトル山の険しい斜面登攀に訓練生たちをつれだした。こうした山中での「難路長距離行軍」でフィデルは、ベレン学院時代にジョレンテ神父に引率されて登山したときの感動や興奮、頂上をきわめる恍惚を思い出した。同時に、自分のせいで「縦隊」の行軍速度が落ちることは避けようと、喘息のハンディキャップをものともせず頑張るチェを見て、その意志の強さに驚いた。

一九五六年二月、フィデルはメキシコ市のすぐ近くに訓練に向いた場所を見つけた。ロス・ガミトスの射撃場であった。山々に囲まれて目立たず、理想的だった。アルベルト・バーヨはここをゲリラ戦演習のために使った。二人の男が教官としてバーヨを補佐した。元アメリカ海兵隊員のジョー・スミスと、アメリカ軍の一員として朝鮮戦争を戦ったキューバ人のミゲル・サンチェスである。数か月後、用心のためにフィデルは訓練地の変更を決めた。アルベルト・バーヨがメキシコ市から四〇キロ離れたサンタ・ロサの農場に目をつけた。周囲から完全に孤立したこの農場は約五〇名の戦闘員を収容することができた。春のなかごろ、「反乱軍」の最初の派遣部隊がこの「野外兵営」に陣どった。フィデルはゲバラを、アルベルト・バーヨの指揮下に置かれる「兵団長」に任命した。訓練は厳しかった。山中で戦闘のシミュレーション、野営が行われた。夜間行軍はたえまなかった。武器と資金を調達するだけでなく、政治的に有益な人脈を築くためにもてる時間をすべて使っていたフィデルが姿を見せることはまれだった。多くの場合はメキシコ市にとどまり、サンタ・ロサに来るのはどうしても必要な場合にかぎられた。ただし、事前の通告なしにやってくることもあり、そのような場合は、急に夜間行軍を命じて一行がへとへとになるまで止めなかった。全員に、自分こそが指揮官であると教えるためであった。

ある日のこと、いつも以上にきつい訓練のさなかに、以前は小学校教員であったカリクスト・モラレスという戦闘員がこれ以上は歩けないと言って地面に座りこみ、立ち上がって強行軍を続けるよう命じる上官を無視して煙草に火をつけた。これは、反乱軍のうちから〝反乱兵〟が出たはじめてのケースであった。メキシコ市にもただちに報告がとどき、フィデルは弟ラウルとグスタボ・アルコスをともなってサンタ・ロサに駆けつけた。彼は一秒も迷わず、カリクスト・モラレスを軍事法廷で裁くよう命じた。そして自分が裁判長になると宣言し、アルベルト・バーヨとグスタボ・アルコスを陪審員に指名し、ラウルを検察官とした。裁判官となったカストロ弁護士は、革命家に求められる規律について、いつ終わるとも知れぬ長い演説をはじめた。アルベルト・バーヨは「彼は雄弁で、思い入れたっぷりで、説得力があった…。噴き出す汗のように全身から憤慨を発散させていた彼は、朋輩たちはこうした感染に終止符を打つべきだ、壊疽《えそ》が全員に広がってしまうから、と声高に求めた」と後になって回想している。話の途中でフィデルはささやき声で——まるでたんなる些事《さじ》であるかのように——モラレスの死刑を求めた。指揮官カストロの演説が終わると、事態のなりゆきに唖然としたアルベルト・バーヨはなんとかことを丸くおさめようと試み、メキシコ国内でのキューバ人処刑は重大な問題となる、と警告した。警察が死体を発見したら捜査が開始され、スキャンダルとなる…。「ハバナへの凱旋」の夢は消えてしまう。バーヨはこうして、政治的利害に言及することでフィデルを翻《ほん》意《い》させようとした。フィデルもこれには動揺したようだった。見せしめのためにモラレスを処刑すべきか？　メキシコの領土内で問題を起こすのは避けるべきか？　グスタボ・アルコスはバーヨに賛同した。すると突然、ラウルが声をあげた。アルベルト・バーヨによるとラウルは猛り狂ったライオンのように立ち上がって次のように述べた。「今日の午後、バーヨ将軍の言葉を聞いてわたしはどれほど失望したことか！」と咆哮《ほうこう》し、「あなた〔バーヨ〕はこれまで、軍の規律の重要性についてひたすら語っていました…。われわれに軍隊の倫理、軍隊の道徳について説いていたバーヨ将軍、あなたは匙を投げて、この男の命を救おうとしているのですか？　…いいえ、絶対にだめです！　われわれの歴史をこうした汚《けが》らわしい行いで傷つけることは許されません、このような汚点をわれわれの歴史に残すこと、われわれの手をこの男から流れ出る膿《うみ》で汚すことは許されません…。われわれの戦力をそごうとする彼の試みは失敗しました…。わたしは皆さんに要請せねばなりません。われわれの仲間［モラレス］に厳正に対処し、皆さんの信念の規範を彼に適用するようにと。なぜなら、われわれはまだ、戦時中に適用される軍法をまだ制定していないからです」と述べた。反乱軍の初期メンバーたちは唖然となって自問した。いったいどうして、疲労困憊した者を「革命の妨害者」とよぶことが可能なのか？　陽気でお人好しで、他人に気づかってくれるいつものラウルと、自分たちの目の前にいるラウルは同一人物なのだろうか？　みずからの口から出る偏執狂的な言葉の奔流に押し流され、無慈悲に憎しみを露《あら》わにしている。彼は、一同に強い印象をあたえるために兄フィデルとこの求刑弁論を事前に用意したのだろうか？　実際のところ、フィデルとラウルのどちらも、「壊疽」、「感染」、「汚らわしい」、「膿」といった同じ表現、単語を用いていた。数時間前に自分たちの台詞《せりふ》を練習したかのように。［最終的にフィデルはモラレスに恩赦をあたえた。］

キューバ革命史上はじめてのこのソ連風ミニ裁判は、もう一つ別の興味深い点を明らかにした。カストロ兄弟のあいだには部族的性格のきわめて強い連帯があることだ。そして二人はこのころすでに残忍冷酷であったことも。「もし、いつの日か、気の狂った殺人者がわれわれの崇敬の的であるフィデルの命を断ち、こうした犠牲を捧げれば革命の灯を消すことができると考えるとしたら、彼らはフィデルの後継者のことをわかっていない、それがどういった人物であるのかを少しも理解していない。なぜなら、フィデルのエネルギー、一徹さ、地金《じがね》を二倍にしたのがラウルなのだ…。フィデルは［ラウルと比較して］やや柔軟性があるが、ラウルは鍛えた鋼《はがね》である。フィデルのほうが情に訴えやすいが、ラウルは計算機のような男だ」とバーヨは述べている。両親のもとを欠かさず訪れるやさしいラウル、よき同志、完璧な戦闘員ラウルはこの日、まったく別の顔を見せた。

フィデルのオーラに目がくらんで判断力が鈍っていた戦闘員たちは、ラウルのこれまでの奇妙な歩みを無視、もしくは忘れていた。ラウルは東欧に滞在した経験があり、モンカダ襲撃の数日前に共産党に入党していた。メキシコ市では、ジェノヴァからハバナまでの船旅で一緒だったニコライ・レオノフのもとを定期的に訪ねていた。ＫＧＢのエージェントであるレオノフは、メキシコ市のソ連大使館に勤務していた。ラウルはレオノフとたいへん親しくなったが、この友情が表ざたにならないよう気を配っていた。フィデルから、アメリカの諜報部員の警戒心をあおらないよう求められたからだ。

不思議なことに、ＣＩＡはフィデルの「純朴な弟」にほとんど関心をはらわなかった。ラウルはフィデルのたんなるクローンであるかのように。

勉強に興味がもてずに学校で問題を起こしていたラウルは、父親によって、問題児の矯正をも目的に掲げている農村学校に送られた。バネスの人々は、ラウルは出生にも大きな問題をかかえている、とささやいていた。リナが中国人の血を引く農村警備隊士官と浮気をしてラウルを産んだ、との噂があったのだ。フィデルとは異なり、ラウルは宗教教育を徹底的に嫌った。月日が流れ、試練をへるにつれ、ラウルはフィデルの右腕としてますます重みを増していった。結局のところ、フィデルが全幅の信頼をよせているのはラウルただ一人だった。ラウルはフィデリートの生活を差配し、父親フィデルの動向だけでなく誘拐の危険に応じてフィデリートの住まいを次々と変えた。フィデリートをとりもどし、母親のもとに戻すためにディアス・バラルト家が送りこんだ手先がいつ姿を現してもおかしくなかったからだ。

試練に直面して、カストロ一家は団結を強めた。私生活にかんして、フィデルは身内に頼ることができた。ラウルとならんでフィデルを支えたのはリディアである。一九五六年三月に、特異な使命を託されてフィデルによってハバナに送りこまれたのはリディアであった。ナティ・レブエルタへの連絡を絶っていたフィデルのもとに数カ月前、彼女からの手紙が届いた。あなたの子どもを妊娠しています、と書いてあった。驚愕したフィデルはなんと答えたらよいのかわからなかった。ナティは妊娠を既成事実としてつきつけてきたが、お腹の子どもの父親はほんとうに自分なのだろうか？　第一、ナティは既婚女性だ。彼女との関係は情熱的なものだったが、短期間で終わった。ナティが産む子どもの父親が自分とはかぎらないではないか。フィデルは「侵攻」準備の真っ最中であり、ナティの出産よりも「高尚な」ことがらに専念する必要があった。この問題にフィデルは頭をかかえた。

三月一九日、かつて関係をもったナティが女児を出産し、フィデルの母親の名前リナにちなんでアリーナと命名した、と知ったフィデルは罠にはまったと感じた。自分の子どもであるかについて疑念をいだいていたフィデルは、赤子がカストロ家の特徴をそなえているかその目で確かめてもらうためにリディアをナティのもとに送りこんだ。

リディアは社会福祉課の調査員さながらに、遠慮会釈なくナティ・レブエルタの家を訪れ、子どもを「見せる」ように求めた。リディアは赤子のブラウスの左袖をたくし上げ、「よろしい、ここに三つの黒子が三角形にならんでいる」とつぶやいた。次に、赤ん坊を腹這いにさせて左脚を観察し、「ほら、膝の後ろに痣《あざ》がある。この子はカストロ家の血を引いている、まちがいない！」と宣言した。お産で体力を消耗していたナティは、こうした無礼なふるまいに反撃しなかった。彼女は愛ゆえにこのあさましい検査を受け入れた。いくら手紙を送っても返事をくれないフィデルだったが、彼女はまだ彼を愛していた。ミルタと同様にナティも、一陣の風のように引きとめることができない男に惚れてしまったのだ。

訪問の最後にリディアはフィデルに託された贈り物を渡した。ナティにはメキシコ製の銀製ブレスレット、アリーナにはプラチナ製イヤリングが用意されていた。しかし、手紙はそえられておらず、ナティへの思いやりを示すものは何一つなかった。儀礼的な贈り物だった。ナティは文句を言わなかった。必要なら何年でも待つつもりだった。フィデルは歴史的な使命を負っている人だと信じているナティは、彼の「キューバ上陸」を待つことにした。

興味深いことに、アリーナが誕生したその日にフィデルは、ナティの友人すべてが党員である正統党から公式に離脱した。フィデルはこうして、自分とナティのつながりを断ち切った。三〇歳になろうとしていたフィデルは、キューバの女性作家テレサ・カスーソのもとに同居するリリア・アモールという一八歳のキューバ娘に恋していた。リリアに夢中となったフィデルは、マッチョらしくもなく甘い言葉を切々と語った。無邪気で陽気、人なみはずれた美貌の持ち主のリリアは、「闘う修道士」フィデルにとって若返りの妙薬だった。しかし、リリアはフィデルの口説きにこたえるようすがなかった。フィデルはリリアの前に出ると愛想がよくなり、ぎこちなく、嫉妬深かった。「ワンピース」タイプの水着を彼女にプレゼントしたのは、はしたないフランス製ビキニを着るのを止めてもらうためだった。しかし、彼女が自分の愛にこたえてくれないことは耐えがたかった。彼女がこれ以上、自分の手をすり抜けるのを止めるにはどうしたらよい？　フィデルが選んだ解決策は、お嬢さんをください、と彼女の両親に正式に申し入れることであった。リリアは承諾したが、情熱的でエネルギッシュな「フィアンセ」の内側に独占欲が強くて抑圧的な男がひそんでいることを短期間のうちに察知した。第一に、彼女は少女時代を抜け出したばかりの若い娘であった。彼女はやがて、フィデルに腹をたてるのと同時に、ときとして恐怖を覚えた。リリアはミルタと同じ過ちを犯さず、フィデルから大急ぎでのがれて同年齢の青年へと鞍替えした。婚約者が自分から去ったことを知ったフィデルは肩をすくめ、「わたしの婚約者はただ一人、それは革命だ！」とつぶやいた。

郵便はがき

料金受取人払郵便

新宿局承認

5338

差出有効期限
平成31年9月
30日まで

切手をはらずにお出し下さい

160-8791

343

（受取人）
東京都新宿区
新宿一—二五—一三

原書房

読者係 行

1608791343 7

図書注文書（当社刊行物のご注文にご利用下さい）

書名	本体価格	申込数
		部
		部
		部

お名前　　注文日　年　月　日

ご連絡先電話番号（必ずご記入ください）　□自宅　（　　）　□勤務先　（　　）

ご指定書店（地区　　）（お買つけの書店名をご記入下さい）　帳合

書店名　　書店（　　店）

5453

カストロ 上

セルジュ・ラフィ 著

愛読者カード

＊より良い出版の参考のために、以下のアンケートにご協力をお願いします。＊但し、今後あなたの個人情報（住所・氏名・電話・メールなど）を使って、原書房のご案内などを送って欲しくないという方は、右の□に×印を付けてください。 □

お名前《フリガナ》　　　　男・女（　　歳）

ご住所　〒　　－

市　　町
郡　　村

TEL　　（　　　）
e-mail　　　@

ご職業　1 会社員　2 自営業　3 公務員　4 教育関係
5 学生　6 主婦　7 その他（　　　　　　）

お買い求めのポイント
1 テーマに興味があった　2 内容がおもしろそうだった
3 タイトル　4 表紙デザイン　5 著者　6 帯の文句
7 広告を見て（新聞名・雑誌名　　　　　　）
8 書評を読んで（新聞名・雑誌名　　　　　　）
9 その他（　　　　　　）

お好きな本のジャンル
1 ミステリー・エンターテインメント
2 その他の小説・エッセイ　3 ノンフィクション
4 人文・歴史　その他（5 天声人語　6 軍事　7　　　　）

ご購読新聞雑誌

本書への感想、また読んでみたい作家、テーマなどございましたらお聞かせください。

第15章　わたしは家族というものを憎む！

彼が口を開くと、いくら待っても届かない金、自分と六〇名の「反逆の同志」の困窮ぶり以外の話題は出てこなかった。たえず愚痴をこぼし、はした金しか送って寄こさない金持ちの亡命キューバ人のことを罵《ののし》った。深く傷ついたフィデルは、苦い思いを反芻し、「われわれの一人ひとりは、軍隊が馬一頭に使う経費よりも少ない金で暮らしている！」と嘆いた。病的に猜疑心をつのらせたフィデルは、キューバに残っているM26の幹部が自分を孤立させるために「兵糧攻め」にしているのでは、と考えた。除《の》け者にされた、と感じていた。「解放軍」の維持には大金が必要だった。これまで、自分の生活も家族の暮らしも一度も気にしたことがなかったフィデルはいまや、部隊の維持管理の難問に直面していた。倹約は彼が得意とするところではなかった。アメリカ行脚で集めた一万ドルは数週間で雲散霧消し、一九五六年の春、持ち金は底をついていた。士気も同じく最低レベルに墜ちていた。

キューバ国内で事態が――フィデル抜きで――急展開を見せていたからだ。

四月四日、バティスタ政権転覆を狙う新たなクーデターが勃発寸前で阻止された。「純粋分子の陰謀」と名づけられたこのクーデターを計画したのは、全員が陸軍高等学校出身という若い士官たちだった。彼らの大半には、アメリカ留学の経験があった。メキシコ市のフィデルは、この軍事クーデターは、ことを荒だてずにバティスタに退場してもらうためにアメリカ政府が計画し、国務省が支援した陰謀だと考えた。対立、細分化した野党勢力が「暴君」に対抗する統一戦線を組めない現状では、武力による解決が唯一の現実的打開策だと思う者は多かった。しかし、またしても軍の決起は失敗に終わった。ぎりぎりの段階で、秘密警察ＳＩＭに通報があった。裏切りがあったのだ。クーデター計画にくわわった将校の一部は、ホセ・アントニオ・エチェベリアかフィデル・カストロの工作員が密告した、と信じて疑わなかった。これを裏づける証拠は一つもない。しかし、こうした疑念があること自体が、反政府勢力の足なみがいかに乱れていて協調が不可能であったかを示している。

バティスタはこのクーデター未遂事件を好機ととらえて参謀本部を粛正し、無能だが従順な部下を要職につけた。一三名の軍人が逮捕され、軍事法廷で裁かれ、六年の刑を言い渡された。陰謀の先頭に立った若い大佐、ラモン・バルキンのことをフィデルは親米派軍人とみなしていたが、これは誤解であった。収監されたバルキンは、反政府活動家たちのヒーローとなった。キューバ国民が血を流す事態はなんとしても避けようと願っていたバルキンに、新聞雑誌は賛辞をおしまなかった。キューバ世論はこの若い軍人にほれこみ、バルキンは国民の希望を象徴する存在となった。長年、ある種の潜在的内戦に苦しんできたキューバは、暴力に嫌気がさしていた。バルキンの一件は強い衝撃をひき起こし、反政府勢力はバティスタ大統領との「市民対話」を試みるというリスクをとった。ついに休戦もありうるのでは、と思われた。

これこそ、フィデルの頭を去らない懸念だった。もし世論の圧力で平和的解決が選ばれることになったら、自分の存在意義はどうなる？　穏やかな政権移行など、考えるだけでフィデルには耐えられなかった。なんとしても阻止しなくてはと考えていたフィデルは、バティスタの「テロとの戦い」をこっそりと支援することも辞さなかったのだろうか？

数日後の四月二十九日、プリオ前大統領に近い軍人グループがハバナから東に一〇〇キロもいかないところにあるマタンサス市のゴイクリア兵営を襲撃した。準備不足のまま実行されたこの襲撃は大失敗に終わった。兵営では計画を事前に知っていたらしく、襲撃者たちを待っていたのは重機関銃の掃射だった。一四名が死亡した。約一〇〇名のプリオ前大統領支持者が逮捕された。混沌を避けるために交渉によってバティスタに去ってもらうことを考えていたプリオ前大統領はアメリカに亡命するほかなかった。襲撃作戦実行の数時間前に密告があったことが知られている。

その場にいたキューバ人写真家がこの襲撃事件後の生々しいようすを撮影することに成功した。一枚目は、両手をしばられた捕虜一名が二人の警備員にはさまれて歩いている姿をとらえている。二枚目は、兵士たちがこの捕虜を背後から撃っているところを写したものだ。三枚目は、射殺されたこの捕虜の死体が、ほかの一〇体の死体に交じって地面に転がっている写真である。これらの写真は、アメリカの「ライフ」誌に掲載され、アメリカの世論に衝撃をあたえたが、南米やキューバでの反響は凄まじいものだった。メキシコのフィデルは、写真があたえるインパクトの強さを思い知った。プロパガンダが大好きなフィデルは以降、自分の政治闘争におけるフォトジャーナリズムの役割を決して軽視することがない。一枚の写真は、一〇〇丁の銃の価値があると理解したフィデルはやがて「心理戦」のエースとなる。

自国が不穏な流血の事態にゆれているころ、メキシコ市のフィデルは渉外活動に磨きをかけていた。元メキシコ大統領のラサロ・カルデナスと親交を結び、カルデナスのもとに足繁《あししげ》く——ときとしてはいそいそと——通う弟子となった。以前、エディ・チバスの弟子だった頃と同様に。また、南米大陸のすべての左翼指導者が集まるゆえに戦略的に重要なＯＲＩＴ（汎米州地域労働者機構）の本部を定期的に訪れた。ここでは、コスタリカ人のルイス・アルベルト・モンへ、ベネズエラ人のロムロ・ベタンクール、ゲバラの妻であるイルダ・ガデアも属するＡＰＲＡ（アメリカ革命人民同盟）を創立したペルーのビクトル・ラウル・アヤ・デ・ラ・トーレなどの労働組合活動家や亡命知識人らと会うことができた。ＯＲＩＴでフィデルは知りあいを増やしたが、人目を引く行動は避けた。ＣＩＡが、「革命家たち」の巣窟としてＯＲＩＴを注意深く監視していると知っていたからだ。そこでフィデルはひかえめにふるまい、透明人間さながらだった。のちにコスタリカの大統領となるルイス・アルベルト・モンへはときどきフィデルと接していたが、「あのカストロという男はとても変わったやつだ」と感想を述べた。モンへは、謙虚をよそおっているが突如として冷酷で執拗なごろつきまがいに変身する、というフィデルの奇妙な態度に気づいたのだ。

不思議なことに、ＣＩＡの支局長はこの時期のはじめから終わりまで、フィデルにかんする報告をいっさい行っていない。ポストバティスタのキープレイヤーたちはハバナにいる、とみなして、フィデル・カストロになんの重要性も認めていなかったのだ。しかし、サンタ・ロサの農場でアルベルト・バーヨが「解放戦争」にそなえて六〇名ほどの兵士を育成しているというのに、なぜフィデル・カストロに注目しなかったのは不思議である。また、「メキシコからキューバに侵攻する準備をしている」とアメリカ国内で公言した政治亡命者カストロの行動をメキシコ警察が監視していなかったとは考えにくい。実をいうと、ORITと近い関係にあるメキシコ大統領のアドルフォ・ルイス・コルティネスとM26の指導部が合意を結び、M26がメキシコ国内で問題を起こさないことを条件に、メキシコ政府はM26の武器購入、隠れ家、軍事教練、プロパガンダは見て見ないふりをすることになっていた。

ところが、一九五六年六月初旬、この紳士協定は破棄された。発端は、バティスタが送りこんだ官憲がメキシコ市のエンパラン通りで張りこみを開始したことだった。一行は、M26の参謀本部でフィデルの「食堂」でもあるマリア・アントニアの住まいの前に陣どり、対決もしくは暗殺の機会を狙っていた。状況を察知したメキシコ警察は自国政府に報告した。メキシコ政府は、国際的なスキャンダルが起きる前に迅速に対応する必要に迫られた。カストロはメキシコ政府にとってますます迷惑な存在となっていた。プール付きの豪邸に住む金持ちのメキシコ人夫婦に託されたフィデリートを奪還しようと、ディアス・バラルト家が何度も策動をくりかえしているだけになおのこと面倒だった。法律上、まだ六歳のフィデリートをいまのような状況に置くことには問題があった。フィデルによるフィデリート誘拐の件が大っぴらになったら、マスコミが騒ぐ危険があった。

六月二〇日、メキシコ当局はフィデルとその腹心二人（ウニベルソ・サンチェスとラミロ・バルデス）を、街中で逮捕した。ただのギャングであるかのように。夜となった数時間後、警察は複数の隠れ家に踏みこんでM26の「兵士」約一〇名を拘禁した。この「一斉検挙」は、メキシコ当局がカストロ派ネットワーク、一味が暮らす複数のアパート、武器を隠している場所をすべて把握していたことを示す。数日で、当局はメキシコ国内の「フィデリスタ」ネットワークを解体するのに成功した。六月二四日、警察はサンタ・ロサの農場を包囲したが、抵抗にあわなかったのは同行したフィデル・カストロが同志たちに武器を置き、投降するように指示したからである。木に登っていたために気づかれなかったチェ・ゲバラは、「同志とともに逮捕してくれ」と大声を上げた。こうして、この年の夏に「反乱軍」のリーダーは「無害化」された。武器闇取引の罪を問われたフィデルは、二七人の仲間とともに内務省管轄の刑務所に収監された。幹部のうちでは、ラウル・カストロただ一人が逮捕をまぬがれた。

このラウルが兄の弁護のために奔走した。メキシコ市の著名な弁護士二名を雇ったが、フィデルが置かれている立場は絶望的とまでいわずともあやうい、と率直に告げられた。しかし、彼らはフィデルという人物をわかっていなかった。いつもながら、フィデルがもっとも意気軒昂《いきけんこう》となるのは窮地にあるときであった。「気落ちしてはならぬ」と独房から部下たちに檄を飛ばした。自己暗示テクニックの達人フィデルは、「自信を失うな、われわれは予定どおりキューバに上陸を果たす！　変更事項は一つもない、われわれは勝利するのだ！」と勇気づけ、励ました。フィデルの戦士たちはくじけてはならない。バティスタが彼らの引き渡しを求めていようが、全員が数年の禁固刑を言い渡されるおそれがあろうが、M26の資金はたったの二〇ドルという惨状であろうと、それがなんだ！　皆を率いる救世主フィデルが目的地まで導いてくれる。部下たちの士気を維持するため、フィデルはおしみなく雄弁をふるった。まるで自宅に客を迎えているかのように、あきれるほど堂々とした態度で友人、活動家、ジャーナリストと刑務所の中庭で面会した。人から借りたマロン色のスーツを着たフィデルは、囚人ではなく「国家指導者」のようだった。客人を前にしたフィデルには落胆したようすを微塵《みじん》も見せず、それどころか闘志まんまんで、気分は高揚し、途方もなく楽観的だった。「ボエミア」に寄稿した文章のなかでは、「わたしの人生においては、独房の奥から真実のために非常に厳しい戦いをはじめねばならぬ事態が通例となったようだ」と述べた。弁護士カストロはすでに始動していた。

例によって被告フィデル・カストロは告発者に変容した。武器の闇取引の容疑について質問されたフィデルは、「自分を暗殺しようとする計画があった、腐敗したメキシコ警察関係者複数名を共犯者とするキューバの工作員が暗殺指令を受けとっていた」と主張した。これはフィデルならではの言いのがれ、お得意の作り話なのだろうか？　相手が疑り深そうなようすを見せると、フィデルは外科手術なみに精密な詳細を語り出した。

「この使命［カストロ暗殺］を託された工作員は、ここ数カ月のあいだに二回メキシコを訪れ、毎回、メキシコ市の最高級ホテル、プラドホテルに宿泊した。一回目のときは、エンパランの家のまわりをうろついているところを、同志たちによって目撃されている。（…）数週間後、この工作員は別の工作員二名をつれてまいもどった。そして、メキシコでこのような計画を首尾よく実行できる唯一の人物は、母国の司法当局の追求からのがれ、ベラクルスで身分証などを入手してメキシコ市に住んでいるキューバ人である、と知った。ここではアルトゥーロ・エル・ハローチョと名のっているこの人物は、メキシコの諜報部員でもあり、かつ警察長官のモリナリ司令官の腹心でもあった。ただし、モリナリはこの件とはなんの関係もない、というのがわたしの考えだ。キューバの工作員たちは、一万ドルの報酬でエル・ハローチョと直接取引したのだ。（…）警察の制服とパトカー一台を使い、われわれを逮捕し、手錠をかけ、不法監禁し、跡形もなくわれわれを消す、というのが彼らの計画だった。彼らはわたしの筆跡を完璧に模倣した署名が入った一枚の紙をもっていた。これを使い、『やむをえず緊急にメキシコを離れた』と告げる手紙をわたしの名前で第三国からエンパラン通り四九番地宛に送るつもりだった。（…）わたしはそのように聞いている」

フィデルの話は続き、当然ながら在メキシコ市のキューバ大使館もこの暗殺計画のことは知っていたのだが、計画が失敗すると「カストロは共産主義者だ」と悪意をもって言い立てている、とつけくわえた。自分は共産主義者ではない、と言いきったのだ。

なぜフィデルは、これほどの短期間で、自分にさしむけられた刺客たちの行動にかんしてこれほどの詳細を入手することができたのだろうか？　暗殺計画にはメキシコ警察もからんでいると主張し、メキシコ警察をむしばむ驚くべき腐敗を指弾《しだん》することで、フィデルは真骨頂《しんこっちょう》を発揮した。金めあての刺客は警察長官に近い人物のようだ、ただし、フィデルに言わせると、長官自身は暗殺計画を知らなかった…。

この暗殺計画の話はまったくの創作なのだろうか、それとも真実がふくまれているのだろうか？　真実がふくまれているとしたら、キューバの工作員はとんだ意気地なしということになる。フィデルの話を信じるなら、最初の難関でたちまち怯《ひる》んだからだ。最初の難関とは、フィデルの身辺警護体制である。彼はつねに二〜三人のボディガードをともない、つねに移動し、決して同じ道をたどることはなく、同じ場所に二日続けて泊まることは避けていた…。

メキシコでも、そのほかのどこの国でも、フィデルの話を裏づけることができた者は一人もいない。とはいえ、この話はメキシコ政府への警告としてはかりしれぬ効果をもたらした。収監が長引けば、フィデルはメキシコに不和の種を播き、メキシコ警察をまきぞえにしかねない。フィデルにとって決定的に不利な証拠があったものの、「武器の闇取引」にかかわったフィデルを釈放することが短期間のうちに決まった。年老いたラサロ・カルデナス元大統領が口添えしたこともあり、フィデルは七月二四日に釈放された。チェ・ゲバラは収監されたままだったので、自分のことは待つな、とフィデルに切々と訴えた。フィデルは「冗談じゃない。俺は君を見すてたりしない」と答えた。チェに示したこの驚くべき厚い信義にはとまどいを覚える。フィデルの人柄にそぐわないからだ。フィデルは落伍者を待って時間を浪費することなど絶対にしない男だった。しかし、ゲバラは彼にとって自分を写す鏡のような存在であり、一種の呪物となっていた。護符《ごふ》ともよべる友を置いて出発することはありえない。フィデルのこの態度に心をゆさぶられたチェはこの日、彼に永遠の友情を誓い、その後に「カント・ア・カストロ（カストロに捧げる歌）」と題する詩を詠んだ。戦士の熱情にあふれた叙事詩である。

道なかばにして鉛の弾がわれらの動きを止めるなら
キューバの涙をたっぷりとふくんだハンカチをあたえておくれ

アメリカ大陸の歴史に向かう途上にあった
われらゲリラの骨をおおうために（…）

メキシコにおけるM26の壊走ぶりなど気にするようすもなく、獄中のゲバラは興奮し、キューバ国民を「解放」するためにキューバに向かうときに、航海中のフィデルに自作の詩を献呈する、と約束した。波乱万丈の冒険の旅には吟遊詩人の同行が必要なのだ。チェはこの役割を演じるつもりでいた。彼は詩のなかでフィデルを「陽気な革命の指導者」とよんでかぎりなく称賛しているが、彼が描くフィデルは陽気どころか、口にする言葉は「罰」や「ファリサイ人［ユダヤ教内のグループ。新約聖書では、イエスに敵対する勢力として描かれている］に対する戦い」にかぎられ、「悪人を裁く最後の審判のはじまりを告げる鐘」の音を耳にする日が来ることを夢見ていた。フィデルと同様に徹底した無神論者であったにもかかわらず、ゲバラも「最後の審判」のイメージにとりつかれていた…。

数日後にゲバラの釈放も決まり、彼は決意も固く、自信たっぷりにメキシコの刑務所を後にした。しかし、「反逆者」たちの状況は輝かしいとよべるものではなかった。一九五六年八月、カストロは壊走中の戦闘部隊を率いる司令官であった。腹心の大半はマークされており、メキシコ国内ではもはや動くことができなかった。フィデル自身も警察から厳しく監視されていた。だが、彼は自分が立てた計画をいっさい変更しなかった。自身が予告したとおりに、年末までにはキューバに上陸するつもりだった。だが、今回ばかりは自分一人では動きがとれなかった。だれかと同盟を結ぶ必要があった。そこで、自分にとっては直接のライバルであるホセ・アントニオ・エチェベリアの協力を求め、二人で力を合せて戦うことを提案することにした。エチェベリアの「革命幹部団」のメンバーを「爆弾テロ犯」とか「バティスタを喜ばせるだけの危険なテロリスト」などとよんだフィデルだが、過去は過去だ！　この際、フィデルにはそうした批判を封じる用意があった。第一に、選択の余地などなかった。フィデルはエチェベリアをメキシコ市によんだ。八月末、二人は、フィデルがメルバ・エルナンデスとヘスス・モンタネと共同生活を送っているパチェコ通りのアパートに二日間たてこもって話しあった。長い交渉のすえ、二人は一九項目からなる「蜂起協定」を締結した。なんとも奇妙なことに、この協定の半分近くはドミニカ共和国の独裁者ラファエル・レオニダス・トルヒーヨにかんする内容だった。ドミニカ共和国の暴君が、キューバの政権転覆とどうかかわるのだろうか？

フィデルは当時、トルヒーヨとひそかに交渉したのでは、とキューバの情報当局から疑われていた（トルヒーヨといえば、一九四八年にカヨ・コンフィテス島でみじめな終わりを迎えた遠征に参加してカストロが倒そうとした相手である）。これはカストロに対する重大で、ほとんど信じがたい非難であるが、バティスタの周辺のみならず、グラウ元大統領をかつぐ真正党系の政治家たちや、ペラーヨ・クエルボが委員長をつとめる正統党関係者からもそうした声があがっていた。彼らは、フィデルがほかならぬトルヒーヨに武器供与を求めて交渉した、との情報を確かな筋から得ていたのだ。ばかばかしいように思えるが、これはそれほど荒唐無稽《こうとうむけい》な話ではない。一九五六年、トルヒーヨとバティスタの関係は険悪だった。親米派のバティスタは、トルヒーヨの内政に賛同できない旨をくりかえし表明した。民主主義を奉じる大統領との評判を築こうとして、隣国ドミニカ共和国の大統領に何度も冷たい態度をとったのだ。トルヒーヨはこれを許せないと思った。したがって、トルヒーヨが報復として、バティスタを敵と狙うカストロに武器供与を申し出るのはありえない話ではなかった。組織を弱体化され、装備を失い、窮乏していたカストロが「悪魔からの贈り物」が受けとったとしてもおかしくはなかった。大学時代の仲間の一部は、この噂を聞いて驚かなかった。彼らに言わせれば、これはフィデルらしいやり口だった。フィデルの「融通無碍」な信念、ねがえり、裏切り、自分の利益にかなうのならだれとでも手を結ぶ節操のなさを覚えていたからだ。

　ゆえにフィデルはなんとしても、こうした噂の芽を早いうちに摘みとり、自分を誹謗する者たちを黙らせる必要があった。自分の汚名をそそぐのに、エチェベリアと締結する「協定」以上に有効な手段があろうか？　そこで、――メキシコ市でのエチェベリアとの交渉でフィデルがどのような手を使ったかはわからないが――二つの武装勢力の同盟を正当化することを目的としていたはずの協定文書に、驚くべき内容が加筆された。おぞましいトルヒーヨと武器供与をめぐって交渉したという非難に対する反論としてフィデルは「協定」のなかで、責めを負うべきはトルヒーヨただ一人である、トルヒーヨは「士官たちと金で動く刺客たちの協力を得て、キューバに対する陰謀をめぐらせた」と主張した。フィデルが非常に錯綜した話をもち出したために、彼にかけられた疑いはうやむやになってしまった。「いったいだれがだれをあやつっているのか」をわからなくする戦術が成功した。影の工作員や金で動く殺し屋たちが大勢登場する物語の複雑な筋立てのおかげで、フィデルに対する疑惑は輪郭があいまいとなった。フィデルは実際のところ、非難されたように「サント・ドミンゴ［ドミニカ共和国の首都］の首領《カウディージョ》」から支援を得ようとしたのだろうか？　これを裏づける文書は一つも見つからなかったが、フィデルも今回ばかりは冷や汗をかいた…。

一件落着して、フィデルはふたたび自分の「使命」、キューバ侵攻の準備に没頭することができるようになった。警察の監視の目をくぐるため、戦闘員の大半を、メキシコ市から遠いユカタン半島のキューバにもっとも近いベラクルス、メリダ、ハラパの海岸に送りこんだ。再逮捕されないよう、できるかぎり迅速に行動に出る必要があった。時間との競争がはじまった。一九六五年の夏の終わり、キューバ上陸を実行するまで残された時間は四カ月となった。

「反逆部隊」の一グループを視察している最中に、フィデルはトゥスパン川の河口付近で「グランマ号」という全長一四メートルの遊覧船に目をとめた。ディーゼルエンジン二基を搭載した定員二五名の船だった。カストロ指揮官《コマンダンテ》と副官ペドロ・ミレーの計算によると一〇〇名ほどとなる予定の上陸作戦の一団を運ぶにはかなり小さい。しかし選択の余地はなかった。この老朽船で満足するほかない。唯一の障害は、約二万ドルという価格だった。軍資金を集めようと努力しているにもかかわらず、フィデルの手元にはこれだけの金はなかった。一九五六年一一月にキューバ上陸を実行すると自分で予告したために追いつめられたフィデルは、急いでパトロンを探す羽目となった。

フィデルの考えでは、自分を助けることができるのはただ一人、プリオ前大統領であった。何年か前に、カストロが公金横領、裏切り、腐敗といったありとあらゆる汚名を浴びせた相手にほかならない。プリオが、自分を司法に告発し、自分をひきずり落とすために苛烈で憎しみがこもったキャンペーンを新聞雑誌でくりひろげたカストロを支援するなんてことがありうるのだろうか？　カルロス・プリオは大金持ちで、マイアミで暮らしていたが、いだく夢はただ一つ、フルヘンシオ・バティスタの打倒だった。古狸プリオは、カストロが「差し出す手」になんらの幻想もいだいていなかった。

彼から受けた侮辱も忘れていなかった。しかし、これは復讐のチャンスだった。「反逆者」カストロが自分にひれ伏して支援を乞《こ》う姿を見たかった。九月中旬、プリオはフィデルをアメリカによびだした。プリオが待っているマッカレン市（テキサス）の「カサ・デ・ラス・パルマス」ホテルに行くため、フィデルはウェットバック［「濡れた背中」を意味する英語のウェットバックは、アメリカに不法入国するために川を泳いで越境するメキシコ人労働者の蔑称］になり下がるというひどい屈辱をしのばねばならなかった。ビザがないために、リオ・グランデ川を泳いで渡ったのだ。アメリカ側の岸に着くと、乾いた服に着替えて以前の敵に会いに出かけた。

ホテルに着いたフィデルは、勝ちほこったようすでこのひとときを楽しんでいるプリオを前にして、相手の求めに応じてなんでもかんでも約束した。会談のあいだ、フィデルはへりくだることを躊躇《ちゅうちょ》しなかった。彼は腰を低くし、献金を求める僧侶のように溜息《ためいき》をついた。そして少しも迷うことなく秘密協定に署名して、現金で約五万ドルを受けとった。

この偽善に満ちた芝居のおかげで、ユカタンに戻ったフィデルは大作戦に取り組むべく、グランマ号を購入することができた。M26の幹部の一部は、「リオ・グランデ会談」を非難した。幹部の大多数は、どのような形にせよカルロス・プリオから支援を受けることに反対していた。M26が何年間も闘っていた相手から資金援助を受けた事実を、どのようにキューバ国民に説明したらよいのだ？　こう問われたフィデルは、「一九五二年のクーデター以前に起こった犯罪はすべて許す」と決めたところだ、と答えた。だれもこんな屁理屈にだまされず、不平不満はやまなかったが、カストロはだれが何を言おうと意に介さなかった。

反乱軍参謀本部のなかには、ハバナ市内のM26組織の重要性を軽視するフィデルの態度を不安視する向きもあった。フィデルは、M26が首都でどれほど戦力を必要としているかを考慮せず、最良の戦闘員がメキシコに渡って自分と合流することを要求したからだ。しかしフィデルはこうした批判を一顧だにせず、要求をとおした。自分はM26の創立者だ。組織を支配する自分の主導権を疑問視するのはだれだ？　あれやこれやの要求への対処で一分たりとも時間を失うことは許されない。フィデルにとって、戦時におけるこうした雑音は裏切りに等しかった。

フィデルが「侵攻」の準備をしているさなかに、めそめそした泣き言で邪魔する者が現れるなんてとんでもない話だ。しかし、腹心の一人で、M26のオリエンテ地方責任者のフランク・パイースが一〇月二四日にわざわざメキシコにやってきて、上陸を止めるよう進言したときは、フィデルも耳を傾けざるをえなかった。パイースは「われわれは準備ができていない。戦闘員はまだ訓練がたらず、総決起に参加して効果をあげる力はない。君が上陸にこだわるとしたら、それは自殺行為となるおそれがある」と説明した。五日間、二人のあいだには激しいやりとりが続いたが、なんの役にも立たなかった。フィデルは折れず、自分が予告した日程に執着した。

ホセ・アントニオ・エチェベリアも相談に訪れた。前回八月のときと比べて、かなりとげとげしい会話がかわされた。今回、革命幹部団を率いるエチェベリアは凄《すご》みをきかせて「君のすることは犯罪だよ。純粋な自殺行為だ！　われわれは成功の保証が少しもないまま、何百人もの同志を死地に送りこもうとしている」とフィデルに訴えた。しかしフィデルはそれ以上耳をかさなかった。彼は心のなかですでに山中《シエラ》にいた。「使命」の先頭に立って難路を行軍している自分を想像していた。自分は、祖国に「福音を宣べ伝える」ために出発するのだ。フィデルに語りかけているのは神ではなく、歴史だった。紅海を前にしたモーセのように、フィデルは大洋を干上がらせることもできると信じていた。何も自分を止めることができない。自分は神を信じていないが、自分の運命は信じている。自分に宿る力に世界は屈服するにちがいない。約一〇〇名を運ばねばならないのに、定員二五名の船しかもっていない？　どこに問題がある？　フィデルにとって、グランマ号は象徴として理想的だった。老朽船で「エルサレムに行く」のだ…。自分には、ノアの箱舟、さもなくばメデューズ号の筏《いかだ》での船旅がふさわしい！　今回の遠征の結果がどうなろうと、自分は遅かれ早かれ、生きたまま、もしくは死して霊廟に祀られるのだ。グランマ号は小さすぎるのでは？　船の「増改築」を命じるまでだ！　夢想家フィデルは気宇壮大《きうそうだい》だった。彼は勇敢でも豪胆でもなく、とりつかれていたのだ。だれも彼を止めることをできない。共産党であっても。友人の共産党党員、フラビオ・ブラーボも計画の延期を提案したが聞いてもらえなかった。

一九五六年一一月二四日、フィデルはメキシコ市を去ってトゥスパンに向かった。グランマ号はこの夜のうちに出航する、との決断をくだしていた。天気予報によると嵐が到来することになっていた。空が暗くなり、海の波が高くなっているのを尻目に、M26のリーダーは死刑囚が自分の処刑を準備するように、遠征に向けての準備に余念がなかった。周囲の人間が慌ただしく動きまわっているあいだ、彼はどのような準備に取り組んでいたのだろう？　遺言状の作成であった。おそらくは、父親アンヘル・カストロが適正な治療を受けていなかったヘルニアを手術したのち、一〇月二一日に死亡したとの知らせを数日前に受けとったことが関係しているのであろう。カストロは父親の死を悼《いた》むようすをいっさい見せなかった。彼がよぶところの「じいさん」は享年八一歳で、もう何年も息子と会っていなかった。何一つ、だれひとり、二人の仲をとりもつことはなかった。二人のあいだにあったのは恨みと無理解だけだった。フィデルは昔から父親に「愛されていない」と思っていた。母親からは、ドン・アンヘルは以前から、粗暴でありながら深遠ななにかを渇望しているフィデル、怒りっぽくて手を焼かせる少年だったフィデルをいちばん気に入っていた、と打ち明けられたのだが。フィデルは何度も父親を罵《ののし》ったことがある。屋敷に放火する、と脅したこともあった。父子のあいだには、見わたすかぎりの焦土が広がっていた。フィデルは、カスティーリャの郷士《イダルゴ》さながらに尊大でかたくるしい父が白馬に跨《また》がり、自分の地所を横断している姿を記憶していた。故郷ガリシアの狩猟鳥獣が多い谷間を病的なまでに懐かしがっていたドン・アンヘル。土地と家畜を愛していたドン・アンヘル。怒るとユピテルのように雷を落としたドン・アンヘル。スペインのランカラ村の貧しい耕作人から身を起こして熱帯地方の殿様となったドン・アンヘル。農園管理に忙しすぎて息子たちに愛情を示すことができなかったドン・アンヘル。フィデルは、父親を一度も愛したことがなかった。彼は、ビラーンの過去と縁を断つために自分の人格を形成した。そして、しがらみをもたぬ男、ノマド、逃走者となり、「家族とは、動物的本能の産物にすぎない」と述べて憚《はばか》らなかった。彼にとって血のつながりとは「野蛮な概念」にすぎず、「革命のほかに、家族も兄弟も姉妹も存在せず、何もない…」と言いきっていた。父親も母親も土地も存在しない。彼の夢の母国はリンボ［地獄と天国のあいだにある場所］のなかにのみ存在していた。自分が勝利したあかつきには父親の農地を国有化する、とフィデルは予告していた。

「わたしは家族というものを憎む！」と大声で宣言していたも同然のフィデルは、いざ機関銃に立ち向かわんという出発前の興奮状態のなかで遺言状をしたため、そのなかでメキシコ市に残ったフィデリートの親権をだれに託すかも決めた。

「わたしは息子の親権を、エンジニアのアルフォンソ・グティエレスとその妻のオルキデア・ピーノに託す。このように決めたのは、わたしの不在中に息子のフィデリートが残忍なわたしの敵および誹謗《ひぼう》者の手中に落ちることを望まないからだ。彼らは、わたしの家庭を攻撃して彼らがいまだに仕えつづける血塗られた専制体制に犠牲として捧げるために、わたしと彼らとのあいだにある家族の絆を、際限のない卑劣な行為によって利用した。わたしの妻は実家の影響からのがれることができないことが明らかになった以上、息子は、わたしが現在打ち負かそうと闘っている忌《い》まわしい思想のもとで養育されるおそれがある。（…）一人息子にかんしての、正当かつ当然なこの願いが尊重されることを希望する」

「家族の絆」に対する怨念に満ちたこの遺言状のなかで、かつての「私生児」フィデル・カストロは、娘のアリーナには一言もふれていない。どのような子どもかも知らず、一度も会ったことがない娘だった。母親のナティ・レブエルタがうるさいくらいに書いてよこす情熱的な手紙によって、フィデルはアリーナのようすを定期的に知らされていた。しかし、アリーナを認知するつもりはまったくなかった。この件でフィデルは辟易《へきえき》していた。彼には息子だけが大切だった。いっときは、真の革命家に育て上げるためにグランマ号に乗せてつれてゆこうかと考えたほどだった。ぎりぎりの段階で、

物語に流れる「時」から物語を読み直すと、新たな意味が浮かび上がる！

「時」から読み解く世界児童文学事典

川端有子、水間千恵

登場人物やあらすじは忘れても、不思議と記憶に残っている時代や時間がある。気鋭の児童文学研究者が、世界中の、また日本を代表する児童文学の名作を、「時」をキーワードに読み解き、読者と「時」と物語をつなぐ。

A５判・5800円（税別）ISBN978-4-562-05437-4

白茶、緑茶、ウーロン茶、プーアル茶、紅茶、ハーブティー各国のお茶事情、種類、飲み方やレシピまで、お茶を愉しむヴィジュアルガイド

世界の茶文化図鑑

ティーピッグズ／ルイーズ・チードル&ニック・キルビー／伊藤はるみ訳

世界で愛されるお茶について、総合的かつヴィジュアルにガイドする。茶葉の知識や種類、レシピ、また各地の生産者へのインタビューやお茶を飲む文化・習慣を通して、あらゆる国でお茶が生活に息づいていることが理解できる。

A４変型判・5000円（税別）ISBN978-4-562-05403-9

産業革命以来、250年以上におよぶ多彩なデザインの歴史のすべてを、1000を超える図版とともに描く決定版!!

デザイン歴史百科図鑑

ジョナサン・グランシー／角敦子訳

工業生産の黎明期から現在までの世界中の貴重な発達や運動、デザインの専門家までを詳述。年代順に主要な作品とデザインにかんする画期的な出来事を豊富な図版とともに技術的・文化的・経済的・美学的・理論的他多角的に解説。年表、詳細索引付。

B５変型判・8000円（税別）ISBN978-4-562-05415-2

加速する教育再編・統廃合にも完全対応！

全国学校総覧 2018 年版

全国学校データ研究所編

日本全国の国公私立の小中高、大学・短大、各種・専修他、総ての学校の基本データを収載した、もっとも信頼のおける唯一のレファレンスブック。郵便番号、住所、電話、FAX、校長名、生徒数を記載。

B5判・函入・特価16000円（税別）**（特価締切2017年11月30日）以後定価18000円**（税別） ISBN978-4-562-05460-2

姉リディアと妹エンマに説得されて断念したのだが。

　かくしてフィデリートは危険きわまりない航海を瀬戸際でまぬがれた。まだ七歳であり、なぜ父親が自分を革命の少年兵士に仕立てようとしているのか理解していなかった。ほぼ一年、会っていない母親がとても恋しかった。母親がハバナに居ながらにして、わが子をとりもどすための「戦争の作戦」を練っている最中だとは知る由《よし》もなかった。ミルタにはそれ以外の選択肢はなかった。「身勝手な父親」フィデルとの話しあいの試みはすべて頓挫《とんざ》した。ディアス・バラルト家に雇われたキューバ人数名がすでにメキシコ市に着いて、フィデリートのあとをつけていた。今回ばかりは、奪還は児戯に等しいものとなる…。

第16章　煉獄への上陸

バティスタは少しも遠慮せずに大声で笑った。大きな恐怖から開放されたあとの、とどろく雷鳴のような笑いだった。安堵《あんど》したバティスタは、おおげさ、理不尽に怖がっていた自分自身を笑いとばしていた。ハバナの大統領執務室にいたバティスタは、吉報を受けとったところだった。バネスの旧い知りあい、「最良の敵」であるフィデル・カストロは約束を守った。予告どおりに、一九五六年が終わる前にキューバに上陸したのだ。一二月二日の明け方、正確にいえば四時二〇分のことだった。「予告された侵攻」はあまりにも情けないものだったので、バティスタは当初、見えすいた策略、フィデルお得意の計略ではないかと思った。別の一隊がハバナ南岸に上陸するのでは、とも考えた。カストロたちの冒険の旅はじつのところ哀れな難破物語であった。グランマ号と重装備した八二名の乗客は地獄を経験した。ユカタン半島を出て以降、ひたすら暴風雨に襲われた。船内には黙示録さながらの雰囲気がただよっていた。ゲバラは「船全体が、滑稽なくらい悲劇的な様相を呈していた。男たちは苦悶の表情を顔に浮かべ、両手で胃を押さえていた。バケツに頭をつっこんでいる者もいた。まことに奇妙な姿勢で、服を吐瀉物まみれにして、じっと動かずに寝転がっている者もいた」と述べている。明け方、気息奄々《きそくえんえん》の老朽船は、疲れはてて幽霊じみた兵士たちを乗せたまま、引き潮の浅瀬の泥堆にのりあげた。フィデルは、本島に着いたのか、「エル・プルガトリオ［スペイン語で煉獄を意味する］」とよばれる合流地点に近い小島の一つに着いたのかわからなかった。例のごとく、カストロは上陸地点をあてずっぽうではなく、自分の伝説形成のために選んだ。使命をおびた宣教師が上陸するとしたら煉獄以外は考えられない…。逆風と、老朽船のみじめな状態がフィデルの思惑をはばんだ。栄光に包まれるはずだったフィデルの帰還は、ニケロ市の南、プラヤ・コロラダ近くのマングローブの根がからんだ泥堆への乗りあげで終わった。腹を空かせた蚊の大群が待っていた。

七日間続いた航海のあいだ、フィデルは船酔いとは無縁だった。幻覚にとらわれたような目つきで、クリストファー・コロンブスさながらに暴風雨をとおして水平線をじっと見つめていた。ゲバラは重篤な喘息の発作に襲われた。出発のあわただしさで抗アレルギー薬のベントリンとインタール、そして吸引器を忘れてしまったのだ。彼は「常用薬なしでは、悪魔が俺の体のなかに入ってくる！」と嘆いた。

本島の海岸に降り立つものと思っていたフィデルの突撃隊は、気がついたらマングローブのまっただなかにいた。蔓《つる》と、剃刀《かみそり》のように皮膚を切りさく葉がからみあっていた。戦士たちはもはや、狼狽して無害な、災難の生き残りでしかなかった。銃や弾は水に濡れ、使用不能だった。重火器はグランマ号に残したままだった。水たまりと流砂のあいだをひどく苦労して進む反逆者たちは不運そのものだった！　いまわしい二時間の行軍のすえ、彼らはやっとのことで陸地にたどり着いたが、ぐったりと疲労困憊していた。その頃、ニケロとサンティアゴを出発したバティスタの軍勢は、反逆者たちを殲滅すべく、すでにこちらに向かっていた。グランマ号撃沈を命じられた戦闘機はすでに発進していた。

バティスタは最初から事態のなりゆきについて報告を受けていた。フィデル・カストロを待っているあいだに不安がなかったといえば嘘になるが、今回ばかりは容赦するつもりはなかった。海上でフィデルの船を破壊できると確信していた。二日前、フランク・パイースに率いられたM26の活動家たちがサンティアゴで総決起したと知ると、参謀本部はサンティアゴ一帯の部隊に動員をかけた。偵察機が間断なく空を飛びまわった。メキシコでフィデルに率直に表明したように今回の計画に大きな懸念をいだいていたものの、フランク・パイースはオリエンテの州都サンティアゴで大規模蜂起作戦を実行に移したのだ。同時に、計画によるとニケロとピロンのあいだのどこかに上陸するはずの「侵略者たち」を迎えるために、少数の兵員と複数のトラックとともにセリア・サンチェスを派遣した。だが、いくら待ってもグランマ号は姿を現さず、セリアは道を引き返すほかなかった。フィデルがまたもや自分の「内なる声」しか聞かなかった結果として、サンティアゴの暴動は流血のうちに鎮圧された。オリーブグリーンのユニフォームを着てM26の赤と黒の腕章をつけた叛徒らは、迎え撃つ重装備の四〇〇名を超える兵士に対してあまりにも少人数であり、大敗を喫した。フランク・パイースは九死に一生を得て逃走することができた。皮肉なことだが、サンティアゴの叛徒らが命だけでも助かろうとあがいているあいだ、戦闘機は悪天候のためにカストロらの船を発見して沖合で撃沈することはできなかった。天はまたしてもフィデルの味方となった。ぶざまなモーセとしてではあるが、フィデルは紅海を渡りきったのである。

一九五六年一二月二日、プラヤ・コロラダでは、乞食さながらの疲れきった部隊を率いる全身びしょ濡れのフィデルが、地獄の亡者のように叫び、活を入れた。「われわれは勝った！　ホセ・マルティのように、われわれの国土をとりもどすのだ！　暴君バティスタが追い落とされる日は近い！」。うろたえ、疲労と恐怖で打ちのめされた一行は、フィデルのことを預言者であるかのように見つめていた。

プラヤ・コロラダから一〇〇〇キロ離れたハバナで、バティスタ大統領は驚きがおさまらなかった。フィデルが自分にこれほどの恩恵をあたえてくれるとは！　惨憺たる結果に終わったとはいえ、フィデルの暴挙のおかげで、アメリカ政府にキューバへの本格的な兵器供給の必要性を納得させることができた。アイゼンハワー大統領はただちに、レーダーと強力な高射砲をそなえた超高速哨戒艇三隻、T53ターボシャフトエンジン搭載飛行小隊、野戦高射砲、歩兵部隊用の大量の武器をバティスタに引き渡すことを承諾した。これだけの軍備があれば、オリエンテの前線においてはもうなんの危険もない。バティスタにとって、カストロの侵攻は水に濡れた爆竹に等しく、ただの茶番劇だった。バティスタはいまや、本物のゲリラを鎮圧する手段を手に入れた。フィデルは本物のゲリラではなく、コメディアン、ブランカレオーネ［芝居の登場人物の名前。現実離れして夢想してばかりいる］だ。バティスた。ゆえに、当該の行動を成功させるための物理的な時間はない。あげくの果てには、激しい、そして往々にして侮辱的な叱責をフィデルから浴びせられる。彼らは、リーダーであるフィデルは自分たちを信頼していないのでは、との思いをいだいた。それもそのはず、フィデルが信頼しているのは自分自身のみであり、つねにすべてを掌握しようとするあまりにM26の機構内に混乱をひき起こしていた。フィデルは、イエズス会士たちに教えこまれた絶対的服従の精神を、今度は自分が配下の者たちに強制していた。彼は、身をもって学んだ絶対的服従の効力を少しも忘れていなかった。

しかし、フィデルのハバナ支部幹部に対する猜疑心を説明するファクターはこれだけではない。彼は、ありとあらゆる破廉恥な言動に満ちた都会、あらゆるトレンドを受け入れる国際都市ハバナを腹の底から嫌っていた。ハバナは、彼が奉じる純粋で硬質なナショナリズムとははるかにへだたっている。彼にとって、革命は山からやってくるものであり、それ以外はありえない。山地に立てこもり、上へ上へと高みをめざし、シエラ・マエストラ（マエストラ山脈）の最高峰、標高一八〇〇メートルに達するトゥルキーノ山の頂にまで達する、これがフィデルの心をとらえて離さない思いだった。フランク・パイースが率いる反乱が民衆の蜂起をうながすとは一秒も信じたことはなかった。それを望んだことも一秒たりともなかった。何カ月も前から彼のシナリオは完成していた。急流や隘路《あいろ》に満ちた険しい山中に隠れ、反乱軍を少しずつ構築する、というものだった。山中では、正規軍は迷路に入りこんだのも同じで、思うように進めないだろう。自分の反乱軍は、庶民、貧乏人、百姓《グアヒーロ》、目に一丁字もない人々、最下級層、連峰支脈の掘っ立て小屋で貧窮生活を送っている者たちを集めて結成する。彼らは自分とともに、熱帯のファリサイ人である大土地所有者を神殿から追いはらうのだ。

一二月三日、フィデルは「難破」後にばらばらとなった兵員を集めて山奥をめざした。夜間に歩き、日中に眠り、見通しがきく場所は避けた。遠く、プラヤ・コロラダのほうから爆撃の音が聞こえた。泥堆に乗りあげたグランマ号が戦闘機によって発見されて一斉射撃を受けているのだ。できるだけ早く、密林の奥深くに逃げなくてはならない。

同じころ、ハバナのバティスタはひどい戦術ミスを犯していた。サンティアゴでのM26による反乱の失敗に酔いしれたバティスタは、偽情報による愚かな攪乱《かくらん》工作をくわだてた。証拠は何一つないのに、フィデル・カストロとその弟のラウル、そしてM26の幹部の一人であるファン・マヌエル・マルケスの死亡をキューバ国民に告げたのだ。発表したのはオリエンテの作戦総司令官であるペドロ・ロドリゲス・アビラ将軍であった。将軍は報道関係者をよび集め、赫々《かっかく》たる戦果を報告し、「叛徒らは空軍によって文字どおり粉砕された。死体は仮葬されたが、海軍によってハバナに移送されることになっている」と述べた。アメリカの通信社、ユナイテッド・プレスはすぐさまニュースを世界中に配信した。バティスタはそれとも知らず、フィデルの頭上に聖人の光の輪《オーラ》をのせてしまったのだ。イエス・キリストならぬ救世主カストロの伝説がここに生まれた。後日、生存が確認されたフィデルは、多くのキューバ人にキリストの復活を連想させることになる。

そこにいたる以前、フィデルはわずかな手勢を率いて難路を行軍し、山脈の高みをめざした。一二月五日、二日続けての夜間強行軍のあと、フィデルはアレグリア・デ・ピオの樹木もまばらな空き地で休息をとることにした。夕方、半分まどろんでいた叛徒たちは約一〇〇名からなる憲兵部隊に包囲された。農民の若者に密告された一行は重火器の射撃を浴び、命からがら遁走《とんそう》することしかできなかった。大パニックに襲われた反乱軍は蜘蛛の子をちらすように逃げさった。二二名が殺された。約二〇名が痕跡を残すことなく逃げのびることができた。残りの者は逃走中に捕まり、逮捕された。フィデルは二人の仲間、ウニベルソ・サンチェスとファウスティーノ・ペレスとともにサトウキビ畑に逃げこんだ。フィデルの右腕だったファン・マヌエル・マルケスは捕まって容赦なく殺された。アレグリア・デ・ピオの不意打ちを生きのびた者たちは数日間山中をさまよった。少しでも人家があるところは避け、サトウキビの茎をかじって飢えをしのぐ逃避行だった。頼れるのは自分たちだけで、ちょっとした音にもびくつく不幸な落ち武者の数はたった一六名だった。待っている未来は死もしくは刑務所という、ひとにぎりのさすらい人であった。彼ら全員にとって、M26による政権奪取の冒険はもう終わっていた。

二人の仲間と三日間サトウキビ畑にひそんでいたカストロただ一人が、自分の運命をまだ信じていた。それどころか、勝ったと叫んでいた。正確にいえばささやいていた。追っ手に囲まれ、地面や刈り株の上に横になって微動だにせず何時間もすごすという人生最悪のこのときに、フィデルは自分が政権をとった暁には何をするかをくぐもった声で仲間に説明した。数メートル先では、パトロール隊が沈黙のうちに彼らを捜索していた。フィデルは銃を胸に固く押しつけながら、告解の小部屋にいるかのように小声で話しつづけた。彼は、十字軍兵士のごとき信念をもって自分の政治信条を低い声で表明した。信じられないほど無頓着に「われわれは勝った！　われわれは勝った！」とくりかえし口にした。横たわった姿勢で恐怖にうち震えながらこれを聞いている同行の二人にとって、フィデルは信仰に似たゆるぎない信念を宿した人間であった。二人は、これほどまでに危険に対して無自覚なフィデルに心を奪われると同時に、いささか怖くなった。フィデルは決して自分の運命を疑わなかった。大学で政治にかかわるようになって以来、前代未聞の幸運に恵まれていた。しかも、呆《あき》れるほどたびたび。たとえば、彼の仲間は知らないことだが、グランマ号はあの夜も、その後も出航できなくなるところであった。出発の数分前、トゥスパン港に向かう途中、フィデルとM26の戦闘員三名が乗った車は、警察のパトロール隊に停止させられた。フィデルが再逮捕されたとしたら、今度ばかりはメキシコ当局のお目こぼしを期待することはできず、フィデルの冒険は終わりを迎え、二度とチャンスはめぐってこなかっただろう。タフな交渉のすえ、フィデルは警官に一万メキシコペソの賄賂を渡して見逃してもらい、遠征部隊の仲間全員とともに乗船することができた。またもや崖っぷちまで追いつめられ、またもや間一髪、虎口を脱したフィデルだった。

彼は強運の男であった。それを裏づけるもう一つの出来事があった。一二月一三日、バティスタ大統領は軍に対して山中から引き揚げ、空爆も中止するよう指示を出したのだ。これはフィデルにとって思いがけない僥倖《ぎょうこう》だった。これで一息つけるし、一帯で支持者を何人か見つけ、弱体化した軍勢を立てなおすことも可能となった。全面的に孤立して、にっちもさっちも行かなくなったフィデルに、大統領はなぜこのように温情を示したのだろうか？　またもや、友人のリナ・カストロの涙にほだされたからである。

リナは、新聞雑誌で大きくとりあげられていた。彼女はサンティアゴに駆けつけ、インタビューに答え、フィデルとラウルの遺体を回収したいので山中に入ることを許可してほしい、とバティスタに頼んだ。彼女は「わたしは一人の母親として、兵士や革命家のことを考えて苦しんでいます。フィデルとラウルが死ぬことを決意したのであれば、二人が尊厳を保って死を迎えることを望みます…。わたしはわが子たちの死に涙を流しますが、この痛ましい闘いのなかで亡くなった息子の仲間と兵士の母親全員にお悔やみを申し上げたい」とオルギンの日刊紙「エル・プエブロ」のインタビューで語っていた。リナは、友人のフルヘンシオ・バティスタとほぼ同じように、戦争はもう終わった、過去をふりかえらずに前を向き、ああした暴力のすべてを終わらせねばならない、と考えていた。考えるだけでなく、行動も起こしていた。サンティアゴで自分の遺言状を修正するために公証人を訪ねていた。フィデルとラウルがもうこの世のものでない以上、ほかの子どもたちの相続分を見なおす必要があった。リナが公証人を訪問したことで、バティスタはフィデルの死を確信した。それならば、捜索はむだであり、これを継続する理由はない。クリスマスや大晦日をのんびりとすごしたいと思っていたこともあり、バティスタはカストロの死体発見への関心も失ってしまった。

こうして、キューバ国民はほぼ三週間、カストロは死んだものと思っていた。山中に隠れていたフィデルも、この噂を打ち消そうとしなかった。軍勢を立てなおす必要があったので、亡霊となっているほうが好都合だった。彼は生者でも死者でもなかった。険しい小道をたどり、サンティアゴから来るはずの援軍をむなしく待っていた。フィデルはもう亡き者であるとみなしているバティスタをふくめ、すべての人が彼を見すてた。

しかし、ミルタはフィデルを忘れていなかった。一二月一五日、メキシコ市でフィデリートは路上で三人の男によって「誘拐」され、ハバナの母のもとに返された。フィデリートの監視役をつとめていたフィデルの姉リディアと妹エンマからむりやり奪いとる必要はなかった。フィデルは死んだことになっていたので、姉妹がフィデリートを手元に置く法的根拠は何一つなかった。ゆえに、リディアたちは抵抗することもできなかった。息子をとりもどしたミルタの逸る気持ちはただ一つ、カストロ家ときっぱりと縁を切るためにアメリカに移住することだけだった。彼女が再婚したばかりの相手、エミリオ・ヌニェス・ブランコはニューヨークの国連キューバ代表団団長に任命されたところだった。フィデリートが父親につれさられてから一年以上をへて、ミルタはふたたび目に入れても痛くないほどかわいいわが子と暮らせることになった。執念深くて粗暴、嫉妬深くて独占欲が強い前夫は、自身の病的な虚栄心の犠牲となって斃《たお》れたのだろうか？　プラヤ・コロラダ湾の流砂にのみこまれたのだろうか？　五〇口径の機関銃の連射でなぎ倒されたのだろうか？　わたしはついに安心して生きることができるのだろうか？　そうであるならほんとうにうれしいのだけれども…。

ハバナから一〇〇〇キロの山中で幽霊フィデルは高みをめざして行軍を続けていた。一二月一六日、自分たちに友好的な土地に到達した。M26支持者であるラモン・ペレス（あだ名は「モンゴ」）が所有するシンコ・パルマス農場である。プルリアル・デ・ビカナ村にある、周囲から孤立したこの農場で、フィデルはグランマ号の遠征隊の生存者たちを待った。二一日、山中でばらばらになっていた戦闘員が全員農場に結集した。フィデルを入れて総勢二〇名ほどだった。ラウル・カストロ、カミロ・シエンフエゴス、チェ・ゲバラ、ラミロ・バルデス、フアン・アルメイダもふくまれていた。フィデルは彼らに、当局の見解では自分は死亡したことになっていると告げ、そのように思わせておくのが得策だと表明した。フィデルの「復活」を告げるタイミングを決める権限をもつのは本人だけだ。

望外のこの隠れ家でフィデルは作戦を練った。先ずは、負傷者を治療し、サンティアゴかマンサニージョから援軍を送って寄こすよう至急フランク・パイースとセリア・サンチェスに要請する必要がある。同時に、大々的なメディアキャンペーンを準備せねばならない。フィデルとその「無敵戦士」のイメージはまたしても傷ついたのみならず、すっかり地に落ちてしまった。なんとしても反撃する必要があるが、急《せ》いてはことを仕損《しそん》じる。手元に残っている軍勢は弱小で、息も絶《た》え絶《だ》えである。全員、見た目にもぼろぼろであった。山道の砂利でやられた足は傷だらけだった。ゲバラは、アレグリアで不意打ちを受けた際に軽傷を負っていた。シンコ・パルマスへと山道を登っている最中には、ふたたび喘息の発作に襲われた。隠れ家を得たことを生かし、体力を回復することが当面の課題だった。

だがフィデルはゆっくり静養する気分ではなく、腸《はらわた》が煮えくりかえる思いだった。前妻とディアス・バラルト家がフィデリートをとりもどしたこと、フィデルの遺体を回収してもいないのに母親が遺言書を書き換えて兄弟姉妹の相続分を増やしたことを知ったからだ。あまりにも腹が立ったので、予定していたよりも早く、自分が生存していることを告げたいという気持ちを抑えられなかった。フィデルは、いつもながらの短気に負けてしまったのだ。オルギンの日刊紙「エル・プエブロ」のインタビューを承諾した母リナへの怒りのあまり、待つことなどできず、自分も同紙で反論することを決意した。一二月末、フィデルは「エル・プエブロ」紙において、弟と自分は健康であり、「勝利は近い！」と発表した。

これは奇跡である！　世間から爪はじきされていたカストロは、地獄の雷からも、嵐からも、鰐からも、機関銃からも、戦闘機の掃射からも逃げおおせたのだ。彼は不死身である。山中では、フィデルは新たな救世主《メシア》かもしれないという噂が流れはじめた。フィデルはこの噂をさっそく利用して自分の伝説の強化に励んだ。子どものころに洗礼を受けることができずに苦しんだフィデルは、M26に好意的な神父、ラロ・サルディィナスの助けを得て、行く先々で出会う農民の子どもたちに洗礼をほどこして名づけ親を買って出るようになったのだ。こうしてフィデルは農民の子ども何十人もの名づけ親となった。マルクス主義者のフィデルは十字架のネックレスをつけるようになり、少年時代に憶えて忘れていなかった祝福の言葉を唱えた。

この人は新たなキリストではないか？　そう考えて目を輝かせている純朴な田舎者たちを前にして、フィデルはこの新たな役柄をなんなく演じてみせた。彼は幼いころからたえず自分を劇的に演出して見せるのが得意だった。このころから、部下たちとともに髭を伸ばしはじめた。自分はキリストで、部下は使徒である。この狂気じみた冒険につき従う側近は何人だろうか？　二〇人ほど？　フィデルは表向きには、「キリストの使徒と同じく」一二名である、と宣言した。現実とは少々異なるが、歴史は目をつぶってくれるだろう。これまでにない新しいタイプの教えを述べ伝えるこの「宣教師」たちには、完全無欠のイメージが必要である。自分たちの流儀で、すなわち読み書きを教えることで、貧しい人々に福音を伝えることにしよう。フィデルとその部下たちは山中で、水を得た魚のようであらねばならない。フィデルは「われわれには汚点があってはならない」と指令した。ゲバラは戦士たちの教育を引き受け、移動しながらも学ぶ体制を整え、代数の教科書を届けさせた。ゲバラはラウルにフランス語も教えたが、ラウルはこの学科に夢中になったとはいえないようだ。ラウルには別の活躍の場があった。スパイ活動である。彼はあらゆるところに陰謀の影を見た。とくに自分たちの仲間内に。兄のフィデルからは、諜報活動と裏切り者の裁判抜きでの処刑にかんするすべてをまかされた。しかし、極端なまでに目を光らせていたにもかかわらず、ラウルは最初の裏切りの兆候を見逃してしまった。

一九五七年一月三〇日、フィデルたち叛徒の弱小部隊は外科手術なみに正確なピンポイント空爆を受けた。だれかが居場所を密告したことに疑いの余地はなかった。裏切り者は、腰が軽く、活発で陽気な三〇歳ほどの若い農民だった。エウティィミオ・ゲラという名で、苦もなく食料を見つけて「フィデリスタたち」の士気を高めてくれる才覚の持ち主だった。フィデルお気に入りの飛脚でもあった。空爆の数日前の夜、自分と一枚の毛布を分けあおう、とフィデルから誘われたほどだった。その夜、エウティィミオはコルト銃と手榴弾二つで武装していたというのに、怖気づいてフィデルを暗殺する好機を逃してしまった。多額の報酬が約束されていたにもかかわらず。

エウティィミオはその数日前に、キューバ軍最高の戦闘員とみなされてフィデルの追跡の責任者となったアンヘル・モスケラ中尉と部下たちに逮捕されていた。成立した契約は単純なものだった。スパイとなることを受け入るのであればエウティィミオの命は助かる。カストロの命をひきかえに、農場と一万ペソそして軍の准士官の位が約束された。

エウティィミオは追及されて真実を吐いた。長時間尋問したラウル・カストロは「二重スパイ」にならないかと打診した！　エウティミオ・ゲラは断わった。ラウルは拷問にかけることを提案したが、叛徒仲間の多くはこれに反対した。フィデル指揮官《コマンダンテ》は、M26の戦闘員は非の打ちどころがない人間であるべきだ、と命じたではないか。後日、ラウルは「拷問にかけたとすれば、もっと情報を引き出せたかもしれない。だがわれわれは、あれほど卑劣な人間に対しても、そうしたメソッドは使わなかった」と回想することになる。数日後、これまでに見たこともないような激しい嵐が猛威をふるう朝まだき、雷光に引き裂かれる空のもとでエウティミオは処刑された。

フィデルはこのときの教訓を忘れなかった。自分は寸前のところで死をまぬがれ、部下たちは爆撃で全滅するところだった。これまでより慎重になるべきで、新規スカウトした農民は以前より厳しく教育する必要があり、裁判抜きの処刑をためらってはならない。それよりもなによりもM26幹部を集めてできるだけ早く会合をもたねば。カストロはたしかに「死者のなかからよみがえった」が、彼の命はたった一本の糸にぶら下がっているようなものだった。

第17章　天のいと高きところにましますセリア

彼女はこの瞬間を、初聖体拝領の少女のようにどきどきしながら待っていた。闇が静けさと冷気で山を包んでいる、夜と朝のはざまだった。あと数歩で目的地に達する。セリア・サンチェス・マンドゥレイは、M26の大義に共鳴する農民で友人でもあるエピファニオ・ディアスの農場に向かって夜を徹して歩いてきた。夜明けはもうすぐという朝の五時ごろ、夢の牧場《まきば》がついに見つかった。丈の高い草が生えている長方形の土地であり、そこには自分を待っている彼がいた。セリアは彼のために、シエラ・マエストラ全域に確実で効率的な農民ネットワークを構築した。彼女はこの地方をだれよりもよく知っていた。マンサニージョに拠点を置く父親のマヌエル・サンチェス・シルベイラ医師とともに、最貧層を診察するためにオリエンテ州の西南をくまなく訪れたことがあるからだ。マヌエル・サンチェスは他人に手を差し伸べる努力をおしまぬ無私の医者であり、一帯の農民から英雄視されていた。燃える愛国心に駆られたある日のこと、セリアは父とともにトゥルキーノの峰に登って頂上にホセ・マルティの胸像を置き、マルティの理想を決して裏切らないと心に誓った。

この日からセリアは、キューバ建国の父マルティの志を受け継ぐ者と彼女が考えるフィデル・カストロに人生を捧げていた。彼女はM26のすべての作戦に参加していた。黒髪で細身のセリアは女戦士ならではの名状しがたい魅力の持ち主であった。真剣で深遠だが何を考えているのかわからないその瞳は黒玉《ジェット》のように黒かった。彼女と接する人々はすぐさま、自分の目の前にいるのはなみはずれた女性であると察した。

彼らの視線がはじめて交錯した一九五七年二月一六日、フィデルとセリアのどちらも、二人の出会いの重要性を少しも疑わなかった。フィデルは自分がまだ死んでいないのは、自分を山中に匿うための秘密のネットワークをセリアが何カ月もかけて構築したおかげであると十分に承知していた。また、スペイン語でジャーノとよぶ「平地」から自分のところまで上がってくるすべての情報や物資をマンサニージョで捌《さば》いているのも彼女であることも知っていた。すなわち、セリアは戦略的役割以上の重責を担っていた。ひかえめで遠慮深いこの女性は、比類のない組織能力の持ち主だった。同時に、仲間であるすべてのゲリラ戦士に対してやさしく人間的にふるまう術《すべ》を知っていた。数カ月のあいだに、彼女は三〇歳にして「不可欠のセリア」と認められるにいたった。はじめて言葉をかわした瞬間から、彼女はフィデルの磁力のような魅力に引きつけられたが、そうしたそぶりは見せなかった。フィデルに惹《ひ》かれる感情にひきずられることをよしとせず、浅薄な女のようにやすやすと降参してフィデルの腕に飛びこむまいと自制した。謹厳で規律正しく、惚《ほ》れた腫《は》れたの騒ぎにさく時間などない純粋で堅物の女性活動家、戦闘服が似あう反乱軍の要石《かなめいし》、という姿勢を保ちつづけた。

　フィデルのほうは、夜間行軍にもひるまず、男と同じように戦うことを望み、自分に負けぬくらいにキューバの歴史に詳しいこの「平原の蟻」に興味をいだいた。異性とのかかわりではつねにそうであったが、彼は自分と同じくらいに政治を好み、自分と対話できる女性を必要とした。さもないと、すぐにあきてしまうのだ。彼はセリアが理想の聞き手であり、決意の固い活動家であるとわかったが、彼女には戦略家として自分の右腕となる能力があると知ってさらに驚いた。なにしろ、自分とならんでこのあたりのことに詳しいしうえに、チェや弟ラウルに伍してゲリラ戦のテクニックにも通じているようだった。しかし、彼女を抜きんでた存在にしているのは、フィデルがなにかを口にする以前に彼の考えを読む能力だった。第六感がそなわっているかのように、セリアはフィデルの決定を予測できた。この女性には巫女《みこ》のようなところがある、とフィデルは思った。

　ロス・チョロスでフィデルに合流する以前、セリアは平地のすべての同志と同様に、殺されないために国外にのがれるようフィデルに勧めようと考えていた。彼女が直属するリーダーであるフランク・パイース、そしてビルマ・エスピンやアルマンド・ハルトとともに、彼女はフィデルにコスタリカかラテンアメリカのその他の国にこっそりと、しかし安全に逃避するよう提案するつもりだった。一同は、選択の余地はないと考えていた。M26は壊滅的な状況に置かれていたからだ。しかし、明け方の靄に包まれたこのディアス家の牧場でフィデルと対面したセリア――彼女のコードネームは「アリ」もしくは「ノルマ」だった――は、数秒もしないうちに国外脱出というシナリオは排除すべきだと理解した。フィデルの熱弁と決意を前にして、敗北主義的な言辞を弄《ろう》することはためらわれた。戦いを続けるための武器と弾薬を求める男になんと答えたらよいのだろう？　「［国軍の］兵士たちは山の下から弾を撃ってくるが、ここまで登ってくる勇気はない！　君たちがぼくに必要な弾と銃をもってきてくれたら、二カ月以内にぼくは戦闘のまっただなかにいると保証する！　バティスタとの戦いのためにぼくたちが必要としているのは数千発の弾とあと二〇人ほどの武装した戦士だ」と言ってフィデルは増援を懇願した。髪も髭も伸び放題、服はボロボロの四〇人ほどの兵力で、完璧に装備した一万の職業軍人と戦う、と昂然《こうぜん》と言ってのける男の頼みをしりぞけることができようか？

信仰に近い絶対的信念をもつカストロは、数量の多寡といった単純な問題であきらめる男ではなかった。セリア・サンチェスは、この人物にはすぐれた政治的嗅覚があると感じた。この戦いはプロパガンダによって勝つのだ、ゆえにゲリラのイメージを大切にすべきだ、世界中のマスコミをここによんで前代未聞の革命物語を伝えねばならない、とフィデルから説明されると、彼は正しいと悟った。フィデルは、オリエンテ州でサトウキビ収穫を生業《なりわい》とする貧民たちに、自分を神に近い人と思わせることに成功したではないか。それなら、アメリカのマスコミ向けにロビン・フッドを演じることだってできるはずだ。そういえば、数世紀前のシャーウッドの森で、ロビン・フッドにつきしたがっていた仲間もほんのひとにぎりであった。

オリエンテの夜空のもと、セリア・サンチェス、ビルマ・エスピン、アイデー・サンタマリアは、フィデル、ラウルおよびほかの叛徒たちとともに野宿した。セリアは、政治理論家、弁護士そして役者でもあるフィデルの熱弁に呪縛《じゅばく》された。フィデルがセリアに語ったところによると、メキシコ市に亡命してからの最初の数週間、少しでも金を稼ごうとフィデルは大衆映画のエキストラとなった。だが、彼は自分の役がまったく気に入らなかった。大勢のなかに埋没する無名の役は彼の柄ではなかった。それよりも前のことになるが、フィデルはアメリカ映画にやはりエキストラとして出演したことがある、といわれている。元水泳選手で、シンクロナイズドスイミングのシーンがある映画で活躍した人気女優、エスター・ウィリアムズが主演する作品に、エキストラとして出演したらしい。これが本当だとしたら、フィデルはハリウッド式の演出方法を観察することができたであろう。

翌日、フィデルはセリアに、この日の夕方にキャンプに着くことになっている重要な招待客の面倒をみるよう頼んだ。この賓客とは、ニューヨークタイムズの主筆の一人であるハーバート・L・マシューズであり、赤子に洗礼をほどこす弁護士、葉巻をふかす義賊ことフィデル・カストロのけたはずれな冒険をレポートしようと山中まで足を運ぶことにしたのだ。マシューズは「ニューヨークタイムズ」紙のためにスペイン内戦を取材した経験があり、フランコ派の勝利に納得できない思いをいまだにひきずっていた。カストロの波乱に満ちた冒険は彼にとって、共和派のファシストへの復讐の香りがした。

フィデルはマシューズが到着する前に、部下の戦士たちとちょっとした芝居を準備した。マシューズには、反乱軍は大規模でしっかりと組織されていると信じこませる必要があったからだ。演出家フィデルは部下たちに、マシューズの滞在中はたえず動きまわって実際よりも大人数であるように見せかけること、戦闘員らしくきびきびとした態度をとること、（援軍を待つほかにすることはなく手もちぶさたであるのに）忙しく立ち働いているふりをすることを命じた。フィデルとマシューズの会談中、「指揮官殿《コマンダンテ》、第二縦隊の連絡員が到着しました！」といった調子で名のりあげる伝令が次々に姿を現して二人の会話に割って入った。カストロはいらついたふりをして、「後にしてくれ、こちらの話が終わるまで待ってくれ！」と傲岸《ごうがん》な口調で返答して伝令を追いはらった。この段階では、ハーバート・マシューズへの対応が最重要事項だった。

マシューズは、何十もの縦隊からなる叛徒がシエラ・マエストラを掌握しているものと信じこんだ。実際に支配下に置いているのは、情けないことにロス・チョロス付近の数キロメートル平米だけだったが。フィデルの策略は実を結んだ。経験豊かなジャーナリストであるにもかかわらず、マシューズはフィデルの魅力に陥落した。フィデルはマシューズをキューバ式に、すなわちお追従《ついしょう》をならべつつ熱烈に歓迎した。フィデルにとって、こんな芝居はお茶の子さいさいであった。魚は餌にくらいついた、と確信するまでたいして時間はかからなかった。あとは釣り糸をゆらゆらさせるだけでよい。藪《やぶ》の陰から面白がって見物していた叛徒たちは、リーダーの腕前に舌を巻いた。

数日後、「ニューヨークタイムズ」紙上でハーバート・マシューズの連載記事がスタートした。カストロにとってこれは大勝利だった。アメリカ一の新聞が自分のことを、バティスタの宿敵、旭日昇天の勢いの反政府運動のリーダー、キューバ国民の希望の星、と紹介してくれたのだ。ハバナの「ボエミア」誌はこの連載記事を転載し、表紙のキャッチコピーで読者の関心をかきたてた。山中の叛徒たちは大喜びした。ほんの数週間でフィデルはみじめな敗北を勝利に変えたのだ。その後もフィデルにかんする記事は次々と発表され、CBSネットワークを初めとするテレビ局のレポーターがオリエンテまで足を運んだ。だれもが、現代のロビン・フッド神話に飛びついた。このプロパガンダ作戦の成果として、フィデルはアメリカ国民の好意を勝ちとり、キューバの政治舞台に復活をとげた。

ハバナでは、ひとにぎりの頭のおかしい連中を束ねている道化役者、「黒い伝説」をひきずるフィデルのくさい芝居をあざ笑う人々が多かった。その筆頭は、政権転覆にあと一歩というところまで来ていた革命幹部団のリーダー、ホセ・エチェベリアであった。エチェベリアは、中産階級にしっかりとした基盤をもつ強力な組織を築き上げたうえ、反政府勢力の武装部隊として野党リーダーたちの支持も得ていた。しかも、軍隊の参謀本部のうちにも協力者をかかえていた。

一九五七年三月一三日、革命幹部団の突撃隊が大統領府に突入して上階に侵入したが、四階のシェルターに隠れたバティスタをとらえようとして苦戦した。同じころ、エチェベリアはバティスタの死と臨時政府の樹立を発表するために、あるラジオ局を占拠した。今少しのところでエチェベリアの作戦は失敗した。混乱した状況のなか、軍の援軍が到着し、侵入者たちからほんの数メートル離れたところからバティスタは制圧作戦を指揮し、状況をひっくり返した。激しい戦闘によって革命幹部団の活動家たちの多くが死亡し、エチェベリアはラジオ局から逃げるところを殺された。

バティスタは九死に一生を得た。フィデル・カストロも同じだった。数秒の違いで、革命幹部団の襲撃は成功し、フィデルにとってもっとも危険でもっとも勇敢なライバルが政権につくところだった。死の数日前、エチェベリアは自分の戦いの目的の一つはカストロがいつの日か権力をにぎるのを阻止することだ、と述べていた。彼は以前からフィデルには「カウディリスモ［ラテンアメリカ特有の、カウディージョとよばれる独裁的リーダーによる支配体制」」志向があるのではと疑っていたが、その頃になるとフィデルは「血迷っている」と確信するにいたっていた。ベレン学院の同級生たちと同じように、エチェベリアもフィデルをエル・ロコ（狂人）とよんだ。

シエラ・マエストラにひそんでいたフィデルは、革命幹部団を「テロリスト」とよび、彼らの襲撃失敗を軽蔑した。大統領府襲撃をおおっぴらに非難し、自分は政治的暗殺には反対であると宣言しつつもエチェベリアの死を悼《いた》んでみせたフィデルだったが、これは彼にとって思わぬ授《さず》かりものだった。新たな展望が開けたからだ。ライバルが排除されたことで、フィデルは人と武器を集めるという唯一無二の課題に専念できるようになった。

三月の終わりごろ、フランク・パイースが五〇名ほどの戦闘員を送りこんでくれた。事のなりゆきがきわめて不透明なこの頃、反乱軍はラ・プラタやエル・オンブリートといった軍駐屯地を襲うゲリラ戦を展開した。すなわち、いくつかの野営テントを急襲しては森に姿を消し、何週間も活動をひかえた。これをカストロは「革命的大勝利」とよんだ。

フィデルはこうして、ヒットエンドラン戦術を倦《う》まず弛《たゆ》まず続けた。正々堂々の戦いというより、盗賊のやり口だった。戦術的に見て、彼はまちがっていなかった。彼は配下の戦闘員らとともに一帯を踏査しながら慎重に地歩を固めた。彼らは全員、見習いゲリラだった。まずは、戦力の損耗を避けねばならなかった。また、一帯を掌握し、景色に溶けこみ、すべての隠れ場所、洞窟、峰の小道を知りつくす必要があった。フィデルはこの山地以外の地域への関心を失った。山と一体化し、「山そのものになる」ことを欲した。「われわれは山、その自然、その背景と完全に同化し、適応したため、ここが自分たちの本来の環境であると感じるようになった。容易ではなかったが、われわれは森と一体化したのだと思う。そこに生息している野生動物と同じように」

　フィデルは例によって、事実を少々改竄している。マエストラの山地には野生の獣はおらず、気候はどちらかといえば温暖だった。山中での生活がバカンス村での暮らしのように思えるときもあった。これに対して、キューバのほかの地域では反体制テロが頻発し、大都市では破壊行為がみられたが、カストロはたいして関心を示さなかった。こうした都市での闘争にかかわったM26のメンバーが何十人も命を落としたが、彼らのリーダーであるフィデルは眉一つ動かさなかった。M26の全国組織の幹部たちはフィデルの狙いがわからず、少しずつ不安になってきた。

　なかでもフランク・パイースは、ついこの前までは偉大な指導者と仰ぎ見ていたフィデルが何をめざしているのか理解できなくなってきた。セリア・サンチェスに疑念を打ち明けたが、むだであった。セリアはもはや理詰めに考えることができなくなっていた。彼女が気にしていたのは、フィデルが大好きなフランスのブランド、メニエのチョコレートや、煙で蚊を追いはらうために彼が愛用している葉巻を数十本、届けることができるかどうかだった。彼女は恋していた。願いはただ一つ、自分の胸をときめかす男に山中で合流することだった。自分も高い峰々に立てこもりたいと思っているセリアは平地の幹部たちの要求にもはや無関心だった。

　こうして疑念にとらわれた「平地《ジャーノ》の策謀家たち」はいったい何を望んでいたのか？　自分たちの行動に意味をもたせ、政権綱領を制定し、M26を民主的に組織し、合議制による指導体制を正規に発足させることだった。しかしフィデルは、手紙によるくりかえしの要請にもかかわらず、自分と同じようにM26全国指導部に属している仲間に返事を書くことすらしなかった。山中で小君主のようにふるまうフィデルのもとに「弾薬や銃」を届けるための非合法活動で命を危険にさらしている活動家たちは、なぜ自分たちがこれほどまでに軽んじられるのか理解に苦しんだ。彼らのうちでも、フランク・パイース、レネ・ラトゥール、ファウスティーノ・ペレスといった、政治意識が高い者たちは、フィデルにはオーラがあるが、結局は権力奪取しか眼中にないただの武将なのでは、と疑いはじめた。

M26サンティアゴ支部を実質的にたばねるだけでなく、全国レベルで政治的影響力を強めていたパイースは知らず知らずのうちにフィデルと距離を置くようになり、フィデルの裁可を求めずに行動することが多くなった。多くの人の目に、パイースはM26のまぎれもない政治リーダーであると映った。サンティアゴの牧師の家に生まれたパイースは完璧な民主主義者との評判をとっていた。輪郭があいまいで不可解な組織、M26を「もっとよく知る」ためにCIAが接触しようと選んだのはまさにこのパイースであった。はじめての接触は六月にサンティアゴでもたれた。ダビッドの偽名を使っていたフランク・パイースからただちに報告を受けたフィデルは接触を許可した。

若いフランクはしだいに「リーダー」に遠慮しなくなり、以前ほどうやうやしい態度をとらなくなった。これまでフィデル一人が主役を演じていた芝居に変化が訪れた。フィデルがひとにぎりの髭面男たちに囲まれて岩山の頂から世界のマスコミに話題をふりまいている一方で、若いフランクはCIAと交渉し、M26のネットワークを全国に広げ、反政府の軍人たちとの会合を重ねた。用心しなければ、フィデルはキューバ革命の主役の座から転げおちてゲストスターになりさがる危険があった。

非常に活動的で、すべての現場に足を運ぶフランク・パイースは七月のはじめに大手柄を立てた。M26に資金援助する用意がある、との言葉をCIAから引き出したのだ！　一九五七年七月五日付けのフィデル宛の手紙がなによりの証拠である。

「知ってほしいのは、多くの困難をへて「チビの太っちょ」、すなわちレステル・ロドリゲスがついにアメリカに発ったことだ。大いにご立派で、尊敬おく能わざるアメリカ大使館が、われわれが基地［キューバ人がカイマネラとよぶグアンタナモの基地］から武器を盗むのを止めるのであれば支援する、と申し出てきたのだ。われわれは「チビの太っちょ」のために二年間有効のビザを発給し、彼が国外に出るのを認めてくれるのであれば止める、と約束した。彼らは今日、約束を果たした。［アメリカ］領事がじきじきに彼をつれていき、彼が携帯する必要があるすべての書類、証明書、書状を外交小荷物によってもち出してくれた。いきとどいたものだ。これに対する見返りとして、われわれは今後、基地から武器をもち出さないことにした。（…）すべてうまくゆけば、われわれは今後、武器をアメリカから直接入手することができるだろう…」

フランク・パイースと直接接触していたのは、ロバート・D・ウィーチャという名のCIA要員であった。表向きには、サンティアゴのアメリカ総領事館の副領事であった。カストロのゲリラ戦にとって決定的に重要なこの手紙が書かれて以降、フランク・パイースはM26の政治リーダーとしてふるまうようになり、フィデルは軍事リーダーという恰好《かっこう》となった。同じ七月の二五日付けの手紙のなかで、ダビッドことフランクは「参謀本部」のトップであるフィデルとさらに距離をとるようになり、M26の全国指導部は政権綱領を練っているところである、とはっきりと告げた。ところが、カストロはこの考えに真っ向から反対だった。以前にも反対だと言った。もう一度言うが反対だ。綱領で自分たちの手足をしばるなんてとんでもない！　しかし今回ばかりは、幹部の大多数の賛同をバックとするフランク・パイースはゆずろうとしなかった。フィデル・カストロは、自分が設立した組織内で気がついてみたら少数派となっていた、というじつに面白くない状況に置かれた。

「ダビッド」は「われわれを苦しめたもう一つの欠陥は、明確であるのみならず、堅実で革命的で、かつ実現可能な綱領の不在だ。われわれはいま、経済計画にこれ［政権綱領］をつけくわえるために集中的に作業に取り組んでいる。（…）この作業は、複数の地区と複数の州において、分担作業で進んでいる。君に提案や計画案があれば、送ってくれたまえ」と書いた。

この手紙を読んだフィデルは怒りで息がつまった。平地の連中は、狡猾かつ偽善的に自分をあやつり人形に仕立てようとしているのか。M26を創立し、モンカダ兵営襲撃とグランマ号による上陸作戦を指揮した自分に対して、「提案」を全国指導部に送るよう求めるとは！　死者たちのあいだからよみがえったフィデルがへりくだって、平地の「蛇」どもと話しあわねばならないのか？　これほどの傲慢と無礼にいらだったフィデルは返事を出さないことにして、だんまりを決めこんだ。彼にとって重要な地点はただ一つ、自分がいる場所であった。

フィデルはフランク・パイースに本気で腹をたてはじめた。二人のあいだで、暗闘がはじまった。パイースは、指導部を「下から」ゆさぶろうとするフィデルの狡猾な手法について、公然とこぼすことが増えてきた。これは年季の入ったテクニックであった。権力闘争では海千山千のフィデルは、ちぐはぐな命令をおびた密使を何人も送りこむことで、M26の指導部に混乱を生じさせたのだ。ますます横柄になってくるパイースの言葉づかいをフィデルはもはやがまんできなくなった。しかも、パイースの口調は威嚇的になってきた。やはり七月にフィデルに送った手紙のなかでパイースは、「一部の人間」が組織を分断しようと策動している、と述べた。この件にかんしてパイースはフィデルに介入も助言も求めず、自分の良心が命ずるところに従ってくだした決定を伝えるにとどまった。パイースは「こうしたすべて［の決定］の目的は、組織を守ること、もしいまの段階で起きたとしたらわれわれにとって致命的になるであろう内紛を避けること、そして若者たちを「ギャング行為」から守ることだ」と説明した。「ギャング行為」だって？　フィデルは確信した。この野心的な若者は自分を陰険なかたちで脅迫している。M26の内部で、「ギャング行為」という表現であてこすって非難する相手といえば、自分のほかにだれがいようか？

数日後、「ダビッド」がとった行動を事後報告されたフィデルは怒り心頭に発した。パイースは、権力奪取のためにM26に協力する用意がある海軍士官グループの密使と長時間の話しあいをもったところだった。ところが、この密使は、フィデルに話がおよぶとかなりの警戒心をみせた、と言うのだ。当該の士官グループがフィデルにかんしてまとめた調査書が存在することを密使から打ち明けられた、とパイースは告げた。「彼はぼくに、昔からの知りあいたちと彼らの来歴について、また、M26に対する、とくに君に対する反感についても話してくれた。彼らは、君が行っていた学生運動とモンカダ襲撃における君の役割にかんする否定的な報告書だけでなく、君が野心的なカウディージョだという不愉快な情報を入手していた。彼らは君がトルヒーヨ［ドミニカ共和国の独裁者］と通じていると信じていたし、メキシコ市の手紙の一件を知ったときにＦＥＵ［大学学生連盟］との縁を切った…」

今回、パイースは自分が何を考えているのかを隠そうとしなかった。それにしても、彼の情報源はだれだろう？　パイースはどこまで事実を知っているのか？　モンカダ兵舎襲撃の顛末——銃撃戦がはじまって早々に自分が逃げ出したこと、近眼のために車を歩道の縁石にぶつけたせいで作戦をだいなしにしたこと——についてどれほど知っているのだろうか？　自分とトルヒーヨとの関係について何を知っているのだろう？　ドミニカ共和国の独裁者トルヒーヨのM26への資金援助にかんして確かな証拠をにぎっているだろうか？　わけがわからない！　それでも一つだけ確かなことがあった。フランク・パイースはいまやリーダー気どりで、M26の「歴史的指導者」にもはや敬意をはらうつもりがない。しかも同じ手紙のなかで、いまだにピノス島に収監されているがキューバ国民から英雄視されているバルキン大佐に近い者たちと接触した、とも述べている。パイースは、上記の士官グループやバルキン大佐に同調する者たちとのあいだでとりきめができ、近いうちに軍事クーデターが起きるかもしれない、とにおわせている。パイースは手紙の終わりでフィデルに対する疑念をあからさまにしていた。「こうした計画にかんしては君にいっさい教えるつもりがない。不用心だからというのが第一の理由だが、いまの段階ではおおざっぱな見解にすぎないからというのも理由だ」

オリエンテ州の山中に逼塞しているカストロは、この侮辱にどのように反撃したのだろうか？　彼は口を閉ざした。臥薪嘗胆《がしんしょうたん》を決めこんだのだ。フランク・パイースは優秀で勇敢、かつ意志が固いのみならず、プロテスタントとして篤い信仰心をいだいていた。フィデルは、フランクを「アメリカ人の手先」とみなすようになった。彼はフランク青年に、昔からの敵の姿を重ねあわせた。ルター、カルヴァン、クエーカー教徒、そして彼らの子孫であるウォール街の連中だ。永遠なるスペインを擁護するイエズス会の学校と、親米とみなされているプロテスタント系ミッションスクールが世界の運命を決するかのように対峙した、高校時代のバスケットボール決勝戦が思い出された。フィデルにとって、フランク・パイースはすでに「裏切り者」であったが、正面から攻撃することはできなかった。フランクは人望が厚すぎたからだ。しかも、セリア・サンチェスの友人であり、彼女とはこれまで数多くの闘いで手をとりあってきた。

数日後、フランク・パイースは警察の捜査の網の目を奇跡的に潜りぬけた。張りこみは正確に狙いを定めたものだったので、フランクはだれかが自分を密告した、と結論づけた。いったいだれが？フィデルとフランクの確執が高まっているときに、このような事件が起きたのはただの偶然だろうか？　七月三〇日、警察に新たな情報が匿名でよせられた。この二度目の密告によりフランクはとう捕《と》らえられ、数分後にサンティアゴのデル・ムーロ小路で殺された。

パイースの死はM26にとって大きな痛手だった。偶然とは思えないもう一つの出来事があった。フランクの死の翌日、就任したばかりのアメリカ大使、アール・T・スミスがサンティアゴを訪れたのだ。二つの出来事の関係は明らかだ。フランクは交渉相手としてCIAに重用されていたのではないか？

パイースは、カストロ、エチェベリア、バルキンとならんで、反バティスタの抵抗運動の最重要人物であった。そのパイースが裏切り者によって警察に引き渡されたのだ。これについて、なんの調査も行われなかった。山中のゲリラと合流してラウル・カストロと恋仲になるビルマ・エスピンは、裏切り者はエル・ネグリートのあだ名をもつランディシュという男だった、と述べている。この男は、自分が何をしたのかをだれかに明かす時間もあたえられずに殺された。

フランク・パイースの死はサンティアゴに大きな衝撃をもたらし、パイースは殉教者とみなされた。経帷子のかわりにM26の赤と黒の旗でおおわれたパイースの遺骸をかついだ一行がサンティアゴの町を練り歩き、女性たちは自分の息子が殺されたかのように涙にくれて抗議した。

フランク殺害を告げるラジオのニュースが流れたとき、山中の小さな部落にいたフィデル・カストロは乳離れしていない子豚の丸焼きのごちそうを食べるところだった。戦士たちはこの知らせに打ちのめされ、茫然となった。フィデルは急いでメモ帳をとり出し、M26のすべてのメンバーに伝えるための追悼の言葉を記した。また、フランクと以前から親しかったセリアにも手紙を書いた。「なんて野蛮な連中なのだろう！　彼らは、孤立した一人の戦士に対する自分たちの優勢をとことん生かし、フランクを街中で卑劣にも追いまわした。怪物め！　彼らは、自分たちが殺した男がもっていた知性、気骨、清廉さがいかなるものであったかを決して知ることがないだろう！（…）まだ二三歳という若さで革命のためにもてる力をすべて出していた彼が、円熟期のさなかにあのように倒されたと知るのはなんという苦しみ！　わたしは彼の最近の手紙、彼が書いた文書、メモなどを、彼がいかなる人間であったかを語る証しとして大切にする…」

これほどの悲嘆をよそおってフランクの死を悼んだカストロはなぜ、「フランクの手紙類を所持している」と表明する必要があったのだろうか？　故人の友人たちが復讐をくわだてる可能性を考えて先手をうったのであろうか？　たしかに、フランク・パイースの書簡はかなりきわどい内容をふくんでいた。フランクがＣＩＡと緊密に接触していたことを示しているからだ。フランクに近かった者たちが、故人を警察に「売り渡した」のはフィデルではないか、と疑って騒ぎたてるのであれば、フランクは「帝国主義に雇われた裏切り者」にすぎなかったことを示す「証拠」を公表するとにおわせたのだ。こうしたかけひきは、カストロが得意とするところであった。

湯気を立てている乳のみ豚を前にして、ゲリラたちは石と化した。フランクと非常に親しかった者も何人かおり、彼らは食欲を失った。皆が驚いたことに、フィデルは肉にかぶりつき、手がつけられなかった数人分もうまそうに食べた。声涙《せいるい》ともに下るといった調子の追悼文をしたためたばかりだったが、まるでフランクの死を祝っているかのようだった。フィデルは怪物なのか？　それとも、これは自分に異を唱える第一人者を悼む彼なりのやり方なのだろうか？　この問いに対する答えは、どのような資料のなかにも見つからない。フィデル・カストロは、通った道にほぼ痕跡を残さない。パイース事件にかんして彼が皆に残した唯一の、異論の余地がない思い出は、どのような状況でもカストロ指揮官《コマンダンテ》は健啖家《けんたんか》だ、というものだった。死は彼の食欲を増進するのだ。

第18章　山中の「プロフェッサー」

それは、とてつもない試みだった。（またしても）神風特攻隊まがいの作戦だった！　飛行機がこのようなジャガイモ畑に着陸するなんて絶対にありえない。いまから一時間もしないうちに日が昇ってしまう。だから、計画はもはや変更できない。コスタリカから来たC47は、偵察航空隊に発見される前になんとしてでも着陸する必要がある。同機が運んでいたのはウベル・マトスに率いられた一二名ほどの男と、なによりも大切な全部で五トンの武器と弾薬だった。機関銃二挺、短機関銃複数、小銃複数、迫撃砲用の砲弾が入ったケース複数もふくまれていた。山地のゲリラはついに戦闘手段を手に入れることになる。

雲のなかから現れた双発機の窓から、ウベル・マトスは目をこらしてシエラ・マエストラの支脈を探っていた。亡命生活を送っていた彼にとって一年ぶりに見る故郷だった。寝不足で充血した彼の目の下では、サトウキビ畑、パーム椰子畑、石がごろごろした小道、急流が渦巻く峡谷が次々と姿を見せた。彼は、このすぐ近く、マンサニージョ市から数キロのヤラ村の出身だった。彼は灰色の闇のなかでパルマ・エストラーダ村はこのあたりだろうと見当をつけ、トゥルキーノ山のシルエットを遠くに認めた。待ちに待ったこのときを迎え、彼は胸がいっぱいになった。自分のことを誇らしく思っても罰《ばち》はあたるまい。託された使命をほぼ果たしたのだから。残るは、この飛行機を重大な損傷なしでなんとか着陸させるだけだ。だが、着地するはずの地面は轍《わだち》や小さな岩で凸凹しているとわかってびっくり仰天した。これは罠ではないか?

パイロットは着陸を拒否し、引き返そうとした。ウベルはこれをなんとか思いとどまらせ、双発機は奇跡的に着陸し、乗員たちは歓喜の声をあげた。この一九五八年三月三〇日、貴重な貨物を回収するために藪から飛び出してきたゲリラたちはウベルを英雄として大騒ぎで迎えた。しかし、ウベルは奇妙な感情に襲われた。ある疑問が彼の心にとりついていた。なぜフィデル・カストロは、これほど危険な場所に着陸させたのだろうか? 自分の提案をいっさい無視して。このあたりを知りつくしていたウベルは、もっとずっと安全な地点を四か所もフィデルに推薦していたのに、コマンダンテはなぜか耳をかさなかった。それどころか、最後の最後になってこの最悪の地点を選んだ。

もう一つ、ウベル・マトスを不安にさせる出来事があった。キューバに向けて飛び立つ前に、フィデルの腹心の一人であり、大学時代から政治活動をともにしてきたペドロ・ミレーがコスタリカにのりこみ、ウベルに替わって作戦の指揮をとることになったのだ。しかも、ウベルへの説明はいっさいなかった。カストロはパイロットに、予定していたキューバへの着陸をめざすのではなく、武器類をパラシュートで山中に落とすよう命じた。紛失したり、バティスタの兵士たちの手にわたったりする危険などおかまいなく。ウベルは猛然と反対し、作戦の指揮権を手放さず、フィデル本人が出した指令にしたがってC47を着陸させるにいたった。なぜフィデルはぎりぎりの段階で腹心（もしくはスパイ？）を送りこみ、危険が大きいこの飛行を監督させようとしたのだろう？　この双発機を購入する任務と、武器を供給してもらうためのコスタリカ大統領ホセ・フィゲーレスとの何週間にもおよぶ交渉をウベルに託したのに、なぜ最後の最後になってウベルをすみに追いやろうとしたのだろうか？彼を信用していなかったからだろうか。彼のことを好いていなかったからだろうか。

しかし、飛行機が到着するやいなや、フィデルはウベルに飛びついて強く抱きしめ、篤く礼を述べた。武器の到着は天恵《てんけい》であった。しかも届いたのは、カストロらのゲリラ戦を左右する重要な時期であった。叛乱軍は待ちに待った兵器をついに手に入れたのだ。これはすべて、ウベル・マトスのおかげだった。フィデルの感激ぶりは過剰なほどだった。灰色熊《グリズリー》なみに長く太い腕で、文字どおり窒息させるくらいにウベルを抱きしめた。分厚いレンズの眼鏡をかけ、もじゃもじゃとした髭を生やし、ベレー帽をかぶり、トレードマークとなったオリーブグリーンの戦闘服を着たフィデルは、自分の肩にとどくのがやっとという小さなウベルをむさぼりくらうような勢いだった。しかし、部下たちがウベルにおしみなく喝采を贈ったことで、フィデルはひどく気分を害していた。自分が大尉に任命したばかりのこの男は自分にとってやっかいな存在になるかもしれない、と漠然と感じた。しかしすぐれた役者であるフィデルは、そうした猜疑心をおくびにも出さなかった。

口には出さぬこの警戒心の理由はなんだったのか？　フィデルの目には、ウベル・マトスには大きな欠陥があると映ったのだ。第一に、彼はセリア・サンチェスの親友だった。セリアには兄も同然で、なんでも打ち明けられる相手だった。第二の問題は、自分より一〇歳年上だったことだ。四〇歳のウベルは、M26に加入する大多数の若者のような、従順で革命熱に浮かされた世間知らずではなかった。せいぜい二〇歳、うっかりすると一〇代のゲリラたちのなかにあって、ウベルは年長者、長老といった風情であった。若者たちは彼の主張に耳をかす可能性があった、ゆえに彼は潜在的なライバルであった。

ウベルとセリア・サンチェスの絆はとても固かった。二人は一〇年ほど前から互いを知っていた。どちらもが正統党のメンバーだったころ、バティスタによるクーデターが起きると、ウベルはセリアとともにマンサニージョ地方で密計を練った。モンカダ兵営襲撃が失敗したあと、セリアがウベルを必要とすることがあると、彼はいつでも駆けつけた。小地主であり、コメを栽培していたウベルはM26初期の戦士たちの射撃訓練に自分の土地を提供したばかりか、所有していたジープやトラック数台も提供した。個性的な人物であった。稲作に従事するかたわら、小学校でパートタイムの教師をつとめ、師範学校でも教えてもいた。フリーメイソンであったので、フィデルの統制がおよばない、キューバ国内の強力なネットワークに属している可能性が大であった。フィデルはセリアから何度となくウベルのことを聞いていたが、とても勇敢でまことに清廉な人だと述べるセリアの口調には深い尊敬の念がこもっていた。嫉妬と自己防衛本能、および政治的嗅覚で、カストロはすぐさま、ウベルは一徹で、押さえつけることがむずかしい人物であると理解した。豊かすぎるくらいの学識と経験をもち、自主独立したこの手の人間が自分の威光を曇らすのは気に入らなかった。一年前に、コスタリカに武器調達のためにウベルを派遣したのも、彼を遠ざけるためだった。山地で闘うことが本望だったウベルは不満であったがフィデルの命令に従った。しかし、ウベルはみごとに使命を果たし、フィデルは彼の功績を認めざるをえなかった。

喜びに酔いしれた部下たちの前で、フィデルはこの日の英雄に「この手柄に報《むく》いたいのだが、君の望みは？」とたずねた。マトスは断固とした口調で迷うことなく「山地にとどまりたい」と答えた。思わぬ要求にとまどったフィデルは、君には違う使命を託したいと答え、愛想よさげな口調で「ウベル、ここで命令をくだすのはぼくだ。君には、また武器調達に努めてほしい。南米で。もしかしたらアメリカでも。数日以内に出発してもらいたい」と言った。一同が驚いたことに、マトスは拒否した。自分の故郷で同志たちと戦いたい、シエラ・マエストラで戦闘に参加したい、と言いきったのだ。マトスはフィデルと同じように、マエストラを自分の庭ととらえていた。驚いたフィデルは眉をひそめ、考えこんでいるようすで髭をしごいた。M26の戦士が公然と反抗し、フィデルの権威に従おうとしないのはこれがはじめてだった。あのフランク・パイースでさえ、口論がヒートアップしたすえに「賛成できない」とフィデルに言うのは周囲にだれもいないときであった。ウベル・マトスは、そうした如才なさとは無縁だった。だれかにぺこぺこする趣味などもたぬ男だった。

フィデルはジレンマに直面した。武器をぶじに届けることでおそらくは革命を失敗から救ってくれた、この強情な男をどうしたらよいだろう？　フィデルは瞼を閉じ、心を決めた。そして、はらはらしているひとにぎりの叛徒たちを前にして「よろしい、ウベル。君は山地に残ればよい」と言った。マトスは知らなかったが、彼はもう少しで牢獄にぶちこまれるか、もっとおそろしい罰を受けるところであった。これよりもはるかにささいな不服従に対して、フィデルは、ラ・プラタから数時間のところにあるチェの野営地に造られたエル・オンブリート牢獄に送りこむのをためらわなかった。罪状とされたのは、ハンモックのたたみ方が悪かった、葉巻をきちんと消さなかった、敵の銃撃にあって正当な理由なくして逃げ出した、鶏を盗んだといった、つまらぬ落ち度であった。

たとえば、一九五八年八月二〇日、カミロ・シエンフエゴスの縦隊に配属されていた一五歳の少年農夫は、コンデンスミルク一缶と葉巻三本を盗んだために死刑を宣告された。恩赦の権限、すなわち生殺与奪の権利をもつフィデルはこの件に少しも関心をはらわず、眉一つ動かさずに少年を銃殺刑に処した。同じ縦隊の戦士たちは四肢をこわばらせ、処刑に立ち会えとの命令に従った。この日、カミロ・シエンフエゴスの部下たちは自分たちの隊長が泣くのを見た。カミロは執行猶予を求めて奔走したがかなわなかった。ほかの者たちと同様に、彼はフィデルの決定に異議をはさむことはできなかった。ほかの者たちと同様に、彼はフィデルの「魔法にかかって」いたのだ。フィデルは無謬《むびゅう》である、どれほど無慈悲に見えようとも彼がくだす決定はつねに正しい、と信じられていた。大多数が文字の読み書きができない、もしくはほとんど学校に通ったことがない叛徒たちは、自分たちが「天からつかわされた」とみなしているフィデルに盲目的に従っていた。

ウベル・マトスのみが、こうした盲目的な恭順とは無縁だった。マトスを服従させ、熱心で献身的な弟子に変えるにはどうしらよいのか？　ある日のこと、ウベル・マトスはカストロの親衛隊の隊長をつとめるレネ・ロドリゲス大尉の訪問を受けた。死刑宣告を受けた一人の若者を銃殺する執行隊にくわわるようカストロがマトスに命じている、とのことだった。若者の罪とは、山中で農民たちに宝くじを売り歩いていた、というものだった。ウベルは、有罪の証拠はなにかとたずねた。ロドリゲスは「フィデルが確信しているから」と答えた。ウベルはまたもや命令に従うことをこばんだ。彼は、フィデルが自分を試練にかけようとしていると理解した。フィデルは、「手を汚させる」メソッドの信奉者であった。自分の権威に疑いをもっているらしい兵士、または嫌気や弱気の兆し、不服従の態度がみられる兵士がいると、フィデルはその兵士の限界を試し、「恐怖の循環」に引きこもうと試み、処刑人として人の命を奪う経験を課した。

フィデルはこのメソッドのベテランだった。子どものころ、すでにビラーンで妹たちにこの手を使っていた。エンマ・カストロによると、少年時代のフィデルは家で飼われていた雌鶏を銃で撃ち殺して面白がっていた。母親のリナにいいつけてやる、とエンマに言われたフィデルは、彼女に雌鶏一羽を殺すことを強要したのちに「おまえも殺したのだから、もう母さんに何も言うことはできないよ」と告げた。二〇年後、ビラーンから徒歩で数時間の山地で、フィデルは同じ策略を用いたのだ。規律をゆるがす重大な問題が起きると、「革命法廷」が開かれて死刑が宣告された。すべての死刑宣告はリーダーであるフィデルの裁可を必要とし、フィデルみずからが銃殺隊のメンバーを選んだ。山中でフィデルは神と同等の存在となった。フィデルは、試合で負けた剣闘士を殺すか助けるかを決めていたローマ時代の皇帝さながらに、自分の気分しだいで刑の執行や恩赦を決定するのみならず、処刑人も指名していたのだ。

ラ・プラタの自陣にたてこもったフィデルは、天と地の中間に暮らしていた。小さな峡谷の山腹に建つ木造の住まいは、水量の少ない川を見下ろしており、川床へ降りる木の階段は非常用脱出路であった。寝室には、自分とセリアのためのダブルベッドと椅子一脚がそなわっていた。台所と、セリアが執務室として使う部屋もあった。セリアはこの部屋で、フィデルの行動や発言のみならず、副官たちとの面談、必要とする食料や武器、M26内部で戦わされる政治論議、忠誠が疑われる人物についての詳細な記録をつけた。セリアは、カストロの目をとおした革命の記憶の生き字引だった。二人が住むこの木造バラックにはテラスがあり、離れたところからは、フィデルがそこで客を出迎えるようすをぼんやりと見ることができた。木々の枝がおおいかぶさるこの「天守閣」からフィデルはオリエンテ州の南部全体を見渡し、敵の姿を遠くから見分けることができた。

フィデルの住まいのすぐ近くには、「自由区」の「行政センター」が置かれた納屋、小さな病院、ゲストハウスがあり、全体が森林に隠れた小さな要害を形成していた。叛徒らはこの熱帯の高城をコマンダンシア［司令部管区］とよんでいた。彼らゲリラにとって、死守すべき究極の要塞であり、ほぼ難攻不落の根城であった。眼下には、フィデルが「テルモピュライの隘路［テルモピュライはギリシア東部に位置する狭隘な地で、紀元前四八〇年にスパルタ軍はこの地形を利用し、圧倒的に人数が多いペルシア軍に対して三日間もちこたえた］」とよぶほどに狭隘で深い谷間が数十もあった。コマンダンシアにたどり着こうとしたら、キューバ正規軍はまず上から丸見えのこれらの隘路を伝うほかなかった。ひとにぎりの兵士と機関銃一丁があれば、複数の大隊に対抗することができた。

崖の上に築かれたこの要塞で、フィデルは自分が無敵だと感じた。自身は常時、すくなくとも三名からなる親衛隊に守られていた。くわえて、女子親衛隊、ラス・マリアナス・グラハレス［キューバ独立戦争で活躍した女性、マリアナ・グラハレスにちなんだ名前］も身辺に置いていた。これは一〇名ほどの若い女戦士で構成される部隊であり、そのうちの一人が、隣村ギサ出身のリディア・リエロであった。そのなみはずれた美貌ゆえに「山地《シエラ》のビーナス」とよばれたリディアは夜になると部隊のために歌い、美声を披露した。彼女の姉、イサベルは薬学博士の称号をもっていたが、すぐれた射撃手であった。フィデルはイサベルをこの女性部隊の隊長に任命した。女性を相手にすると内気でぎこちないようすを見せるフィデルだったが、不思議なことに、女性抜きの生活は考えられなかった。たとえ数分であろうと、独りでいることにがまんできなかったフィデルは、つねに女性に囲まれていることを必要とした。

自信がぐらついているときはセリアがそばにいて気を配り、フィデルのどのような気まぐれにもこたえようとした。フィデルはしばしばひどい歯痛に襲われ、そのために気力を失い、怒りっぽくなった。セリアは必要だと感じるや否や、近隣の歯医者をつれてこさせた。フィデルはすべてをセリアと分かちあった。彼女に照準眼鏡つきの銃の扱い方を手ほどきし、地雷の作り方を教えた。大のお気に入りであったパスタをフィデルがみずから調理することもあった。二人はチェスに興じ、参謀本部の地図を調べて何時間もすごした。一心同体であった。

叛徒たちはときとして、自分たちのリーダーとセリアはどのような関係をとり結んでいるのだろうかと自問した。表向き、二人は同じ部屋で寝ていたが、だれひとりとして、二人が恋人らしくふるまうところを目撃していない。見つめあうことも、瞬《まばた》きをかわすことも、肩がふれあうこともなく、手が相手のどこかにふれて、セリアがリーダーの花嫁《ノビア》であることを示唆するようなことも一度とてなかった。セリアは同性愛者ではないか、と疑う向きもあった。マンサニージョにいた頃も、彼女が男性とつきあっているのを見た者はだれもいないからだ。いずれにせよ、フィデルが女性親衛隊を身辺にはべらすことが増えてきても、セリアは一向に気にしないようすだった。それどころか、フィデルの精神状態によい影響をもたらすと喜んでいるようだった。フィデルは、雑誌に写真を掲載してもらうために、彼女たちを前面に押し出すことをためらわなかった。写真うつりがよい「キューバの雌豹」たちが人気を勝ちとるのは自明の理だった。おそろしいほどプロパガンダに長《た》けていたフィデルは、自分の女性部隊がアマゾネス伝説を連想させて効果をあげるとわかっていた。

みずからの磁力のような魅力と、マスコミをあしらうノウハウにより、「戦闘服を着た使徒」はあいかわらず世界のマスコミを引きよせていた。トゥルキーノ山の近辺では、ジャーナリストたちがたえまなく行き来するのが見られた。カストロは、疑問の余地がない才能を発揮してプロパガンダ作戦を続行した。カルロス・フランキを責任者としてラジオ局「レベルデ」を創設し、ラ・プラタから電波を流した。こうしてフィデルは山地にこもりながらも国民にむけてアジ演説を行うことができるようになったが、このラジオ局は第一の使命は、敵方の兵士たちを混乱、動揺させる毒を少しずつ浸透させることであった。現実にはなかった戦闘をでっちあげ、自分の兵力を水増し、小規模な待ち伏せにすぎなかったものを壮大な戦いとして語った。彼の声は急流のとどろきにかき消されがちだったが、人々に強い印象をあたえた。彼は敵の兵士たちに「自由区」に来て自分に合流するようよびかけた。カスキトス(バティスタの兵士たちにつけられたあだ名)に向けての偽情報を混ぜながら自分の「福音」を電波に乗せて伝えたのである。こうなると、だれもが混乱し、何が本当で何が嘘なのかわからなくなった。フィデルは、アラゴンがよぶところの「ほんとうの嘘」を実践していた。事実を自分にとって都合のよいように潤色《じゅんしょく》していたのだ。一つだけ確かなのは、彼がこれまでにないほど幸せだったことだ。ラジオ・レベルデで、彼は雄弁家としての才能をいかんなく発揮することができた。若い頃に模倣したエディ・チバスゆずりの抑揚を駆使するフィデルの甲高い声を聞いただけで正規軍の士気にひびが入った。フィデルは三二歳にして少年時代のセンセーションをふたたび味わった。あの頃は、ビラーンの高地、自分の監視哨と決めていたラ・メンスラの丘の上に登り、シエラ・クリスタル（クリスタル山脈）、そして遠くに大西洋をのぞんでいた。もっと南に位置するここからは、水平線、カリブ海を眺めることができた。キューバでいちばん高いところにいるのは自分だ、と考えると気分は高揚した。

リーダーの上機嫌は反乱軍全体に伝播した。グランマ号での上陸から一年たったいまも兵士の数はまだ三〇〇人ほどで、支配しているのは長さでいえば二〇～二五キロメートルの範囲だった。チェ・ゲバラとその「第四縦隊」は、エル・オンブリート村近辺の「解放区」に陣どっていた。ゲバラはここに軍隊病院、兵器庫、綱製造所、学校、監獄を設置した。各地を転々としていたカストロが「第一縦隊」とともにラ・プラタに腰をすえ、「髭面男たちの共和国」を打ち立てようとしたのは、ゲバラに倣ってのことだった。少しずつ、この山間の隠遁の地にミクロ社会が成立し、フィデルたちは悪徳、博打、金銭、所有権といった呪いから自由となった「新しい人間」の誕生を夢見るようになった。同時に、前年のように恐怖で支配することは避けて、農民の世帯を支援する努力もはじまった。フィデルは、貧農たちを助けるためにコーヒーの収穫に協力するよう部下たちに命じた。チェの旗ふりのもと、識字教育が推進された。ゲリラが指導者となる小規模な農村学校があちらこちらにできた。

こうして、反バティスタの闘いは性格を変え、定住化が進んだ。動きまわる戦い方から、陣地をとる戦い方へと移行したのだ。フィデルはウベル・マトスに、塹壕整備の大規模な計画を実行するよう要請した。また、敵の射撃から十人ほどの戦士の身を護るための、長さ数メートルの木製の盾、「移動式幹」も発明された。兵器に夢中となったチェが「スプートニク」手榴弾を発明したのもこの頃だった。これは銃を使って発射する小さな焼夷弾《しょういだん》であったが、効果のほどは一度も証明されたことがない。

もはや、フィデルの目標はただ一つ、支配下に置いた一帯を守り抜くことであった。彼の反乱軍はいまや「自由区」の防衛を第一の使命としており、状況が許すのであればその面積を広げるのが第二の使命であった。包囲されて決定的に孤立するのを避けるためは、バティスタの軍隊をばらけさせることが必須となった。一九五八年三月一〇日、フィデルはもっと東寄りの、故郷ビラーンの一帯に新たな戦線を拓くことを決定した。そこで、六五名の兵士とともに弟のラウルをシエラ・クリスタルに送りこみ、「第六縦隊」にフランク・パイースの名前をつけた。きわめて優秀な指揮官として頭角を現したカミロ・シエンフエゴスは北部のバヤモ方面に派遣され、正規軍を執拗に攻めたてて牽制することになった。ファン・アルメイダは、フィデルの総司令部が置かれたラ・プラタ以外の前線にモスケラ大佐の部隊を引きつけるために、サンティアゴの北に陣地をかまえた。

一九五七年と比べて、フィデルの軍事面での状況が好転したことに疑いの余地はなかった。フィデルが巧みだったことは確かだが、「キューバ内線」とよぶべきものの真の中心地はハバナであると信じこんでいるフルヘンシオ・バティスタの奇妙な対応にも助けられた。

一九五七年、バティスタはゲリラがネズミのようにちょろちょろと姿を現すごとにたたくことに終始して、カストロが岩だらけの峰の支配者を気どることを放置していた。諸都市の反体制組織の弾圧に主力をそそいでいたからだ。バティスタのフィデルへの対応には問題があった。彼はフィデルを危険視することができなかったのだ。おそらくは、彼にとってフィデルは「リナ・ルスの息子」であり、バネスの通りを愛馬エル・カレトに跨《またが》って得意そうにのし歩き、アメリカンクラブのメンバーである上層階級の子弟との交友を求めていた虚栄心の強い若者、というイメージが強かったからだろう。

バティスタは、フィデルとラウルが最悪の状況におちいっていた一九五七年の秋にまたしてもリナ・カストロ・ルスに泣きつかれた。ラモンとファニータに助けられて夫が残した農場を切り盛りしていたリナは、正規軍に追われている息子たちが国外にのがれるのを許してほしい、とバティスタに懇願した。バティスタは今回も譲歩した。兄弟二人の脱出を可能にするために休戦が命じられ、軍隊は山地から退却させられた。この休戦のあいだ、正規軍の六人の兵士が休暇で海辺を訪れ、安全だと思いこんでなんの用心もせずに二軒の小屋に分かれて眠った。カストロは、これらの無防備な兵士たちに「攻撃」をしかけ、バティスタの温情など歯牙にもかけていないことを母親に知らせるべく、全員を殺させた。二か月後、リナ・カストロとフルヘンシオ・バティスタの仲介役をつとめたバネス軍区の責任者、フェルミン・コウレイ・ガジェーゴス大佐がラウル・カストロの命令によって処刑された。この「予期せぬ出来事」のあと、バティスタは粗暴な兄弟ゲリラに決して甘い顔を見せないことにした。

いまのバティスタには、アイゼンハワー大統領の勧めに従おうにも、もはや策を弄する余裕もなかった。ふたたび大統領選挙を行うようにアメリカ政府から求められたので、うまくゆくとは思えないままに実行することを決めた。選挙は実質的に不可能となっていた。彼の政敵の多くにとって、「政治コメディー」との烙印が押された選挙に出馬することは危険すぎた。フィデル・カストロは山地から、出馬する者はバティスタとかかわりあいをもつことになるので「すべての候補者とその家族」を殺す、とおどした。コルンビア基地にたてこもったバティスタは、これまでになく孤立していた。もはや彼には少しも正当性がなかった。将軍たちはポストバティスタをにらんで陰謀をくわだてていた。砂糖、コーヒー、ニッケル、葉巻の製造にかかわる有力者たちも冷たい態度を示していた。さながら刑の宣告を受けた被告であった。自分が失墜するという思いにとらわれ、金縛りにあったも同然のバティスタは、約二〇年もこの国を表や裏から統治する原動力であった機敏な反射神経をもはや失っていた。そして、命運がつきかけた人間の目で、歴史の天秤が「バネスの旧い知りあい」であるフィデル・カストロのほうへと傾くのを眺めていた。一九五八年の春、バティスタはこの敵にかんして自分がいかにかんちがいをしていたかを思い知った。

彼は敵がたどった道のりを分析してみた。フィデルはまず、M26内部の争いを切りぬけて勝者となった。フランク・パイースが死ぬ前の一九五七年七月一二日、複数の知識人と政権綱領を準備していたパイースを出し抜くため、狐のようにずる賢いフィデルは、M26の幹部メンバーのだれにも相談することなく、キューバの穏健派の大物二人を山中によびだした。エディ・チバスの弟であるラウル・チバスと、有名な経済学者のフェリペ・パソスである。フィデルはこの二人と連名で、革命の新約聖書ともよべる「シエラ・マエストラ宣言」を発表した。平地《ジャーノ》の幹部たちの意見をいっさい聞くことなく作成された文書である。三人が署名したこの宣言は「われわれは（今年中に）選挙が行われることを欲している。ただし、ほんとうの意味で自由で、民主的で公正なものであることが条件である」とうたっていた。自分に指図しようとしていたフランク・パイースの影響力を殺《そ》ぐためなら、フィデルはなんでもするつもりだった。「ブルジョワの政治屋たち」となぜ連携するのか理解できなかったチェ・ゲバラは反対したが、フィデルは二人の穏健派を駒《こま》として利用した。自分の革命家としてのイメージを害するリスクは気にしなかった。自分のゲームにとって邪魔になると判断すれば、すぐさま二人を切りすてるつもりだった。

ラウル・チバスは山中に一カ月滞在した。一つのことが彼に強い印象をあたえた。叛徒たちの静けさであった。「彼らはつねにささやき声で会話をかわしていた。一カ月のあいだに、わたしも彼らのようにささやくようになっていた。彼らはこの規律に慣れっこになっていた」と述べている。表向き、ゲリラたちが小声で話すのは敵に気づかれないためであった。しかし、もう一つの理由があった。イエズス会修道士の教えが身についたカストロは、森林のなかにも僧院の雰囲気をもちこみたかったのだ。戦争に勝つには、武器だけでなく、信仰心のような献身が必要だ。だから、司祭に罪を告解するときのようなささやき声が強制されたのは不思議ではない。フィデルは革命という宗教を信仰していた。彼のなかでは、制服と宗教的な雰囲気は分かちがたく結びついていた。彼はもはや、ベレン学院でジョレンテ神父が育てようとした「神の兵士」ではなかったが、あの頃に受けた影響は消えてはいなかった。

フィデルに手玉にとられたフェリペ・パソスとラウル・チバスは、まことに民主的な「ラ・プラタの君主」の特使としてアメリカに出発し、「シエラ・マエストラ宣言」を意欲的に宣伝して歩いた。カストロは二人のどちらにも、次期キューバ大統領はあなたです、とにおわせていた。ゆえに、パソスもチバスも反乱軍の熱心な広告塔となった。チェとよばれるエルネスト・ゲバラと、シエラ・クリスタルに共産党活動家をどんどんと勧誘しているラウルへの警戒をよびかける報告書をバティスタの諜報機関が作成していたにもかかわらず、パソスとチバスはカストロ＝ボリシェヴィキ説を否定し、アメリカ政府を安心させようと努めた。敵の嗅覚を鈍らすのが得意なフィデルは、このように芸術的なまでに見事なあいまいさを作り出し、交渉相手に応じて異なる旗幟《きし》を打ちふってみせた。彼はなによりもすぐれた役者であり、相手を魅了し、だまし、あやつることに喜びを覚えた。彼はトリックがお手のもののカードプレイヤーであったが、対戦相手が同等の力の持ち主で、フィデルの手の内を読むことができる達人となると、仮面をはがされるのではという病的な怖れのためにパニックを起こし、息をつまらせた。

ゆえに、ウベル・マトスがいるとフィデルは神経質となった。山中に残るようになって以来、マトスは礼節を保ちながらも断固とした態度で、皆の前でフィデルの出す指令に異議を唱えた。フィデルは、マトスを一縦隊の隊長に任命せざるをえなかった。マトスはどのような試練にもひるまぬ勇気の持ち主であるばかりか、比類のない戦術家であることがだれの目にも明らかになったからだ。カミロ・シエンフエゴスと同様に、マトスは部下たちの崇敬の的となった。公正であり、気分屋ではなかったからだ。双眼鏡で闘いを眺めながら指令をがなり立てたりするのではなく、戦闘ではみずから手本を示した。ウベル・マトスはフィデルの軍事機構の要《かなめ》としてますます存在感を強めていた。

しかし、マトスは七月に重大な失態を犯した。山中の小村、エル・クリストでフィデルと落ちあう約束があったマトスは、親衛隊がフィデルの昼食用に一匹の豚をあぶり、キャッサバの一種であるマランガをゆでているところに出くわした。フィデルはどこだ?とたずねると、下のほう、川の近くのどこかにいる、との答えが返っていきた。ウベルは教えられた方角に向かい、獣道に分け入った。突然、マトスはびっくりして立ち止まった。信じられない光景を目にしたからだ。革命の大司祭であるフィデルが石混じりの窪みにへばりついていたのだ。その顔は恐怖でひきつっていた。つきそっていた親衛隊の一人、チチ・プエブラが臨時の防空壕を拡げようとシャベルをふりまわしていた。目玉をむき出し、上空を探っているフィデルは恐慌をきたしていた。死ぬほど怖気づいていたのだ。彼は飛行機をおそれていた。なるほど、遠ざかる偵察機シー・フューリーのエンジン音が響いていた。だが、このあたりに近づこうとする飛行小隊は一つもなかった。ベッドの下に隠れる子どものように、カストロは手近に見つけた穴のなかで天の雷《いかずち》をおそれていた。死神をもあざむく男、最悪の事態から何度も脱してきた不屈の戦士は、空から死がやってくるとなると、だれよりも意気地なしになってしまうのだ。

この光景にあっけにとられたウベル・マトスは、フィデルは天罰をおそれているのだなと察したが、自分がどのように対処すべきか迷った。何も見なかったふりをして道を引き返し、おとなしくフィデルを待つべきか?　結局、マトスはこの場に残ることにした。この数日間の戦闘における縦隊間の連携不足を指摘したかったからだ。マトスはそこで、数歩近よった。穴のなかにいたフィデルは突如、マトスの姿を認め、鋭い目つきでにらんだ。フィデルは、「プロフェッサー」に見られてしまったと悟った。みっともなく、情けない恐怖、自分ではどうしようもなく抑えることができない、幼児じみた恐怖、すなわち神へのおそれをマトスに見られたのだ。「プロフェッサー」はカストロの隠された一面を発見してしまった。これは、だれも知ってはならないフィデルの影の部分であった。マトスは自分が見たものを忘れたいと思ったが遅すぎた。彼の失脚は時間の問題となった。

第19章　CIAの割れた鏡

彼は皆をあっと言わせることを夢見て、いまからワクワクしていた。この作戦は全世界のメディアの反響をよぶにちがいない、と確信していた。しかし、もてる政治的手腕のすべてとプロパガンダの手練手管を動員せねばならない。これは、テレビ時代になってはじめての大がかりな「人間の盾」事件となるはずだ。彼好みの、劇的で予見不能の、剃刀の刃の上を歩くように危険な術策であった。敵を金縛りにするためは、電光石火のスピードでことにあたらなくてはなるまい。

今度という今度は自分の命運がつきかけていると強く感じていたフィデルだが、追いつめられたときがもっとも意気軒高《いきけんこう》となる性癖は変わらなかった。ラ・プラタの天守閣の高みから望遠鏡で観察すると、バティスタの軍隊が支配地域を広げ、自分の要害に迫っているのがわかった。叛徒たちの監視哨は一つ、また一つと陥落していた。抜け目がなくて意志の固いサンチェス・モスケラ大佐が率いる正規軍兵士《カスキトス》は、ついにゲリラ戦法を理解するにいたり、土地の条件に適応することを覚えた。これまでのように渓谷や隘路にやみくもに突入することはもはやなかった。そんなことをしたら、姿の見えないインディアンさながらに山頂に陣どるゲリラがウサギを撃つように自分たちを狙う、と学習したからだ。いまや、カスキトスも少人数のグループに分かれて移動し、自分たちの姿をさらすことを避けていた。敵と同じ戦法で敵を追いつめていたのだ。待ち伏せ、策略、逃走、偽情報を内容とするこの戦いにおいて、優劣は逆転しかかっていた。一九五八年五月の末、バティスタはゲリラを壊滅させるべく、一万人以上の兵士を投入して大攻勢に出た。フィデルにとって状況はますます錯綜し、あやうさが増してきた。フィデルとその部隊をしめつける包囲網が仮借なく狭まってきた。しかも、空軍が毎日のように山地の支脈を爆撃していた。この罠からどうやって抜け出したものか？　ここまで追いつめられたところで、フィデルは皆の意表をつく行動に出ることを決意した。

一九五八年六月初旬、フィデルはより北寄りのシエラ・クリスタルに陣地をかまえる弟のラウルに、アメリカ人を誘拐し、人質としてミヤリの東方のあちらこちらに分散させて監禁するよう提案した。これは危険な作戦であったが、もし上手く運べば、すくなくとも数日間は敵を牽制し、バティスタに山地に近づくことを禁じられていたテレビ局がまたも押しかけてくることになろう。

フィデルは自分の計画の成功を信じた。ファウスティーノ・ペレスとM26のメンバー複数が二月にハバナでF1レースのチャンピョン、マヌエル・ファンヒオを誘拐した際は、世界中のマスコミがキューバに押しかけ、叛徒たちにまたとない発言の機会をあたえてくれた。アルゼンチン出身のファンヒオの名声のお蔭で、カストロは当時、世界のメディアからひっぱりだことなった［誘拐から二六時間後にファンヒオは解放されるが、ストックホルム症候群の兆候を見せ、自分を誘拐したゲリラたちの大義は理解できる、とマスコミに語った」。だが、何週間かたつうちに、バティスタとフィデルのあいだの、双方とも塹壕にひそんでのこぜりあいはあきられてしまった。同じことのくりかえしで、新味がなくなったのだ。今回は、たいした見世物となるぞ！　フィデルの思惑は、アメリカの当局がキューバに介入せざるをえない状況を作り出す、という非常に単純なものだった。CIAやペンタゴンや国務省の連中が嬉々として没頭している裏工作、裏表のあるメッセージ、まやかしを終わらせたかった。孤立し、弱体化したカストロは、こういった場合にいつもやってきたとおりに、頂点を狙い撃ちしようとした。今回はアメリカをターゲットとして、その本心を暴こうと考えた。数カ月前からアメリカ政府はキューバに介入すべきかどうかで頭を悩ませていた。自分たちはキューバの内紛の中立的なオブザーバーである、と国際世論の目に映ることを欲している一方で、バティスタとカストロの双方を目立たぬ形で支援していた。冷戦のまっただなか、アメリカ当局としては、ちょっとした火花があれば燃え上がりかねない南米で警察官の役目を果たすのはご免であった。

その一方、キューバにはアメリカが守るべき権益が多すぎるくらいあった。アメリカにとって急を要するのは…何もしないことであった。中南米地域担当国務次官補のロイ・ルボトムは、国務次官クリスティアン・ハーターに一九五八年一月一七日付けで送った機密書簡のなかで、アメリカのキューバへの投資額は約七億七四〇〇万ドルという莫大な額にのぼる、と注意を喚起していた。ルボトム次官補はまた、五〇〇〇人を超えるアメリカ市民がキューバに在住し、働いている、とも指摘した。ユナイテッド・フルーツ社の従業員のみならず、コバルトや銅やニッケルの鉱山会社、電話会社、石油会社などの管理職もいた。数世代にわたってキューバに暮らし、他国に移り住むことなど毛頭考えていない人々もいた。彼らの安全が優先事項であった。しかし、アメリカが供給した大量の兵器にもかかわらず、バティスタは「国内に和平をもたらす」にいたっていない。テロ、サボタージュ、暗殺が全土で多発し、恐怖の悪循環を止めることは不可能となっていた。警察はしばしば権力を濫用し、警告や誰何《すいか》なしで殺害し、反体制派のテロに対抗するために国民を恐怖で支配しようとし、裁判手続きなしで絞首刑を行った。規則を逸脱した自由裁量があたりまえになっていた。アメリカの世論は少しずつ、「独裁者」バティスタのメソッドを受け入れなくなってきた。

一つの事件がきっかけとなって、バティスタに対するアメリカのマスコミの姿勢が一変した。フランク・パイース殺害後の一九五七年九月五日、パイースと近い関係にあった海軍の士官たちは自分たちも警察に「売り渡される」と思いこみ、シエンフエゴス海軍基地で行動に出ることを決めた。パイースの交渉相手だった士官が反乱将校たちのリーダーとなったのだが、作戦実行の数日前に密告された。コーディネーターを欠いた蜂起は、なみはずれた激しさの爆撃によって鎮圧された。この爆撃は反乱兵たちがいる基地内にとどまらず、市街地にもおよび、数十人の民間人が犠牲となった。自国民を爆撃するキューバ軍兵士をとらえた写真はバティスタにひどい打撃をあたえた。アメリカ議会は、キューバ政府への兵器供給について国務省の説明を求めた。バティスタ支援を問題視する世論が高まった結果だった。一九五八年三月初旬、ロイ・ルボトムは上院公聴会によばれ、キューバとアメリカとの不明瞭な関係についての質問に答え、数字を公表する羽目となった。一九五五年から一九五七年にかけて、アメリカはキューバに戦車七台、山岳用の軽量砲台一基、重機関銃四〇丁、ロケット弾四〇〇〇発、手榴弾一五〇〇〇個、M1セミオートマティック銃三〇〇〇丁、擲弾《てきだん》五〇〇〇発、機関銃用の対戦車五〇口径徹甲弾一〇万発を供給していた。兵器供給を継続するよう、とくに大統領と腹心たちのために発注した装甲車両二〇台を供給するようバティスタから急かされた国務省は生返事をしてぐずぐずしていたが、世論の圧力に負け、一九五八年三月一四日にキューバへの武器禁輸を発令した。

アメリカの唐突な政策変更はバティスタを怒らせた。彼にとって、アメリカの今回の措置は自分を見放すことを意味し、それ以外のなにものでもなかった。バティスタは二〇年以上も前からアメリカ政府のために「ミスター・イエス」を演じつづけ、自国内でのアメリカの権益をきっちりと保護し、CIAに熱心に協力し、カジノをとおして怪しげな資本が流れこむのを大歓迎してハバナを熱帯の小ラスベガスに変えた。それなのに、「親愛なる友」であるアメリカが彼の背中にナイフをつきたてたのだ。彼は憤懣やるかたない気持ちをホワイトハウスに伝えた。世論とキューバにおける自国の権益とのあいだで引き裂かれる思いのアイゼンハワー大統領は、ここは一つ辛抱してくれないかとバティスタの説得を試みた。そして、今回の禁輸は一時的なものにすぎない、とにおわせた。本国の指示により、アール・スミス大使はバティスタを訪ね、アメリカ政府のゆるがぬ支持を約束した。そして、イギリス、イスラエル、カナダといったアメリカと親密な国々から兵器を買い求めてはどうか、と提案した。「独裁者つながり」で、すなわち、いずれも軍人あがりのソモサとトルヒーヨがそれぞれ支配するニカラグアとドミニカ共和国と交渉してはどうか、とも勧めた。アメリカ政府は、メディアの騒ぎがおさまるまでの数週間だけ待ってほしいと頼みこみ、次に、選挙をできるだけ早く行うよう懇願した。

残念ながら、キューバにおいてアメリカの武器禁輸の告知は、化学反応をひき起こす触媒のように作用した。軍の上層部、すべての行政機関と政党の内部では、バティスタはアメリカに見すてられた、との噂が早くも広がりはじめた。監獄につながれるかしばり首になって果てる、という運命を避けるためにバティスタに残された時間は数カ月だった。いずれにせよ、大統領任期が終わる一九五九年二月には政権を去らねばならない。ゆえに、アメリカにとってバティスタは対話の相手としてもはや無価値であった。いまや、彼の権力は一本の糸にぶら下がっているようなものだった。クーデターがいつ起こっても不思議でなかった。アメリカの狙いはただ一つ、あまり波風を立てずにバティスタを退場させて、信頼にたる後継者を見つけることだった。一九三三年に独裁者マチャドの首を挿げ替えたときのように。そういえば、あのときに活躍した無名の軍人がいたが、その名は…バティスタであった。歴史はくりかえされると思われた。

ラ・プラタにひそむカストロは、ワシントンとハバナとのあいだでどのような裏工作が進行しているかをすべて把握していた。カストロのワシントン「特派員」——フェリペ・パソス、エルネスト・ベタンクール、マヌエル・ウルティア判事——は、外交官と同じ待遇で国務省に出入りしていた。彼らは、一貫性のある対キューバ政策を決めることができないホワイトハウスの迷走ぶりについてフィデルに報告した。むろんのこと、フィデルはアメリカ政府の混乱を活用した。アメリカの大手マスコミのインタビューにたびたび応じ、アメリカ国民の友人である「よき民主主義者」カストロ、というイメージをふりまいた。彼は敵をミラーハウスに誘いこんで混乱させるような、この手の偽計が大好きだった。アメリカ人たちはきりきり舞いをさせられた。フィデルにかんして、相矛盾する報告書が国務省の内部で出まわった。共産主義者、「ギャング」、サンティアゴのブルジョワ階級の代表、けんかばやい男、黒人系が大半を占めるキューバにおける白人種の最後の砦…といった具合に、いくつもの報告書がフィデルにいくつもの定義をあたえた。カストロとは、ほんとうのところどのような人間なのだ？　アメリカ情報機関の論理的すぎる頭脳の持ち主たちにとって、カストロは謎のままだった。彼の言動はすべて分析されたが混乱は深まる一方だった。

カストロはそうした迷いとは無縁であった。彼の心の奥底には小さな怪物がまどろんでおり、これが目覚めて、「アメリカに対する憎しみ」という自分が知っている唯一の餌をむさぼりくらう可能性はこれまでもつねにあった。今回、フィデルはこの「怪物」を解き放つ機会を手にしていた。ウォール街の拝金主義クエーカー教徒たちはポンテオ・ピラト［ローマ帝国のユダヤ属州総督。イエスの処刑に消極的であったものの民衆の圧力に負けてこれを許可したが、自分にはイエスの死の責任がないことを示す意図で手を洗った］を気どろうとしているのか？　自分たちはキューバの内紛にはいっさいかかわらないし、自分たちの手は血に濡れていない、と言いたいのか？　それなら連中の正体を暴いてやる。天からやってくる死を病的におそれていたフィデルは、自分の隠れ家に向けて打ちこまれるロケット弾がアメリカ製であることを毎日確かめることができた。六月五日、彼はセリア・サンチェスに以下のように書き送っている。「敵がマリオの家に落としたロケット弾を見たぼくは、アメリカ人に、今行っていることについて高い代償を支払わせてやると心に誓った。いまの戦いが終わったら、もっと長くてもっと激しい戦争をぼくははじめる。彼らに対する戦争だ。これこそがぼくの真の運命だとわかった」。数日後、彼はかねてからの計画を実行に移すことに決め、自分の野営地に設置させた新品の電話で弟のラウルにゴーサインを出した。六月二六日、ラウル指揮下のゲリラたちが、フランク・パイース縦隊が支配する地域で四九名のアメリカ人を拉致した。彼らのうちの二五名は東北に位置するモアとニカロのニッケル鉱山、そしてグアロのユナイテッド・フルーツ社の製糖プラントに勤務している民間人だった。残りの二四名は海兵隊員や軍の事務職員であり、グアンタナモ基地に戻るバスに乗っていたところをつれさられた。

フィデル・カストロが期待していたことが現実となった。アメリカのメディアは瞬時に反応し、数時間のうちに数十名ものレポーターとカメラマンをグアンタナモとシエラ・クリスタルへと送りこんだ。「山羊飼い」たちに読み書きを教えるのに忙しかったはずの「ルンペン」たちの大胆な犯行に虚をつかれたワシントンの政府高官たちは大きな衝撃を受けた。パニックのなか、サンティアゴのアメリカ領事パーク・ウァラムはあわててラウル・カストロに会いに行き、これでラウルに事実上、ある種の正当性をあたえてしまった。ラウルは自分が演じるべき役柄をそらんじていた。性格が悪く、悪辣で汚い手を使う愚弟、という役柄である。彼はアメリカ領事に対して「これはわたしが独断で行ったことだ。フィデルとは連絡がとれていない。われわれのあいだの連絡には大きな支障があるからだ。雨のために道は泥水でぬかるみ、手紙を司令部に届けるには馬で数日はかかる」と述べた。アメリカ側はこの大嘘を本気にして、もののみごとに罠にかかった。

ラ・プラタのフィデルは、ベネズエラのカラカスやコスタリカのサンホセとも交信できる無線装置があるというのに、ラウルが実行した誘拐については何も知らされていなかった、弟は独断で衝動的に行動したのではないか、と述べた。芝居は完璧だった。一方は、制御不能で、性格上の欠陥をかかえ、共産主義者らにとりこまれ、自爆も辞さない荒っぽいテロリストに囲まれたラウル。もう一方は、調整型で、賢明で、中庸を重んじ、人質を解放するようラウルを説得できる唯一の男であるフィデル。

アメリカの国務省は上を下への大騒ぎであった。フィデルに好意的なあまり、すっかり油断していたCIA長官のアレン・ダレスは、呪縛から目覚めて警告を発した。「今回ばかりは深刻だ。フィデル・カストロの狙いは唯一、われわれをキューバ侵攻に追いこむことだ。なんとしてでも、やつの手にのってはならない！」。ダレスはまちがっていなかった。しかし、アメリカの特殊部隊のオリエンテ州突入という罠におちいらないためにはどうしたらよいのか？　だれにも答えがわからなかった。米軍のタカ派でさえも、キューバ侵攻という仮説を検討することをためらった。キューバにこれほど近く、一世紀も前からキューバにあれほど深くかかわっているというのに、強国アメリカはキューバの何も理解していないようだった。スミス大使への報告書のなかで、パーク・ウァラム領事はラウル・カストロの一味を、「殉教者症候群」に感染している「狂信的で、洗脳された危険人物たち」とよんだ。大義のために死ぬ覚悟を固めている連中だ。カストロ兄弟のあいだの意思疎通を可能にするためならどのような便宜でもはからねばと焦った領事は、ごていねいにもウォーキートーキを彼らに提供した！　できるだけ早く二人が会えるようにヘリコプターを用意する、とまで申し出た。こうした愚かしい話を耳にしたバティスタは大反対した。そんなことをしたら、アメリカがフィデルを交渉相手として公認したことになるからだ。

以上のエピソードは、アメリカ当局者たちの狼狽《ろうばい》ぶりを如実に物語っている。人質救出計画はどれをとっても適切とは思われなかった。現地の地理的条件が厳しすぎて、奪還をはかるのは危険だった。くわえて、人質たちはストックホルム症候群を発症したようだった。ヴァラム領事は、誘拐された海兵隊員の一部が犯人たちと親しくなって、接近戦のテクニックを伝授していると知って仰天した。誘拐犯たちへの連帯感を示すために髭を伸ばしはじめた者もいた。何もしなければ、数日内にアメリカ人の人質の大多数がゲリラ支持を堂々と熱っぽく表明しかねない…。「ロビン・フッド」伝説は猛威をふるっていた。

パーク・ヴァラム領事が国務省に提出した報告書は危機感にあふれていた。ヴァラムはアメリカ政府が世界の笑い者になる前に迅速に行動することを提案した。そこでアイゼンハワーはバティスタに働きかけ、オリエンテ州での爆撃をただちに停止することを断固として求めた。アメリカ人の人質がアメリカ製（！）の爆弾の犠牲になることは避けねばならない。そんなことになったら、国際社会におけるアメリカのイメージが大打撃を受ける。

カストロのたくらみは成功した。キューバ正規軍の攻勢は止んだ。彼は自分のやり方で、すなわちはったりで休戦をバティスタに強要したのだ。いくつかの地域で、政府軍は後退し、自分たちの陣地を放棄してゲリラに明け渡し、そこまでの幸運を期待していなかったフィデルたちを喜ばせた。七月初旬、アメリカ政府はこれまで同様に、フィデルが何を考えているのかわからず思案投げ首だった。フィデルは人質をとるというやり方を決然と批判した。「こうしたメソッドは、われわれの運動の伝統にはないものだ。これはわたしが糾弾するテロの一種だ。しかし、われわれは爆撃に対してなんらかの手をうたざるをえない」と述べたのだ。人質を解放するよう弟に命じる用意があるのだろうか？

と問われると、むろんだ、と答えたが、「だが、弟とどうやって連絡したものか…。シエラ・クリスタルはここから約一〇〇キロも先であり、われわれは連絡手段をもっていない…」とつけくわえた。

カストロは時間稼ぎをしていたのだ。自分のゲリラ部隊を立てなおし、ふたたび士気を高めるための時間が必要だったからだ。そこで、ちびちびと交渉することにした。七月三日、彼は民間人全員を解放し、軍人だけを人質として残しておくようラウルに命じた。次に、交渉を引き延ばし、迷っているかのようによそおい、どの選択肢をとるべきかわからなくなったふりをした。焦《じ》れたアメリカ政府は、ウァラム領事との面会を申し入れた。フィデルはあれこれ言って即答を避けた。革命軍の最高指揮官の交渉相手として、領事では身分が低すぎるのではないか？　アメリカ政府は大使を山地に送りこむことを検討した。しかし、フィデルはこれにも満足しないようすを見せた。彼はすでに国家元首のつもりだった。トゥルキーノ山周辺のどこかと、東方ではマヤリのあたりに国境線がある空想の国家、すなわちオリエンテ州の僻地の指導者、という意味であるが。全権代表ならば会ってやろうか…妄想をふくらませたフィデルは、楽しく夢見る時間を引き延ばし、アメリカは神経をすり減らした。七月一〇日、国務省に宛てた秘密文書のなかで、米海軍作戦部長のアーレイ・バーク海軍大将は激しい怒りをぶつけた。「ラテンアメリカにおけるアメリカの威信は、この二週間で深刻な損傷を受けた。わたしが考えるに、同胞の確実な解放のために急進的な措置がいますぐ講じられなければ、損傷はほぼ修復不可能となろう」

翌日、上陸作戦を専門とする海兵隊の一連隊がグアンタナモの沖に派遣された。「上陸」作戦が準備された。最悪の事態が起ころうとしていた。キューバは六〇年ぶりにまたもやアメリカによる「侵略」を体験する瀬戸際だった。こうした威嚇にもかかわらず、フィデルは譲歩しなかった。米軍のシエラ・マエストラへの突入は彼個人にとって最大の勲章、至上の栄誉となるはずだ。同じ日にパーク・ウァラム領事はラウル・カストロから「七月七日付の手紙をフィデルから受けとったが、兄はなんの指示も出していない」と知らされた。フィデルはこの手紙のなかで愚鈍なリーダーを演じて見せた。「おまえたちが捕えている――と聞いている――北米市民たちのこれまでの、および現在の状況にかんする直接の情報をわたしはいっさい受けとっていない。わたしが知っていることはすべてキューバ内外での報道で知ったものであり、このニュースが正確であるかはわからない」。革命の指導者であるのに、情報も碌に収集できない哀れなカストロ！　こうして無知をよそおったあと、フィデルは例によって、敵をさらにまどわすために別の筋書きへと話をもっていった。彼は「愚弟」に警告を発した。「独裁政権の連中が、この事件を利用して［人質である］北米市民を殺害する計画を立てている可能性を考慮に入れる必要がある。バティスタの状況が絶望的なので、やつらは国際世論のわれわれに対する支持をくつがえそうとするかもしれない。たとえば、北米人の人質の何人かが叛徒たちによって殺されたと聞かされたら、国際世論は憤慨するだろうから」。おみごと！　カストロはすばらしい理屈を見つけたのだ。本物の罪人は誘拐犯のリーダーではなく、叛徒たちの監視下にある人質に対するテロを計画しているバティスタなのだ！　またしても、黒を白と言いくるめるカストロ弁護士の面目躍如である。彼は、とんでもない主張をもち出して、それがまちがっているというのなら証明して見ろ、と迫る詭弁テクニックを得意としていた。またしてもフィデルは、相手を自分の空想の迷宮にひきずりこんだ。ラウルが人質を解放しないのは、卑劣なバティスタとその信奉者たちから彼らを保護するためだ、とうっかり信じる者がいてもおかしくなかった。そして偽善のきわみとして、フィデルは聖職者のごとき慈愛をこめて腕白な弟をたしなめた。「おまえもこうしたことはすべてわかっており、この問題を巧みに処理するとわたしは信じているが、対応しだいではわれわれの運動に非常に重大な影響がおよぶかもしれない。おまえはこの点を理解する必要がある。一定の限度を超える場合、おまえひとりの判断で、だれにも相談しないで行動することは許されない…」

この手紙のなかには、人質解放を勧めたり求めたりする指示はいっさいふくまれていない。巧みすぎるくらいに巧みな弁舌をあやつることで有名なイエズス会修道士たちの優秀な弟子であったフィデルは、ネズミをいたぶる猫のようにアメリカ当局を翻弄《ほんろう》した。アメリカに屈辱をあたえることは、彼にとってこの上もない喜びであった。その理由は反米感情だけではなかった。彼がアメリカによるキューバ侵攻を熱望したのは、自分がキューバ現代史の英雄になるチャンスとなるからだが、よりプラグマティックな動機もあった。彼のすべての行動の裏には、第一に政治的動機があった。今回、人質事件を起こしたのも、政治の舞台で自分が主役でありつづけるためだった。フィデルは、自分を決定的に孤立させることを唯一の目的として、数週間前からアメリカ政府が反バティスタ勢力をまとめようと工作していることを知っていた。アメリカ国務省内で練られていた秘密計画は、バティスタを辞任させ、彼をデイトナビーチ（フロリダ）に逃がし、四名の軍人と四名の民間人からなる評議会に政権を預ける、というものだった。評議会はすべての民兵に武装解除を要求し、新たな選挙の実施をよびかける。カストロ兄弟が武装解除を拒否し、いわゆる「自由区」内の陣地を守ろうとすれば、徹底的に制圧されることになっていた。この場合、アメリカ政府はキューバへの武器供給を再開する予定だった。

このシナリオはほぼ完璧だった。ただし、一つの大きな障害があった。バティスタが政権を手放すことをこばんだのだ。彼は自分の支持者たちを失望させぬために、任期を最後まで堂々とつとめるつもりだった。「ミスター・イエス」にはまだ守りたい名誉が少しだけあったのだ。自分が去った後に友人たちがリンチにあうことは望まなかった。彼もまたアメリカ政府に敢然と立ち向かい、このことでまたもや宿敵フィデルを利することになった。アメリカが用意した計画を蹴ることで彼は最悪の政策を選び、ある意味で、シエラ・マエストラの森林の要塞で孤立していたフィデルに生きのびるチャンスをあたえてしまった。

ユナイテッド・フルーツ社のキューバにおける城下町、バネス出身のフルヘンシオ・バティスタとフィデル・カストロがたどった道のりは驚くべきものだった。二人はいわばシャム双生児の悲劇役者であり、最高権力をめざす同じ野望、人々に認知されたいという同じ渇望、悪しき精霊に対する同じ怖れでぴったりと結ばれていた。二人のどちらも、家族のなかで自分は異端者であるといつも感じていた。フルヘンシオは、上昇志向の貧者にとって唯一のエレベーターである軍隊にのることで情緒面でも自我を確立した。フィデルは、イエズス会修道士たちに心酔し、彼らの影響からほんとうの意味で抜け出すことはなかった。一九五八年の夏、バティスタは逆風が吹くなかで権力にしがみつくことで、同郷人ライバルにすばらしい誕生日プレゼントを進呈した。指導者も軍隊もなく、だれからも見すてられ、みずからの狂気の餌食となった、無気力で臆病な国をフィデルに贈ったのだ。それは、腐敗にむしばまれ、保護者であるアメリカをもはや少しも信頼できなくなった国だった。そのアメリカ自体も、国内世論の動向を過度に懸念し、「非介入」の原則にがんじがらめとなっていた。首都ハバナの権力は、上からひと息吹きかければくずれてしまうトランプの城であった。フィデルがこれをつきくずすまで残された時間はもはや数カ月であった。一九五八年八月一三日、彼は晴ればれとした気持ちで三二回目の誕生日を迎えることができた。しかし、彼はすでに一〇〇〇回分の人生を生きていた。

第*20*章　アイクの怒り

彼女が自分のかたわらにいて、自分が勝利をつかむまでの最後の数週間をともにすごせたらよかったのに、と彼はひどく残念がったことだろう。髭面で、すり切れた戦闘服を着たオリエンテのロビン・フッド、同国人相手の二年間の闘いで疲れ果て、神経が張りつめたゲリラのリーダーは、彼女を女王のように迎えたことだろう。フィデルは次いで、岸壁の天守閣で一晩中ナティと語りあい、栄誉と贖《あがな》いの夢の世界へと彼女をいざなったであろう。自分を救世主と重ねあわせる壮大なファンタジーを語り、大ブルジョワ階層のインテリ女性、ナティを圧倒したであろう。そして、ようやく自分らしさをとりもどし、ドストエフスキーやフォークナーについて長々と論じ、ヒエロニムス・ボスの作品について熱弁をふるい、ゴヤがスペイン動乱の時代におちいった精神の深い闇について分析しただろう。そして彼女の明るい色の瞳をのぞきこんだであろう。文才があって高貴な物腰のナティは、浮浪者然とした大男の内面で火柱をたてている活火山に魅せられたことだろう。三年前のメキシコへの出国からこのかた、フィデルはナティ・レブエルタを忘れていなかった。もし運命がいつの日か自分にキューバの最高権力を託すのであれば、妻として自分によりそう女性はナティであってほしいと願っていた。彼女には、キューバのファーストレディに必要なすべての資質がそなわっていた。セリアは障害にならないのだろうか？　心配はない。セリアはなによりも活動家、女性戦士であるからわかってくれるだろう。それに、彼女が愛人や妻になることは絶対にありえない。フィデルにとってセリアはむしろ母親がわりだった。

野営地の生活や戦闘においてフィデルとセリアの日常に接していたゲリラ仲間たちは、二人の関係がどのようなものかを如実に物語る仕草を目にしていた。セリアと一緒のときのフィデルは子どものようだった。一度など、参謀本部の会合のさなかにフィデルはセリアに耳掃除をしてもらった。腹心たちが同席していることは気にもとめなかった。セリアは皆がいる前でフィデルのブーツを脱がせるし、彼が同じユニフォームを何日も着ていると叱りつけ、食事の内容に細やかな気づかいを見せた。もしナティが山地まで足を運ぶことを受け入れたとしたら、セリアは祖国のためにいさぎよく身を引いたことだろう。それどころか、ナティの来訪を祝ってボルドーワインをどこからか調達し、乳のみ子豚の丸焼きを用意したことだろう。しかしナティは一度も訪れなかった。

フィデルは何度も、ラ・プラタに来るようナティをうながした。しかし毎回、ハバナの貴婦人ナティは拒絶した。第一に、まだ二歳の娘アリーナを祖母のナティカと、フィデルを悪魔と考える乳母のチューチャに託してハバナを後にすることはできなかった。また、政治的な理由もあった。ナティ・レブエルタは平地《ジャーノ》の活動家であった。フィデルを熱愛していたものの、彼女は女ゲリラではなかった。くわえて、フィデルに対する恋心と、夫のオルランド・フェルナンデス・フェレル医師への義理のあいだで引き裂かれる思いであった。類まれな男気を見せてアリーナを認知し、自分の娘のように養育してくれる夫をすてることはむずかしかった。これに対してフィデルはこの二年間、自分の娘に対する関心はいっさい示さなかった。そもそもわが子を気遣う状況でなかった。お尋ね者で、自殺行為に近い戦いに身を投じている戦士フィデルにはほかにいくらでも心配事があった。峡谷伝いの戦闘にほとんどの時間を奪われていたフィデルは、アリーナを認知しようともしなかった。キューバでは、正規の父親のいない子どもが洗礼を受けることはたいへんにむずかしかった。ゆえに、オルランド・フェルナンデス・フェレル医師は幼子のために父親の役目を引き受けたのである。キューバでは、妻を寝とられた男が妻と浮気相手とのあいだに生まれた子どもを認知することなどまれだった。ナティは、これほど寛大で誠実な夫のもとを去る決心がつかなかった。フィデルはこれを知ってひどく傷ついた。

自分の誕生日の前日にあたる一九五八年八月一二日、フィデルはナティが一緒でないのを残念がったことだろう。この日、フィデルはヘリコプターですばらしい空中散歩を楽しんだのである。これは、キューバ人の気質を知るのに格好《かっこう》のエピソードの一つである。赤十字の仲介による捕虜交換を監督しに訪れたバティスタ側の将校の一人が、子どものように目を丸くしてヘリコプターを眺めるフィデルのようすを面白がり、ちょっとのってみないか、と誘ったのだ。あっけにとられて目を見開いているM26のゲリラたちを尻目に、フィデルは敵方のヘリコプターに乗りこみ、シエラ・マエストラの上を空中散歩した。空の高みから彼は二年間のゲリラ生活をふりかえった。孤独、恐怖、空腹に苛《さいな》まれた最初の数カ月、それから光に向かって少しずつ進んだ日々、外国からの兵器の到着、縦隊に分かれての戦闘、自由区の創設、鏡の間ならぬＣＩＡのミラーハウスに迷いこんだアメリカの二面性、三面性のある工作（フランク・スタージスやジェリー・ヘミングといったアメリカ人が反乱軍にくわわろうとやってきたのも、ＣＩＡの差し金ではないだろうか？）。遊園地に来たかのように楽しむフィデルが見下ろしていたのは、軍人たちの陰謀、不発に終わった軍事クーデター、テロに引き裂かれる、内戦まっただなかのキューバであった。

時間が止まったかと思われるこの遊覧飛行のあいだ、フィデルは有頂天だった。彼は目標に手がとどくところまで来ていた。バティスタ政権は末期症状を呈していた。Ｍ26のリーダーには、クーデターを起こして単独で政権を担う力があるのだろうか？　本人は、時期尚早だと考えていた。同じ年の四月九日、ゼネストをよびかけて彼自身が号令を出したが、これはひどい失敗に終わった。いつもと同じく、フィデルは自分の非をいっさい認めなかった。それどころか、自身に大部分の責任があるこの失敗を盾にとり、自分の信頼にこたえる働きをしなかったと言って、彼が平地《ジャーノ》の敵とみなす者、すなわちＭ26のハバナ支部とサンティアゴ支部のリーダーたちを非難した。五月三日、山地で会合がもたれたが、ことさらに激しい糾弾の場となった。政治裁判の検察官の役を演じたチェ・ゲバラに援護されたフィデルは、ハバナとサンティアゴの代表を全国幹部会から排斥した。こうして、ファウスティーノ・ペレス、ダビッド・サルバドル、レネ・ラトゥールという民主主義の最後の砦、すなわちＭ26の専制的な逸脱に異議を唱えることができた者たちが発言力を失った。

いまやM26は、絶対的で批判することが許されないフィデル一人の意思に従う戦争マシーンとなった。こうして、当初は民間人の組織であったM26の軍事化が完了した。リーダーが敷いた路線に反対する者はだれであれ、即刻排除すべき裏切り者とみなされるようになった。民主的な議論はもはや昔の思い出、過去の話となった。反乱軍は、カストロ兄弟と歩調を合わせて進軍することになった。シエラ・クリスタルで、ラウルはスターリンに負けないくらい拙速に裁きをくだして処刑し、彼が作ったミクロ社会はしだいにソ連のコルホーズに似てきた。しかしメディアはフィデルにばかり注目していた。テレビで騒がれるような派手な行動はラウルが好むところではなかった。彼が大向《おおむ》こうをうならせる檜舞台は「革命裁判」であった。こうした裁判の演出家、主役となったラウルは自分の方針に従わない強情者を無慈悲に排除していたが、やがて、強情になるかもしれない者も排除するようになった。

パラノイア的傾向があり、狡猾で利害の計算に長《た》けたラウルは少しずつ、ホセ・ペペ・ラミレス・クルスやホルヘ・リスケト・バルデス＝サルダナといった折り紙付きの共産主義者で身辺を固めるようになった。ラウルが支配する地域では、バルブドス［髭面《ひげづら》］は少数であり、社会主義社会の準備に余念がない、官僚タイプの髭をきれいに剃った男のほうが多かった。ラウルは約一〇〇〇人を擁する一種の共産主義実験室の指導者であり、サトウキビ加工業者たちから革命税を徴収し、土地を恣意的に再配分した。また、正真正銘のマルキシズムイデオロギー洗脳の中心地となったトゥムバシエテ村に革命教育部とホセ・マルティ軍事教官学校を設立した。おそろしいほど効率的なラウルは、自分の本性をさらけ出すようになった。彼はゲバラと同様に、ソヴィエト式システムへの傾倒ぶりを隠さなかった。しかし、このことにだれも気づかなかった。スポットライトは兄に向けられていたからだ。

ヘリコプター上のフィデルは大喜びだった。ラス・メルセデス、サント・ドミンゴ、ヒグエといった、やがてカストロ伝説の聖地となるちっぽけな戦場を眺め、これまでの道のりをふりかえって感慨深かった。彼はすでに自分の「戦争」の次の一手を準備していた。彼が心に固く決めた目標は、オリエンテを自治国家とすることだった。サンティアゴを押さえ、西はマンサニージョまで東はキューバ最東端のバラコアまで広がる「自由区」の首都とし、一帯の分離独立を宣言するのだ。

なぜこのような目標を設定したのだろう？　フィデルに言わせると二つのキューバが存在するからだ。コーヒーとタバコの大規模栽培が行われている怪しげな西キューバでは、カジノや甘い生活（ドルチェ・ヴィータ）、クラブや売春宿の巣窟である首都ハバナが娼婦のように媚《こ》びを売っている。第一、ハバナでは中産階級が人口の大半を占めており、フロリダに近いこともあって生活もアメリカ風だ。このハバナから一〇〇〇キロ以上も離れたオリエンテは「島のなかの島」であり、頑固に欧州のほうを向きつづけている。神秘主義的で謎めいたこのオリエンテは、サトウキビと掘っ立て小屋（ボイオス）と読み書きができない農民《グアヒーロ》、ハイチやドミニカ共和国から渡ってきた黒人の国だった。一九世紀から変わっていないこの風土のなかに、フィデルはフォークナーとディケンズを足して二で割ったような世界を見ていた。彼は自分の指針、確信をこの世界に求めた。彼は「本物の革命」をここに強要するつもりだった。

サンティアゴは自分の聖域、避難所となる、とフィデルは考えていた。反バティスタの政治屋たち、プリオ・ソカラスやグラウ・サン・マルティンの友人たちが数日内に、自分を蚊帳の外に置いてハバナで現政権を倒すにちがいない、と確信していたからだ。軽蔑しか感じないあの連中とはさっさと絶縁しなくては。とはいえ、フィデルは一九五八年七月二〇日に彼らとともに、独裁者バティスタ打倒の武力闘争と民主的体制の確立をよびかける協定に署名していた。共産党を除くすべての反バティスタ勢力が署名したこの協定の文面は、全員を満足させようとするあまりあいまいなものだった。「統一シエラ・マエストラ宣言」と命名されたこの文書はフィデル・カストロにとって時間稼ぎのための紙屑にすぎなかった。彼はだれとも折りあいをつけようとは思っておらず、だれかと権力を分けあうつもりなど毛頭なかった。有利な立場を確保するためには、まずは勝手知ったるオリエンテを武力で掌握しなくてはならない。彼はこの八月、権力奪取をめざしての時間との競争がはじまっている、と承知していた。フルヘンシオ・バティスタは最後の切札として、一一月四日に大統領選挙を実施すると予告した。フィデルの作戦が成功し、サンティアゴを制圧することができれば、オリエンテ州での選挙を妨害できる。そうすれば、だれが選ばれようと、大統領としての正当性を欠くことになる。フィデルはまた、将校たちによる軍事クーデターがいつ起こるかもしれず、そうなった場合は自分の最終的な勝利が不可能になる、とも感じていた。ゴール直前で追い抜かれるなんてとんでもない。だから武力で圧倒する必要がある。しかも、迅速に！

「サンティアゴ作戦」は二段階で進行することになっていた。カストロは、まずキューバを二つに分断しようと考えた。キューバを東から西へとつらぬく幹線道路、カレテラ・セントラルを遮断し、正規軍がオリエンテに駐留する部隊に援軍を送れないようにする。サンティアゴを攻撃するのはその後だ。どの地点にバリケードを築くのだ？　マエストラにならぶ大山脈であるエスカンブライを中心として、数多くの非カストロ派武装集団が戦闘をくりひろげているラス・ビジャス州だ。キューバの真ん中にあたるこの州で最有力のゲリラ部隊を指揮しているのは革命幹部団の責任者の一人で、反共の信念とフィデルに対する警戒心で知られているエロイ・グティエレス・メノヨであった。この扱いにくい戦闘リーダーを弱体化するにはどうしたらよいのか？　現地の革命幹部団以外の武装集団、すなわちPSP（人民社会党。キューバ共産党はこのころ、この党名を名のっていた）とM26のゲリラ連合体を結成して、革命幹部団の影響力を薄めればよい。しかし、どうやって？　フィデルはいつもながら、自殺的と思われるほど途方もないプランを打ち出した。八月の終わり、フィデルはカミロ・シエンフエゴスとゲバラの縦隊、あわせて二三〇名の戦士を、ゲリラ集団の結集をはかるためにエスカンブライへと派遣した。正規軍との力の差はあまりにも大きかったので、このような作戦は狂気の沙汰だと思われた。このむこうみずな作戦に駆り出された男たちは、何千人もの兵士が臨戦態勢にある一帯を通り抜けねばならなかった。苦難の旅は二カ月ほど続いた。敵に見つからぬよう、一行は沼地に隠れ、空腹にさいなまれ、蚊の攻撃に悩まされるという凄まじい条件のもとでなんとか生きのびた。しかし、幽鬼と見まごうばかりにやつれた一行は信じられないような幸運に助けられた。エラと命名されたハリケーンがこの地方を襲い、バティスタの軍隊は動きを封じられ、悪天候ゆえに兵営に足止めされた。今回も、天が味方をしてくれたのだ。

一〇月の終わり、ゲバラとシエンフエゴスは、三〇〇名もの兵士を運んでいた装甲列車を奪取するという快挙をなしとげ、奇跡的に使命を果たした！　ゲバラたちはほとんど戦わずして勝利した。列車の司令官は、ひとにぎりの金と、ヨットに乗ってのマイアミへの脱出を交換条件に降伏したのだ。伝説が語るのとは異なり、M26のゲリラ戦士たちが戦ったのは二～三回のみであり、しかも散発的な局地戦であった。ほとんどの場合、正規軍の兵士たちは、家に早く戻ることを許してくれるならば、という唯一の条件を出して降参した…。

　正規軍のこうした壊走の理由はなんだろうか？　キューバ軍は実体として、すでに存在しないも同然だったからだ。同じころ、しだいに見すてられて二進《にっち》も三進《さっち》もゆかなくなったバティスタは、自分に対して陰謀をたくらんでいたひとにぎりの将官を逮捕した。参謀本部は前代未聞の危機を迎えた。まともな参謀は辞職していなければ収監されていた。残っているのは腐敗しきった将官、戦士した軍人の俸給をわがものにして私服を肥やしつづけようとする者だった。軍の統制は完全に崩壊していた。もうだれも、だれの命令にも従わなかった。多くの将官がすでにカストロに忠誠を誓っていることを知らぬ者はいなかった。たとえば、オリエンテ州のヒグエ駐屯部隊のホセ・ケベード大隊長は、フィデル派部隊に勇猛に抵抗したのちに反乱軍の側にねがえり、フィデルの信任が厚い軍事顧問の一人となった。ケベードはフィデルにとって大学時代の旧友だった。二人はハバナ大学法学部で机をならべて学んだ仲だった。キューバは小さな国であり、人間関係が大きな意味をもつのだ。ヒグエ攻囲のさなかに、フィデルは「友人」ケベードに何度かメッセージを送り、青春時代の思い出を語り、ついには降伏するよう説得するにいたった。これは、ゲリラ戦の転換期を示すエピソードであった。反響は大きくて一〇回の戦闘の勝利宣言よりも価値があり、カストロが率いる叛徒たちは騎士道精神にあふれているという、まちがいなく有利なイメージが醸成された。フィデルは、この手の美談をラジオ・

レベルデで宣伝することを怠らなかった。

はじめて共産党と手を組んだM26がついにエスカンブライを掌握するにいたったとの報告をチェ・ゲバラから受けたフィデルは複雑な思いだった。この作戦は時間がかかりすぎた。さまざまなゲリラ集団との交渉が長引いたのは、「エスカンブライで闘っているすべての部隊はゲバラの指令に従うべし」と命じる公式文書をフィデルの名前で出したにもかかわらず、M26の活動家の多くが外国人でしかも共産主義者のゲバラを警戒したからだ。何日も、何日も長々と論議を重ねて、ガラス細工のような合意に達した。この遅れはじつに面白くない結果をもたらした。フィデルは大統領選挙の実施を阻止できず、バティスタに近いリベロ・アグエロが当選した。オリエンテの投票率はたったの三〇%だったのは確かだが、ハバナ市民の投票行動は通常どおりだった。

こうして大統領選阻止がなかば失敗したのを受けて、フィデルはことを急がせた。戦略の第二段階であるサンティアゴ襲撃を開始したのだ。ウベル・マトスとファン・アルメイダの縦隊、ラウル・カストロが率いるシエラ・クリスタル第二戦線の大部隊が出動し、オリエンテの州都サンティアゴをとり囲んだ。フィデルは、近隣の町を一つ、また一つと攻め落としたが、ほぼなんの抵抗にもあわなかった。

ワシントン在住でアメリカ国務省と恒常的に接触していたエルネスト・ベタンクールを筆頭とする情報提供者から、アメリカが軍事クーデターをたくらんでいるとの情報を受けとったフィデルは、作戦のスピードをさらに速めた。一月まで大統領職にあるバティスタがさっさと政権から降りることを拒否するのであれば、アメリカ政府の支持を受けた軍事評議会を打ち立ててバティスタを追い出す予定である、とのことだった。カストロとの関係にかんしてさんざん逡巡《しゅんじゅん》してきたアメリカ政府は、カストロを切ってすてることを決めた。ＣＩＡに対して、Ｍ26への支援はいっさいまかりならぬ、アメリカに亡命しているカストロ派はアメリカの敵とみなすべし、との明快な指示が出された。

無政府状態と迫りくる流血の惨事からキューバを救うための軍事評議会？　どのような評議会なのか？　これに関与する高級将官はだれなのか？　一二月一六日に国務省で開催された秘密会合の席で、ＣＩＡ長官のアレン・ダレスはキューバの最悪な現状について述べた。「一一月二七日、キューバ軍の相当な数の将官が政権転覆を謀った容疑で、もしくはカストロ派の反乱軍と戦うことを卑怯にも拒否した咎《とが》で逮捕された。マルティン・ディアス・タマヨ将軍は、政権転覆作戦の首謀者だと疑われて逮捕された。エウロヒオ・カンティージョ・ポラス将軍はまだサンティアゴ軍区の指揮官の職を解かれていないが、疑いがかかっているためにその他の大勢の高級将校と同様に厳しく監視されている」。要するに、軍事クーデターを起こすことは実質的に不可能であった。クーデターというリスクを引き受ける将官を見つける必要があったが、名のり出る者は皆無だった。

フィデル・カストロはこのころ、とんでもないかけひきを思いついた。なお、これについて、歴史もカストロの公式記録も完全な沈黙を保っている。バティスタと会って、面目をつぶされることなく退場できるようにはからう、と提案しようと試みたのだ。バティスタの政治的命運がゆっくりと終焉に向かうようになって以来、この昔からの敵に以前ほどの憎しみを感じなくなっていたフィデルは、かなり前からバティスタとの会見を夢見ていた。バネスで子ども時代をすごしたバティスタ。フィデルの母親、リナ・カストル・ルスに頼まれると断われず、フィデルを何度も窮地から救ったバティスタ。オペレッタに登場するようなきらびやかな軍服がお気に入りのバティスタ。キラキラするものならなんでも好きなのに、近いうちに亡命の闇に放りこまれてしまうバティスタ…。フィデルは、彼がキューバを去る前にぜひとも一度会いたかった。クーデターを起こす直前のバティスタを、彼の邸宅クキーネに訪問したときのことを思い出した。あのときはバティスタから、これから打ち立てる政権で要職につかないかと誘われた…。歴史の皮肉とよぶべきか、今回はフィデルのほうに主導権があった。彼は密使としてアンドレス・カリージョ・メンドーサをハバナのアメリカ大使アール・スミスのもとに派遣した。キューバのために、カストロとバティスタという奇妙な組みあわせの会談をお膳立てしてもらうためだった。大使は、反乱軍の総大将が申し出たこの和解の試みについて国務省に報告した。本国は大使に対して、何もせずに時間稼ぎすべきでは、と勧めた。しかし歴史は猛スピードで動いており、外交的手段に訴える段階はすぐに終わってしまった。フィデルの軍勢はサンティアゴに向けて仮借なく進軍していた。一二月一九日、フィデルはサンティアゴの北方、ヒグアニにかまえた防御陣地で、亡命から戻ったマヌエル・ウルティアと会った。以前は判事であったウルティアは、将来のキューバ共和国大統領選の候補者、とフィデルから指名されていた。フィデルはウルティアに、明日にでも国家元首となるかもしれないので心の準備をしておくように、と伝えた。すべては戦況がどう動くかにかかっていた。

一二月二〇日、サンティアゴの西北にある大きな町、パルマ・ソリアーノがカストロ派の手におちた。西では、カマグエイ州とラス・ビジャス州が反乱軍に降伏した。叛徒たちはいまや、国土の三分の一以上を掌握していた。

ワシントンでは、アイゼンハワー大統領の側近たちがパニックを起こしていた。海軍情報部から、共産主義者たちがM26のすみずみまで浸透している、との覚え書きを――遅きに失した感があるが――受けとったところだった。一二月二三日、アイゼンハワー大統領は国家安全保障会議を緊急招集した。憤懣やるかたない大統領は、CIA長官のアレン・ダレスを「バティスタに輪をかけた悪魔を育ててしまった」と非難し、軍事介入計画が予定されているのかとたずねた。国務長官のクリスティアン・ハーターは否《いな》と答えた。信じられないことに、アメリカ当局は自国民の救出計画しか立てていなかった！　カストロは何カ月も前からアメリカの高官らを手玉にとっていた。彼らを安心させるために何度も反共の立場を表明する一方で、キューバ共産党のもっとも重要な指導者の一人、カルロス・ラファエル・ロドリゲスを自分の司令部に迎えて一九五八年の下半期をいっしょにすごしていたのだ。弟のラウルを使嗾《しそう》してシエラ・クリスタルのボリシェヴィキ化を進めたフィデルは、モスクワでマルキシズムのイデオロギーをたたきこまれたロドリゲスをたえず重用した。アイゼンハワーは怒り心頭に発した。カストロはマスコミをみごとに利用しながら、アメリカ当局の鼻面を引きまわしたのである。

司法長官はホワイトハウスの主《あるじ》をなだめるため、アメリカ国内で活動しているカストロ支持者を逮捕することを提案した。リチャード・ニクソン副大統領はより過激で、「フィデル・カストロに資金援助した連中を犯罪者として訴追できないだろうか？」と発言した。司法長官は「できるとも。しかし、政治的に見てそれは有益だろうか？」と返した。カストロに寄付した者を訴追？　この突飛な対抗策は、国家スキャンダルになりかねない。カストロ支援者のうちにCIAがふくまれている事実を国民にどう説明したものか…。うんざりしたアイク［アイゼンハワーの愛称］はそこで、大統領府スタッフにはなにか案があるのか、キューバに「中道派」は存在するのか、とたずねた。答えは否《いな》であった。

そこで、大あわてで、最後の望みをかけた軍事クーデターをしかけることになった。アメリカ政府が白羽の矢を立てたのは、オリエンテ州司令官のカンティージョ将軍であった。だれよりもフィデルのことに詳しく、いまの段階でフィデルと折りあいをつけることができる唯一の人物だった。その夜のうちにアメリカ大使館はカンティージョに接触し、迅速に動いてくれるのであれば全面的に支援する、と約束した。同じ日、カンティージョはラス・ビジャス州工兵隊長のフロレンティーノ・ロセル・レイバ大佐を介して、M26の渉外担当、エチェメンディアに接触した。カンティージョはカストロに、オリエンテ州、カマグエイ州、ラス・ビジャス州の正規軍部隊を反乱軍の指揮下に置き、ともに西部の州に進軍してバティスタを逮捕することを提案した。その見返りとして、民間人と軍人で構成される臨時評議会政府の設立を認めることをフィデルに求めた。臨時政府の構成員は六名で、そのうちの三名の民間人はフィデルが選ぶ、という条件つきで。しかし、カンティージョが最後の切札として投入されたこのゲームは、もうほぼ勝負がついていることは明白だった。

パルマ・ソリアーノにあるキューバ・アメリカ製糖会社プラントの敷地内で、余裕しゃくしゃく、セリアとクリスマスをすごしていたフィデルは、実質的に自分がすでに勝者であると知っていた。カミロ・シエンフエゴスとチェの縦隊はラス・ビジャス州のすべての駐屯地を掌握した。そしてチェは同州の州都、サンタ・クララに迫っていた。カストロは国土の半分をすでに支配下に置いていた。カンティージョはキューバ軍の半分とバティスタの首を差し出すほど追いつめられている。これは、フィデルはもうだれとも交渉する必要がないことを意味する。一二月二五日、フィデルはカンティージョ将軍に「条件はのめない」と返答した。しかしながら、パルマに置いた自分の司令本部で将軍にただちに会う用意がある、と伝えた。

そこでカンティージョは最後の一手に賭けた。一二月二八日、フィデルから通行の安全を保証された将軍はイエズス会修道士一名をともない、敵との会談にのぞんだ。フィデルはいつものように髭をこれ見よがしになでながら、どう考えてもありえない休戦協定締結のためにやってきた将軍の話をうわの空で聞いた。カンティージョは、一二月三〇日の午後三時に正規軍と反乱軍は合併する、カンティージョはハバナのコルンビア駐屯地を占拠し、バティスタとその他の「戦争犯罪人」を逮捕する、というプランを提示した。

カンティージョはカストロから強い印象を受けた。自分よりも百倍も上手《うわて》のプレイヤーと対面している気分だった。目つきが鋭い大男だが声は甲高いカストロを前にして、カンティージョはあらかじめ用意した台詞《せりふ》を確信がもてぬままにしゃべり、もはや敗者のようだった。カストロは、交渉相手の手の内を読んでいた。ハバナにいるM26のメンバーからの情報で、カンティージョがアメリカ大使館から「遠隔操作」されていることを知っていたからだ。フィデルは、敵の右往左往を面白がった。彼は戯れに、「合流」作戦を実施するための四八時間の停戦を受け入れると述べたあとに「指揮権は一つだけだ。反乱軍、国民軍の指揮権のみだ。われわれと合流することで、君たちはキューバ国民と合流する。この点については交渉の余地はない。しかし、なによりも、バティスタを逃がさないようにしてくれたまえ！」とつけくわえた。

最後のひとことは、キューバ本島の反対側で何がたくらまれているのか逐一わかっている、とにおわせる口調で述べられた。カンティージョは、妥協はありえないと理解し、首《こうべ》をたれたままフィデルのもとを去った。行動に出て、アイゼンハワー大統領がよぶところの「悪魔カストロ」が政権をとるのを阻止するのに残されているのは数日のみだと確信して。フィデルがサンティアゴの盟主となる前にどうしてもクーデターを起こさねばならない。しかし、カンティージョ将軍が手をうつ余地はこれ以上ありえないほど小さかった。

彼はハバナに戻り、すぐさま国外退去するようバティスタを説得した。用意されたプランは、CIAが立案した作戦にふさわしく分刻みの緻密なものだった。一二月三一日の真夜中をわずかにすぎた頃、コルンビア基地での禁欲的な年越しのごちそう——献立は鶏肉、米、シャンパン、コーヒー——を終えたバティスタは、同席していた六〇名ほどの政権幹部に、自分は二時間以内に国外に退去する旨を伝えた。そして、軍隊の参謀本部、というよりその残骸をカンティージョ将軍に託した。将軍は最高裁上席判事のカルロス・ピエドラを起こし、憲法一四九条にもとづき、判事がキューバ共和国の大統領となった、と告げた。年老いた判事はこのように危険な役目を引き受けたいとは少しも思わなかったが、選択の余地はなかった。任期が終わりかけていた大統領も、上院議長も辞職したので、ピエドラ判事にお鉢がまわってきたのだ。奇妙な状況だった。よぼよぼの老人が、混沌の淵に立っている国の最高権力者となり、しかも本人はまったく気のりしていなかった。既成事実をつきつけられてやむなく大統領となったピエドラにとって、わが家の書斎に引きこもって平穏な日々を送るほうが百倍も好ましかった。

アメリカ国務省の戦略家たちが考えたこのシナリオが最悪であったのは確かだ。事態をコントロールできなくなったカンティージョ将軍はカストロに停戦を申し入れ、内閣を組もうと死に物狂いに取り組んだ。しかし、大臣のポストに立候補する者はまれだった。炎を上げている乗合馬車に乗ろうとする者がいるだろうか？

一月一日、フィデルは反撃に出た。ラジオ・レベルデでゼネストをよびかけ、「裏切り者」カンティージョを猛烈に非難した。「軍事評議会が暴君と共謀して政権をとった。暴君と主だった殺人者たちの逃亡を助けるため、革命の気運を止めるため、われわれの勝利を横から奪うために！　七年間の英雄的な戦い、キューバのすべての地方で何千人もの人々が流した血がもたらすものが、昨日まで暴政とその犯罪の共犯者や責任者であった者たちによるキューバ統治の継続であってはならない！」とフィデルは息をつまらせながら咆哮《ほうこう》した。そして、腕を大きくふりまわしながら「反乱軍は、殲滅のための戦いを継続する…」と宣言した。もはや、サンティアゴに引きこもっている理由はなかった。キューバにはもはや軍隊も政府も元首も存在しない。宇宙の超空洞のようなこの空白を活用しない手はない。

カストロはそこで、カミロ・シエンフエゴスとゲバラにハバナに向かって進軍し、コルンビアとラ・カバナの基地を奪取するよう命じた。そして、サンティアゴの駐屯部隊に最後通牒を発し、この一月一日の一八時までに無条件降伏することを求めた。これに応じない場合、反乱軍は市内に入り、情け容赦はしない、と警告した。夕方、フィデルのもとをレゴ大佐が「町の鍵を渡しに訪れた」。大佐は、「共和国には指導者はおらず、大統領職を託すべき人物をカストロ博士が指名するのをわれわれは待っている」とのカンティージョ将軍のメッセージをたずさえていた。アメリカ政府があわてて考えた軍事クーデターは、演じる役者が見つからないために幕を閉じた。フィデルは一月二日、喜びにわくサンティアゴ市に入ることができた。すぐさまマヌエル・ウルティアを共和国大統領に指名し、サンティアゴがキューバの暫定的な首都であると宣言した。

アメリカは手も足も出せなかった。革命幹部団が盛り返せるようにエスカンブライに武器を送ろうと試みたがむだだった。CIAは、キューバ軍のなかで影響力をもっている組織、「モンテクリスティ」のリーダー——キューバ農工業発展銀行の前頭取で、大学時代からカストロを知っているフスト・カリージョという男だった——に、カストロを阻止して権力の座につくよう説得することを検討したが、自分たちでも半信半疑であった。そもそも、堤防がすべて決壊しているというのに、どうして氾濫を防ぐことができようか?

一月二日、戦闘服姿のフィデルは照準眼鏡付き軍用銃を肩に、サンティアゴ市庁舎に入った。真夜中ごろ、バルコニーに立ち、歓喜する群衆に向けて演説をはじめた「真の革命が達成された(…)クーデターはもはや起こらない(…)労働組合のすべての権利、そしてわが国の国民が要求しうるすべての権利がふたたび認められることになる。われわれは、シエラ・マエストラの農民のことを忘れない。わずかでも自由な時間ができたら、わたしは二〇〇〇人の子どもたちを収容できる施設第一号を建築する場所を見に行く(…)」。こうして強制的な集団生活を早々と予告したフィデルは、サンティアゴへのはじめての旅のことを思い返していたのだろうか? 四歳の幼い自分が家族から引き離されて、名づけ親となるハイチ人、ルイス・イベールルに預けられたときの恐怖を思い出していたのだろうか？　家のなかに閉じこめられ、イベールには外をのぞいてもいけないと言われたあの頃を？　一九五九年一月のこの夜、革命指導者に気軽に身をまかせたサンティアゴの町のなかで、彼はこの濃厚な時間を心ゆくまで味わっていた。胸を張ってこの町に戻り、英雄としてたたえられ、なかば神のように崇められている。マリスト修道会の学校で「うすぎたないユダヤ人」とよばれたフィデルは復讐を果たした気分だった。

もし、二年以上会っていない息子のフィデリートがここにいてくれたら、彼の幸せは完璧だったことだろう。もう一人、フィデルがそばにいてほしいと強く思う人がいた。ハバナの高級住宅街ベダードの貴婦人、ナティ・レブエルタである。自分が政権をにぎったら結婚を申しこもう。今度という今度は、彼女も自分の誘いを断われないだろう。自分はもはや山地をさまよう幽鬼ではなく、キューバの絶対的指導者になるのだから。しかし、「自分の」革命を成功させるには、用心せねばならず、まだ本心をさらしてはならず、「仮面をかぶったまま進み」続けねばならない。これこそ、師と仰ぐホセ・マルティとレーニンから学んだことだ。

自分の本心をもう一段隠蔽するため、フィデルはその夜、敬虔なカトリック教徒であるかのように、サンティアゴの北にあるコブレの慈愛の聖母巡礼聖堂を訪れて一夜をすごした。オリエンテの守護聖人である聖母にとって、カストロの訪問は予想外だったにちがいない。シエラ・マエストラのヒーローが眠りにつく前にアベマリアを三回唱えたのかはだれも知らない。

第21章　オバタラと魔法円

周囲の人間はもはやとまどうばかりだった。フィデルは鬱状態におちいっていた。キューバ国民に熱狂的にしたわれ、なかば神のように崇められ、天がつかわした解放者、シモン・ボリバルの再来とみなされている――イエスキリストにたとえる者さえいた――フィデルが、ハバナのヒルトン・ホテルの二四階にあるスイートルーム二〇四六号室に閉じこもっているのだ。頂上で暮らしたいとの気持ちをまたしても抑えられずにハバナでいちばんの高所にあたるこのスイートルームを自宅に選んだフィデルは、新たな監視哨から天下を睥睨し、ほぼ奇跡的に手に入れた望外《ぼうがい》の勝利に意気揚々となり、元気いっぱいのはずであった。しかし、彼は不平不満をならべ立て、なかなか寝床から起きあがろうとせず、起床しても部屋のなかをぐるぐると歩きまわっていた。ひかえめながらつねにそばにひかえているセリア・サンチェスがフィデルに替わって決定をくだし、決裁し、任命し、称号をあたえ、解任した。彼女は、だれひとり近づけてはならない、という指令に従っていたのだ。キューバの新たな君主に謁見できる者はいなかった。当人がひどく狼狽していたからだ。打ちのめされたように気力を失い、大嫌いなハバナに住まねばならないと考えただけで倦怠感に襲われていた。

奇妙な精神状態であった。彼は一種の高所恐怖症にとらわれていたのだ。数カ月前まで多少ともロマンティックな盗賊、冒険家にすぎなかった彼が、自身の思惑を超える高さの波に押し上げられて頂点に立っていた。すべてがあまりにも早く進みすぎた。彼がキューバを征服したのではない、キューバのほうが進んで彼に身をまかせたのだ。約一五年前から、彼は激烈で妥協を知らぬ反体制派であり、追いつめられた野獣のごとくふるまい、敵と味方をあやつり、状況に応じて魅了し、怯《ひる》ませ、脅《おど》し、排除してきた。「ビラーンのギャング」は、嵐の日々しか知らなかった。ところが突然、海が凪《な》いだのだ。敵は逃亡した。カジノの経営者たちも訪れることが確実な混沌をおそれて去った。そして、いまや何もない。流血も、抵抗も！　生粋の「バティスタ派」一〇〇名ほどが、弾圧をのがれるためにキューバを離れた。略奪は一つも報告されなかったし、盗難が増えたわけでもなく、旧体制との親密な関係を疑われた女性が頭を剃られることも、強姦されることもなかった。カストロが権力を掌握したこの国は、ひとにぎりの「無法者」の勝利が信じられず、麻痺したかののようにショック状態にあった。魔法をかけられたように幻惑されたキューバ国民は、エルナン・コルテスを迎えたメキシコのインディオのように、カストロを神からつかわされた者として受け入れた。いまや歓喜にわく群衆がカストロの足元にひれ伏していた。突然、このように崇拝されるようになったことにうろたえるフィデルの夢はただ一つ、山地で闘いを継続し、殉教者の役割を演じつづけ、多数の敵に対して一人で立ち向かう男というポーズを維持することだった。ハンモック、野宿、火薬の臭い、身近にある死が懐かしかった。彼が喜びを感じるのは、緊急事態や危険のなか、山の高みにいるときだけだった。周囲の者に「わたしは、トゥルキーノ山の頂上で生きるようにできている。わたしがほんとうに幸せなのは、あの頂上にいるときだけだった」とくりかえし述べていた。ハバナは彼にまったく向いていなかった。怠惰で官能的、祭りや音楽が好きという、人を軟弱化させるこの大都市はフィデルの好みではなかった。サンティアゴに向けて発ち、「東キューバ共和国」を建国することが可能だったら、すぐにでもそうしたであろう。しかし、運命は違う決定をくだした。フィデルはキューバを統治せねばならなかった。

しかし、伝説的なまでにおちつきを欠くフィデルに、統治能力があるのだろうか？　いつもながら、彼はハバナでも一つ所に腰を据えることができず、身をよせる場所として複数個所を選んだ。ヒルトンのスイートルーム、ベダード街にあるセリア・サンチェスのアパート、友人が貸してくれたコヒマル海辺の家である（コヒマルは、アーネスト・ヘミングウェイの『老人と海』の舞台となったことで有名なハバナ東岸に面した村である）。彼はあちこちに姿を現したが、ウナギのようにつかみどころがなく住所不定も同然だった。これは、襲撃されて命を失う危険が頭から離れずに、二〇歳のころから実践していた生き方だった。自分の胸を押しつぶすこの不安の塊をとりのぞくのに、今度はだれを憎んだらよいのだろう？　メキシコ時代にチェに打ち明けたように、完璧な革命家であるためにはだれかを激しく憎む必要がある、というのがフィデルの信念だった。しかし、この一九五九年一月のはじめ、どう探してもカストロには敵がいなかった。反乱軍の総司令官として「軍隊の再編成というやっかいな仕事」に専念するとの理由で、彼は政府の役職は何一つ引き受けなかった。ウルティアを大統領に任命したが、この決定は暴動も外国の介入もひき起こさなかった。そして、アメリカをひどく驚かせたことに、キューバの新大統領はフィデル・カストロの希望にそって、弁護士ホセ・ミロ・カルドナを首相とする穏健な内閣を組んだ。皆の予測に反して、大臣の大多数は正統党やM26の穏健派を出身母体とする思慮分別のある人物、マルクス主義者がよぶところの「プチブル」であった。

カストロは、正真正銘のレーニン方式で「自分の」革命の第一段階にとりかかったのだが、だれもこれに注意をはらわなかったようだ。彼は「修正主義者」たちに統治をまかせる一方で、本心を隠しながら「ブルジョワ国家の解体」に着手していた。これは陽動作戦であり、異論の余地がないほど巧妙に実践された。これまでと同様に、カストロは「仮面をかぶって歩を進め」たのだ。心底から反共でこり固まっているキューバ国民を安心させ、お隣の強国の警戒心を鈍麻させるためには、「猫かぶりの政府」が必要だった。なお、これにだまされたアメリカはキューバの新政府をただちに承認した。カストロは、自分が考える方向にキューバを導くには、この「ソフトな」過渡期が必要だと十分に心得ていた。カメレオンのごときフィデルは、民主主義者を演じていたのだ。ゆえに、彼の側近はだれ一人、政府にくわわらなかった。ラウルにも、チェにも、カミロ・シエンフエゴスにも――彼らは三〇歳に達しておらず、若すぎると判断された――声がかからなかった。ウベル・マトスは、ハバナから離れたカマグエイの州知事に任命された。「髭面《ひげづら》男たち」には出番がなく、政権中枢から遠ざけられた。当面は。

ふだんはもっと急進的なメソッドの旗ふり役であるチェ・ゲバラでさえも、彼の目には「裏切り」

と映ってしかるべき組閣に少しも不満を表明しなかった。なぜ、正統マルクス主義の守り手、レーニン主義特別顧問をもって任じるゲバラは、これほどの「お人よし」政府の成立に反発しなかったのだろうか？　なんのことはない、カストロから計略を打ち明けられていたからだ。近い将来に自分に託される使命が何であるかも正確に把握していた。その上、彼とて休養する必要があった。二年間の戦闘で体力を使いはたしていたし、ハバナ制圧のすぐ後で激しい喘息の発作に襲われた。ゲバラはカバーニャ要塞やハバナ東方のタラマ港で静養に努めながらも、どこからともなく現れた一人の男と綿密に打ちあわせをした。オスバルド・サンチェスという名のこの男は、ＫＧＢから直接教えを受けた共産主義者であった。彼はゲバラの顧問および副官としてふるまっていたが、彼の正確な肩書が何であるかはだれも知らなかった。ゲバラとサンチェスは、アメリカの鼻先で社会主義体制を確立するためにフィデルが練った作戦に深くかかわっていた。フィデルは「われわれは今回こそ、一八九八年のときのようにワシントンがわれわれの革命を奪いとることを許さない！」と息巻いていた。

先祖の恨みを晴らすため、カストロは老獪な計画を立てた。第一段階として、ブルジョワ民主主義体制を敷くと信じこませることで敵をあざむく。第二段階では、「プロレタリア独裁」、すなわちカストロ派の独裁を強要する戦闘的な政府を打ち立て、過去への逆戻りを阻止する。第三段階で、共産主義社会を永久的に確立する。この一九五九年一月初旬、カストロたちが考えたマルクス・レーニン主義計画の第一段階、すなわち安心感をあたえるための「臨時政府」成立がまっしぐらに進んだ。しかし、こうした「隠密作戦」は忍耐と機微を必要とするのでフィデルの性に合わなかった。「性急」症候群の患者であったフィデルは待たされることや無為な時間ががまんできなかった。ゆえに、ヒルトン・ホテルのスイートルームでいらだっていたのだ。平穏な日々は彼を不調におとしいれた。「国家的英雄」となった最初の一週間の興奮を忘れることができなかった。ハリウッド映画の主人公になった気分の一週間だった…。

サンティアゴ制圧後、ハバナに戻ってもなんの危険もないことが明白になった――カミロ・シエンフエゴスとゲバラがハバナを支配下に置いた――ためにフィデルは、ナポレオンのエルバ島からの帰還をお手本として、キューバ本島を横断する「放蕩息子の帰還」を実施した。エル・コブレの聖母の十字架を首から下げたフィデルは、通り道のすべての町や村に立ちよった。行く先々では、人数が突如として何千人へとふくらんだM26の活動家たちが群衆を鼓舞して歓迎ムードを盛り上げた。すべての国民にとって、この革命がカトリック精神にもとづいていることは明らかだと思われた。マタンサスでは、姉のリディアと、ナティ・レブエルタとも親しい友人の女性医師マルタ・フライデにつきそわれた息子のフィデリートと再会した。嬉しさと誇りで興奮したフィデルは、九歳の息子をトロフィーのように掲げて見せ、周囲に「これがわたしの息子だ、息子だ！」と叫んだ。フィデリートは、カーニバルのパレードさながらに浮かれた道行きに同行して父親とハバナに向かった。一週間というもの、ローマ時代の勝者のように、フィデルは民衆の歓呼の声を浴びながら国中を凱旋行進した。

一九五九年一月八日、フィデルはついに、カミロ・シエンフエゴスが掌握するところとなっていたキューバ軍司令本部、コルンビア基地に入った。割れんばかりの喝采に出迎えられたフィデルはやがて彼のトレードマークとなる長時間の演説をはじめて行い、テレビで同時中継された。これはカストロ流の群衆との対話、本人がよぶところの「市場《いちば》での直接民主主義」の嚆矢《こうし》であった。咆哮するフィデルは「民衆」に問いかけた。自分を陸軍、海軍、空軍の最高司令官に任命するという政府の提案を自分は受け入れるべきか？　自分が渇望するのはただ一つ、享受してしかるべき引退生活の静けさなのだが、三軍の再編という「重い任務」を担うことを受けいれるべきか？　何十万本もの腕が高く掲げられ、歓喜する群衆から火山の爆音のごとき「シー［英語のイエスに相当するスペイン語］！」の声が上った。フィデルはまた、国内に出まわっているすべての武器を新政権に引き渡すよう国民に懇願することで、根っからの平和主義であるとマスコミに信じこませるという大技《おおわざ》をやってのけた。ほんとうの狙いは、大統領府を占拠した革命幹部団の武装解除であった。彼らは政権への参加を求めて交渉するためにカストロへの抵抗をくわだてていた。フィデルはだれとも連立政権を組むつもりがなかった。そこで、カストロは聴衆に向かってとうとうとまくし立てた。「武器？　なんのために？　だれと戦うためだ？　全国民に支持されている臨時政府と戦うため？（聴衆が「ノー！」と叫ぶ声）…可能なかぎり早期に選挙が行われるというのに、なんのための武器なのか？（聴衆が「ノー！」と叫ぶ声）」。フィデルはそれから、「万歳！」の声が轟《とどろ》くなか、バティスタの手下どもの罪は罰せられるであろう、裁判と処刑が「戦争犯罪人」に襲いかかるであろう、とじつにさりげなく予告した。

最後に、疲れきったように頭を両肩のあいだにうずめ、ベネディクト修道会士のように謹み深く、呻《うめ》き声に近い弱々しい声で、自分は個人的な野心に動かされているのではない、国内に和平が訪れた暁には表舞台を去るつもりだ、と打ち明けた。結びの言葉は、「わたしの存在が不可欠だとは思わない、これが嘘いつわりないわたしの気持ちだ」であった。このとき、投光器が放つライトに照らされた二羽の白い鳩が彼の肩に舞い降りた。驚嘆した聴衆の多くは、汚れのない白い鳥の訪れに神意を感じた。サンテリアの教義によると、白い鳩は天地創造の神に次ぐ高位の神であるオバタラの使いであった。多くの者の目にフィデルは、エル・エレヒード［神に選ばれし者］、ブードゥー教版の救世主だと映った。この場面はテレビで全国に放映された。キューバ国民は心を奪われ、動揺もして「フィデル万歳！」と叫んだ。天がカストロに祝福をあたえたと確信したのだ。狡猾で人心をあやつるのが巧みな演出家のフィデルが、これらの鳩をシエラ・マエストラで「伝書鳩」として使っていたことを人々は知らなかった。とはいえ、しかけは見え見えだった。演壇のフィデルの左側に伝書鳩係工兵が一名ひかえていて、餌を使って「神の使いである鳥」をフィデルのほうへおびきよせたのである。

この夜、カストロはプロパガンダ巧者として頂点をきわめた。平和主義のロビン・フッドというイメージは世界中に伝播した。ついに平和が戻ってきた、イエズス会修道士たちの教え子であるカストロのもとでキューバは幸福な時代を迎えると信じたカトリック教会もすっかりだまされた。熱心にカストロを支持するカトリック教徒のうちには、ベレン学院でフィデルの告解聴聞司祭であったアルマンド・ジョレンテ神父もふくまれていた。「教会関係者の圧倒的多数は彼を支持しました。福音書にもとづくカトリック的な革命である、とさえ言われました。鳩のイメージは人々の心にたいへんなインパクトをあたえたのです［白い鳩はキリスト教において聖霊のシンボル］。なみなみならぬ熱狂の高まりがあり、祝祭的な盛儀ミサさながらでした。わたしたちは、いつまでも終わらぬ野外祭を楽しんでいるかのようでした。突然、身も心も軽くなったようで…」とジョレンテ神父は回想することになる。

じつをいうと、なんとも奇妙なことに、全キューバ国民にとってフィデル・カストロは見知らぬ人間であった。甲高い声で演説するこの解放者は、突然空から降ってきたようなものだった。ほんとうのところ、いったいどういった人物なのか、だれもわかっていなかった。報道記者たちも、カストロが戦争指導者なのか、メディアの寵児なのか、かつての「ギャング」なのか、隠れ共産党員なのか、彼をどのように定義づけるべきかわからなかった。フィデルはカメレオンのように状況に応じて多くの異なる顔を見せることで上手に足跡を消したため、かなりの情報をもっていて彼のイデオロギーを誤解することなどありえないキューバ国内メディアでさえまどわされていた。

この頃のフィデルの望みはただ一つ、自分の過去を人々に忘れてもらうことだった。とはいえ、彼の来歴は明々白々《めいめいはくはく》だった。一九四九年、二一歳ですでに経験豊かな活動家――当然ながら反帝国主義活動家――であったフィデルは、ハバナの共産党の図書館でカール・マルクスの著書をむさぼり読んでいた。同じ年の一一月、共産党員である友人、アルフレド・ゲバラとリオネル・ソトの助けを得て、独立の鐘「デマハグア」をハバナ大学に運んだ。その数カ月後、ボゴタの共産党主導の暴動に参加した。いっときは、暴動をひき起こすためにコロンビアの反政府指導者エリエセル・ガイタンを暗殺したのではないか、とＣＩＡに疑われていた。一九四九年一一月、共産党青年部と正統党青年部の共同委員会の創設にかかわった。一九五〇年、自宅にしばしば、ＰＳＰ［人民社会党。キューバ共産党は当時、このように名のっていた］青年部のリーダー、フラビオ・ブラーボを迎えていた。共産党員――すくなくとも同年代の若い共産党員――とフィデルとの緊密な絆を物語るエピソードは山のようにある。しかしフィデルは「すばらしい嘘つき」、比類なき役者であった。まずは家族、兄弟姉妹、母親に嘘をついた。そして、私生活の悩みを聞いてもらえるほどの親友であり、ミルタとの離婚でふさぎこんでいたフィデルを支えてくれたルイス・コンテ・アグエロには、共産主義者には抑えようのない憎悪を感じていると、以下の言いまわしで打ち明けた。「彼らが蒔《ま》いたのは不幸の種ばかりだ。ぼくは、やつらが害をなすのを止めてやる。ぼくの目が黒いうちは、彼らがキューバに存在することは許さない！」。マリオ・チャネス・デ・アルマスのように、M26が細胞組織を立ち上げた初期に苦労を分かちあった仲間の大半は、一九五二年のクーデターの直後、カストロはもっとも強固な反共主義者だった、と述べている。彼はだれに嘘をついたのだろう？　キューバのジャーナリストたちは、一部の人間がすでに「官能的な」と形容していた革命がもたらす幸福感の大波にのまれ、カストロの過去をふりかえってみる時間もなかった。彼の経歴紹介はいい加減に執筆された、もしくはシエラ・マエストラ伝説だけに焦点をしぼっていた。物事の進み具合があまりにも早かったのだ。歴史は猛スピードで走り出し、ジャーナリストたちは息を切らしながら、疲れを知らないこの指導者のあとを追いかける羽目となっていた。立ち止まって考える余裕をいっさいあたえない混沌と熱狂にひきずられ、もみくちゃにされた彼らは「顔をハンドルに近づけて」猪突猛進《ちょとつもうしん》し、カストロがならべたてる巧みな口上の催眠術にかかった。「カストロ主義《カストリスモ》」の誕生である。フィデルはこうして、自分の人生の秘密、何年も前から隠していてだれにも暴かれていない秘密を闇の奥底に葬ることに成功した。それは、フィデルが権力の頂点にのし上がるのを可能とした見事な策略のルーツを理解するヒントと、キューバ現代史を解読する鍵をあたえてくれる秘密である。

第22章 ファビオとダイヤモンド

彼の名前はファビオ・グロバルト。闇、詰めもの入りのコイ料理、そしてヨシフ・スターリンが大好きな小柄な男だった。本名はアブラハム・セミヨヴィチだったが、偽名をたくさんもっていたので、しまいにはどれが本名かだれにもわからなくなってしまった。アーロン・シンコヴィチと名のる彼を知った人もいれば、アメリカ市民オットー・モドリーやフランス人のジョゼ・ミシュロンだと思ってつきあった人もいた。本人も自分の出自を忘れていたのかもしれない。ファビオ・グロバルトは放浪者《ノマド》、根なし草であった。ユダヤ人迫害をのがれるために母国のポーランドを一九二〇年代に後にした。彼の家族は皆殺しにされた。一〇月革命のころのユダヤ人の多くと同様に、彼も、ユダヤ人問題は人種も階級も存在しない地上の楽園をもたらす共産主義で解決される、と信じた。

一九二二年にキューバに着いた若きアブラハムは、ほどなくしてキューバ共産党ユダヤ人部を創設した。彼はファーストネームを変え、フンガーを選んだ。一九二六年、共産党の影の指導者の一人となると、ファビオ・グロバルトの偽名を使い出した。その後の彼の人生は光と影の果てしない交錯であり、国際的な事件の出来《しゅったい》に応じて姿を消したり現わしたりした。一九三二年一〇月、彼はマチャド政権によって国外追放され、蒸気船レーデルマンに乗ってオランダにのがれた。数か月後、彼はベルリンで国会議事堂の火災とナチの抗しがたい台頭になすすべもなく立ち会った。その後、モスクワに向かうと共産主義インターナショナルが彼の面倒を見た。やがてスターリンによって「南北アメリカ」担当のコミンテルン責任者に任命された。アメリカにきわめて近いという地理的条件ゆえにソヴィエトにとって戦略的に重要であったキューバに詳しいために、KGBのアメリカ大陸での活動のキーパーソンとして抜擢されたのだ。彼ならハバナを拠点として、まずはメキシコに、次いでラテンアメリカの他国に影響力を拡げることができるだろう、と期待された。

彼は「カリブ」ネットワーク、すなわち、南北アメリカにおいて、消滅したコミンテルンに替わる秘密組織を構築する使命を請け負った。忍耐強く寡黙なファビオは、南北アメリカのすみずみにちらばる三〇〇名ものエージェントを擁する蜘蛛の巣のようなネットワークを作り上げた。運営資金の一部は、「プルトン」というコードネームでよばれるダイヤモンド密輸でまかなわれた。皮肉なことに、一九五〇年代の初頭、南米や欧州から密輸されてアメリカの億万長者に販売されるこれらのダイヤモンドの買い手の一人は、将来のアメリカ大統領の父親、ジョセフ・ケネディであった！　ジョセフ・ケネディは自分のダイヤモンド購入が共産主義者による国家転覆のくわだての資金になっているとは夢にも思っていなかったろう…。ファビオ・グロバルトと接触していたエージェントのなかには、一九三七年にＫＧＢにスカウトされてモスクワで訓練を受けたスペイン共和派のラモン・メルカデルがいた。一九四〇年、メキシコに亡命していたトロツキーをスターリンの命令で殺害したことで有名になるメルカデルは一九三九年、ダイヤモンドのエキスパートとのふれこみでメキシコに入国した。

冷戦まっただなかの一九四八年、ファビオ・グロバルトは新たな協力者を探していた。彼はモスクワの指令に従い、歴史研究者エウドシオ・ラビネスがよぶところのオンブレス・ヌエストロス（われわれの要員）をスカウトせねばならなかった。共産党の党員ではなく、共産党に批判的だと人の目に映るのがオンブレス・ヌエストロスの特徴であった。いっぷう変わったこれらエージェントに第一に求められたのは、自分は腹の底から反共であると公言できる反帝国主義のアジテーターであることだった。ほんとうに反共であってもかまわなかった。諜報活動の非常にこみいった世界においては、この手の矛盾はさして問題にならない。コミンテルンに詳しい歴史研究家で、スターリンによる大粛清の時代に検察官をつとめたヴィシンスキーの伝記を書いたアルカディ・ワクスベルクによると、ソ連政府は当時、こうしたネットワークを築くのに「マルキシズムの理論家も、労働運動のスペシャリストである活動家も」必要としなかった。ＫＧＢが求めていたのは従順な活動家ではなく、腕っぷしの強い用心棒タイプとまでいわずとも行動的な人間であった。ワクスベルクは「旧コミンテルンは初めから、まったく異なるタイプのスペシャリストを必要としていた。挑発、暗殺、ストライキ、騒がしいデモ、反政府集会を組織することができて、非合法の活動に通じた人間（どうしても見つからない場合は、その手の素質をもっている若い新人）、服装やメーキャップでの変装や追跡をのがれるテクニック等々に長けた人材であった」と述べている。

キューバには、この人物像にぴったりと合う者が一人いた。「ギャング活動」、乱暴なメソッド、血気に逸る過激な行動、冒険主義で名をはせていたフィデル・カストロである。ファビオ・グロバルトがカストロにすぐさま目をつけたのは、彼には抜きんでた長所があったからだ。彼の行動力である。カストロを「政治的ならず者」とよぶ向きもあったが、そうした資質はファビオにとってむしろ願ったりかなったりだった！

「カリブ」ネットワークの長であるグロバルトは一九四八年、フラビオ・ブラーボの仲介によって、正統党の若い活動家であったフィデル・カストロと会った。フィデルがコロンビアから帰国した頃であった。ファビオは、ボゴタの民衆が起こした騒乱においてフィデルがどのような役割を果たしたかを耳にしていた。フィデルは面談の最中に、ファビオことアブラハム・セミヨヴィチ個人のこれまでの歩み、なかでもユダヤ人であるという出自とのかかわりを知って強い印象を受けた。フィデル自身も子ども時代に自分がユダヤ人だと思いこんでいたことがあるし、自分は根なし草で自分には故郷もないと感じたことがあったからだ。数奇な運命をたどったファビオが提案する使命はフィデルの心をとらえた。彼は、オンブレス・ヌエストロスの一員となり、これまでの習慣やふるまいを何一つ変えることなく冒険主義的な生き方を続けることを承諾した。義務はたった一つ、ときどきしかも密《ひそ》かに「新たな友」、ファビオと会うことであった。ファビオは父親のようにフィデルを資金援助することを約束した。当時、この申し出は干天の慈雨であった。息子の無分別にほとほと嫌気がさしたドン・アンヘルが仕送りを止めたところだったからだ。

フィデルはこうして、「アメリカという巨人の脇腹にバンデリリャ［闘牛士が牛に刺す槍］をつきたてる」ことを使命とする、人目にふれぬネットワークの「休眠エージェント」となった。彼は同時に新たな指導者を得た。これまた人目にふれぬ指導者であり、東側から来た風変わりな男だった。背は低いが、二〇世紀の歴史のすべてを潜り抜けてきたという意味ではスケールが大きい男だった。ファビオ・グロバルトことアブラハム・セミヨヴィチは、虚栄心の塊であるフィデルに親愛の情をいだいた。親に愛されていないと思いこんだ若者特有の懊悩を見抜いたからだ。

しかしながら数か月後、若きフィデルの新しい「ゴッドファーザー」は突然キューバを去ることになった。「破壊活動未遂」の罪を問われて、国外追放となったのだ。結核にかかったファビオはスイスのサナトリウムに滞在したのちにモスクワに戻り、スターリンの秘密警察であるNKVD［内務人民委員部］のいずれかの局に配置されて目立つことを避けた。次いでチェコスロヴァキアとポーランドで研修を受けた。一九五二年三月のバティスタのクーデターは彼にとって思いがけないチャンスとなった。上層部は彼をひそかにキューバに戻した。中南米の共産党の動きとはまったく別個の極秘任務をおび、詳細なロードマップの遂行を命じられてのキューバ再入国であった。エウドシオ・ラビネスによると、冷戦のまっただなかにあったKGBは、ラテンアメリカの各国についてさまざまなシナリオを想定していた。一九五二年にメキシコで執筆された著作のなかでラビネスは、ソヴィエトの諜報機関は当時、「ブラジルについては蜂起を、チリについては人民戦線を、メキシコについては愛国的気運の高揚を、そしてキューバについては共産党と姉妹の関係にある大衆の党、すなわちオンブレス・ヌエストロスの党を」計画していた、と述べている。ラビネスが描写する「オンブレス・ヌエストロスの党」は、数カ月前からフィデルが構築に努めていたM26とうりふたつである。細分化された

「秘密の細胞」で構成され、それぞれの細胞はほかの細胞から切り離さているM26は、表向きには反共を標榜しているが共産党と同じ手法で機能していた。

フィデルはかなり早い時期からラウルに自分に新たな「資金提供者」がいることを伝えていた。ラウルは一九五三年の春にプラハに送り出され、スパイ組織のリーダーおよび「非共産党組織に潜入する工作員」となるための訓練を受けた。モンカダ兵舎襲撃の直前にキューバに戻ったラウルはただちにM26の情報部の責任者に就任し、潜入、密告者ネットワーク、情報源の霍乱、尋問の権威となった。やがて、過酷さとおそろしく効率がよい仕事ぶりによって、ベリヤ「スターリンの大粛清の執行人」を髣髴《ほうふつ》する辣腕《らつわん》を発揮することになる。キューバに戻ったラウルはバティスタの政治警察によってマークされた。そこで、「カリブ」ネットワークを守るためにラウルはキューバ共産党に入党し、東欧旅行の真の目的をはぐらかした。フィデルもラウルもいまや、だれかと接触するときはきわめて用心深くふるまわねばならなかった。しかし、それは二人にとってすでに身につけた習慣であった。

それでもカストロは、重大事については「ゴッドファーザー」に相談するリスクをおかした。一九五三年七月二五日、モンカダ兵舎襲撃の数時間前、彼はM26の仲間が眠るシボネイ農場を後にして、ファビオ・グロバルトと会う約束があるサンティアゴに向かった。ファビオは、六月中に借りたエンラマダ通り二八番地の住まいにフィデルを迎えて長いこと話しあった。ファビオはフィデルに、モンカダ兵舎襲撃を事前に知らされなかったキューバ共産党は激しく非難するだろうが、可能なかぎり長く共産党をあざむきつづける必要があると伝えた。

以上の情報はきわめて重要であり、カストロがたどった秘密の道のりを理解するのを助けてくれる。

彼の人生のいくつかの影の部分、とくに一九四九年の三カ月におよぶニューヨークでの亡命生活の謎をあかしてくれる。西八二番丁目通りのアパートで奇妙な「孤独」生活を送るあいだ、フィデルは何をしていたのだろうか？　もって生まれた才能を高め、人をあやつり、ごまかし、足跡を消す能力を磨くための速成訓練を受けるために「隔離」されたのだろうか？　ＫＧＢのすべてのエージェントが学んだように、そして弟のラウルが数年後にプラハで学ぶように…。

ラウルは一九五六年、メキシコに亡命していたフィデルと合流するが、そのときの船旅で目立たぬかたちでラウルに同行していたのはＫＧＢの若いエージェント、ニコライ・レオノフであった。メキシコ到着後、レオノフは定期的にマリア・アントニア・サンチェスのアパートに招待された。エンパラン通りに面していたこのアパートはフィデル・カストロの司令本部であった。レオノフはチェ・ゲバラに何冊かの本を貸したが、そのなかには、ロシア革命後の内戦をテーマとするドミトリ・フルマノフ作の『チャパエフ』、共産主義作家ニコライ・オストロフスキーが書いた『鋼鉄はいかに鍛えられたか』、軍隊式集団教育の専門家であるアントン・マカレンコの教訓的な著作がふくまれていた。

「カリブ」ネットワークとかかわりがあるこうした秘密の出会いが重なっても、ＣＩＡの注意を引くことはなかった。また、キューバ共産党の幹部は何も知らされていなかった。これだけの年月のあいだ、フィデルはいかにしてファビオ・グロバルトとの関係をＣＩＡにも親しい者たちにも隠しおおせたのだろうか？「政治上の父」であるファビオの、自身の影もふくめてすべてを警戒せよ、という指令を文字どおりに実践したからである。

「カリブ」ネットワークの秘密がこうまで守られたもう一つの理由は、ソ連においてＫＧＢが国家のなかの国家であったからだ。ＫＧＢはクレムリンからもかなりの自律性を認められていた。カストロのような「指令が出るまで潜伏しているエージェント」は貴石のごとく保護される必要があった。彼の存在を知っている人が少なければ少ないほど情報漏洩の危険は少ない。ゆえに、ソヴィエト指導部の大多数が、フィデルが若い頃にカリブネットワークに属していたことを噂にも聞いていなかったという可能性は大である。

また、共産党員でなくともＫＧＢから資金提供を受けることは可能であった。まさにこれがフィデル・カストロのケースである。キューバ共産党指導部のなかで事情を知っていたのは、ファビオ・グロバルトの補佐役であり、バティスタ一次政権で大臣をつとめたことがあるカルロス・ラファエル・ロドリゲスただ一人だった［最初に政権をとったとき、バティスタは共産党を抱きこんだ］。前述したように、ゲリラ戦の最終局面で、フィデル・カストロはこのロドリゲスをシエラ・マエストラに迎え、反乱軍の多くの幹部の顰蹙《ひんしゅく》をかっていた。いたるところで自分は共産主義者ではないと公言していたフィデルだったが、ロドリゲスを特別顧問扱いしたからだ。これについては――めずらしいことに――フィデルが嘘をついていたとは言いきれない。彼は共産党の党員ではなかったからだ。彼はただの党員というレベルを超え、モスクワが資金を提供する、「帝国主義にゆさぶりをかける」重要なネットワークにとりこまれていたのだ。

山地においてフィデルはカルロス・ラファエル・ロドリゲスと、ときにはフラビオ・ブラーボも交え、帝国主義をゆさぶるための戦略を練った。彼が「根源的革命」戦略を準備したのは、キューバの政権奪取の可能性が強くなってきた頃であった。彼は二人と、「一カ国のみにおける革命」というスターリンの古い路線にしがみつく「キューバ共産党の古参」をとりこむための作戦も準備した。ターゲットとなったのは、キューバのブルジョワ体制の国家組織にゆっくりと浸透することを基本とする、穏健でオーソドックス、現実的な路線を堅持する同党の古参、ファン・マリネージョ、ブラス・ロカ、アニバル・エスカランテなどであった。彼らの考えでは、キューバが共産主義国家になるのは二〇〇〇年の予定だった！　彼らはクレムリンの公式路線にそってそのような計画を立てていたのだ。あざむかれているとは知らずに…。

第23章　西瓜《スイカ》の陰謀

彼はチェスプレイヤーのようにすべてを予測し、天秤《てんびん》にかけ、考察した。山地で眠れない長い夜を何度も送るあいだに、彼は「党の古参」へのアプローチ手法を練った。彼らにすべてを打ち明けることはしないが、自分の意向に不安をいだく必要はないと安心させる。すなわち、自分は共産主義者ではないが、キューバに社会主義体制を確立するつもりだ、と告げるのだ。自分に加担するカルロス・ラファエル・ロドリゲスが仲介者となってくれる。影の存在であることに徹していたファビオ・グロバルトも表に出てきて、国民の新たな英雄、カストロのメッセージにキューバ共産党［当時はまだ人民社会党とよばれていた］の政治局が耳を傾けるように手をまわす。

一九五八年のクリスマスの翌日、パルマ・ソリアーノのとある農場で秘密会合がもたれた。この場でフィデル・カストロは何を語ったのか？　M26は見かけとは違って反共組織ではなく、共産党にとって「姉妹のような運動体」であり、将来は統合する必要がある、と説いたのだ。彼は、キューバに社会主義を受け入れさせるために自分は独創的な手法――武力闘争と、真の政治目標の隠蔽――を選んだのだ、と納得させることに成功した。「キューバ国民は私有権の消失を決して受け入れないだろう。労働者階級と組合は反共傾向が非常に強いので、われわれの意図を明かしたら決して協力してくれないだろう!」と説明した。「M26は、外側は緑だが内側は赤だ」と語り、二枚舌を使いつづける必要がある、と主張した。この策略をとってこそ、成功は確実となるのだ。これが、フィデルの周辺で使われた「西瓜《スイカ》の陰謀」という表現の起源である。

この「西瓜の陰謀」にかかわったのはほんのひとにぎりの人間だった。二枚舌の使い方をすでに知りつくしていたフィデルは、権力を掌握するやいなや自分の計略を実行に移した。こうして彼は、二〇世紀最大の政治詐欺の一つに舌なめずりしながら着手した。一九五九年一月、反乱軍が治安を担当している国をマヌエル・ウルティアとホセ・ミロ・カルドナ(西瓜の皮の「緑」に相当)が治めているあいだに、フィデル・カストロは舞台裏で「非正規の政府」を立ち上げた。要するに「影の内閣《シャドー・キャビネット》」であり、西瓜の果肉のように「赤い」人物(歴史学者のアントニオ・ヌニェス・ヒメネス、キューバ芸術・映画産業庁の長官となる旧友アルフレド・ゲバラ、エコノミストのオスカル・ピノ・サントス、ジャーナリストのセグンド・セバジョス)およびM26の幹部(ラウル・カストロ、ラウルと結婚したばかりのビルマ・エスピン、チェ・ゲバラ、ペドロ・ミレー)で構成されていた。疑念をよびさまさぬため、カストロはこのグループに「計画・革命調整局」という名をあたえた。

同時に、カストロは共産党指導部とともに、隠密の機関をもう一つ創設した。その目的は、PSP

〔人民社会党〕と名のっていたキューバ共産党、革命幹部団、M26を合体して、マルクス・レーニン主義の一大勢力を構築することであった。この秘密機関の構成員は、絶対にはずせないカルロス・ラファエル・ロドリゲス、共産党書記長で当時五一歳のブラス・ロカ、党執行局のメンバーであるアニバル・エスカランテ、そしてフィデルの最側近たち（チェ・ゲバラ、カミロ・シエンフエゴス、ラミロ・バルデス、ラウル・カストロ）であった。共産党側も、カストロの側もこの秘密組織について沈黙を守ることが必須とされた。共産党の「陰謀加担者たち」は、一般党員に何も知らせるなと命じられた。絶対的な機密保持のみが、勝利を保証するからだ。

　計略を実行するにあたってフィデルが参考にしたのは、カール・マルクス著『ルイ・ボナパルトのブリュメール一八日』であった。ナポレオンの甥、ルイ・ナポレオンが一八五一年一二月二日に起こしたクーデター〔このクーデターにより、大統領であったルイ・ナポレオンは皇帝ナポレオン三世となる〕を分析したこの著作は、ピノス島の監獄におけるフィデルの愛読書であった。彼は腹心たちに、この本を注意深く読むよう求めた。フィデルが用いるテクニックの鍵がふくまれているからである。マルクスが臆面《おくめん》もない策士とみなすルイ・ボナパルトは、「一二月一〇日会」という大衆運動組織を作ることで伝統的な大政党の影響力をそいだ。これは、強い権力を手に入れるための力業《ちからわざ》であった。「一二月一〇日会」は、旧軍人、貧しい商人や労働者、失業者〔ルンペンプロレタリアート〕からなる民兵組織であり、正規軍をのみこむことを目的としていた。カストロがはじめに構想したM26と奇妙なくらいに似ている。カール・マルクスは「彼〔ルイ・ナポレオン〕の旅行のときは、鉄道につめこまれて輸送されたこの会〔一二月一〇日会〕の部隊が、彼のための即興の聴衆となり、公衆の熱狂を模倣し、皇帝万歳と吠えたて、もちろん警察の保護のもとで、共和派を罵倒し、打擲《ちょうちゃく》した。ルイ・ナポレオンがパリに帰還するときの彼らの任務は、彼の前衛となり、反対デモの機先を制するか、追いちらすかすることであった。一二月一〇日会は、彼のものであり、彼の作品であり、彼固有の思想そのものであった」と書いている。フランスにおいて、「十二月一〇日会」は街頭を占拠し、社会に対してある種のコントロールを敷くことを役目としていた。いまや、キューバの「七月二六日運動［M26］」もこれと同じ役目を果たさねばならない。カストロ支持の大規模デモの参加者をつのり、街頭でにらみをきかせ、目に見える勢力として存在感を発揮せねばならない。

カール・マルクスによると、ルイ・ボナパルトが打ったもう一つの天才的な一手は、一八四九年一月二九日の国民議会解散である。国民の意思を代表するのは「十二月一〇日会」のみであるのだから、自身と国民のあいだにある機関は排除すべきだ、との理屈にもとづいていた。フィデル・カストロも同じように、キューバ議会を廃止して行政府に全権力をあたえ、「七月二六日運動［M26］」の先導のもとに「国民投票で信任された」体制を確立することをめざした。

カストロはこの目的をたったの五週間で達成するという剛腕を見せる。一九五九年二月七日、カストロと大衆デモの圧力に押され、ホセ・ミロ・カルドナ政権は国民議会を解散した。政府は議会選挙の実施を遅らせ、新憲法を発布した。この憲法により、死刑制度が復活し、バティスタ政権に仕えた者全員の財産没収が否応《いやおう》なしに決まった。いまや、カストロは思うがままにふるまうことができた。独裁政治の第一歩がきざまれた。行政府はなんの抵抗にあうことなく、自分たちに都合のよい法律を発布できるようになった。カストロの言葉を借りると、「革命は法の根源」だからである。信じられないことに、カストロはほんの一カ月たらずで、歯止めとなりうる制度を排除したのだ（無視する人が多いが、これは事実である）。抵抗があるとしたら、それは市民の抵抗以外はありえない。だが、この点でフィデルはなんの心配もなかった。彼自身は国民的人気を誇っていたし、街角では「七月二六日運動」が目を光らせていた。

カストロはこうして、だれにも気づかれることなく、自分の「ブリュメール一八日のクーデター」を遂行した。「ブルジョワの民主主義者たち」で構成された政府を陰で威圧し、議会すなわち立法府の廃止を命じるよう仕向けることで、カストロはおそらく、彼にしてはもっとも地味だが、政治的な影響がもっとも大きいたくらみを成功させた。

ナポレオン三世ことルイ・ナポレオン・ボナパルトとの類似点はもう一つある。カストロは自分を貧農、もっとも困窮した農民の代表だとみなしていた。カール・マルクスはルイ・ナポレオンについて次のように語っている。ルイ・ナポレオンは「明白に定義された階級を代表している。それは、フランス社会でもっとも多数を占める階級、すなわち分割地農民である。（…）彼らの代表となる者は、彼らをほかの階級から守ってくれ、高みから雨と日の光を送りとどけるご主人様、卓越した権威、絶対的な統治権力であると彼らの目に映る必要があった…」。一世紀の間隔があるが、ルイ・ナポレオンとカストロは驚くほど類似している。後者は前者と同じく、農民の利益を守るために主として軍隊に力の基盤を置いた。次にあげるマルクスの文章を読むと、二人の類似は明白だ。「ナポレオン的観念のエッセンスは、軍隊の優位である。軍隊とは、分割地農民にとって名誉にかかわる事柄である。外に向かっては新たな財産を守り、新たに獲得した国民性を称揚し、世界を掠奪し革命をもたらすことで自分たちが英雄になれるからだ。軍服は彼ら［分割地農民］にとって大礼服であり、戦争は彼らの詩であり、空想のなかで延長されふくれあがる農地は祖国であり、愛国心は所有意識の理想的形態であった」。カストロとのかかわりで分析されることがこれまでなかった『ブリュメール一八日』であるが、これはカストロ主義の基盤を形成するテクストの一つであり、カストロが「ボナパルト」流儀をとりいれたマルクス・レーニン主義者であることを明かしてくれる。リデル・マヒモ［スペイン語で最高の指導者を意味する］の肩書を得ることになるカストロが、キューバ共産党の重鎮たちと比べて百倍も信念の固いマルクス主義者であったことはまちがいない。共産主義者が使う専門用語を借り受けるのであれば、カストロは「生産力の発展段階」に照応して「客観的状況」を分析していた。コヒマルにおける会合でフィデルは共産主義の歴史とイデオロギーをいかに習得しているかを披露してみせ、その政治的教養でキューバ共産党の古参たちに感銘をあたえた。フィデルは彼らにキューバの特殊性を納得させ、十九世紀なかばのフランス社会と二〇世紀なかばのキューバの「発展段階」が類似していると得心させた。

カストロは、「カリブ」ネットワークのきわめてひかえめなリーダーであるファビオ・グロバルトを前にしてルイ・ボナパルトについて一席ぶった。その主張によると、産業時代の初期において、労働者階級は革命的でありえない。産業の発展で得るものが多く、失うものはわずかだからだ。これがまさにいまのキューバである。つまるところ、労働者階級はプチブルになりうるのだ！　これに対して、キューバで起こっている土地の集約化現象に不安をいだく農民層は危機に瀕した階級である。したがって、労働者階級ではなく、ましてや中産階級でもなく、農民層に支持基盤を置くべきである。

これが、カストロが自分の「帝国」を打ち立てるうえで依拠した、正統マルキシズムとは異なるドグマであった。彼に言わせると、労働者階級は革命的ではないのだ。

共産党の古参たちは、独創的で説得力のある理論家フィデルに魅せられ、巧みな話術につられた。馬が後脚で蹴るようにたえず不意討ちをしかけるフィデルにカバーヨ［スペイン語で馬を意味する］というあだ名を進呈していた彼らは、カバーヨはなみはずれた嗅覚をもつ根っからの政治家でもある、と気づいた。フィデルなら自在にあやつれるだろうと思っていた共産党の古株たちは警戒心を忘れ、彼にくみすることにした。いずれにせよ、彼らの新しい「友」は選択の余地をあたえてくれなかったのだが。

一九五九年二月八日、すなわちキューバの議会制民主主義が葬られた翌日、フィデルはだれにも遠慮することなく行動できるようになった。ウルティア大統領に、数日中にミロ・カルドナに替わって自分が首相になる、と告げた。革命の英雄カストロが二枚舌を使っていたことを知ったカルドナは嫌気がさして辞職し、キューバを支配している「闇の政府」を告発したがなんの反響も得られなかった。二月一三日、フィデルは首相の座についたが、真の権力中枢である「影の内閣」の活動を停止することはなかった。時間がたつにつれ、大臣の大多数は、自分たちはマリオネットにすぎず、決定は別のところでくだされている、と理解しはじめた。彼らはフィデルに憤りをぶつけた。するとフィデルは威嚇的な口調で、不平を表明しないほうがよい、そんなことをすれば歓喜にわいている国民から裏切り者だと思われかねない、と警告した。

傀儡政府の権威づけに使われることにがまんできなくなり、辞意を表明したマヌエル・ウルティア大統領も同じ台詞《せりふ》を聞かされることになる。カストロは、とるにたらない下僕に話しかけるごとく、軽蔑をこめた口調でおどした。「とんでもない。とどまりなさい。もし辞職すれば、あなたは謀反人となり、遠くには行けますまい…」。警告の意味はあきらかだった。ウルティア大統領は恐怖に震え、自分の命が危険にさらされていると理解した。彼はカストロのもう一つの顔を発見した。相手のこめかみにリヴォルヴァーをつきつけて紛争を解決する「ギャング」の顔だった。カストロから大統領に指名されてサンティアゴからやってきて、気づいたらとんでもない状況におちいっていたウルティアは主張を引っこめて大統領職にとどまった。大統領府の外ではお祭り気分が最高潮に達していたが、革命のリーダーの人質となったウルティアはもはやカストロ首相が糸を引くあやつり人形、悲劇的な笑劇の玩具にすぎなかった。しかし、無慈悲な看守のようなカストロが怖くて仕方がないウルティアは表面をつくろい、自分も国民をだまし、にこやかにふるまい、セレモニーに参加し、ほほえみ、手をあげて群衆の歓呼にこたえるほかなかった。こうした苦痛からのがれるには、状況の変化を待つほかなかった。いまのところ、カストロは安泰で、だれも手出しはできない。非合理でほぼ宗教的な大衆人気の波にのったカストロは、トランス状態に入ったままのキューバの絶対的支配者だった。彼以前にも多くの人が経験したように、ウルティアは「恐怖のサークル」に足をふみいれた。二月の終わり、大統領職にともなう儀礼の一環でウベル・マトスと会ったウルティアは、震えながらマトスにささやいた。「わたしは囚人なのですよ、ウベル、囚人ですよ、わかりますか？　怖いのです…。怖いのです…」

第24章　マリータと食人鬼

彼女の名前はマリータ、海の向こうからやってきた。彼女は世界一周旅行を、あてどない航海を夢見ていた。ドイツの高級船員の娘マリータ・ローレンツは太陽に照りつけられたこの白い街に魅せられていた。一九五九年二月二七日、マリータを乗せた客船ベルリン号がハバナに入港した。船長はマリータの父だ。船のサロンでは旅行者たちがこの島の情勢について少し心配していた。あの髭面男《バルブドス》たちは危険ではないだろうか。上陸して写真を二、三枚撮ることは許されるだろうか。大西洋の反対側から見ると、熱帯地方の革命にはつねになにがしかの異国情緒がともなう。マリータは、この革命熱にわき返る国を見ることができると思うとわくわくした。彼女は、自分が二〇世紀最大のスパイ事件のひとつに身を投じることになるとはつゆ知らなかった。甲板の手摺にもたれ、マリータはこのいささか非現実的な街をじっと眺めていた。海岸線沿いのマレコン通りにはコロニアル風のファサードを見せた建物がならんでいる。左手に、スペインの要塞カスティージョ・デル・モロが物いわぬ歩哨のように港に張り出しているのが見える。マリータはそれまでキューバに足をふみいれたことがなかった。カストロの武勇伝についてもさしたる知識はない。この物怖じしない、思春期を脱したばかりのブルネットには、少々反抗的な若い娘に特有の新鮮な魅力があった。マリータは一九歳、人をとりこにするほほえみの持ち主、しかも彼女はジャッキー・ケネディーにじつによく似ていた。

突然、岸のほうから短艇が現れた。毛むくじゃらの騒々しい兵士の一団が乗っている。そのなかで、葉巻をかみながら少年のように陽気にはしゃいでいるのがフィデル・カストロその人だった。カストロは、表敬のためベルリン号に乗船させてほしいと申し入れた。午後の早い時間だったため、ローレンツ船長は昼寝していた。マリータはこの奇妙な一団に好奇心をいだき、みずから応接に出た。

カストロとその部下がタラップを昇ることを認める前に、マリータは断固として武器を置くよう彼らに要求した。カストロは面白がり、ほほえんでただちに従った。このチカ（女の子）はしっかり者だ…。カストロにしてみれば、自分に向かって女性がこのような口のきき方をするのは生まれてはじめてのことだった。これはドイツ風のやり方なのかな。彼はこのボス気どりの若い娘に興味をひかれ、彼女から目を離すことができなかった。一方マリータは、国家元首ともあろう者がほろ酔い機嫌でこんなあけっぴろげな態度をとることに驚いた。カストロは船を降りたくないようすだった。彼は乗客に冗談を言ったり、これ見よがしに胸を張ったり、一等船客用のバーのテーブルにブーツをはいた足を粗暴な兵隊のようにのせたりした。彼は、ほかに何もすることがないかのように夕方まで船内ですごし、ことあるごとに美しいマリータにチラチラと流し目を送った。あげくの果てにカストロは、船長の招待を受けて船内で夕食をとることになった。数時間後、食事の最中にカストロとマリータはテーブルの下で手をとりあった。マリータは、キリストのような風貌と保護者のように優しいまなざしをもつ三二歳のコマンダンテに対して物狂おしい恋心をいだいた。カストロのほうもマリータの魅力に屈服した。

数日後、アメリカに戻ったマリータをつれもどすために特別機がやってきた。ハバナに到着した彼女はヒルトン・ホテル［ヒルトンは一九六〇年に改名され、「自由ハバナ」を意味するハバナ・リブレとなる］の二四階におさまった。カストロはなんの警戒心もなく彼女を正式な愛人にしたのである。アレマニータ（かわいいドイツ娘）は夢のような日々をすごした。カストロはマリータを熱愛した。彼はマリータのためならアメリカの女優エヴァ・ガードナーすら袖にした。牝虎のように嫉妬深く、マン・イーター（男を喰う女）の異名をとっていたガードナーは、ホテルのロビーや迎賓館で騒ぎを起こしすぎた。飲みすぎ、しゃべりすぎた。ラミロ・バルデスが指揮するキューバの諜報機関G2は、ハリウッドからやってきた火山のようなこのブルネットと距離を置くようコマンダンテに忠告した。また、「正体不明のドイツ女」との関係もこれ以上長引かせないほうがいいと助言した。しかし、一人で寝ることのできないカストロはマリータを手元に置いておくことに決めた。

カストロとセリア・サンチェスの関係はますますプラトニックな様相を呈してきた。ヘスス・ヤニェス・ペジェティエル（カストロにとってはボニアアート監獄時代の命の恩人）が指揮するカストロの護衛隊は、ボスが月に一度、セリア嬢との「愛の苦役」に従事する姿を面白がって見ていた。革命の初期以来、カストロは暇さえあれば女性と戯れてすごし、自分のスターなみの人気をそのために利用していた。彼はムラタス（混血女性）を好んだ。そういった女性たちの腕のなかで、フィデルはナティ・レブエルタの「ノー」を忘れようとしていた。カストロはナティに再度プロポーズした。なんといっても、国家元首たるものは結婚していなければならない。しかし、ナティは今回も夫であるオルランド・フェルナンデス・フェレル医師と別れる勇気がなかった。彼女はフィデル・カストロをときどき自宅に迎え、ときには自分からヒルトン・ホテル二〇四六号室のスイートに彼を訪ねることもあった。カストロは心の底では自分を拒絶したナティをひどく恨んでいたが、傷ついたことを知られるのはプライドが許さなかった。彼は姉のリディアにあてた手紙のなかで自分を「鋼の心をもつ男」と評したくらいだから。

しかし、一九五九年三月初のこの時期は、若くて新鮮なマリータがカストロの心を一人占めしていた。カストロは彼女を文字どおりホテルに閉じこめていた。マリータは恋人が奇妙な趣味をもっていることを知った。自室にいるとき、カストロは鉛の兵隊で遊んだ。ミニチュアの戦車ももっていて、それを時計職人のような綿密さで絨毯の上にならべたり動かしたりした。夕方、仕事から帰ってくると室内で戦争ごっこに興じた。カストロはオリエンテの峡谷で戦った陣地戦を懐かしんでいたのだ。マリータは、カストロのむら気、怒りの激発、気鬱も知った。真夜中に、憔悴し、うつろな目をしているカストロをはからずも見てしまったことが何度もあった。この人は内なる火山の餌食になっているのだ、とマリータは思った。彼は怖ろしい夢を見て飛び起き、汗びっしょりになって「ここはどこだ？」と叫んだ。そしてマリータの腕のなかに縮こまり、赤ん坊のようにあやしてもらうのだった。夜中にこうした騒ぎが起こるたび、マリータは、これほど強い男がなぜこのような絶望感にとらわれているのかが理解できず、ひどくうろたえた。愛をかわした後、マリータはカストロをやさしく寝かしつけた。この人は子ども時代に十分な愛情を受けていなかったにちがいない、棄てられるのではないかという強迫観念をいだいているのだ、とマリータは考えた。マリータは彼の過去についてはほとんど知らなかったが、本能的にすべてを理解した。彼女といると「ビラーンのギャング」は調子が上向きになるようだった。

ホテルの部屋に閉じこめられたマリータは、いわば芸者の役割を演じていた。たまに外出することがあってもお目付役が一緒だった。自分の「フィアンセ」が外で何をしているかも知らなかった。カストロはただ、ものすごく忙しい、と言うだけだった。数メートルへだてたところにカストロの非常に特別な秘書としてリディア・フェレイドが配置されていたが、マリータはこれが彼のもう一人のフィアンセだとは知らなかった。

三月三日の夜、マリータは不安にさいなまれていた。カストロがホテルに帰ってこなかったのである。彼は午前二時四五分から五時三〇分まで、自分の「連絡員」であるファビオ・グロバルトとともにカバーニャ要塞にいた。というより、要塞のなかにあるゲバラの執務室にいたのである。元コミンテルンの米州特務員ファビオとカストロは、ゲバラをまじえて「革命予定表」の仕上げを行っていた。ゲバラはカストロとグロバルトがどのような関係でつながっているのか完璧に把握していた。グロバルトがこれほど早くカストロのサークルに入ることができたのは、たんにメキシコで偶然に出会ったからではなく、双方とも東のネットワークに属していたからだった。二人のあいだに個人的きずながあったことは事実だが、ここ数年を通じて二人が親密な協力関係にあった理由は、主としてそこにあった。

ひとつだけ明らかになったことがある。チェ・ゲバラは一九五四年以降、グロバルトのカリブネットワークにとりこまれていた。一九五四年、ＣＩＡがグアテマラのアルベンス大統領に対するクーデターを扇動した。青年ゲバラは、クーデターを武力で阻止するため、共産主義青年団の義勇軍に入隊した。ニカラグア人ロドルフォ・ロメロが率いるアウグスト・セサル・サンディーノ旅団である。この時代、ゲバラはグアテマラ共産主義青年団の総書記エデルベルト・トレスと友情を結び、ゲリラ活動を夢見た。ゲバラは、手入れをのがれるためアルゼンチン大使館に保護を求めることを余儀なくされた。大勢の共産主義者が一緒だったが、そのなかにＰＳＰ［人民社会党。キューバ共産党の当時の名称］の指導者カルロス・マヌエル・ペジェセルがいた。その後、メキシコ滞在中にゲバラもＫＧＢのメキシコ駐在員ニコライ・レオノフとしばしば会った。この接触を通じ、ゲバラはクレムリンの公式の立場とＫＧＢの活動のあいだには明確なへだたりがあるということに気づいた。ニキータ・フルシチョフは、公式には、二つの超大国のあいだのバランスを現状のまま維持すべきであるという考え方を支持し、「平和的共存」を声高に叫んでいた。しかし、水面下では、ＫＧＢがアメリカの影響下にある地域にネットワークを張り、アメリカを弱体化させることを狙いとする活動を行っていた。これが、ラテン・アメリカにおける、あるいは、もっと具体的にいってキューバにおけるカリブネットワークの役割だった。

マリータ・ローレンツは、ホテルの部屋でペネロペのようにいく晩もフィデル・カストロを待った。マリータは、自分のノビオ（花婿）が数カ月のうちにこの国を巨大な人民裁判所に変えてしまったことを知らなかった。キューバは、カストロの御意向以外はなんの規範もない、短絡的かつ盲目的な正義にゆだねられた。急ごしらえの法廷はM26のメンバーか、さもなくば従順な日和見主義者によって構成されていた。一月一二日、ラウル・カストロはサンティアゴで、なんの司法手続きもへずに七一人の兵士と警察官を重機関銃で殺害させ、ただちに埋葬させた。ハバナでは数日のうちに三〇〇〇人以上が逮捕された。その四分の一、つまり七〇〇人以上が有罪の証拠などいっさいないまま銃殺された。地方でも、あちらこちらで「革命法」が容赦なく適用された。いつものとおりカストロは統治の手段として恐怖を用いた。彼が手本にしたのはフランス革命の「恐怖政治」である。こうして、およそ一〇〇〇人のキューバ人が、カストロの表現を借りれば勝利者の「道徳的確信」のみにもとづいて「排除」された。ミゲル・エルナンデス・バウサの予言的な言葉はあまりに早く忘れさられていた。このジャーナリストは一九五五年一二月、ボエミア誌にこう書いている。「今後、フィデルを支持しない者は皆、不道徳の罪を問われて処刑されるだろう」

カストロは、道徳の名において内戦の犠牲者を数え上げ、二万人という数字を吹聴した。実際には、犠牲者の総数は八年間で一八〇〇人である。この数字には、市民同士の武力衝突やシエラ・マエストラで行ったゲリラ活動における死者、そしてバティスタ側の兵士もふくまれている。例によってカストロは統計を操作した。彼は歴史も改竄する。キューバ市民戦争の死者をナチの蛮行による死者と同一視し、来たるべき裁判の開廷を宣言した。キューバ版ニュールンベルク裁判をハバナで！　やんぬるかな、一月二二日、彼はこれを実行に移した。

首都のスタジアムに、心理的に操作された一万八〇〇〇人の見物人が集まった。カストロは、このヒステリー状態の血に飢えた観客の前で身の毛もよだつような裁判を行い、あたかもサーカスのようにテレビ中継した。被告のヘスス・ソサ・ブランコ少佐は、起訴状のなかに有罪の動かぬ証拠といえるものは何ひとつなかったにもかかわらず、死刑判決を受けた。そんなことはどうでもいい。大事なことはほかにある。M26の軍団とその機関誌「レボルシオン（革命）」が扇動し、維持している憎しみだ。その憎しみがもっと、もっとと死刑判決を要求しているのだ。

カストロは、この裁判に似て非なるものの総指揮官だった。勝利の熱に浮かれ、彼は復讐の衝動を野放しにした。しかし、国際メディアの驚きと嫌悪に満ちた反応を見たカストロは急いで演出を変えた。今後、法廷にはカメラを入れず、ジャーナリストの傍聴も認めない。裁判は軍事施設のなか、つまりコルンビア駐屯地とカバーニャ要塞でチェとカミロ・シエンフエゴスの監視のもとに行う。こうしてカストロはいとも慎重に、より目立たない、しかしあいかわらず容赦ないテロを導入したのである。カストロはキューバの思想信条におけるトルケマダ［一五世紀のスペインでユダヤ教徒らを裁く異端審問の総審問官をつとめたドミニコ会修道士］だった。彼が同志たる市民の魂を救うために選んだ手段は「浄化」、すなわち銃殺刑だった。これが悪名高いエル・パレドンである。

このため、彼はつねに「自分の」裁判官を統制下に置いておかなければならなかった。一九五九年二月末、カストロを激怒させる事件が起こった。サンタクララ市を空爆したとされる複数の操縦士に対し、革命裁判所が証拠不在を理由に無罪を言い渡したのだ。カストロはこの操縦士たちを「民族虐殺」の罪で裁くよう要求していた。しかし、M26の穏健派が主流を占めていたサンティアゴの裁判所は、これら四三人の軍人が前述の罪状に該当するとは考えなかった。カストロはあらゆる法規を無視してこの司法手続きに直接介入した。無罪判決は「大きな過ち」であったとして強制的に裁判をやりなおしさせ、法務大臣のマルティネス・サンチェスにみずから検事をつとめるよう命じた。サンチェスは弟のラウルに近い人間だ。「あいつらは広島に原爆を落とした人間と同じメンタリティーの持ち主だ」とカストロは裁判官たちに吹きこんだ。

ニュールンベルク、広島…。カストロはまたしても過激な言辞をならべ立てた。彼一流の誇大妄想癖だ。証拠がないから軍人を有罪にできない？　カストロはそんな理屈を一蹴した。「壊滅状態の市とその住民、この操縦士たちが落とした銃弾や爆弾でこなごなになった何十人もの女子どもの死体。法廷はこれ以上なんの証拠も必要としない」とカストロは復讐心もあらわに言い放った。読み上げられた起訴状には女子どもが問題の爆撃で犠牲になったという話はどこにも出てこない。しかし、元弁護士のドクトル・カストロはそんなことは気にしない。三月、操縦士のうち一九人が禁錮三〇年、一〇人が同二〇年、砲兵と機関士が同二年ないし三年の判決を受けた。

ものの数週間で、カストロは「自分の」法、すなわち彼がメキシコやシエラ・マエストラで自分の軍隊に適用していたあの法を押しつけた。しかし、いまやこれはキューバの全国民にあてはめられる、生死を分かつ法となった。専制君主にしてカリブネットワークの要員であるカストロはみずからが立てた計画の第二段階に移ろうとしていた。シエラ・マエストラではじめた農業改革を加速しなければならない。人々が待ち望んだこの改革は、キューバを否応なしに共産主義体制に引き入れることになる。

しかし、その前にカストロは巧妙な作戦を用いて農業改革から人々の関心をそらせた。「影の内閣」が改革文書を入念に作成しているあいだ、彼は三週間もの長きにわたってアメリカと南米を歴訪した。出発前、カストロは人気策をいくつか打ち出しておくことを忘れなかった。家賃を三〇％から五〇％引き下げたほか、電話代や電力料金も軽減した。プライベート・ビーチを廃止し、バティスタ体制を支えた面々の財産没収を加速した。しかし、「支えた」の基準はなんだろうか？　だれが有罪なのか？　バティスタ軍の参謀？　兵卒も？　下っ端役人も？　M26の命令に一字一句従わなかった商人は？　革命税の支払いを拒否した製造業者も？　一九五六年にバティスタに投票した有権者、あるいは一九五八年一一月にバティスタの名代リベロ・アグエロに投票した一五〇万人の有権者は？カストロは詳しい説明をしない。ルールを定めるのは彼だ。彼のみが、そのときどきの政治的な便益にしたがって必要なルールを定める。必要が生じれば唐突に「家屋没収」を執行することもできる。ということは、すべてのキューバ人がふたたび潜在的な危険にさらされていることになる。今日か明日にも人は路上に放り出されたり職を失ったりするかもしれない。すべてはカストロの胸一つだ。「恐怖の環」はぐんと広がった。

一九五九年四月一五日、フィデル・カストロは有頂天で「北の兄貴」の許に出発した。ワシントン到着は二時間遅れた。これはいつものことだ。カストロは会談の相手を待たせるのが好きだった。カストロはフィデリートをともない、報道陣の前でよき父親、よき家庭人を演じた。カストロはメディア対応の指南役としてキューバ・メディアのスターであるルイス・コンテ・アグエロを同行させ、親友として紹介した。運命の皮肉というべきか、アグエロは革命直前の大統領選挙でバティスタの後継者に選ばれたリベロ・アグエロとは腹違いの兄弟関係にあった。二人がもくろんでいたのはアメリカの世論をなだめることだった。カストロは穏やかな好人物という印象をあたえなければならない。テレビで放映されたインタビューはジョルジュ・フェイドーの戯曲さながらだった。カストロは平均的アメリカ人を演じた。いたって中産階級的な舞台装置のなかにおさまったカストロは、インタビュアーの質問におずおずと答え、パジャマ姿の息子にカメラに向かって英語でものを言わせた。あたかも、アメリカの外で暮らしたことはない、といったようすだった。シエラ・マエストラのロビン・フッド、ものに憑かれた狂信的革命家といわれる男が、じつは家に帰ればスリッパをはいてくつろぐ小市民にすぎなかったのか？　カメラマンが去ったら彼はすぐにわが子を寝かしつけに行くにちがいない。二度か三度、カストロの茶目っけのある目に大笑いをこらえかねているようすが見えた。グロテスクで、ほとんど常軌を逸した芝居だった。しかし策略はみごとに成功した。グリンゴス［北米人］はカストロを自分たちと変わらない人間とみなした。アメリカの世論はカストロにみごとに籠絡された。ルイス・コンテ・アグエロはのちに「彼は、もっとヤンキーらしく見せるためにチューインガムをかむことも考えていた」と内幕を明かしている。

カストロはワシントンに大臣を数人同行させた。財務大臣のルフォ・ロペス・フレスケトもその一人だった。しかしカストロは大臣たちに、商談のためにアメリカに来たわけではないから経済支援を懇請してはならない、と言い渡していた。物乞いなんてとんでもない！　訪米の目的は唯一つ、世論を籠絡することだ。カストロはプロパガンディストとしてアメリカのメディアの誘いに抵抗することができなかった。招かれたのはアメリカ新聞編集者協会だった。カストロはこの機会を利用して地方都市や田舎に住むアメリカ人の心の琴線にふれ、敵対的な姿勢をとるホワイトハウスを丸めこみたいと思っていた。アメリカ滞在中、カストロは何度も友好的な立場を表明し、自分は共産主義者ではないとくりかえした。オリーブ色の軍服を着て、穏当な革命家を演じたのである。テレビでは聖歌隊の少年のように無邪気をよそおい、ためらいがちな英語で訥々《とつとつ》と話してみせた。

カストロのこの見事な芝居を一瞬たりとも信じなかった男がいる。リチャード・ニクソンである。副大統領ニクソンは四月一九日、日曜日の午後、ワシントンの執務室にカストロを迎えて二時間半ともにすごした。カストロは何も質問せず、何も要求しなかった。いつにないふるまいである。カストロは今回の「私的な」訪米についてアメリカ国務省に事前に通知することさえしていなかった。アイゼンハワー大統領はこの厚かましさに心底腹をたて、ビザの発給を拒否しようと考えた。カストロのとりまきが内々に、カストロは「アイク」と会談できればたいへん喜ぶだろう、と伝えてきたとき、アイゼンハワーはゴルフの約束を口実に面会をこばんだ。一方、リチャード・ニクソンはアイゼンハワーとは違って感情に流されなかった。ニクソンは、心やさしい解放者の仮面の後ろにどんな人間が隠れているのか知りたいと思った。ニクソンは最初、カストロが病的に多弁で、自分の世界に閉じこもり、相手の言うことを聴く能力のない人間だと思った。対談中、ニクソンは客人がとめどなく話しているのを観察しているだけで、ほとんどまったく口をはさまなかった。カストロにつきそっていたヘスス・ヤニェス・ペジェティエルはボスが脱線したことに気づいた。カストロは独りごとを言っており、ニクソンはといえば、ものに憑かれた男がおしゃべりの泥沼にはまるのを黙って見ている。ペジェティエルはうろたえた。この多弁症の男をどうしたら止めることができるだろう。会談の後、ニクソンは二人を見送りに出たが、態度は冷やかで握手もそこそこだった。ニクソンは、客人が危険な誇大妄想狂であり、詐欺師であって、この男の統治下でキューバはまもなく共産主義者の手にゆだねられるだろう、と確信した。

しかし、そういう意見を述べるのはニクソンだけだった。アイゼンハワーの周囲ではあいかわらず、この多様な顔をもつ弁護士をどう扱ったらよいのか見当がつかないままだった。カストロは一週間にわたりアメリカのメディアに向かって、ありとあらゆる言い方で、自分は報道の自由の断固たる擁護者であり、「すべての独裁者の敵である」と言ったではないか？　ニューヨークのセントラルパークでは二万人近い熱狂的な観衆を前に、自分は人間的民主主義のパルチザンである、と明確に宣言したではないか？　「われわれの革命は民主主義の原則にのっとったものであり、人間的民主主義である。…人間主義とは、民主主義という言葉が意味するものにほかならない。それは抽象的な民主主義ではなく、具体的な民主主義、すなわち人権が自由に行使されることであり、それと同時に人間の必要が満たされることである。…民主主義者たるわれわれは、人間の働く権利、パンを得る権利を宣言する。…われわれが求めるのは自由なきパンではない、パンなき自由でもない！　特定の集団の独裁ではない、特定の階級の独裁でもない、寡頭政治でもない！　われわれが求めるのはパンがあって恐怖政治のない自由だ。それが人間主義だ！」。アメリカ人はあっけにとられ、フィデル・カストロのこの難解な演説の意味するところがすぐにはのみこめなかった。しかし、よくよく検証してみれば、これは初めからおしまいまでマルクス主義者の伝統的な演説要領からヒントを得たものだった。ともかくも、「自由なきパンはいらない、パンなき自由はいらない！」のスローガンは、当代の左翼および極左インテリにふりまわされて世界中をかけめぐることになる。

数日後、カストロは「ミート・ザ・プレス」というテレビ番組のインタビューのなかで、キューバ国民はまだ成熟していないため選挙を実施するまですくなくとも四年はかかる、とさりげなく言った。これに対してメディアはまったく反応しなかった。カストロは数々の演説を行い、独占インタビューを受け、即興的な雑談に応じ、気分の高揚を言葉に表した。その陰で、この重要な情報が見すごされたのである。修辞の達人カストロはアメリカ人を言葉の洪水のなかで溺れさせた。弁護士の法服はすでに脱いでいたが、カストロはメディアの法廷でひたすらしゃべりつづけた。彼は「怪物の胎内で［キューバ独立戦争の英雄、ホセ・マルティが自身のアメリカ亡命生活をこのようによんだ］」革命を弁護した。しゃべって、しゃべって、しゃべって、夜が明けるまでしゃべりつづけた。カストロは自分の役割をゆるぎなく遂行した。役割とは、自身の尻尾をつかませないことだった。

まれに自由な時間があると、カストロは挑戦するかのように護衛なしで散歩に出かけた。彼は内密にマリータ・ローレンツをスタットラー・ホテルのスイートによびよせた。ペンシルヴァニア駅の真向かいに立つホテルだ。しかし、カストロは予定に忙殺されて不在がちだった。カストロはどちらかといえば浅黒い肌の女性を好んだが、マリータの観察によれば、アメリカの金髪女性ジャーナリストに囲まれるのも好きだった。「カストロがアメリカ人の女性ジャーナリストを口説こうとしたとすれば、それは好意的な記事を書いてもらうためだった」とヘスス・ヤニェス・ペジェティエルは証言している。嫉妬心をつのらせるマリータをなだめるため、カストロは彼女にジェファーソン記念館とリンカーン記念館を見学させた。ある夜、ホテルに戻ってきたカストロは突然トランス状態におちいったかの様相を呈した。彼はマリータにささやいた。「わたしはキリストに似ている。顎髭を生やしているし容貌も似ている。年齢も同じ三三歳だ！」。数秒後、マリータは恐怖にとらわれた。「そうね、と言ったけれど、心の底では彼がほんとうに発狂してしまったと思ったわ」とマリータは述懐している。そして彼女は自分の奇妙な恋愛について自問した。このままアメリカに残ったほうがいいのではないかしら。浮気な恋人にこうもたびたび放っておかれては、やがて嫉妬にむしばまれてしまうだろう。しかし、マリータはカストロが以前彼女に約束したことを鉄のように固く信じていた。気分が最高に高揚したある夜のことだった。フィデルはなんと彼女に結婚を申しこみ、彼女を「キューバの女王」にすると約束したのだった。「知ってるだろう、アレマニータ、キューバはわたしのものだ。この国ではすべてがわたしのものだ。わたしと結婚すればそれが君のものにもなる」と彼はマリータに言った。そして翌日、彼はまたいなくなり、その後は結婚の話をまったくしなかった。

カストロはなぜ、この若い愛人をワシントンにつれてきたのだろうか。彼はいたって警戒心が強く、用心深かったから、マリータがただの行きずりの娘でないことにすぐ気づいた。彼女は父親のハインリヒ・ローレンツからドイツの血を引き、母親のアリス・ジューン・ロファンドからアメリカの血を引いていた。ところで、このアリスはもとブロードウェイの踊り子だったが、ＦＢＩに使われていたこともあり、当時はまだＣＩＡから給料を受けとっていたのである！　ラミロ・バルデスのチームがマリータにかんする報告書を作成し、カストロに結果を伝えた。カストロの反応はどうだったか？　彼はマリータには何も言わず、何事もなかったかのように彼女との関係を続けた。彼女は寝物語を引き出すのを得意とするマタ・ハリなのか？　カストロはそんなことは気にしていないようすだった。彼はアレマニータと鬼ごっこをすることに決めたのである。裏工作には慣れっこのカストロは楽しんでいた。彼は罠と偽装をはりめぐらした迷宮にマリータをつれこんだ。彼女がスパイであるとしても、自分から引き出せる情報はほとんどないだろう。彼女が無実であるならば、遅かれ早かれ彼女は自分の愛人であるというだけの理由でアメリカのシークレット・サービスによってつれもどされるだろう。いずれにしても、彼女を引続き手元に置いておくことはまちがいなく火遊びだった。それでも彼はこの状況が好きだったのである。なにしろ、カストロは一二ボールのビリヤードの名人だったのだから！ ある夜、カストロはベッドのなかでマリータに、自分はヒトラーを非常に尊敬している、気に入らないのはユダヤ民族を抹殺しようとしたことだけだ、とささやいた。彼は、この話がＣＩＡ長官アレン・ダレスに伝わるだろうという確信のもとに、ダレスの神経をもてあそぼうとしたのだろうか？ 本音をいえば自分は反共産主義者だ、とマリータの目をまっすぐ見つめて告白したのも、計算のうえでのことだったのだろうか？ 「共産主義は悪魔だよ！ わかるか、マリータ、悪魔だ！」とカストロは吐きすてた。

その後まもなく、一二〇人のＫＧＢ職員がウリアノフ大佐に率いられて極秘にハバナに到着した。情報撹乱と扇動を担当する人員だ。ラウル・カストロとラミロ・バルデスは彼らをシボネイ地区に案内し、亡命富裕層が放置していった海辺のヴィラに投宿させた。ソ連の工作員といっても彼らはみなヒスパニック系で、流暢にカスティリア語を話した。彼らの父親はスペインの共産主義活動家で、フランコ将軍が勝利したときにモスクワに亡命したのである。彼らの使命は、キューバの自由メディアを相手に戦争をしかけることだった。驚いたことに、カストロはアメリカではメディアの自由を擁護しておきながら、本家本元のキューバではその自由を処刑しようとしていたのだ。社会主義を強権的に実現するためには、メディアに猿ぐつわをはめて「国有化」しなければならない。同時に、カストロは四〇〇人の共産主義活動家をモスクワに送りこみ、防諜活動の速習講義を受けさせた。この四〇〇人をできるだけ早く「G2」（シークレット・サービス）に組み入れようという心づもりだった。キューバにおける情報関連のキーパーソンは、ラウル・カストロ、ラミロ・バルデス、オスバルド・サンチェスの三人だった。カストロの「二面」政治を企画していたのはこの三人だ。

いつまでカストロは、ここ数カ月やってきたように二枚舌を使い、仮面をはがれずに「西瓜《すいか》の陰謀」を続けることができるのだろうか。カナダのモントリオールに立ちよった後、カストロは一九五九年四月二七日、南米に旅立った。彼は、既存の政治行程表を尊重しつづけることができるかどうか自問していた。カストロは不安をいだいていた。ブエノスアイレスに向かう途中、トランジットのためヒューストンに滞在していたカストロは、キューバから急遽やってきた弟ラウルと激した言葉をかわした。パナマの反乱分子を教育するためキューバから送った二人の指導員が、パナマ警察に逮捕されたのだ。カストロは激怒した。数日前、ハバナに亡命しているパナマの某反体制指導者が「もうすぐ武装した部隊をパナマ運河に上陸させる」と宣言していただけに、これはカストロにとって間の悪いニュースだった。表向きには、キューバがラテン・アメリカのゲリラ闘争にかかわっているという印象をあたえることだけは避けなければならない。じつに最悪のタイミングでこんなことが起きてしまった。カストロは、表向きには、自分が国際社会の信頼に値する政治家であり、アメリカも参加している米州機構のルールを尊重している、といったポーズをとっていた。数日前には、「誠意」を示すため、ピナル・デル・リオにほど近いキャンプで訓練を受けていたニカラグア、パナマおよびハイチのゲリラを一〇〇人ほど逮捕させることまでやって見せた。アメリカに旅立つ前、カストロはラウルに、ラテン・アメリカのゲリラに対する支援活動をすべて凍結するよう申し渡していた。ただし、これは自分が帰国するまでだ。その後どういう戦略をとるかは、ファビオ・グロバルトと相談して決めよう。

パナマでこうした間の悪い事件が突発したにもかかわらず、カストロはブラジル、ウルグアイ、アルゼンチンを華々しく歴訪した。五月二日には、ブエノスアイレスで二一カ国経済諮問会議が開催された。南北アメリカ諸国が経済問題を協議する場だ。会議の席上、オリーブ色の戦闘服に身を包んだカストロは、ラテン・アメリカ全体に対して三〇〇億ドルの借款を一〇年間にわたって段階的に供与するようアメリカに要求し、出席者一同を熱狂させた。これは、第二次世界大戦後に欧州に供与されたマーシャル・プランの二倍近い額だ。こうしたメディア受けする見得を切ったことにより、カストロは一躍、南米亜大陸全体のヒーローになった。

カストロは五月七日にキューバに戻り、獲得したばかりの国際的オーラに乗じて農業改革を駆け足で実施した。八日、カストロは政府をコヒマルに招き、「影の内閣」が内密に起草した法案を提示した。大臣たちは既成事実をつきつけられたにすぎない。一七日、カストロは大臣たちをオリエンテ州のラ・プラタに招集した。シエラ・マエストラで戦ったときに司令部を置いていたところだ。大臣たちは改革法案に署名させられた。カストロは農民革命を約束したのだから、約束を果たさなければならない。今後、個人の土地所有は四〇〇ヘクタールまでとする。ただし、サトウキビ畑と牧畜および稲作地はそのかぎりではない。一見すると、新法は土地を再配分し、零細な農家を優遇しているかのようだった。しかし、その実態は偽装された集団農業化だった。なぜなら、新法はＩＮＲＡ（国家農業改革局）の創設を宣言していたからだ。これはフィデル・カストロみずからが頂点に君臨する非常に強い権力をもった組織で、主たる使命は農業協同組合と農業推進地区の創設を推進することにあった。農業協同組合にどのような定款が設けられるのかといえば、定款などというものは存在せず、もっぱらＩＮＲＡの、ひいてはカストロの意のままだった。農地はだれのものかといえば、国家のものだった。この長大な法律の文面には私有にかかわる言葉はひとつもない。カストロはキューバ国民の私有権を奪ったのである。農業協同組合は一体だれのものになるのか？　農民か、団体か、あるいは組合か？　新法は詳細を規定していない。ただ、ＩＮＲＡがすべてを管理し、資金を供給すると言っているだけだ。キューバ農民は個人主義的傾向が強いことで知られるが、フィデル・カストロはその農民に無言で国営農業を押しつけたのである。

嘘つきポーカーのゲームを行っていたカストロは、もう自分の手のうちを見せるときだと確信して最後のカードを投げ出した。反対派が動き出すことは必至だったからだ。新法の最後に二行の条文がある。「最終規定」と題する節の第四段落である。この条文はすべての民主主義者の耳に雷鳴のように響いてしかるべきだった。目立たないように書かれたこの条文は何を言っていたのか？　「国家農業改革局は反乱軍と協力してその機能を果たす」。換言すれば、キューバの農業は軍事化されるのである。コヒマルで行われた秘密会議では、カストロはもっと露骨な言い方をした。「ＩＮＲＡは巨大なマシーンになり、非常時に人民を動員する権限をもつことになるだろう。想定しているのはとくに、社会的、軍事的活動の単位として農民を動員することだ。武装した人民は、まさに武装しているという一事によって革命のこのうえない盾になるだろう」とカストロは予言した。「影の内閣」は、一〇万人からなるＩＮＲＡ市民軍を組織し、全国各地に配備して完璧な社会統制を実現しようともくろんでいた。一〇万人といえば、バティスタ政権下の兵員数の倍である。公式には、この「農村軍」の任務は管轄地区への北アメリカからの侵入を断固阻止することにあった。ところで、この遠大な計画のなかで反乱軍はどういう立場に置かれるのだろうか。

カストロは権力の座についたときからひとつの強迫観念にとらわれていた。七月二六日運動を排除すること、なかでも、自分のやり方に対して反抗的な態度を強めている反共組を排除することだ。非共産主義の「姉妹党」は権力を手に入れるために創設したにすぎず、もう存在理由がない。革命の英雄たちはすでに自分たちはだまされたと感じている。反乱軍の司令官たちはカストロに説明を求めている。カマグエイ州のウベル・マトスは、あらゆる手段で農業改革の実施を阻止しようとしている。六月一二日には農業改革に反対する五人の大臣が解任された。農業大臣のウンベルト・ソリ・マリンもその一人だった。後任にはただちにカストロの忠実にして冷厳な側近ペドロ・ミレーがあてられた。ミレーは農事行政には暗いが、思想的には「健全」だ。このほかに、外務大臣、内務大臣、社会大臣、法務大臣が「浄化」された。新しい大臣は皆「健全」で、フィデル・カストロと永遠の絆で結びついた人物ばかりだった。これでカストロは仮面を脱ぐことができた。民主的政府というおとぎ話は終わった。権力はいまやＩＮＲＡと、ラウル・カストロが支配する軍隊の掌中にあった。

カストロは有頂天だった。自分は信じられないような手品をやってのけたのだ。わずか六か月で、アメリカの衛星だった島をコルホーズに変えたのだから。カストロは国内をあちこち視察してまわった。ときにはマリータをつれてゆくこともあった。最高司令官付きのSPが目を光らせるなか、二人は馬に乗ったり、人気のない浜辺でピクニックを楽しんだりした。

　この時期、カストロはあることに熱中していた。最近発見した地、バヒア・デ・コチノス（別名シエナガ・デ・サパタ）だ。ハバナとマタンサス州の南部に位置する巨大な沼沢地で、蚊とワニがうようよしているばかりで人家はほとんどない。二〇万ヘクタールにおよぶこの流砂地帯は、シエラ・マエストラ以上に貧しく、近よりがたい場所だった。カストロはこの地に魅せられた。ここを征服しなければならない。カストロはここをキューバの穀倉地帯に変え、同時に一大観光地とすることを夢見た。

　マリータは平底船に乗って沼沢をすべり抜けながら、カストロのあふれんばかりの情熱にうっとりしていた。彼女はM26のオリーブ色の制服を身に着けていた。革命の女闘士になったわけだ。カストロは不安神経症の発作からようやく解放されて幸せそうに見えた。今夜、二人はプラヤ・ヒロンに宿泊し、水中で愛しあうのだ。マリータはこのときを選んでカストロによいニュースを伝えるつもりだった。彼女は妊娠していた。マリータの懸念とは裏腹に、カストロは躍り上がって喜んだ。数秒間の空白の後、カストロはまた父親になった嬉しさにはしゃいだ。彼にとってはフィデリートとアリーナに続く第三子だ。カストロはほとんど、自分がキューバ革命の指導者であることも、カリブネットワークの要員であることも忘れた。そして、彼の子どもを身ごもっている女性がおそらくCIAのスパイであることも。

第25章　赤い一〇月

ラウル・カストロは彼を激しく憎んでいた。彼の厚かましさ、彼の高笑い、彼の軽薄なヤンキー帽、彼の存在全体から発散する静かなオーラはラウルにとって耐えがたかった。カミロ・シエンフエゴスが姿を見せるや否や、ラウルのなかに激しい憎悪が頭をもたげ、平静を保てなくなることは傍目にもあきらかだった。ふだんはあれほど自制心のあるラウルが突然神経質になり、短気になった。カミロはラウルの心をこれ以上ないほど乱した。

カミロはお祭り好きだった。キューバ民衆のヒーロー、映画俳優のようないい男、陽気な遊び人、野球のプレイヤー、メレンゲとサルサに熱狂するダンサー、キューバ人がいうところのムヘリエゴ（女ったらし）だった。ピストレロ（ガンマン）もどきのなりをした元気者、熱く愉快なおどけ者だった。カミロは一日中、あろうことかフィデルをまじえたもっとも大事な会合においてさえ、チステス（ジョーク）を飛ばしていた。手品さえやってみせた。カミロはキューバ人のなかのキューバ人だった。カミロにとって革命はレクリエーションであり、生き方だった。カミロの部下は彼を崇拝した。彼らにとってカミロは誇りであり、反乱軍のアイコンであり、シエラ・マエストラのキャプテン・フラカス［テオフィル・ゴーティエ作の、一七世紀のフランスを舞台とした剣豪小説の主人公］であり、もっとも無鉄砲な、もっともむこうみずな攻撃をあえて行う男だった。

兄の巨大な影におおい隠され、息苦しさを感じていたラウルは、部下に愛されるすべを知らなかった。彼は尊敬や賛嘆よりもおそれを人にいだかせた。それに、根拠があるか否かは別として、彼にはある評判がつきまとっていた。彼が同性愛者ではないかと疑う向きがあったのだ。そういう人たちは、ラウルのポニーテールまがいの髪型を笑いものにした。ラウルの偉そうな態度、高みから見下ろすような怒り方、ヒステリーを揶揄して、彼らは陰でラウルを「赤い中国人」とよんでいた。これには別な理由もあった。ラウルはドン・アンヘルの息子ではない、という根強い噂があったのだ。噂によれば、ほんとうの父親はフェリペ・ミラバルという名のアジア系の軍人で、ミラバルがビラーン地区の農村警備隊を指揮していたとき、ラウルの母親リナが彼の抗しがたい魅力に負けて過ちを犯した、ということだった。ミラバルはドン・アンヘルの怒りをおそれてオリエンテ州から逃げ出した。噂はガブリエル・ガルシア・マルケスの小説さながらだった。ミラバルはなんとフルヘンシオ・バティスタの婚外子であるエリーサという娘のゴッドファーザーだったとやら（多民族国家であるキューバでは、家族関係がこのように複雑にもつれあっていることがめずらしくないのは事実だが…）。やがてミラバルはバティスタ軍の秘密警察ＳＩＭの幹部になり、革命初期には監獄に入れられた。ミラバルを知っている人々は明言している。ラウル・カストロはミラバルに生き写しであり、ラウルはフィデルの異父弟にすぎない、と。フィデルが若い弟に対して第二の父親の役割を演じているのは、家庭内にこのようなタブーがあるからではないか？　噂の真偽はともかく、フィデルはいつもラウルを風雨から守っていた。フィデルは人前でもラウルを子どものように叱責した。フィデルは弟に対して突然とてつもない怒りを爆発させたが、他人が自分の前で弟を批判することは絶対に許さなかった。

兄さんの「秘蔵っ子」はむら気だった。明るい、ほとんど卑屈なまでにやさしい態度をとりながら、陰では酷薄で狡猾な人間になった。ラウルはそこかしこに陰謀が張りめぐらされていると思っていた。疑ぐりぶかく、いつも警戒心を解かず、いわばカストロ一族の番人だった。カミロが愛情をこめてフィデルをからかうと、ラウルは蒼白になり、拳をにぎりしめた。シエラ・クリスタルでラウルの指揮下で闘っていた将兵のなかには、ラウルはカミロに恋焦がれており、ビルマ・エスピンとの純愛はカムフラージュにすぎない、とほのめかす者もいた。美人でしっかり者のビルマがゲリラ仲間と関係をもっていたことは周知の事実だった。お相手は反乱軍のニカラグア少佐、オリエンテ州出身の若者だ。しかし、この間も彼女はラウルの忠実なアシスタントを演じていた。彼女は自由で現代的な女性であるとの評判だった。

カストロは、弟について妙な噂が流布し、反乱軍内部における自分自身の権威をむしばんでいることに憤慨して、この件に終止符を打つことを決意した。彼はラウルとビルマに正式に結婚するよう命じた。こうして、一九五九年一月、きわめて政治的な結婚が成立した。カストロにとってこれは形式的な手続きにすぎなかった。

これでラウルもマッチョの国キューバで軍隊の最高幹部になることができる。しかし、彼にはライバルがいた。あの派手派手しい男カミロ・シエンフエゴスだ。カミロは二〇歳のときに一旗揚げるためアメリカに渡り、ニューヨークからシカゴ経由でサンフランシスコまで踏破し、仕立屋、ネクタイ売り、ビスケット工場の工員など、ありとあらゆる仕事を経験した。キューバに戻る前、アメリカの軍隊に入隊することさえ考えたほどだ。彼の両親はハバナ郊外の貧しい地区に住んでいる。父親は紳士服の仕立屋、母親も自宅で裁縫の仕事をしている。カミロは両親に細やかな愛情を示し、ことあるごとに会いに行っていた。反乱軍の参謀本部長は愛情深い息子だったのである。

カミロは誠実で私心のない友にもなれる男だった。夏のあいだ、彼はときどきマリータ・ローレンツのお供をしてバラデロ海岸に行った。彼はこの妊娠五、六カ月の子どもっぽい女性に同情を禁じえなかった。ボスはますます彼女をほったらかしにすることが多くなり、新たなガールハントに忙しいように見えた。マリータのお腹が大きくなるにつれ、彼女の存在が意味する政治的問題は明らかになってきた。カストロはどうするつもりなのだろうか？　マリータは、子どもが産まれたらカストロはまた彼女の許に戻ってきて、三人で幸せな日々を送ることになると信じていた。カミロはもの思わしげなようすだったが、彼女の言うことにあえて反対しなかった。カミロは、カストロが非常に変わった父親であることを彼女に話しただろうか。権力の座について以来、カストロは一〇歳の息子フィデリートをほとんど軟禁状態にし、自分の一存で公立学校の寄宿舎に入れてしまった。ミルタ・ディアス・バラルトは、カストロからこのような仕打ちを受けてついにキューバを離れ、兄ラファエルの許に行ってしまった。ラファエルはマイアミですでに野党「ロサ・ブランカ」を設立していた。

カストロは三歳半の娘アリーナにはほとんど会っていなかった。アリーナからの手紙には返事を出さず、プレゼントと称して人形を送っただけである。オリーブ色の戦闘服にぼうぼうの顎鬚、つまりカストロをかたどったおそましいあやつり人形だった。

カミロはマリータと散歩しながら、革命の迷走について自分がいだきはじめた懸念や、ウベル・マトスとの極秘の会談についても打ち明け話をしただろうか。七月の終わり、カミロはコルンビアの参謀本部内にある自分の執務室でマトスに会った。このときカミロは「プロフェッサー」に、カストロが自分をムチャーチョ（子ども）のように使い、政治的には「糞のように」しか考えていない、とこぼした。しかし、タララで「影の政府」が設立されたときはカミロも招かれて参画していた。農業改革の内容を受け入れ、キューバに社会主義を樹立するという原則も承認した。よく考えもせず弾圧に参加した。ハバナの競技場で行われたあの恥ずべき裁判では、彼も検事の一人だったではないか。しかし、カミロもまた大多数のキューバ人と同様に、あの終わりなき祭り、民衆の狂喜、国全体が沸騰する鍋になったような革命初期の数カ月間のあの熱狂のなかで、盲目になっていたのだ。高揚感にとらえられ、カミロは怪物が近づいてくることに気づかなかった。

この日、ハバナでウベル・マトスと腹を割って話しているうちにカミロの目はようやく開きはじめた。二人は最近の出来事を思い返した。まず、ディアス・ランスの事件があった。ヘリコプターの操縦士だったディアス・ランスは革命の英雄であり、二人とは非常に親しかった。シエラ・マエストラに武器を運ぶときは、たいていの場合、ランスがヘリコプターを操縦した。ランスは空軍の司令長官に任命された後もひき続きカストロの個人的パイロットをつとめていた。万事は彼にとって順調だった。一九五九年六月のある日までは。シエナガへのフライトの最中、ランスはカストロに、バヒア・デ・コチノスの上空を飛ぶためには燃料がたりないと告げた。この日はヌニェス・ヒメネスとペドロ・ミレーも同行していた。ディアスは三人をプラヤ・ヒロンに降ろし、ケロシンを補給しに行った。しかしディアスは戻ってこなかった。数時間待った後、カストロはいらいらしはじめた。日が落ちてもヘリコプターは戻らなかった。カストロと二人は余儀なく漁師の小屋に泊まった。翌日になってもランスから音さたはなく、三人はその地を離れて五キロ歩き、駐屯地にたどり着いた。燃料を補給しに行くはずだったガソリンスタンドにディアスが姿を見せなかったと聞き、カストロは激怒した。ディアスは姿を消した。カストロはすぐに離反を疑った。彼はラウルとチェ・ゲバラを動員し、徹底的な捜索を行った。ディアスは計画的にわれわれを置きざりにした、陰謀がくわだてられているのだ、とカストロは確信した。暮れ方になってようやく事故を起こしたヘリコプターが沼沢で発見された。ランスは生存しており、農家で面倒を見てもらっていた。しかし、カストロはすでに最悪の事態を想起してしまった。疑惑の菌がカストロのなかに侵入した。彼はもはや、自分の「個人的パイロット」を信用しなかった。カストロはただちにランスを自宅に軟禁し、公式には、ランスは「チフスに罹患」しており、自宅の前に監視人が立っているのは「病気の蔓延を防ぐため」であると発表した。勢いづいたカストロはフアン・アルメイダをランスの後任にすえた。航空関連の知識はないがカストロの忠臣だ。また、カストロはこの機会を利用して空軍から反共分子を「パージ」した。

七月一日、ディアスは仲間の助力を得て監視の目をすり抜けることに成功した。彼は脱走し、小さなモーターボートに乗ってマイアミにたどり着いた。キューバ軍の最高幹部から離反者が出たのであるから、革命にとっては大きな打撃だった。ディアス・ランスはいってみれば「歴史の証人」であり、カストロについて多くを知っている人間の一人だった。七月一三日、ディアスはアメリカ上院のある委員会に招かれて、「キューバでは国のあらゆる歯車に共産主義が浸透しており」、もっともはなはだしいのは軍隊と警察であると証言した。アメリカにはいまだカストロに籠絡されている人々もいたが、ディアスの証言はカストロの二枚舌を公式に暴露した。

同じ日、大統領のマヌエル・ウルティアが口を開き、キューバのテレビ放送で共産主義者たちを公然と批判した。フィデルの反応は電撃的だった。一六日、ウルティアを大統領のポストからひきずり降ろすための謀略が練られた。用いるのはいつもの手だ。まず、物議をかもして大衆を動員する。次に、敵のイメージを汚し、最終的に抹殺する。この日の夕方、テレビとラジオが信じがたいニュースを伝えた。革命の父であり、カリブのボリバルであるカストロが首相職を辞したというのだ。カストロ本人は姿を見せず、もはやこの国を統治することはできない、と無言のうちに宣言していた。国中がひきつけを起こした。カストロはめまいを起こさせるような底知れぬ虚無のなかにこの国をつき落とした。権力の空白がいかに苦しいものか、世論は思い知らなければならない。しかし、カストロは舞台裏で活動していた。翌日、カストロは「大統領を守るため」と称して大統領府を軍隊に包囲させた。反大統領のデモ隊がこれにくわわった。M26に駆り出されてデモにくわわる「市民」の数はしだいに増えていった。群衆はM26の「びんた」によって興奮のきわみに達し、ウルティアの辞任を要求した。ウルティアは大統領府に閉じこめられ、カストロのしかけた罠にはまっていた。カストロは大学で用いた手法をまたもち出したにすぎなかった。すなわち扇動と威嚇だ。

マヌエル・ウルティアはこの演出に反撃できるほど影響力をもっていなかった。この日の夕方、カストロはとどめを刺した。カストロは箱から飛び出してきた悪魔のように突然テレビに姿を現わし、ウルティアのしたことは「ほとんど裏切りに等しい」と非難した。そして、なんの証拠もなく、大統領は敵方にねがえったディアス・ランスと共謀関係にある、と非難した。例によって、カストロはなんでもかんでも鍋にぶちこんだ。異端大審問官の本領発揮だ。「外国の攻撃を誘発する目的で」あられた陰謀の話が出た。最後に、ウルティアが最近購入した三万ドルから四万ドルの家にかんする情報が国民に提供された。これで作品はほぼ完成した。民衆はウルティアが大統領府から出ることを許さなかった。不幸なウルティアはその民衆の「自然発生的な」圧力によって辞職を余儀なくされた。恐怖におののいたウルティアはベネズエラ大使館に保護を求め、ついでメキシコ大使館に移動し、やがて国を出た。

ウルティアの後任は革命法大臣オスバルド・ドルティコスだった。ドルティコスは純粋かつ一徹なマルクス主義者だが、ヨットクラブの会員という社交家の共産主義者で、法律家としても尊敬を集めていた。この男ならさほど反対陣営に警戒されることはない。ところでカストロは？　彼は、圧力の上昇を待っていた。民衆の直接選挙による復帰をもくろんでいたのだ。カストロは陰で活動家ぶりを発揮していた。権力に返り咲くため、カストロは七月二六日に民衆が大規模な示威行動を行うよう画策していた。この日は「栄えある」モンカダ攻撃の六周年記念日だ。M26はハバナに「農民軍」を糾合するよう指示されていた。農民こそ革命の最強の柱ではないか？　農業改革は自分たちのために行われた改革であり、自分たちの夢、すなわち、わずかばかりの土地を所有するという夢がついにかなおうとしているのだ、と農民は鉄のように固く信じていた。カミロ・シエンフエゴスの仕事は農民を「駆りたてる」こと、すなわち、カストロのプロパガンダの道具として農民軍を利用することだった。カミロは熱心にこの任務を果たした。カミロにとって山の民に囲まれているときほど幸せなことはなかった。当日、シエンフエゴス司令官は馬に跨り、農民風《グアヒロス》の麦わら帽子をかぶり、数万人のマチェテロス（サトウキビ刈り労働者）を従えて、華々しく首都に入城した。もっと群衆を「駆り出す」ため、カストロは七月二三日に「革命組織」を通じてゼネストを命じた。スローガンは「フィデル、戻ってくれ！　われわれを見すてないでくれ！」だ。二六日、五〇万人近い群衆を前にしてカストロは賭けに勝った。彼は「民衆の圧力に負けて」復帰を宣言した。勢いを駆ってカストロは、国中いたるところで一網打尽の逮捕劇を演じた。反乱軍の兵士が数百人逮捕された。六月二九日に政府が憲法の修正を承認したため、カストロは思うように鉄拳をふるうことができるようになっていた。この憲法修正によって死刑の適用範囲が広がり、「反革命的」犯罪や「国家経済あるいは国庫に害をおよぼす行為」を行った個人が対象にふくまれるようになった。この文面にしたがって、カストロは好きなように敵対者を逮捕することができた。こうして、カミロ・シエンフエゴスの戦友だった人々がカストロの獄につながれた。「反革命的な」意見を述べたというだけの理由で。

カミロはウベル・マトスと同じ懸念をいだくようになった。しかし、どうすればよいのだろうか。自分は政治的人間ではない。彼は自分の思いをだれにも打ち明ける勇気がなかった。しかし七月の末、カミロは「プロフェッサー」に、自分が「ジャイアント」とよぶあの男の目を覚まさせてほしいと頼んだ。ウベル・マトスはカストロに異を唱えることのできる数少ない人間の一人だった。マトスの返答はノーだった。カストロの人気はいまのところあまりにも絶大だから、彼に逆らうことは不可能だ。マトスはカミロに、忍耐と慎重を期すよう、そして反乱軍の「懐疑的」分子とはいかなるかたちでも徒党を組まないよう忠告した。さもないとカストロはただちに陰謀をしかけてくるだろうから。

怖ろしいジレンマだった。どうすれば異端者とみなされずに反対意見を述べることができるだろうか。異端裁判の空気はすでにキューバ全体をおおっていた。国中いたるところ密告の雰囲気がみなぎっていた。ハバナ大学では、教授も学生も事務職員も、「革命の敵」とみなされれば階段教室に引き出され、衆人環視のなかで告発された。六月中、ハバナ大学の構内だけで四八一件の告発が行われた。この夏、医学部の教壇からが四二人が追放された。粛清ははじまったばかりで、そのスターリン式メカニズムの本格稼働はこれからだった。M26を代弁する「レボルシオン」紙とPSPの機関紙「オイ」の圧力を受け、自由メディアは激しい攻撃にさらされていた。「反革命的」人物を貶めるキャンペーンがはじまった。「フィデリスタ」ではないジャーナリストは情報源を奪われ、当局から威嚇を受ける頻度が高まっていった。「非革命的新聞」の編集長は課税上、行政上の嫌がらせを受けた。表向きには報道の自由は否定されていなかった。しかし、KGBから派遣されてきた情報撹乱担当者は、シボニーに居をかまえ、秘密裏に任務を遂行していた。キューバにおける出版業の「国有化」計画、すなわち、形態をとわず活字による表現の自由をすべて破壊する準備はすでに整っていた。フィデル・カストロはただ、そのときが来るのを待っているだけだった。

一九五九年の夏、カミロ・シエンフエゴスの心はゆれていた。大多数のキューバ人と同様、彼は無条件に革命を支持していた。国家独立の一徹な支持者でもあった。農業改革によってもっとも貧しい人々は多少とも正当な扱いを受けることになるだろう、と鉄のように固く信じてもいた。カストロの前に出るとカミロは催眠術にかかったようになり、しだいに目立ってきたカストロの暴走にも反発することができなかった。情熱がカミロを盲目にしていた。しかし同時に、カミロは自分がもはや革命の寵児ではないと感じていた。コヒマルの会合によばれる頻度は少なくなる一方だった。彼抜きで物事が決められることが多くなっていた。彼はなにか過ちを犯しただろうか。カストロは彼の遠慮のない冗談や、何事も茶化すような態度に不快を感じているのだろうか。あるいは彼の魅力的で生意気なほほえみにうんざりしたのだろうか？　じつのところ、カストロはたんにカミロ本人やカミロが代表しているものをもはや必要としていないだけだった。カストロにとって反乱軍は償却ずみの資産だった。「コヒマルの秘密会議」で建てた計画に従い、Ｍ26は近々ＩＮＲＡの軍隊に置き換えられ、ＩＮＲＡがほんとうの「新政府」になるのだ。

カミロはこの明白な事実を受け入れることができなかった。あれほど英雄的で兄弟愛に満ち、多様性に富んだ反乱軍。自分はその反乱軍の生ける象徴だ。それなのに、自分が心から敬愛するあの男にとって反乱軍は権力を掌握するための手段にすぎなかったというのだ。いまやカストロにとって反乱軍は重荷に、はっきりいえば障害になってしまったのだ。カミロは、いくたびも命を危険にさらして戦ってくれた何百人ものバルブドスが容赦なく解雇され、家に送り返されるのを見た。彼らは、ラウル・カストロの命令によって顎鬚をそり、髪を切り、武器と制服を返還させられた。カミロはまた、誇り高い仲間が離脱を余儀なくされ、侮辱され、共産主義者の官僚か、さもなければたんなる日和見主義者にとって代わられるのを見た。ひどい衝撃だった。カミロは、これら「貶められた人々」に対する連帯のしるしとして自分も髪を切った。抵抗運動の闘士はもう使徒のようななりをしている必要はないのだ。スターリンは音もなくやってきてキリストにとって代わろうとしていた。ロマンティックな時代は終わった。

今回は遂にカミロも反撃した。彼一流の熱した、不用意なやり方で。カミロは機会をとらえてカストロに話をした。そして、「解雇された」兵士たちがしかるべき補償をあたえられないかぎり自分は参謀本部長の職を辞すると宣言し、兵士たちへの年金支給を提案した。カストロは肩をすくめた。そんなおどしを実行することなどカミロにはできまい、とカストロは思った。カストロは旧バルブドスにもっと配慮することを約束したが、アメリカの侵攻に逆襲する準備をしなければいけない、とつけくわえた。そして、「そのために必要なのは素人のゲリラではなく、規律正しい実効性のある兵士だ！」と続けた。カミロ・シエンフエゴスは傷ついた。この人は、自分を権力の座に運んでくれた者たちをどうしてここまで侮蔑することができるのだろうか。

数日後、カミロの努力も空しく、カストロは反乱軍の兵士に汽車の切符を三〇〇〇枚無償で支給し、家に帰らせた。結局カストロはカミロが言ったことをまったく考慮しなかったのだ。カストロは自分の執務室でカミロの一件をラウルと話しあった。秘書のファン・オルタも同席していた。カストロは激怒して怒鳴った。「この計画はどんなことがあろうとも完遂する！　カミロが一〇〇人いようとも邪魔立てはさせない！」。ラウルはわが意を得たりとばかりに有頂天になった。ラウルは兄の怒りにつけこんだ。「カミロは浮ついた（jacarandoso）社会主義者だから罠をしかけてみる（pasarlo por el aro）必要がある」。カストロはこの露骨な提案に反応しなかった。ラウルはこの沈黙を、シエンフエゴス問題にかたをつけてもよい、ということだと解釈した。

「赤い中国人」は遂に復讐の機会をとらえた。国防大臣のポストを狙っていたラウルにとって、唯一のライバルはもはやさほど危険な存在ではなくなった。ただし、弱体化したとはいえ、まだ完全に無力化したわけではない。なんといっても、カミロ・シエンフエゴスは軍人の推す候補者であり、キューバ国民のアイドルだ。しかし、カミロは策謀家というよりはロマンティックな海賊だった。彼は陰謀も罠も好まなかった。カミロは生まれてはじめて自分が動揺しているのを感じた。彼は過去二年間の戦争のなかで、疑う者は裏切り者である、という固い信念をもつようになっていた。カミロはエルネスト・ゲバラにこのことを相談したかった。ゲバラは彼の友であり、ともに大いに戦い、大いにばか笑いした人間であって、ウベル・マトスを別とすれば彼が自分と同等視する唯一の「現場の人間」だった。しかし、ゲバラは六月なかばから公務でシリア、エジプト、インド、パキスタン、ユーゴスラヴィアなど非同盟主義八カ国と日本を歴訪中だった。ゲバラはキューバ国内では自分の動きを封じていた。ゲバラは、革命家としての任務はすでに終了したから自分は次の戦闘に向かう、とでもいいたげに、いわば意識的にキューバ人同士のもめごとから距離を置いていた。ゲバラは飛行機を乗り継ぎ、各国のキューバ大使館に立ちよるのに忙しく、カストロに国内の「戦争」を勝手にやらせていた。

八月、カストロはドミニカの独裁者トルヒーヨが扇動した陰謀なるものをあばき出し、これを機に反乱軍内部のパージを加速した。さらに、共産主義者たちをうながして、M26穏健派の掌中にあった有力労組CTCを完全にのっとらせた。この「全面的パージ」と、ほとんど強制的に動員された市民デモを背景として、ある事件が起こった。カミロ・シエンフエゴスはこの事件によって「革命の敵」の陣営に投げこまれることになる。

一〇月一五日、カミロはヒルトン・ホテルの支配人から電話を受けた。マリータ・ローレンツがホテルの一室で苦しんでいる、どうすればいいかわからない、ということだった。カミロは駆けつけた。彼は、マリータが麻酔を打たれてつれさられ、早産させられたうえ、誘拐者たちの手でホテルの一室に戻されたことを知った。マリータは敗血症のため死にかかっていた。驚いたカミロはただちに入院措置をとり、マリータの命を救った。

カミロは驚愕した。いったい何が起こったのか？　カストロは表向きは地方に旅に出ていることになっているが、この事件を首謀したのが彼であることはまちがいないらしい、とカミロは知った。生まれた赤ん坊はぶじであり、カストロはその子を手元に残して母親のほうはやっかいばらいしたいと思っている。それにしてもなぜこんなに急いだのだろうか。なぜ、月が満ちるまでまたなかったのだろうか。なぜならあの男はきわめて衝動的で、気まぐれか政治的必要性によってしか行動しないからだ。今回についていえば、マリータは国家的な問題だった。

カミロ・シエンフエゴスは途方にくれた。自分がはるかに仰ぎ見るあの男がほんとうにこんなひどいことをするのか？　ホテルのロビーでカミロは不用意なことを口にしてしまった。「これが彼のしわざなら俺が殺してやる！」。苦悩し、とても信じられない思いだったカミロは、カストロが戻ってくるなり問いただした。カストロは、そんなことがあったとは全然知らなかった、と荒々しく否定し、このそんな野蛮なことをした医者はかならず銃殺刑にしてやる、と言った。目撃者の証言によれば、この日「手術」を行ったのは産科医ではなく、心臓の専門医だった。医者はおどされて協力したらしい。その医者とはだれか。オルランド・フェルナンデス・フェレルの名をあげる人がいる。オルランド・フェレルといえばナティ・レブエルタの夫ではないか！　他方、この事件はＣＩＡがカストロの名を汚すために仕組んだことだという説もある。

ボルジア家顔負けのおぞましい事件だった。カミロの親しい友人たちは、忘れろ、と忠告した。カストロは悪意の発作を起こし、恋敵であるナティの夫、自分の娘の名目上の父親であるフェレルを強制して、「国家の利益」のためにマリータの「手術」を行わせたのか？　もしこれがすべて本当のことなら――集めた証言によればどうも本当らしい――、カストロはリチャード三世のような人間になってしまったのだ。カミロは自分がたいへんなスキャンダルにまきこまれてしまったと感じた。それでも彼は、マリータが急いでキューバを離れるのを助けた。この騎士道精神あふれる行為のため、カミロはのちに高い代償をはらうことになる。

一〇月一七日、フィデル・カストロは弟を防衛大臣に任命した。カミロ・シエンフエゴスは自分がもはやトップ・グループの人間ではないことを思い知った。そもそも、彼ははじめからトップ・グループのなかにいたのだろうか？　強硬派が主流となったのだ。ラウル・カストロは先ごろウベル・マトスに、反乱軍将校のあれこれと逡巡《しゅんじゅん》するような態度は終わりにすべきだ、と言い放った。また、ラウルはマトスに、「革命の勝利」のためには「長いナイフの夜［一九三四年、ドイツのナチ党内部で行われた左派の粛清］」が必要だと告げた。「聖バルテレミの虐殺［一五七二年、聖バルテレミの祭日にフランスで起こったカトリック教徒勢力によるプロテスタント虐殺。パリだけで四〇〇〇人が殺された］」を行わなければ、われわれが今後直面する問題は増える一方だろう」と。

その「長いナイフの夜」、つまり「反革命的な」上級将校をすべて物理的に抹殺する作戦はいつ行われるのか？　ラウル・カストロにはこれを実行に移している暇がなかった。さまざまな出来事が彼をさまたげた。じつは、ラウルが防衛大臣に任命されたことに公然と不満を表明する将校は大勢いた。将校たちは不平を鳴らし、集会を開きはじめ、カミロに意見を求め、行動してほしいと嘆願した。しかしカミロはためらった――自分は革命の兵士だ、これまでどおりカストロに従わなければならない。これは山のなかでとった態度と同じだった。処刑から目をそらしたあのとき、稲妻のようにほんの一瞬、良心が「受刑者たちは無罪かもしれない」と彼にささやいた。あのときもカミロはあえて見ようとせず、聞こうとしなかった。彼はどうにも身動きのとれない状態におちいっていた。自分は当初から影の政府の会合に参加していたではないか。自分は共産主義の浸透を隠蔽したではないか。カミロは自分がマフィアのファミリーの一員のようにからめとられて身動きがとれないことを意識した。彼はカストロが反乱軍を解体するまで、つまり自分自身の利益が脅かされるまで、革命の根幹がゆらいでいることに気づかなかった。カミロは板挟みになり、決然とした行動に出ることはできそうもないと思った。その勇気はなかった。この役割はウベル・マトスにゆずろう。「プロフェッサー」は何度もカストロに辞意を表明し、共産主義者が支配する体制を支援することはできないし、支援したいとも思わない、と意志表明していた。そのたびにカストロは言った。「君が辞任するとしたら残念だが、君とぼくとの関係が壊れることはない。…ぼくたちはいつまでも友人であり、同志であり、兄弟だ」

一〇月二〇日の朝、熟慮のすえ、ウベル・マトスはカマグエイの駐屯地からカストロに辞意表明の手紙を送った。数時間後、郵便を受けとったカストロはパニックにおちいった。カストロはウベル・マトスがこの国でカミロ・シエンフエゴスにおとらず有力なシンボルであることを承知していた。マトスの辞任は軍隊の反乱を誘発しかねず、なによりも国民のあいだに不信の種をまくおそれがある。それに、反対派を勢いづかせることになるかもしれない。反対派はこの夏以来全国でテロ行為を組織している。マトス司令官は軍の内部で絶大な人気がある。しかし、マトスを支持しているのは彼の部隊、つまりカマグエイ州の二〇〇〇人近い兵士だけではない。地主や大部分の農民もマトスに共感している。彼らは農業改革の実態を日々まのあたりにし、すでにＩＮＲＡのやり口がいかに横暴であるかを知っている。

この深刻な事態に直面し、カストロは大急ぎで自分の「中核」をコヒマル近傍のタララに招集した。この秘密会議に参加したのは、ファビオ・グロバルト、「Ｇ２」の中枢であるラミロ・バルデス、オスバルド・サンチェス、そしてもちろんラウル・カストロである。会議の席上でカストロはマキャヴェリズムの要諦にのっとったシナリオを開陳したが、それはカストロがこれまでやってきたこととほぼ同じだった。つまり、挑発、威嚇、そして抹殺だ。カストロは彼流の「長いナイフの夜」を企画した。先日の約束とは裏腹に、ウベル・マトスはぶじマンサニージョの自宅に帰ることはできないだろう。教室に戻って生徒に会うこともない。カストロは「プロフェッサー」を餌にして反抗分子をおびき寄せるつもりだった。

カストロの計画の中身はこうだった。まず、ラジオをとおして「カマグエイの裏切り者の将校連が革命に対する謀叛をくわだてている」という痛烈なキャンペーンを行う。次に、暴力と呪詛に満ちた空気を醸成し、群衆を集めてウベル・マトスと部下の将校たちがいる駐屯地にデモ行進させる。そして仕上げに、カミロ・シエンフエゴスに命じて「裏切り者」をその手で逮捕させる。この事件は必然的に血の海で終わることになる、なぜならマトスの部下は絶対にボスをカミロの手に渡すまいとするだろうから。カストロはそう確信していた。つまりシナリオは完璧だった。

カストロは真夜中にシエンフエゴスを召喚し、ウベル・マトスが「反乱」を起こした、と告げた。カストロはマトスを「アメリカ人を侵入させようとくわだてている裏切り者の犬」とよんで悪態をついた。カミロは罠にはまった。彼は「祖国を防衛し」、「反逆者」を抹殺しなければならない。

地元のラジオやテレビをとおして自分と部下に対して洪水のように浴びせかけられる罵詈雑言を聞いて、ウベル・マトスはカストロが謀略をしかけてきたことを知った。彼はカストロの「悪魔的な」性格をよくよく承知していた。午前六時、カミロ・シエンフエゴスがマトスに電話を入れ、あなたを逮捕するためにカマグエイに到着した、と告げた。説明の必要はなかった。マトスにはわかっていた。カストロはカミロを修羅場に送ったのだ。駐屯地では激怒した兵士たちが戦闘準備を整え、一歩も引かぬかまえでカミロを待っていた。カミロは自動小銃とバズーカ砲をたずさえた二〇人ほどの兵士を従えて静かに兵舎に近づいてきた。彼は自分の命が危険にさらされていることを知らなかった。ウベル・マトスが中庭に出てきて、発砲はいっさいまかりならぬと部下に命じた。数百人の兵士の威嚇的な視線を浴びながら、カミロ・シエンフエゴスはぶじ知事宅に入った。カミロは不安げな、途方にくれたようすでマトスに釈明した。二人のほかにはだれもいなかったので、カミロはおちついて話すことができた。「ウベル、俺はこんな役割を演じなければならないことを恥じている。だが、行くところまで行くしかない。フィデルの命令を実行しなければならないんだ」。激しい内的葛藤に苦しんでいるカミロを見て心を動かされ、マトスはカミロに話した。いましがた彼がどれほどの危険にさらされていたか、カストロが彼にどのような罠をしかけたかを。

マトスはカミロにささやいた。「自分の身を守れ、カミロ。君の人気はフィデルにとって心配の種なんだ。ラウルにとってはなおのことだ…」

「そうだな、ウベル。いままでは考えてもみなかったことだが。でも、いまはほかにどうしようもない」とカミロは答えた。

二人は数分間言葉をかわした後、知事の執務室に入った。このわずかの時間に事態を逆転させることはまだ可能だった。二人は手を結び、部隊を再編成し、全国的に反乱をひき起こすことができた。それこそカストロがなによりもおそれていたことだった。カストロは自分がしかけたポーカーの罠が自分に跳ね返ってくるかもしれないことを重々承知していた。しかし、ウベル・マトスは政治的な人間ではなく、権力欲ももっていなかった。マトスは、カストロほど大衆に支持されている人間に手出しすることは不可能だと思っていた。しかしカストロ本人はその夜一睡もせず、前日の夕方からずっと作戦の進展を注視していた。カストロはかつてないほど神経質になっていた。彼はいま、これまで経験してきたなかでもっとも厳しい戦いを指揮していた。彼は、キューバの良識を代表する二人の男、大衆の大多数が夢見ていた革命の理想を象徴する二人の男と戦っていた。居ても立ってもいられず、彼はみずから現場に急行した。カストロはカミロ・シエンフエゴスに数分遅れてカマグエイに着陸した。「武装した人民」の先頭に立って叛徒のアジトへと導くために。カストロはＩＮＲＡの本部に司令部を置いた。迅速に行動しなければならない。カストロはカミロ・シエンフエゴスに電話を入れ、「反乱分子の兵舎」のなかで何が起こっているのか説明を求めた。カミロは勇気をふりしぼって答えた。

「ここには裏切りも反乱もない。言われているようなことはいっさいないんだ。俺たちの行動は適切ではなかったと思われる。将校たちは居心地が悪そうだったが不穏ではなかった。いま、彼らは憤慨して辞職したがっている。ばかなことをやってしまった（*metedura de pata*）！」

カストロは電話線の向こうで怒りを爆発させた。彼はカミロ・シエンフエゴスをののしり、命令に従うよう申し渡した。

カミロは答えた。「君の言うとおりにする。でも、俺たちがいまやっていることはまったくばかげている、これに変わりはない」

カミロは受話器をにぎったまま、うつろな目で数秒間茫然としていた。カストロは一方的に電話を切った。数分後、カストロは悪魔に憑かれた人間のように兵舎の前に突然姿を現わした。その後ろで四〇〇〇人近い群衆が怒号をあげていた。カストロは、マトス抜きで将校たちと話がしたいと言った。将校たちはこれを受け入れ、果敢にカストロに異議を唱えた。彼らは、マトスが陰謀をたくらんだというなら証拠を見せてほしいと言った。もちろん、カストロは証拠などもちあわせていなかった。彼は怒鳴り、腕をふりまわし、話をはぐらかした。将校たちが反乱などここにはないといくら言っても、カストロは耳をかそうとしなかった。政治的にこの反乱を必要としていたからだ。彼は、群衆とともに示威行動に出る、とおどした。将校たちはカストロにウベル・マトスと話をするよう提案した。「いや、いや、わたしはウベルとはいっさいかかわりたくない！　彼は衝動的に何をするかわからない男だ！」。カストロはマトスの視線が怖かったのではないだろうか。山のなかで、敵の空爆に死ぬほど怖気づいていた自分を不意にとらえたあの視線が。

ウベル・マトスとカミロ・シエンフエゴスは別室で待っていた。G2のラミロ・バルデスが来ていた。駐屯地の敷地内は静寂そのものだった。カストロの計画は失敗に終わった。マトスとカミロは戦わなかった。二人が手を組むこともなかった。二人ははるかな距離をおいてカストロを見ていた。それは憂いと軽蔑に満ちた距離だった。カストロはわれわれの理想を裏切ろうとしている、と二人は確信していた。カミロ・シエンフエゴスははじめてカストロに敬意をはらうことを忘れた。はじめて、大人として真剣にカストロに語りかけた。声を震わせることもなかった。彼が「ジャイアント」と名づけた人は突如として矮小な男になってしまった。

しかし、その翌日、カミロはふたたびカストロに手懐《てなず》けられてしまったように見えた。カストロの命令に従ってカマグエイの地方テレビ局のインタビューに応じ、ウベル・マトスを激しく攻撃したのである。そして自己弁護も行った。奇妙なことであり、彼らしからぬことでもあるが、ジャーナリストから質問されたわけでもないのに彼は、過去数カ月間に「裏切り者」と会ったことはないと弁解した。「こういうことなんです。…あの人がわたしに会いに来たことは一度もありません。わたしは彼に同僚もいる前で言いました。つまり、こういうふうに事実を指摘したんです。『わたしがハバナにいるあいだ、用件はなんであれ、君は何度私に会いに来たかい？　答えは、ただの一回もない、だね』と」。カミロはこのとき、カストロが編んだ蜘蛛の巣のなかで必死にもがいていた。カミロは事実上カストロの思うままだった。ラウルはカミロの電話を盗聴させていた。したがって、カストロはカミロが自分の執務室でマトスと会ったことを承知していた。これを根拠にカストロは、カミロをいわゆる「ウルティア＝マトス＝ディアス・ランスの陰謀」の一味に仕立て上げることも可能だったわけである。自分もやられたくないなら忠誠の印を見せなければならない。その機会は一〇月二六日にやってきた。事態の展開にあわてたカストロは、この日に革命市民軍の創設を発表するつもりだった。いまもカストロの支持者であることを示すため、カミロは民衆に語りかけ、本音と裏腹に「市民軍」の創設を擁護しなければならなかった。

当日、大統領府の前に集まった一〇〇万人の市民の前でカミロは原稿を読み上げた。フィデル・カストロが起草したその原稿は反乱軍を亡きものにすることを肯定していた。演説を終えたカミロは喝采を浴びた。筆舌につくしがたい熱気をおびた喝采だった。カミロはハバナの食人鬼の人質になってしまった。カミロは気づいていなかったが、彼が読んだ原稿の一部はウベル・マトスへのメッセージだった。カストロはおそるべきチェスの名人だった。カストロはあのときのことを決して忘れていなかった。あのとき、「プロフェッサー」は山の窪みのなかに隠れて恐怖に震えていたカストロを見てしまった。カストロは、自分の秘密の園にあんなふうに侵入されたことを絶対に許さなかった。あの件を清算するときが来た。なにも知らないカミロは大声で叫んだ。「傭兵たちの戦闘機がやってくるなら来ればいい。あの戦闘機を支えているのは北米政府の巨大な利権だ、操縦しているのは戦争犯罪人だ。ここには裏切り者にだまされたりしない人民がいる。人民は傭兵の戦闘機をおそれはしない。

独裁者の戦闘機が襲ってきたときも反乱軍はおそれたりしなかったではないか」

　良心と義務感の板挟みになり、カミロは袋小路に追いこまれたような気持だった。彼は裏切り者ではなかったし、今後も決して裏切り者になるつもりはなかった。しかし、名誉と不名誉とを分つ線がどこにあるのか、彼にはもうわからなくなっていた。彼の世界は崩壊しようとしていた。歓喜する群衆の前でカミロはほほえんだ。わき返る群衆に向かってカストロは吠え、声を張り上げ、ウベル・マトスを死刑に処することに賛同するか、とたずねた。群衆は何十万本もの腕をふり上げてこたえた。「死ね！　死ね！」。カストロの狂喜に圧倒され、カミロはこの正義とは似て非なる人民裁判を沈黙によって承認した。

　翌一〇月二七日、後悔にさいなまれたカミロはモロ要塞に拘置されているウベル・マトスにメッセージを送った。カミロは、うわべで自分を判断しないでほしい、自分は君の逃亡を手助けする用意がある、とマトスに伝えた。マトスはこれをどう受けとめればよいのかわからなかった。カミロはまたカストロの指示を受けてこんなことを言ってきたのだろうか？　それとも、ほんとうに行動に出る決心をしたのだろうか？　要塞の外ではカストロ兄弟がマトスに対してすさまじく暴力的なキャンペーンを展開していた。カストロは、「カマグエイの反乱」が平和的に決着したことにあわてふためき、マトスの処置に困惑していた。カストロはマトスに使者を送り、自己批判のプロセスをへるよう求めた。過ちを犯したと認めるなら命は助かるし、多分家に帰ることもできるだろう。しかしウベル・マトスはカベサ・ドゥラ（一徹者）だった。こんな取引を受け入れることはできない。マトスはキューバ版スターリニズムの最初の「悔いあらためた罪人」になるつもりはなかった。彼はカストロの使者に答えた。「わたしは自分の尊厳を守るため、そしてキューバ市民の自由のために死ぬ覚悟ができている。わたしはいつでも銃殺隊の前に立つ。フィデルにそう伝えてくれ。そして、革命を裏切ったのはおまえだ、と」

独房のなかでウベル・マトスは自問しつづけた。自分は今日か明日にも銃殺されるかもしれない。カミロにはなにか打つ手があるのだろうか。彼はほんとうに逃亡を手助けしてしてくれるのだろうか。

ここに不可解な事実がある。一〇月二七日の夜、シエンフエゴスはベダード街のレストラン「ランチョ・ルナ」で夕食をとった後、コルンビア駐屯地には戻らなかった。急遽、フラミンゴ・ホテルの一六号室に泊まることにしたのだ。あたかも政治警察G2の監視の目をあざむこうとしているかのようだった。G2が以前から彼の電話を盗聴していることはまちがいなかった。その夜、カミロはすべてを疑い、自分がすでに追いつめられていると感じていた。

翌日、カミロはマトス事件の関係者から話を聞くためカマグエイに行った。彼は、カストロがほんとうに自分に死の罠をしかけたのかどうか知りたかったのだ。彼はアグラモンテ兵舎のなかで数時間すごし、質問したり、メモをとったり、大勢の将校に面会したりした。そして、夕方の六時にセスナ三一〇に乗ってカマグエイ基地を離陸し、ハバナに向かった。数分後、管制塔はカミロの搭乗機がレーダーから消えたことを明らかにした。陽気な司令官、カリブの騎士は姿を消した。キューバ沖の澄んだ沈黙の海のどこかに、壊れた夢とあの手帳を残して。

第26章　国家的事故の事後検証

カストロはテレビに出て、波にさらわれた英雄を悼んで泣いた。そして、絶望に身をゆだねてはならないと国民を督励した。しかし、カストロ自身がひどくまいって落ちこんでいるように見えたので、彼がまたぞろ神経衰弱におちいるのではないかと心配する者もいた。二〇日間以上にわたり、カストロは全国民を証人に仕立て上げたのだ。カストロは海軍、空軍、組合、活動家から何千もの人間を動員して日夜捜索を行わせた。どんな小さな川も捜索対象になり、トリニダード周辺の湾には潜水夫が潜り、周囲の森には捜索隊が分け入った。カストロは捜索の進展状況について逐次国民に情報提供を行った。沿岸の捜索は一平方メートルたりともゆるがせにしなかった。しかし、一一月の中旬になるとカストロは力つきたことを認めなければならなかった。運命が、唾棄すべき運命が彼の友を、弟を、同志を奪いさってしまった。カストロは涙目でカメラの前に立った。カストロはカミロに感動的な賛辞を捧げ、彼を革命のパンテオンに納め入れ、聖人に祀り上げた。カストロは声を震わせ、事の重みに耐えかねるように前かがみになって、驚くほど詳細に調査結果を報告した。歴史はカミロを忘れないだろう、とカストロは言明した。いや、カミロ・シエンフエゴスは死んではいない。彼はすべての愛国者の胸のなかに生きている。彼は革命青年の永遠の象徴だ。彼は永遠に生きつづけるだろう。

キューバ人好みのおおげさで悲劇的な演出だった。役者カストロは最高の演技を見せた。カストロはキューバ国民に対して怖ろしいまでに平然と嘘をついた。カミロ・シエンフエゴスが生存していようと死んでいようと、カストロは一瞬たりとも彼をさがそうとしたことなどなかった。カストロは初めのはじめから知っていた。自分がその死を悼んで涙を流してみせている男は、まぎれもなく暗殺されたのだということを。キューバ国民はカストロの演技に幻惑されたものの、完全に彼の話を信じたわけではなかった。心の底ではカストロの説明に納得しきれなかったのである。カストロによれば、カミロを乗せた飛行機は激しい雷雨にみまわれて海に落ちたということだった。しかし、「事故」当日、周辺には嵐などまったくなかった。それに、カミロが乗っていた単発エンジン機は水に浮くように設計されていた。大破したとしても各部位は水面に浮いていたはずだ。しかし、飛行機の残骸は奇妙なことにまったく発見されなかった。カストロはこの二つの重要な情報をなぜ見すごしたのだろうか。答えは明白だ。カミロ・シエンフエゴスの死は犯罪に起因するものだったからだ。それをカムフラージュするため、カストロは書類を破棄し、証人を消さなければならなかった。しかし証人が全員死んだわけではない。カマグエイ基地の技師であったルイ・ミゲル・パレデス中尉、カストロの秘書フアン・オルタ、そしてカミロの護衛官マヌエル・エスピノサが後年、この陰鬱な秋の一日に何が起こったかを詳しく語った。彼らの証言によって、今日、キューバ史上もっともおぞましいこの国家的「事故」を再構築することが可能になった。

一〇月二八日、カミロ・シエンフエゴスが搭乗する白と赤のセスナ三一〇ナンバー五三はカマグエイの空軍基地を飛び立った。操縦桿をにぎるのはルシアノ・ファリナス中尉、時刻は一八時一分だった。四分後、空軍基地は緊急事態を告げられた。管制塔で監視任務についていた将校に参謀本部から連絡が入り、マイアミの方角から飛んできた小さな飛行機が区内のサトウキビ畑に放火していると告げたのだ。撃墜命令がくだされた。戦闘機シー・フューリー五三〇がただちに離陸し、追跡を開始した。同じ頃、カマグエイの管制塔に奇妙な電話が入った。声の主はホルヘ・エンリケ・メンドーサだった。ここ数日間、ラジオでウベル・マトスに対して敵対的キャンペーンを張っていた男だ。メンドーサは言った。「カミロ・シエンフエゴスの飛行機に伝えてほしい。サンクティ・スピリトス市の南、マシオ湾の沖で某将校の乗った飛行機が消えた」。カミロの搭乗機は飛行計画によれば地上を飛ぶことになっていたが、予定の航路をはずれて消えた飛行機の救助に向かった。カミロのセスナは比較的低速度の民間機だったから時速は二四〇キロそこそこだ。メンドーサに指示された地区に到着するや否や、セスナはシー・フューリーの爆撃を受けた。二〇ミリの弾丸が四〇発撃ちこまれた。身を守るすべもなく、単発機は炎上して海に落ちた。どういうわけか無線機は機能していなかったので、カミロ・シエンフエゴスは遭難信号を発することができなかった。

シー・フューリーが基地に戻ると、入れ替わりにトリニダードの南、カシルダの監視所から沿岸警備隊の船がやってきて「遭難」現場に近づいた。船は墜落した飛行機の痕跡を、ごく小さな油の塊にいたるまですべて除去した。船上でこの作業を指揮したトッレス大尉はラウル・カストロに近い共産党の活動家だ。G2のナンバーツー、オスバルド・サンチェスも乗船していた。これはKGBからG2に派遣されてきた男だ。

この夜、マシオ湾のしがない漁師が「空中戦」を目撃していた。彼は、セスナが墜落して海に沈み、続いて沿岸警備隊のランチャ（ボート）が現場に近づくのを見て、すぐに現地当局に連絡した。彼は不可解な経緯でハバナにつれていかれ、翌日、これまた不可解な状況下で「消息不明」になった。

基地に戻ったシー・フューリーの操縦士は真実を知った。「敵」の飛行機などは存在しなかった。この地区を飛んでいた飛行機はカミロ・シエンフエゴスのセスナだけだったのだ。操縦士は衝撃を受けた。数時間後、オスバルド・サンチェスの部下がやってきて操縦士を逮捕した。彼らは操縦士から「報告を受ける」任務をおびていた。操縦士には二つの選択肢があたえられた。一つは、真実を話し、その結果としてまちがいなく死刑になることだった。なんとなれば革命の英雄を殺したのだから。二つめは、自分は飛行しなかったし、対象がだれであれ撃墜命令などは受けなかった、ということにして一件落着とすることだった。不幸にして、彼が一〇月二八日に出動し、機関銃を用いたことにだれかが気づいたら、あれはルーティーンの飛行だった、その途中で戯れにサメを撃ったのだと答えなければならない。まったくばかげたシナリオである。シー・フューリーの時速は最高四〇〇キロに達する。そんな速度で飛んでいる飛行機の操縦士がサメの姿などをちらりとでも見ることは金輪際ありえない。途方にくれた操縦士は、わずかに残された時間的余裕のなかで基地の技師たちにことのしだいを打ち明けた。ルイス・ミゲル・パラデスは話を聞いた技師の一人である。同僚の操縦士のなかにも打ち明け話を聞いた者がいた。噂はハバナのコルンビア駐屯地（あらためシウダード・リベルタード）に設置されている参謀本部に伝わった。カミロ・シエンフエゴスの大勢の同調者にとって、ボスが「陰謀」によって亡きものにされたことはもはや疑う余地がなかった。彼らの疑惑を裏づける出来事が起こった。悲劇の翌日、カマグエイの管制塔で監視任務についていた将校がみずからの頭を撃って「自殺」したのだ。仕上げに、彼らを決定的に動揺させる事実が判明した。管制塔の記録が忽然と消えたというのだ。カミロが死んだ日の飛行実績を検証する手段はもうない。

カミロの同調者たちはすべてが推測にすぎない現状にいら立ち、クリスティーノ・ナランホ司令官を指名して、この件の調査にあたらせることにした。ナランホはなんとかカマグエイ基地と連絡をとろうとした。大勢の空軍将校に会って話を聞いたりもした。しかし彼には調査を続行する時間がなかった。闇の指令を受けたベアトン大尉に暗殺されたからだ。ラウル・カストロが予言した「長いナイフの夜」がいよいよはじまったのだ。以後、不可解な死、説明しがたい失踪、疑似自殺が綿々と続いた。ベアトン大尉がナランホ司令官の「殺害者」としてたどった運命を見れば、国家の中枢がどれほどパニックにおちいっていたかがわかる。世論に対して体裁をとりつくろうため、ベアトンはラ・カバーニャ要塞に監禁された。ただし、独房に入れられたのではなく、要塞の責任者の一人であるタマヨ大尉（通称パンチョ）のフラットに住んでいた。奇妙な囚人である。ベアトンは要塞のなかを自由に歩きまわることができた。彼は、自分がすぐに自由の身になり、「遂行した任務」のことで感謝されるものと確信していた。数日たつと、話がそう上手くはゆかないことを悟った。今度は彼自身が目ざわりな証人になってしまったのだ。暗殺をおそれたベアトンはシエラ・マエストラに逃げた。この件はカストロとラウルとチェが直接引き受けることになった。三人は、サンティアゴ軍事裁判所のメンバーであるアグスティン・オニディオ・ルンバウト中尉を説得して逃亡者に会いに行かせることにした。カストロのメッセージは次のとおりだった。「君は命を保証され、亡命を認められる。ただし、公開裁判を受け入れることが前提条件だ」。裁判はやらせだ、とカストロ側はうけあった。不幸なベアトン大尉は安全が保障されたと信じて取引に応じ、出頭した。数日後、迅速な公判手続きのすえに彼は死刑判決を受け、銃殺された。

ここで不可解な出来事が起こった。ルンバウト中尉がほどなく狩猟の最中の愚かしい「事故」で死んだのである。ベアトン大尉に命を保証した男、カストロとベアトンの仲介役を引き受けたあの男が……。キューバでは目ざわりな証人の始末が鎖のように果てしなく続いた。

カストロの行政秘書フアン・オルタもあやうく悲惨な最期をとげるところだった。オルタはハバナ市庁に勤めていたときにフィデルに引き抜かれた。ひかえめな公務員だったが、厳格な仕事ぶりが評価され、何カ月も前からカストロ政権の中枢で働いていた。オルタはＩＮＲＡでカストロの執務室に隣接する部屋をあたえられていた。彼は結局亡命し、自分が体験したこと、その目で見たことを語った。

「暗殺の翌日のことだった。カミロの死はまだ公表されていなかった。わたしはフィデルが休息するときに使っていた部屋に入った。彼の執務室の隣の部屋である。フィデルが一人で座っていた。彼はほとんど嬉しそうに言った。『カミロが昨日、飛行機に乗って失踪した!』。発見の可能性はない、と彼は言って、すぐに弔辞の起草にとりかかった。服喪はもう終わり、といった感じであった。翌日、わたしはＩＮＲＡの彼の執務室に行ったが、そのとき、ラジオのニュースが流れはじめた。カミロが無傷で発見されたというのだ。このニュースに皆は狂喜した。フィデルもだ。やがてラウルが入ってきて、ラウルとフィデルとわたしの三人だけになった。ラウルは『フィデル、民衆はカミロのありえない帰還にお祭り騒ぎだよ』と言い放った。ラウルは、ありえない、という言葉に力を入れた。フィデルは、音節を区切って静かに答えた。『もちろん、そんなことは、あ、り、え、な、い、ことさ。われわれはカミロがこの悲劇的な事故で死んだものと確信している』。この会話の後、フィデルはラジオ・レベルデに電話を入れ、噂をただちに否定させるようとりはからった」

この日、戦闘服姿のカストロ兄弟を前にして、ファン・オルタはもはやシエンフエゴス事件の真相についてなんの疑いもいだかなかった。オルタには、彼らが「国益」の名のもとに自分たちの「戦友」を抹殺したとしか思えなかった。以後、オルタはひたすらひとつのことを急いだ。すなわち、キューバを離れることだ。彼は知りすぎた。彼は盲目的、情熱的にカストロに従ってきたが、今回は自分の命があやういと感じた。ボスは自分の目的を達成するまで何があろうと後へは引かないだろう。目的とは、キューバという国に絶対的権力を行使することだ。

カミロ・シエンフエゴスと「手を切る」ことにより、カストロは革命のロマンティックな面を代表する顔を消しさった。ウベル・マトス、あのフランス革命に恋するプロフェッサーを手も足も出ない状態に置くことで、自分に本気で立てつくことができる最後の人間を排除した。一九五九年の果てしなく長い一〇月、カストロはウベル・マトスが反乱軍の蜂起を計画することを心底おそれた。カミロ・シエンフエゴスがマトスと手を組むのは時間の問題だった。おそらくマリータ・ローレンツの一件がこれに拍車をかけただろう。マトス＝シエンフエゴス枢軸が成立すればこの上なく危険だった。だからこそ迅速かつ強力にたたく必要があったのだ。

カミロの死後、カストロは彼の後釜に座りそうな人間をすべて排除した。一一月、ラウル・カストロは名高い第二縦隊のメンバー約一〇〇名を全員自宅に追い返した。彼らはハバナ進軍の立役者だった。カミロに忠誠心をいだいているとおぼしい分子はみな遠ざけられた。なかにはなぜ自分が非難されているのか理解できない者もいた。ダリエル・アラルコン、通称ベニグノもその一人だった。ベニグノは五月にハバナ警察隊の隊長に任命されたばかりだったが、なんの理由もなく任を解かれた。このほか、一五歳で第二縦隊に入隊したアルナルド・オチョアをはじめ、まだ少年にすぎない兵士たちがソ連に送られた。カミロに近い人間のなかで出世をとげた者がただ一人いた。セルジオ・デル・バジェ、カストロに対するゆるぎない忠誠心を証明するためならなんでもする、という共産主義者だ。カストロはなんとバジェに、ウベル・マトスの裁判の議長を引き受けさせた。裁判はカストロの意向によりクリスマスの前に行われる。

この厳しい政治的試練の最中も、カストロは家庭内の悩みやもめごとからのがれることはできなかった。母親のリナはビラーンの農場で「反乱」を起こしていた。彼女は言った。「息子はなんというばかな考えにとりつかれたんだろう。なんであの子はマナカスの土地を『人民』にやってしまい、自分の母親にはわずか数ヘクタールしか残さないというんだろう」。リナは怒り狂っていた。彼女は息子に、自分は絶対に土地を手放さない、立ち退かせたいなら大砲をもってこい、と伝えてきた。カストロ家では物事が平和的に完結することは決してない。兄のラモンはオリエンテ州の畜産業団体の長をつとめていたが、彼もまた農業改革に強硬に反対していた。どうやって二人を説得したものか。カストロは自分自身の土地を国有化することを公約した。もう後にはひけない。父の死後、カストロは一族の長をもって任じていた。何度も話しあったあげく、カストロはラモンに、次いで姉妹たち（リディア、エンマ、ファニータ、アンヘラ、アグスティーナ）に、こうした「寄贈」が政治的にいかに重要な意味をもっているかを納得してもらうことができた。カストロは兄をなだめるため、戦闘履歴はまったくない兄にオリーブ色の戦闘服を着用する権利をあたえた。また、こんなことも言って聞かせた。兄さんは近々ＩＮＲＡの重要ポストについてキューバ全土を管理することになる…。

弟の言うことを信じこみ、ラモン・カストロはスペインのガリシア州に出かけた。ガリシアのランカラには父方の分家がある。ラモンは、一族のルーツである「スペインの土」を忘れない、と臨終のドン・アンヘルに約束していた。ラモンはおばファアナといとこのビクトリアをアルメアの小村に訪ねた。すっかり農夫の顔になり、ラモンは家族の一員として、暖炉（ガリシア語でラレイラ）のまわりで何時間も会話を楽しんだ。ラモンが「［父の］郷里」で聞いたところによると、「フィデルが山でばかなまねをして」以来、カストロ一家の評判はかんばしくないらしい。ファアナは言った。「あんたの弟はどうかしてるわ。どうしてあんなに大勢の敵と戦う必要があるの？　アンヘルはあんたたち皆に土地を遺した。あの人はそのために一生働いたのに、フィデルはすべてを煙にしちまおうとしてるんだわ」。ラモンはわれを忘れておばに言い返した。「あんたはばかだよ、ファアナ！　何もわかっちゃいない。フィデルは俺たちに一国をくれようとしてるんだよ！」

家族のなかにラモンと同じ情熱を分けあっていないメンバーが一人いた。腹違いの兄ペドロ・エミリオである。彼は五十路の風流人で、暇なときには詩を書いた。カストロの懸命の説得にもかかわらず、ペドロはビラーンの農場にかんする権利を放棄する書類に署名しようとしなかった。カストロとラウルは腹をたて、ペドロをカジェ一一［一一番通り］のセリア・サンチェスのアパートに軟禁し、降参するまで解放しなかった。ペドロは妻ティータの支援を受けてしばらく圧力に耐えた。しかし、殺すと脅かされ、精根つき果てたペドロは、試合を放棄して書類にサインした。このとき、ペドロの気丈な妻ティータは不可解な失踪をとげた。衝撃を受け、恐怖におののいたペドロはこれ以後、詩と子どもを相手に生きた。日曜の午後は決まって姪のアリーナと数時間ともにすごした。彼女も詩を書きはじめた。「やさしいペドロ・エミリオ伯父さん」、明晰な知識人、文学の愛好家であったペドロは、つねに監視下に置かれて囚人同然の生活を強いられ、しだいに正気を失っていった。カストロ一家の運命はペドロにとってはあまりにも重く、血にまみれていた。優雅な芸術家ペドロ・エミリオは母親似だった。母親とは、ドン・アンヘルの最初の妻マリア・アルゴタである。ペドロは怨念と傲慢に満ち満ちたこの一族からのがれたくてたまらなかったが、カストロはそれを許さなかった。

カストロは、国家に対するときと同様、家族に対してもつねに独裁者であろうとした。支配は兄弟姉妹のみならず、その子どもたちの人生にまでおよんだ。甥たちのうち、カストロのお気に入りは姉アンヘラの息子マジートだった。マジートは繊細な若者で、独りですごすことを好み、多少神秘的なところがあった。彼は祖母のリナが母親に遺した祭壇を自分の部屋に隠しもっていた。祭壇のなかには、コブレの黒いマリアや、西アフリカからつれてこられたヨルバ人起源のサンテリア教のさまざまな神像が立ちならんでいた。カストロはマジートの健康に異常に固執した。一時期、息子のフィデリートを超人に育てようとしてビタミン剤をやたらと服用させたことがあったが、マジートにも似たようなことをした。カストロはお気に入りの甥っ子のために特効薬を調合した。それは、タンニンをふくんだヨードと総合ビタミン剤とタラの肝油を混ぜたもので、これを服用すればマジートは比類ないアスリートに変身するはずだった。カストロはマジートを一流の弾薬技術者に育てるつもりで、自分の一存でベレーンのミリタリー・アカデミーに入学させた。カストロは、以前自分が学んだイエズス会のベレーン学院をミリタリー・アカデミーに改組していた。いわばキューバ版ウエスト・ポイントである。

カストロは幼い末っ子の面倒もみなければならなかった。マリータのお腹からひきずり出された男の子はアンドレスと名づけられていた。カストロはこの子をM26のある戦士の家に預けた。この件についても、彼はいっさいの「漏洩」を阻止しなければならなかった。例によって被告人である自分が原告になりおおせるシナリオが入念に書き上げられた。劇作家、創造主カストロの登場だ。彼は好きなように新しいストーリーを織り上げた。赤ん坊のほんとうの父親はだれか？　ヘスス・ヤニェス・ペジェティエルに決まってるじゃないか、マリータの護衛団のリーダーだったあの男だ。あの男は何時間もマリータ・ローレンツと二人だけですごさなかったか？　マリータの命を危険にさらしたあの人工的早産も、彼が自分でくわだてたことではないか？　彼が武器でフェレル医師をおどして、あんな危険な手術を行わせたのではないか？　無慈悲にもカストロはすべての罪をヤニェス・ペジェティエルに着せた。カストロはペジェティエルを解任し、後釜にひかえめで有望な若者ホセ・アブランテスをすえた。さらにカストロはフェレル医師の「犯罪」を罰することに決めた。ぎりぎりのタイミングで情報をえたフェレル医師は、妻ナティ・レブエルタにさえ告げず、娘のナタリアをつれて家を出た。フェレル医師は妻を愛していたが故に、自分が「幽霊」のような存在でしかないことに甘んじ、ただ妻の心が自分のもとに戻るのを待ち、妻があの暴力的で無慈悲な独裁者とかくも常軌を逸した恋愛関係にあることを許してきた。しかし、もう限界だった。これ以上この状態を続けることは彼の力にあまった。逃げなければならない。わが子である長女のナタリアをこのホラー映画の世界から出してやらなければならない。ナタリアは彼とナティとのあいだに生まれた子どもだ。アリーナもつれてゆくべきだろうか？　心が張り裂けるようだったが、彼はアリーナを実の父親にゆだねた。あの想像を絶する、悪魔のような父親に。疲労困憊し、憔悴したフェレル医師はひそかにアメリカに向けて旅立った。

フェレル医師が去った後、カストロは定期的にナティ・レブエルタの家を訪れるようになり、娘と少しばかりいっしょにすごすこともあった。カストロは二人のため、瀟洒なミラマル界隈に庭付きの家を探し出した。自分もそこに身をおちつけたいと思っていたようだ。カストロは「毒婦」マリータ・ローレンツを忘れた。彼女はすでにCIAの手中にあるにちがいない。陽気なカミロ・シエンフエゴスのことも忘れた。これで、ウベル・マトスの裁判に集中することができる。

◆著者略歴◆
セルジュ・ラフィ（Serge Raffy）
ライター、脚本家、小説家、ジャーナリスト（現在は「ロプス」誌編集長）。おもな著書に、『Jospin Secrets de familles（ジョスパン――家族の秘密）』（ファイヤール社、2001年）、『La Femme interdite（禁じられた女）』（ファイヤール社、2009年）、『Dans la tête de Raymond, chronique d'un naufrage（レイモンの頭のなか――迷走の記録）』（プロン社、2010年）、『Le Président, François Hollande, itinéraire secret（フランソワ・オランド大統領――秘密の道のり）』（プリュリエル社、2012年）、『Tuez les tous...（皆殺しにせよ…）』（アルバン・ミシェル社、2014年）などがある。

◆訳者略歴◆
神田順子（かんだ・じゅんこ）…はじめに、1-23章担当
フランス語通訳・翻訳家。上智大学外国語学部フランス語学科卒業。訳書に、ピエール・ラズロ『塩の博物誌』（東京書籍）、クロディーヌ・ペルニエ＝パリエス『ダライラマ 真実の肖像』（二玄社）、ベルナール・ヴァンサン『ルイ16世』、ソフィー・ドゥデ『チャーチル』（以上、祥伝社）、共訳書に、ディアンヌ・デュクレ『女と独裁者――愛欲と権力の世界史』（柏書房）、ジャン＝クリストフ・ビュイッソンほか『王妃たちの最期の日々』（原書房）などがある。

鈴木知子（すずき・ともこ）…24-26章担当
上智大学外国語学部フランス語学科卒業。日本銀行勤務。現在、東京大学文学部修士課程在学（インド語インド文学専攻）。訳書に、ステファン・ケクラン『ジェームズ・ブラウン』（祥伝社）がある。ほか、翻訳協力多数。

カストロ
上

2017年12月5日 第1刷

著者………セルジュ・ラフィ
訳者………神田順子《かんだじゅんこ》
鈴木知子《すずきともこ》
装幀………川島進デザイン室
本文組版・印刷………株式会社ディグ
カバー印刷………株式会社明光社
製本………小高製本工業株式会社
発行者………成瀬雅人

発行所………株式会社原書房
〒160-0022 東京都新宿区新宿1-25-13
電話・代表 03(3354)0685
http://www.harashobo.co.jp
振替・00150-6-151594
ISBN978-4-562-05453-4